O MASSACRE DA FAMÍLIA HOPE

RILEY SAGER

O MASSACRE DA FAMÍLIA HOPE

Tradução de Renato Marques

Copyright © 2023 by Todd Ritter

TÍTULO ORIGINAL
The Only One Left

COPIDESQUE
Fernanda Belo

REVISÃO
Camila Figueiredo

PROJETO GRÁFICO
George Towne

ADAPTAÇÃO DE PROJETO E DIAGRAMAÇÃO
DTPhoenix Editorial

DESIGN DE CAPA
Kaitlin Kall

IMAGENS DE CAPA
Nicolo' Grespi (montanha) | Rick Lobs (casa) | Ant Rozetsky (mar)

ADAPTAÇÃO DE CAPA
Lázaro Mendes

CIP-BRASIL. CATALOGAÇÃO NA PUBLICAÇÃO
SINDICATO NACIONAL DOS EDITORES DE LIVROS, RJ

S136m   Sager, Riley
        O massacre da família Hope / Riley Sager; tradução
        Renato Marques. – 1. ed. – Rio de Janeiro: Intrínseca, 2024.

        Tradução de: The only one left

        ISBN 978-85-510-0983-3

        1. Ficção americana. I. Marques, Renato. II. Título.

24-92514　　　　　　　　CDD: 813
　　　　　　　　　　　　CDU: 82-3(73)

Gabriela Faray Ferreira Lopes – Bibliotecária – CRB-7/6643

[2024]
Todos os direitos desta edição reservados à
EDITORA INTRÍNSECA LTDA.
Av. das Américas, 500, bloco 12, sala 303
Barra da Tijuca, Rio de Janeiro - RJ
CEP 22640-904
Tel./Fax: (21) 3206-7400
www.intrinseca.com.br

Para minha família

Estamos de novo diante da máquina de escrever, Lenora em sua cadeira de rodas e eu ao lado dela enquanto posiciono sua mão esquerda sobre o teclado. Uma folha em branco está encaixada no cilindro da máquina, substituindo a da noite anterior. Agora, virado para cima sobre a escrivaninha, o papel funciona como um meio de transcrever parcialmente nossa conversa.

eu quero te contar tudo
coisas que nunca contei a mais ninguem
sim sobre aquela noite
porque eu confio em voce

Mas eu não confio em Lenora.
Não completamente.
Ela é capaz de fazer tão pouco, mas é acusada de tanta coisa, e eu continuo dividida entre o desejo de protegê-la e o impulso de desconfiar dela.
Mas se ela quer me contar o que aconteceu, estou disposta a ouvir.
Apesar das minhas suspeitas de que a maior parte seja mentira.
Ou, pior ainda, seja a verdade nua e crua e aterrorizante.
Os dedos da mão esquerda de Lenora tamborilam nas teclas. Ela está ávida para começar. Respiro fundo, meneio a cabeça e a ajudo a datilografar a primeira frase.

A minha lembrança mais nitida

A minha lembrança mais nítida — a coisa com a qual ainda tenho pesadelos — é o momento em que tudo acabou.

Eu me lembro do rugido do vento quando saí no terraço. A ventania vinha do oceano em rajadas uivantes que passavam de raspão no penhasco antes de me atingirem em cheio. Perdendo o equilíbrio, tive a sensação de que uma multidão invisível me empurrava de volta para o interior da mansão.

O último lugar onde eu queria estar.

Com um grunhido, me estabilizei e comecei a atravessar o terraço escorregadio por causa do aguaceiro. Caía uma chuva torrencial, com gotas tão geladas que pareciam picadas de agulha. Logo saí do torpor em que me encontrava até então. De súbito, entrei em alerta e comecei a reparar nas coisas.

Minha camisola, manchada de vermelho.

Minhas mãos, mornas e pegajosas de sangue.

A faca, apertada na mão.

A lâmina também estava ensanguentada, mas agora a chuva fria a lavava num piscar de olhos.

Continuei lutando contra o vendaval, ofegando a cada espetada das afiadas gotas de chuva. À minha frente estava o oceano, açoitado violentamente pela tempestade, suas ondas quebrando contra a base do penhasco quinze metros abaixo. Apenas a baixa balaustrada de mármore que se estendia de ponta a ponta no terraço me separava do escuro abismo do mar.

Quando alcancei o parapeito, soltei um som enlouquecido, estranho e estrangulado. Meio riso, meio soluço.

A vida que eu tinha até poucas horas antes desapareceu para sempre.

Assim como meu pai e minha mãe.

No entanto, naquele momento, curvada contra a balaustrada do terraço com a faca na mão, o vento áspero roçando meu rosto e a chuva gelada fustigando meu corpo encharcado de sangue, senti apenas alívio. Eu sabia que em breve estaria livre de tudo.

Eu me voltei para a mansão. Todas as janelas estavam iluminadas. Tão cintilantes quanto as velas que, oito meses antes, enfeitaram meu bolo de aniversário. Parecia um palácio resplandecente. Elegante. Todo aquele dinheiro reluzindo atrás de vidraças imaculadas.

Mas eu sabia que as aparências enganavam.

E que até prisões podiam parecer bonitas se iluminadas da maneira certa.

Lá dentro, minha irmã gritou. Urros horrorizados que cresciam e depois minguavam feito uma sirene. O tipo de grito que se ouve quando algo absolutamente terrível acontece.

E que de fato aconteceu.

Baixei o olhar para a faca, que a minha mão ainda apertava com força e agora estava tão limpa que parecia nova. Eu sabia que poderia usá-la de novo. Um último corte. O derradeiro golpe.

Mas não tive forças. Em vez disso, joguei a faca por cima da balaustrada e a observei sumir em meio à rebentação lá embaixo.

Enquanto minha irmã continuava a gritar, deixei o terraço e fui até a garagem buscar uma corda.

Isso é tudo que eu lembro — e era com isso que estava sonhando quando acordei você. Fiquei com muito medo, porque parecia que estava acontecendo outra vez.

Mas não é isso o que mais atiça sua curiosidade, certo?

Você quer saber se sou tão maligna quanto todos dizem.

A resposta é não.

E sim.

UM

O escritório fica na rua principal, espremido entre um salão de beleza e uma vitrine que, agora, quando paro para pensar, parece profética. Quando estive aqui para a minha primeira entrevista de emprego, era uma agência de viagens, cuja vitrine exibia cartazes inspiradores sobre liberdade, aventuras, céus ensolarados... Na minha última visita, quando fui suspensa, o lugar estava deserto e às escuras. Agora, seis meses depois, é um estúdio de ginástica, e não tenho a menor ideia do que isso pode significar.

No escritório, o sr. Gurlain me aguarda atrás de uma escrivaninha nos fundos de uma sala que claramente foi projetada para ser um espaço comercial. Sem prateleiras, caixas registradoras ou expositores de produtos, o local é grande e vazio demais para ser um escritório de uma pessoa só. O rangido alto da porta que se fecha atrás de mim ecoa pelo cômodo desocupado.

— Kit, olá — diz o sr. Gurlain, num tom muito mais simpático do que na minha última visita. — Bom ver você de novo.

— Digo o mesmo.

Mas não é verdade. Nunca me senti confortável perto do sr. Gurlain. Magro, alto e semelhante a um gavião, ele poderia muito bem se passar por administrador de funerária. O que seria apropriado, já que essa é, em geral, a etapa seguinte para a maioria das pessoas que procuram os serviços da agência dele.

A Agência Gurlain de Cuidadores Domiciliares é especializada em cuidados médicos de longo prazo para pacientes idosos — e uma das únicas agências no estado do Maine a prestar o serviço em domicílio. As paredes do escritório exibem cartazes de enfermeiras sorridentes, embora a maior parte dos funcionários não seja formada em enfermagem, inclusive eu.

"Agora você é uma cuidadora", disse o sr. Gurlain durante aquela fatídica primeira visita. "Você não é enfermeira. Você é *cuidadora*."

A lista dos cuidadores que trabalham para a agência está afixada em um quadro de avisos atrás da escrivaninha do sr. Gurlain, e mostra quem está disponível e quem ficou responsável por algum paciente. Antigamente, meu nome estava ali, sempre indisponível, sempre incumbida de cuidar de alguém. Eu tinha orgulho disso. Toda vez que me perguntavam com o que eu trabalhava, eu evocava minha melhor imitação do sr. Gurlain e respondia: "Sou cuidadora." Parecia algo nobre, digno de admiração. As pessoas me olhavam com mais respeito quando eu falava isso, o que me fazia pensar que, enfim, havia encontrado um propósito. Sempre fui inteligente, mas nunca o modelo de boa aluna. Sofri para terminar a escola e, depois da formatura, tive ainda mais dificuldade para decidir o que fazer da vida.

— Você é boa com as pessoas — disse minha mãe depois que fui demitida de um escritório de datilografia. — Talvez possa ser enfermeira.

Mas ser enfermeira exigia uma formação que eu não tinha.

Então me tornei o mais perto disso.

Até que fiz a coisa errada.

Agora estou aqui, ansiosa, irritada e cansada. Exausta.

— Como você está, Kit? — pergunta o sr. Gurlain. — Relaxada e revigorada, espero. Não há nada melhor para o espírito do que desfrutar de um período de descanso.

Sinceramente, não faço ideia do que responder. Eu me sinto relaxada depois de ter recebido uma suspensão não remunerada seis meses atrás? Há alguma coisa revigorante em ser obrigada a dormir no meu quarto de infância e andar na ponta dos pés perto do meu pai, todo calado e ressentido, cuja decepção permeia todas as nossas interações? Será que desfrutei do fato de ser investigada pela agência, pelo Departamento Estadual de Gestão e Regulação do Trabalho em Saúde, pela polícia? A resposta para tudo isso é "não".

Em vez de admitir qualquer uma dessas coisas ao sr. Gurlain, me limito a dizer:

— Sim.

— Maravilha — responde ele. — Agora todo esse aborrecimento ficou para trás, e é hora de começar de novo.

Fico enfurecida. Aborrecimento. Como se tudo não tivesse passado de um simples mal-entendido. A verdade é que eu trabalhava na agência havia doze anos. Eu sentia orgulho do que fazia, era boa nisso. Eu *me importava*. Mas, assim que algo deu errado, o sr. Gurlain imediatamente me tratou como uma criminosa. Embora eu tivesse sido inocentada de qualquer irregularidade e recebido autorização para voltar a trabalhar, toda aquela provação me deixou furiosa e amarga. Sobretudo em relação ao sr. Gurlain.

Não estava nos meus planos voltar para a agência. Mas a minha busca por um novo emprego foi um grande fracasso. Eu me candidatei a inúmeras vagas que não me interessavam, e mesmo assim ficava arrasada quando nem sequer era chamada para uma entrevista. Para ser repositora de um supermercado. Para operar a caixa de uma farmácia. Para fazer hambúrgueres na nova unidade do McDonald's com playground junto à rodovia. No momento, a Agência Gurlain de Cuidadores Domiciliares é minha única opção. E por mais que eu odeie o sr. Gurlain, odeio mais ainda estar desempregada.

— Tem algum paciente novo pra mim? — pergunto, tentando encerrar a conversa o mais rápido possível.

— Tem. A paciente em questão sofreu uma série de derrames há muitos anos e necessita de cuidados constantes. Tinha uma enfermeira particular em tempo integral, mas ela foi embora de repente.

— Cuidados constantes. Isso significa…

— Que você precisaria morar com ela, sim.

Eu assinto, escondendo a surpresa. Achava que, no meu primeiro trabalho de volta à agência, o sr. Gurlain me manteria por perto, na rédea curta, me pediria para acompanhar algum idoso das nove às cinco todo santo dia, um dos serviços que vez ou outra a agência oferece com desconto para os moradores das redondezas. Mas esse me parece um trabalho de verdade.

— Moradia e alimentação estão incluídas, é lógico — continua o sr. Gurlain. — Mas você ficaria de plantão vinte e quatro horas por dia. Qualquer folga necessária terá que ser acertada de antemão entre você e a paciente. Está interessada?

Claro que estou interessada. Mas uma centena de perguntas diferentes me impede de aceitar na hora. Começo com uma dúvida simples, porém importante:

— Quando esse trabalho começaria?

— Imediatamente. Com relação a quanto tempo vai durar, bem, se o seu desempenho for satisfatório, não vejo razão para que não permaneça com a paciente até que não seja mais necessário.

Em outras palavras, até que a paciente morra. A cruel realidade de ser um cuidador é que o trabalho é sempre temporário.

— Onde fica a casa? — pergunto, na esperança de que seja em uma área remota do estado. Quanto mais longe, melhor.

— Nos arredores da cidade — responde Gurlain, frustrando minhas expectativas. Mas, um segundo depois, elas são reavivadas quando ele acrescenta: — Nos Penhascos.

Os Penhascos. Apenas pessoas absurdamente podres de ricas vivem lá, em casas enormes no topo de penhascos rochosos com vista para o oceano. Eu me ajeito com as mãos fechadas no colo, as unhas enterradas nas palmas. Isso é inesperado. Uma chance de trocar instantaneamente o rancho capenga onde fui criada por uma mansão nos Penhascos? Isso tudo está me parecendo bom demais para ser verdade. E deve ser mesmo. Ninguém desiste de um emprego assim, a menos que haja algum problema grave.

— Por que a enfermeira foi embora?

— Não faço ideia — responde o sr. Gurlain. — Tudo que me disseram é que tem sido bem difícil encontrar uma substituta adequada.

— A paciente é… — Eu hesito. Não posso dizer *difícil*, embora seja a palavra que eu mais queira usar. — Do tipo que precisa de atendimento especializado?

— Não acho que o problema seja a condição dela, mesmo sendo delicada — responde Gurlain. — Francamente, acho que a questão é a reputação da paciente.

Eu me endireito na cadeira.

— Quem é a paciente?

— Lenora Hope.

Há muitos anos não ouço esse nome. Há pelo menos uma década. Talvez duas. Ouvi-lo agora me faz levantar os olhos, surpresa. Mais do que surpresa, na verdade. Estou perplexa. Uma emoção que não sei ao certo se já senti. Ainda assim, aqui está ela, esvoaçando atrás de minhas costelas como um pássaro preso em uma gaiola.

— Lenora Hope? *A* Lenora Hope?

— Sim — responde Gurlain com uma fungada, como se estivesse ofendido por ter sido mal compreendido.

— Eu não tinha ideia de que ela ainda estava viva.

Quando eu era mais nova, nem sequer entendia que Lenora Hope era uma pessoa de verdade. Eu achava que era apenas um boato criado por crianças para assustarem umas às outras. De repente, relembro a cantiga que aprendi no pátio da escola, esquecida há muitos anos.

Aos dezessete, Lenora Hope, alucinada,
Matou a própria irmã enforcada.

Algumas das meninas mais velhas juravam de pés juntos que, se você apagasse todas as luzes, ficasse na frente de um espelho e recitasse os versos da cantiga, a própria Lenora apareceria no vidro. E, se isso acontecesse, cuidado!, sua família morreria logo em seguida. Eu nunca acreditei nisso. Sabia que era apenas uma variação da lenda urbana da loira do banheiro, uma lorota, uma história, o que significava que Lenora Hope não existia de verdade.

Quando cheguei à adolescência, descobri a verdade. Lenora Hope era feita de carne e osso, além de ser uma moradora local, que levava uma vida privilegiada numa mansão a vários quilômetros do centro da cidade.

Até que em uma noite ela surtou.

Matou o pai a facadas e, em delírios febris,
Tirou a vida da mãe, que era tão feliz.

— Ela está mais viva do que nunca — diz o sr. Gurlain.

— Meu Deus, ela deve ser uma anciã.

— Tem setenta e um anos.

Isso me parece impossível. Sempre presumi que os assassinatos tivessem acontecido em outro século. Uma época de saias-balão, lampiões a gás, carruagens puxadas por cavalos. Mas se o sr. Gurlain estiver correto, isso significa que o massacre da família Hope ocorreu não faz tanto tempo assim.

Faço as contas mentalmente e concluo que eles foram assassinados em 1929. Apenas cinquenta e quatro anos atrás. Os derradeiros versos da cantiga me vêm à mente assim que as datas se encaixam.

Lenora sempre diz: "Não fui eu."
Mas é a única que não morreu.

O que pelo visto é verdade. A infame Lenora Hope ainda está viva, não anda muito bem de saúde e precisa de cuidados. Dos *meus* cuidados, se eu aceitar o trabalho. O que não faço logo de cara.

— Não há nenhum outro trabalho que eu possa fazer? Nenhum outro paciente novo?

— Infelizmente não — diz o sr. Gurlain.

— E nenhum dos outros cuidadores está disponível?

— Todos já foram encaminhados para outros pacientes. — Ele junta os dedos. — Você tem algum problema com esse trabalho?

Sim, tenho um problema. Vários, na verdade, começando pelo fato de o sr. Gurlain obviamente ainda achar que eu sou culpada, embora, sem outras provas, não tenha embasamento jurídico para me demitir. Como a suspensão não me afastou de vez, ele está tentando me enfiar numa roubada para ver se assim eu desisto.

— É que... eu não... — Procuro as palavras certas. — Levando em conta o que ela fez, acho que eu não me sentiria confortável cuidando de alguém como Lenora Hope.

— Ela nunca foi condenada por nenhum crime — argumenta Gurlain. — Então nossa única opção é acreditar na inocência dela. Achei que você, de todas as pessoas, entenderia isso.

Começa a tocar uma música no estúdio de ginástica ao lado, abafada pela parede compartilhada. "Physical", de Olivia Newton-John. Não é uma letra sobre ginástica aeróbica, mas aposto que as donas de casa que se exercitam com moletons rasgados e polainas não dão a mínima. Elas só estão contentes em gastar dinheiro lutando contra as gordurinhas da meia-idade. Um luxo pelo qual não tenho condição de pagar.

— Você sabe como as coisas funcionam, Kit — diz Gurlain. — Eu determino e distribuo as tarefas, os cuidadores as executam. Se você não estiver confortável com isso, sugiro que a gente corte relações agora mesmo.

Eu adoraria fazer exatamente isso. Mas sei também que preciso de um emprego. Qualquer emprego.

Preciso começar a refazer minhas economias, que foram reduzidas a quase nada.

E, acima de tudo, preciso me afastar do meu pai, que mal fala comigo há seis meses. Eu me lembro, com uma nitidez tão cortante que poderia romper minha pele, da última frase inteira que ele dirigiu a mim. Estava sentado à mesa da cozinha, lendo o jornal, seu café da manhã intocado. Ele deu um tapa no jornal e apontou para a manchete da primeira página.

Comecei a desassociar quando encarei a matéria. Era como se aquilo não estivesse acontecendo comigo, mas com alguém que me interpretava em um filme na TV. O artigo incluía a foto do meu anuário da escola. Não era uma foto boa. Eu tentava esboçar um sorriso diante daquele pano de fundo azul montado no ginásio do colégio, que, na textura granulada do jornal, parecia lamacento e cinza. Na imagem, meu cabelo emplumado estava exatamente idêntico ao daquela manhã. Entorpecida pelo choque, meu primeiro pensamento foi que eu precisava atualizar meu penteado.

— O que eles estão dizendo não é verdade, Kit-Kat — disse meu pai, tentando fazer com que eu me sentisse melhor.

Mas suas palavras não correspondiam à sua expressão arrasada. Eu sabia que meu pai não estava falando aquilo para o meu bem, mas para o dele. Estava tentando convencer a si mesmo de que aquilo não era verdade.

Meu pai jogou o jornal na lixeira e saiu da cozinha sem dizer nada. Desde então, nunca mais falou comigo direito. Agora, penso naquele silêncio longo, tenso e sufocante e decido:

— Eu topo. Aceito o trabalho.

Digo a mim mesma que não será tão ruim assim. O trabalho é temporário. Alguns meses, no máximo. Só até eu economizar o suficiente para me mudar. Para ir para algum lugar melhor. Algum lugar bem longe daqui.

— Maravilha — diz o sr. Gurlain, sem um pingo de entusiasmo. — Você precisa se apresentar ao trabalho quanto antes.

Recebo as instruções de como chegar à casa de Lenora Hope, um número de telefone para ligar caso tenha dificuldade em encontrar o endereço e um meneio de cabeça do sr. Gurlain, sinalizando que o assunto está encerrado. Ao sair, dou uma olhada rápida no quadro de avisos atrás de sua escrivaninha. No momento, três cuidadores estão livres. Então *há* outros profissionais disponíveis.

Sei muito bem por que o sr. Gurlain mentiu. Ainda estou sendo punida por ter quebrado o protocolo e manchado a excelente reputação da agência.

Mas, ao sair para o cortante ar de outubro do Maine, penso em outro motivo para ter recebido essa tarefa. É mais arrepiante que o tempo gélido.

O sr. Gurlain me escolheu porque Lenora Hope é a única paciente que ninguém — nem mesmo a polícia — se importará se eu matar.

DOIS

Demoro menos de uma hora para juntar meus pertences. Aprendi desde cedo que uma cuidadora deve levar pouca bagagem. Uma maleta médica, uma mala e uma caixa. Não é preciso mais nada.

A maleta médica está repleta de ferramentas de trabalho. Termômetro, aparelho de pressão arterial, estetoscópio. Meus pais me deram de presente uma bolsa de couro preta quando fui contratada pelo sr. Gurlain. Doze anos depois, eu ainda a uso, embora o zíper emperre e o couro esteja rachado nos cantos.

Enfiei um nécessaire e minhas roupas na mala. Calças e cardigãs fora de moda há uns bons dez anos. Faz muito tempo que desisti de tentar parecer estilosa. Conforto e economia são mais importantes.

A caixa está abarrotada de livros. Pertenceram à minha mãe e exibem o desgaste amoroso de uma leitora voraz.

"Você nunca está sozinha quando há um livro por perto", dizia ela. "Nunca, jamais."

Embora eu entenda o que ela quis dizer, também sei que é mentira. Durante seis meses estive rodeada de livros e nunca me senti tão sozinha na vida.

Depois de arrumar tudo, dou uma olhada no corredor para ter certeza de que o caminho até a porta dos fundos da cozinha está livre. Meu pai tinha voltado para almoçar em casa. Ele faz isso às vezes, quando trabalha num canteiro de obras por perto. Agora está na sala, afundado em sua poltrona reclinável, vendo TV e comendo um sanduíche.

Nos últimos seis meses, nos tornamos especialistas na arte de evitar contato. Passaram-se semanas inteiras sem que nos víssemos uma única vez. Na maior parte do tempo, eu ficava no meu quarto e só ia me aventurar na cozinha quando tinha certeza de que meu pai estava no trabalho, dormindo ou fora com a namorada sobre a qual eu não deveria saber. Não fomos apresentadas. Só sei da existência dela porque ouvi os dois conversando na sala de estar na semana passada, surpresa com o som da voz de outra mulher em casa. Na noite seguinte, meu pai escapou de fininho feito um adolescente, talvez com medo de admitir que havia começado a namorar de novo ou com vergonha de correr o risco de eu me deparar com sua nova amiga.

Agora quem está escapando de fininho sou eu, andando na ponta dos pés enquanto faço duas viagens até o carro, uma para levar a mala e a maleta médica, outra para a caixa de livros. Na segunda viagem, dou de cara com meu vizinho Kenny encostado no meu Ford Escort. Ele com certeza me viu com a mala e saiu de casa para investigar. Fitando a caixa em minhas mãos, pergunta:

— Você está de mudança?

— Por ora, sim — respondo. — Talvez pra sempre. Vou cuidar de uma nova paciente.

— Achei que você tivesse sido demitida.

— Suspensa. Mas a suspensão acabou.

— Ah. — Kenny franze a testa. O que é raro para ele. Normalmente ele só está com tesão e fome. — Uma rapidinha antes de você ir?

Esse é o Kenny com quem me acostumei desde que começamos a transar em maio. Assim como eu, ele está desempregado e mora com os pais. Ao contrário de mim, Kenny tem apenas vinte anos. Ele é meu segredinho sujo. Ou é mais provável que eu seja o dele.

Tudo começou certa tarde, quando estávamos os dois de bobeira ao mesmo tempo, cada um em seu quintal, eu com um livro do Sidney Sheldon, Kenny com um baseado. Fizemos contato visual algumas vezes antes de ele dizer:

— Não está trabalhando hoje?

— Não — respondi. — E você?

— Não.

Então, porque eu estava entediada e solitária, perguntei:

— Está a fim de uma cerveja?

Kenny aceitou. O que nos levou a beber juntos. O que nos levou a jogar conversa fora. O que nos levou a algumas pegações no sofá da sala de estar.

— Quer transar ou algo assim? — propôs Kenny, enfim.

Depois de um mês de suspensão e autopiedade, dei uma boa olhada nele. Até que não era feio, apesar do bigode que caía feito uma lagarta morta sob seu nariz. O resto era muito melhor. Principalmente os braços, que eram firmes, fortes e bronzeados. Com certeza já estive em situações piores.

— Claro — respondi, dando de ombros. — Por que não?

Assim que acabou, jurei que aquela seria a primeira e única vez. Eu já tinha onze anos quando Kenny nasceu, pelo amor de Deus. Eu me lembro dos pais dele trazendo-o do hospital para casa, minha mãe bajulando o bebezinho, meu pai deslizando um envelope com dinheiro para a mão suada do pai dele. Mas quando Kenny apareceu na minha porta dos fundos dois dias depois parecendo um vira-lata esfomeado, eu o deixei entrar e o conduzi até meu quarto.

E assim tem sido. Uma, duas, às vezes três vezes por semana. Conheço de cor e salteado a rotina. Não é um romance. Metade do tempo a gente nem sequer conversa. E embora eu me sinta culpada, sei também que precisava de algo além da leitura para sobreviver aos dias longos e solitários.

— Meu pai está lá dentro — digo a Kenny. — E a minha nova paciente está me esperando.

Não conto a ele quem é a tal paciente. Tenho medo do que ele pensará a meu respeito se souber.

— Claro, saquei — diz Kenny, fazendo pouco esforço para mascarar sua decepção. — A gente se vê por aí, eu acho.

Eu o observo percorrer a curta distância de volta para sua casa. Quando ele entra sem olhar para trás, uma pontada atinge meu coração. Não é exatamente tristeza, mas algo próximo disso. Podia ser só sexo, e era só o Kenny, mas pelo menos era alguma coisa, e ele era alguém.

Agora não há nada nem ninguém.

Coloco a caixa e a minha mala no bagageiro do carro antes de voltar uma última vez para dentro. Na sala de estar, encontro meu pai assistindo ao telejornal do meio-dia, porque era isso o que a minha mãe fazia. É um hábito e, para Pat McDeere, é difícil largar velhos hábitos. A TV mostra o presidente Ronald Reagan fazendo um discurso sobre a economia, a primeira-dama, Nancy "É só dizer não às drogas" Reagan, empertigada ao seu lado. Meu pai, que odeia todos os políticos, de qualquer que seja o partido, solta uma risada irônica.

— Quanta merda, Ronnie — resmunga ele com a boca cheia. — Tente fazer algo pra ajudar gente como eu pelo menos uma vez.

Parada no vão da porta, pigarreio.

— Pai, estou indo embora.

— Ah.

Não há surpresa por trás do muxoxo. Na verdade, meu pai parece aliviado.

— Voltei a trabalhar na agência — acrescento. — Minha nova paciente teve vários derrames. Ela mora lá nos Penhascos.

Digo isso na esperança de que ele fique impressionado — ou, pelo menos, intrigado — com a ideia de pessoas ricas confiarem em mim o suficiente para cuidar de alguém. Se ele ficou, não demonstrou.

— Tudo bem — diz ele.

Sei que a única maneira de chamar a atenção do meu pai é revelando o nome da minha nova paciente. Mas, assim como com Kenny, eu nem sequer cogito essa hipótese. Saber que vou cuidar de Lenora Hope só fará meu pai me menosprezar ainda mais. Se é que é possível.

— Precisa de alguma coisa antes de eu ir? — pergunto.

Meu pai dá outra mordida no sanduíche e balança a cabeça. A pontada que senti lá fora volta mais forte. Uma fisgada mais dolorosa dessa vez. Com tanta força que tenho certeza de que um pedaço do meu coração se parte e despenca nas entranhas do meu estômago.

— Vou tentar ligar a cada duas semanas para ver como estão as coisas.

— Não precisa — responde meu pai.

E não diz mais nada.

Fico no vão da porta por um momento — pedindo, esperando, implorando em silêncio por mais. Qualquer coisa serve. Adeus. Já vai tarde. Cai fora. Vai se foder.

Qualquer coisa menos esse silêncio hostil que faz com que eu me sinta um nada. Pior que nada.

Invisível.

É assim que me sinto.

Saio sem me dar ao trabalho de me despedir. Não quero receber apenas o silêncio quando meu pai se recusar a me dizer adeus.

TRÊS

Duran Duran toca no volume máximo no aparelho de som do meu Escort enquanto percorro uma estrada que abraça a costa rochosa, subindo cada vez mais, até o carro começar a chacoalhar e as águas do Atlântico se transformarem em borrões brancos nas faixas de areia lá embaixo. Avanço mais um pouco até surgir uma área que, sem dúvida, são os Penhascos. O lugar praticamente cheira a dinheiro antigo, de famílias ricas e poderosas, com suas casas enormes agarradas às falésias escarpadas feito ninhos de gansos, parcialmente escondidas atrás de paredões de tijolos e fileiras de hera.

Como a outra metade vive.

É como a minha mãe teria descrito aquelas mansões na encosta do penhasco, com torreões, varandas e janelas salientes voltadas para o mar.

Mas discordo. Nem mesmo a outra metade tem condições de viver nos Penhascos. Essa área sempre pertenceu — e sempre pertencerá — à elite. É o lar do *crème de la crème*, da nata, empoleirada acima de tudo e de todos, como se Deus os tivesse colocado lá.

"Mas aqui está você, Kit-Kat", teria dito minha mãe. "Indo trabalhar num desses casarões luxuosos."

Mais uma vez, eu discordaria. Ninguém em sã consciência acha que o lugar para onde estou indo é um destino dos sonhos.

Hope's End.

Até então, eu conhecia aquela casa apenas como a Mansão dos Hope. As pessoas quase sempre mencionavam o local naquele tom sussurrado usado para falar sobre coisas trágicas. Agora sei por quê. Hope's End — "o fim da esperança", "o fim dos Hope" — me parece um nome surpreendentemente apocalíptico para uma casa. Sobretudo se levarmos em consideração o que aconteceu lá.

Meu conhecimento sobre os fatos não vai muito além do que diz a cantiga. Sei que Winston Hope fez fortuna no setor de transporte marítimo e construiu seu patrimônio na costa rochosa do norte do Maine, e não em Bar Harbor ou Newport, porque aqui havia basicamente terras desabitadas e assim ele poderia ter uma vista imaculada do oceano. Sei também que Winston tinha uma esposa, Evangeline, e duas filhas, Lenora e Virginia.

E sei que, numa noite de outubro, muito tempo atrás, três pessoas da família foram assassinadas — e a quarta membro do clã foi a principal suspeita. Uma menina de dezessete anos. Não é de admirar que eu tenha pensado que aqueles versinhos mórbidos que aprendi entre os arbustos do parquinho atrás da escola fossem uma invenção. Tudo parecia gótico demais para ser real.

Mas aconteceu de fato.

Agora é uma lenda urbana.

O tipo de coisa sobre a qual as crianças conversam entre sussurros nas festas de pijama, e que os adultos não têm coragem de mencionar.

Lenora, a única que sobrou, afirmou ser inocente. Ela disse aos investigadores que estava dormindo e só soube dos assassinatos depois que acordou, desceu as escadas e encontrou a família morta.

O que ela não conseguiu explicar à polícia era quem mais poderia ter cometido o crime.

Ou como.

Ou por quê.

Lenora tampouco conseguiu explicar por que não foi um dos alvos do assassino, o que levou a polícia a considerá-la uma suspeita, embora ninguém pudesse provar. De maneira muito conveniente, todos os empregados estavam de folga naquela noite, o que eliminou quaisquer testemunhas possíveis. Sem nenhuma evidência concreta que a ligasse aos crimes, Lenora nunca chegou a ser indiciada. Mas basta ouvir a cantiga infantil para saber o que os moradores da cidade pensam. O primeiro verso — *Aos dezessete, Lenora Hope, alucinada* — já entrega quem é a culpada de tudo.

Não me surpreende. Não existe esse negócio de presunção de inocência.

Eu sei disso por experiência própria.

Depois de a cidade julgar e condenar Lenora Hope, ela se escondeu na casa da família para nunca mais ser vista, embora isso não tenha impedido as pessoas de tentar. Quando eu estava nos últimos anos da escola, era comum grupos de meninos se desafiarem a entrar na propriedade e espiar pelas janelas para terem um vislumbre de Lenora. Pelo que sei, nenhum deles jamais conseguiu, o que rendeu à srta. Hope meu respeito relutante. Eu adoraria ser capaz de desaparecer assim.

Mais à frente, o terreno se eleva um pouco mais, e a estrada se inclina para encontrá-lo. O Escort dá outro solavanco no momento em que avisto ao longe uma muralha de tijolos iluminada pelo sol. É tão alta que bloqueia qualquer indício do que existe por trás dela e velha o suficiente para que a estrada se curve à sua volta, como que em sinal de respeito.

Sigo a curva, dirigindo devagar até ver palavras pichadas em um azul neon sobre os imponentes tijolos vermelhos da muralha, que só confirmam que estou no lugar certo.

APODREÇA NO INFERNO, LENORA HOPE

Pisco ao lê-las, perguntando-me se devo seguir em frente ou ir embora o mais rápido possível. Eu sei a resposta. Mas é exatamente o que não posso me dar ao luxo de fazer.

Então avanço, levando o Escort para mais perto do portão ornamentado que cobre uma lacuna da muralha vandalizada. Do outro lado, a entrada de carros corta uma parte do gramado esmeralda em direção à casa dos Hope.

Olhando bem, eu me pergunto por que alguém a chamaria de casa.

Não é uma casa.

É uma mansão.

Algo que eu não via pessoalmente desde o dia em que meus pais me levaram para passear em Bar Harbor, quando eu tinha catorze anos. Eu me lembro do meu pai ficar o passeio inteiro reclamando dos ricaços desgraçados que construíram seus palacetes ali. Deus sabe o que ele diria sobre Hope's End, que eclipsa todas as imponentes mansões daquela cidadezinha esnobe. É maior. Mais majestosa. Poderia pertencer a um personagem de *Dallas* ou *Dinastia* ou de qualquer outra novela boba a que minha mãe assistia no horário nobre.

Com três andares e tão larga quanto um cruzeiro, a mansão é o resultado dos excessos da Era Dourada. As paredes são de tijolo vermelho. Ao redor das portas duplas da entrada e de todas as janelas, há primorosos detalhes em mármore que não têm serventia alguma, exceto mostrar quanto dinheiro a família Hope um dia já teve. Uma fortuna, a julgar pela quantidade de volutas e arabescos esculpidos à mostra. As janelas do terceiro andar conservam o mármore, mas se projetam do telhado inclinado de onde brotam uma dúzia de chaminés estreitas que se assemelham a velas em um bolo de aniversário.

No portão há um pequeno interfone. Abro a janela do carro e me estico para apertar o botão. Trinta segundos se passam antes que ele ganhe vida, crepitando em uma explosão de estática seguida por uma voz feminina.

— Sim.

Não é uma pergunta. A voz está carregada de impaciência, tanto quanto três letras são capazes de conter.

— Oi. Meu nome é Kit McDeere. — Faço uma pausa para permitir que a dona da voz também se apresente. Como ela não fala nada, acrescento: — Trabalho na Agência Gurlain de Cuidadores Domiciliares. Eu sou a nova cuid...

A mulher me interrompe com um conciso "Venha até a casa", depois o aparelho se silencia.

Diante do carro, o portão começa a se abrir, emitindo um tremor nervoso, como se estivesse assustado com a minha presença. O metal range com o movimento vagaroso, o que me faz pensar na frequência com que Hope's End recebe convidados. Não muita, presumo, quando o portão se detém com um ruído, embora esteja apenas aberto pela metade. Avanço devagar, calculando se há espaço suficiente para o carro passar. Não há. Não se eu quiser manter os dois espelhos laterais, o que sem dúvida é a minha intenção. Meu orçamento, nas atuais condições, não inclui reparos no Escort.

Estou prestes a sair do carro e empurrar eu mesma o portão quando ouço uma voz masculina ao longe.

— Emperrou de novo?

Ele se aproxima, empurrando um carrinho de mão atulhado de folhas secas. É um homem bonito. Trinta e poucos anos. Em *ótima* forma física, pelo que posso deduzir sob a camisa de flanela e a calça jeans manchada de terra.

A barba está cheia e o cabelo está um pouco grande demais, de modo que fica levemente ondulado na nuca. Eu estaria interessadíssima, em circunstâncias diferentes. Completamente diferentes. Algo do tipo... se minha vida fosse outra. Assim como não tenho condições de bancar consertos de carro, não tenho como lidar com complicações amorosas agora. E, não, Kenny não conta.

— Não sei se isso já aconteceu alguma vez — digo pela janela do carro aberta —, mas *agora* está emperrado, sem dúvida.

— Aconteceram *algumas vezes*, na verdade — responde o homem, abrindo um sorriso adoravelmente torto. — Esta deve ser, tipo, a décima. Sempre me esqueço de colocar "consertar o portão" na lista de centenas de outras coisas que preciso fazer por aqui. Você é a nova enfermeira?

— Cuidadora — respondo.

Uma correção necessária. As enfermeiras fazem faculdade de enfermagem. Cuidadoras como eu recebem treinamento especializado: cento e oitenta horas obrigatórias exigidas pelo estado do Maine, em que nos ensinam o básico. Verificar os sinais vitais, ministrar medicamentos, fisioterapia leve. Mas explicar tudo isso a um desconhecido não vale a pena.

— Então deixa eu abrir este portão pra que você possa começar. — Do bolso de trás da calça jeans, o homem tira um par de luvas de trabalho, que enfia nas mãos. — Segurança em primeiro lugar. Aprendi do pior jeito, de vez em quando este lugar morde.

Ele puxa o portão com força, que solta um rangido tão medonho que poderia ser descrito como um grito de dor, se tivesse vindo de alguém sob meus cuidados.

— Você trabalha aqui em tempo integral? — pergunto, levantando a voz para que o homem me ouça em meio à barulheira do portão.

— Sim — responde ele. — Não somos muitos agora, mas antes este lugar tinha um monte de empregados. Tinha jardineiro, caseiro e um faz-tudo, além de vários ajudantes de meio período. Agora sou eu que faço tudo isso.

— Você gosta daqui?

O homem puxa o portão uma última vez, liberando a passagem. Virando-se para mim, ele diz:

— Se eu tenho medo daqui, é isso que você quer saber.

Sim, é isso que eu quero saber. Queria que tivesse soado como uma pergunta inocente. Uma pergunta comum, levando em conta o que aconteceu aqui. No entanto, deveria ter previsto que minha dúvida poderia ser entendida como extremamente indelicada.

— Eu só...

— Tá tudo bem — diz ele. — Você está apenas curiosa. Eu sei o que as pessoas além destes muros dizem sobre esta casa.

— Acho que isso significa "não".

— Uma suposição correta. — O homem tira uma das luvas e estende a mão. — A propósito, meu nome é Carter.

Eu a aperto.

— Kit McDeere.

— Muito prazer em conhecer você, Kit. Tenho certeza de que a gente vai se esbarrar por aí.

Hesito antes de avançar com o carro.

— Obrigada por me ajudar com o portão. Não sei o que eu teria feito se você não tivesse aparecido.

— Acho que você teria conseguido de alguma forma. — Carter me estuda, inclinando a cabeça, cheio de curiosidade. — Você me parece ser bem despachada.

Eu era. Não sou mais. Pessoas despachadas não são suspensas do trabalho, e, quando são, conseguem encontrar um emprego novo, e não moram na casa dos pais com trinta e um anos. Ainda assim, aceito o elogio com um meneio de cabeça.

— Mais uma coisa — diz Carter, aproximando-se da janela aberta do carro e se abaixando para ficarmos cara a cara. — Esqueça o que todo mundo diz a respeito de Lenora Hope e do que aconteceu aqui. Eles não sabem do que estão falando. A srta. Hope é totalmente inofensiva.

Embora esteja tentando me tranquilizar, as palavras de Carter apenas tornam a situação bizarra em que me encontro ainda mais real. Sim, quando saí do escritório do sr. Gurlain eu já sabia qual era o trabalho. Contudo, eu tinha apenas uma noção abstrata da coisa toda, com a qual não me preocupei enquanto fazia a mala, lidava com o silêncio do meu pai e tentava encontrar o local. Mas, agora que estou aqui, a constatação me atinge como um soco no estômago.

Estou prestes a conhecer uma mulher que matou a própria família.

Supostamente matou a própria família, faço questão de lembrar a mim mesma. Lenora nunca foi condenada por nenhum crime, como o sr. Gurlain, de forma tão mesquinha, apontou. No entanto, quem mais além de Lenora poderia ter cometido os assassinatos? Não havia mais ninguém na casa, nenhum outro suspeito, nem qualquer outro sobrevivente. O último verso da cantiga volta aos meus pensamentos.

Mas é a única que não morreu.

Um arrepio percorre minha espinha quando me afasto de Carter e sigo em direção à casa principal. Dirijo devagar, os olhos fixos na mansão imponente. Porém, à medida que me aproximo, a luxuosa grandiosidade do lugar desaparece feito neblina, revelando o abandono escondido em plena vista.

De perto, percebo que Hope's End está caindo aos pedaços.

Uma das janelas do segundo andar está sem os vidros, e uma tábua de madeira compensada cobre o buraco. Nacos de mármore quebrado se soltaram dos detalhes em torno de algumas portas e janelas. No telhado falta cerca de um quinto das telhas de ardósia, o que lhe dá um aspecto desgastado e esburacado que sinceramente é um alívio. Até que enfim, um lugar tão destruído quanto eu me sinto.

A entrada de carros termina numa pequena rotatória diante da casa, com outra vereda que leva a uma garagem baixa a vários metros da construção principal. Ao contornar a rotatória, eu conto as portas da garagem.

Cinco.

Como a outra metade vive, de fato.

Estaciono na frente da casa, saio do carro e subo três degraus até um enorme par de portas duplas situado bem no centro da fachada. Antes que eu possa bater, as portas se abrem, revelando uma mulher parada do lado de dentro. Sua presença súbita me assusta. Ou talvez sua aparência monocromática é que seja assustadora. Cabelo branco que roça seus ombros. Vestido preto firmemente ajustado em torno de uma estrutura esbelta. Gola de renda que me faz lembrar das toalhas e dos centros de mesa de crochê que a minha avó fazia. Pele pálida. Olhos azuis. Batom de um ousado vermelho-cereja. É tudo tão dramático que não consigo precisar com exatidão a idade dela. Se tivesse que adivinhar, chutaria setenta e cinco, sabendo que poderia estar errada em pelo menos dez anos, para mais ou para menos.

De uma corrente no pescoço da mulher pende um par de óculos gatinho. Ela os leva ao rosto e me fita por um segundo — uma avaliação instantânea.

— Srta. McDeere — diz, por fim. — Bem-vinda.

— Obrigada — digo, embora não haja nenhum vestígio de simpatia no tom daquela senhora.

Está claro que ela é a pessoa com quem conversei pelo interfone. A voz desinteressada é inconfundível.

— Sou a sra. Baker, a governanta — anuncia a mulher.

Ela faz uma pausa para examinar o que estou vestindo, e pelo visto conclui que meu casaco deixa a desejar. É de lã azul e está com tantas bolinhas de pelo que nem dá mais para contar. Eu o tenho há tanto tempo que já não lembro quando ou onde o comprei. Ou talvez a aparente aversão da sra. Baker esteja reservada ao que está por baixo do casaco. Camisa branca. Saia cinza. Sapatilhas pretas que usei pela última vez no funeral da minha mãe. Se for isso, não posso fazer nada. São as melhores roupas que tenho.

Após um momento de clara hesitação, a sra. Baker acrescenta:

— Entre, por favor.

Eu também hesito, adiando minha entrada. É a abertura da porta que me faz parar. Larga e alta, circundada por mais detalhes em mármore; em alguma medida, parece uma boca escancarada. Ao olhar para ela, me lembro de algo que Carter disse.

De vez em quando este lugar morde.

De repente, sinto saudade de casa. É uma completa surpresa, já que a casa onde eu morava não parecia mais um lar desde a morte da minha mãe. Mas havia sido um lugar feliz em outros tempos, cheio de lembranças igualmente felizes. Natais cobertos por neve e bolos de aniversário e a minha mãe com seu ridículo avental florido fazendo rabanada nas manhãs de domingo. Hope's End tem alguma lembrança feliz? Ou todas elas desapareceram naquela noite horrenda? A tristeza é a única coisa que resta?

— Vai entrar, querida? — indaga a sra. Baker depois de pigarrear, impaciente.

Parte de mim não quer entrar. O lugar inteiro — o tamanho, a ostentação e, principalmente, a reputação — me faz querer dar as costas e ir embora.

Mas então penso no meu pai, no meu quarto, no pouco dinheiro que me resta na poupança. Nada disso vai mudar se eu não fizer algo a respeito. Se eu for embora — o que quero desesperadamente fazer —, ficarei empacada no mesmo limbo em que vivi nos últimos seis meses. Mas trabalhar aqui, mesmo que por apenas algumas semanas, pode mudar tudo.

Tendo isso em mente, respiro fundo, passo pela porta e deixo que Hope's End me engula inteira.

QUATRO

O lado de dentro de Hope's End é um pouco melhor que o de fora. Logo além da porta há um grande hall de entrada com azulejos de mármore, cortinas de veludo nas janelas e tapeçarias nas paredes. O mobiliário varia de vasos com palmeiras a elegantes cadeiras de madeira com almofadas de brocado empoeiradas. No alto, um céu pintado a óleo, cheio de nuvens rosadas, adorna o teto abobadado. Tudo parece simultaneamente refinado e desmazelado e congelado no tempo. Como o saguão de um hotel quatro estrelas que, décadas atrás, foi abandonado de repente.

À esquerda, em um longo corredor, há janelas altas e uma única porta aberta, que se estende até um par de largas portas duplas, por ora fechadas. Em seguida, faz uma curva acentuada à direita, desaparecendo numa esquina. À direita, há outro corredor que oferece acesso direto a uma sala ensolarada.

No entanto, só consigo prestar atenção no que está à minha frente. Do lado oposto da porta principal, há uma suntuosa escada com carpete vermelho que começa com uma dúzia de degraus antes de se dividir em duas como um par de asas. Cada metade simétrica se curva em direção ao segundo andar. Sobre o patamar ao centro paira um vitral, através do qual se projetam raios de sol em matizes de arco-íris que colorem o carpete.

— A Grande Escadaria — diz a sra. Baker. — Construída em 1913. Pouca coisa mudou desde então. O sr. Hope fez questão de escolher um design que fosse atemporal.

Ela continua andando, e os estalidos de seus saltos no piso de mármore soam como um metrônomo. Sigo atrás dela, tropeçando um pouco no chão, que é irregular em alguns pontos, enfunando e ondulando como o oceano lá fora.

— Você pode buscar seus pertences mais tarde — diz a sra. Baker. — Achei que seria bom conversarmos no solário primeiro. É um cômodo bem alegre.

Só acredito vendo. Até agora, nada em Hope's End sugere alegria, nem mesmo as poucas partes bonitas. A desgraça e a desolação parecem ter fixado residência nos recantos do lugar, acumuladas feito teias de aranha. Um pesado clima de mau agouro também é palpável, um frio no ar — *alguma coisa* intangível e salgada que me faz estremecer.

Eu sei que é apenas minha imaginação. Três pessoas morreram aqui. De forma hedionda, se acreditarmos na lenda. Saber desse tipo de coisa pode mexer com a cabeça de uma pessoa.

Como que para ilustrar esse ponto, passamos por uma pintura a óleo emoldurada de uma adolescente com um vestido de cetim cor-de-rosa.

— A srta. Hope — diz a sra. Baker ao passar rapidamente pelo quadro, sem se dar ao trabalho de olhar para ele. — Foi encomendado pelo pai em comemoração ao aniversário da filha.

Ao contrário da sra. Baker, eu paro para olhar. Lenora está sentada em um divã branco, com um papel de parede cor-de-rosa listrado atrás dela e, logo acima do ombro, a ponta de um espelho com moldura dourada. Ela está inclinada no braço do divã, um tanto desajeitada. Suas mãos repousam sobre o colo com os dedos entrelaçados, sugerindo uma tensão que o pintor se esforçou para disfarçar com uma pose descontraída demais.

Sua pele pálida e os traços delicados me fazem pensar em uma flor pouco antes de desabrochar. A jovem Lenora tinha o nariz delicado, lábios cheios e olhos verdes quase tão brilhantes quanto os vitrais da Grande Escadaria. Ela fita diretamente o pintor, com uma centelha de malícia no olhar, quase como se soubesse o que as pessoas diriam a seu respeito nas próximas décadas.

Cinco passos à minha frente, a sra. Baker se vira para me lançar um olhar impaciente.

— O solário é por aqui, srta. McDeere.

Dou uma última olhada no retrato de Lenora e sigo em frente. Outros três, idênticos em formato e tamanho, estão enfileirados ao lado dele, todos escondidos por crepe de seda preto. Em vez de estar estendido sobre as pinturas, a seda foi esticada e presa no lugar com pregos cravados nas molduras. Todo esse esforço, porém, não os esconde por completo. Por trás do tecido fino consigo entrevê-los vagamente, indistintos e sem traços característicos. Como fantasmas.

Winston, Evangeline e Virginia Hope.

E Lenora é a única que ainda está à vista por ser a única que sobrou.

Alcanço a sra. Baker, seguindo-a a passos ligeiros até o fim do corredor, passando por aposentos cujas portas firmemente cerradas parecem indicar lugares proibidos. Sinto breves calafrios ao passar por cada uma delas. Correntes de ar, digo a mim mesma. Acontece o tempo todo em mansões grandes e antigas como esta.

Pelo menos o solário é mais iluminado que o restante da casa, ainda que não exatamente alegre. A mobília consiste no mesmo tipo de antiguidade obsoleta que abarrota outros cômodos de Hope's End. Há elementos em veludo, bordados e borlas por toda parte. Na outra extremidade do cômodo encontra-se um piano de cauda, sua tampa abaixada mais firme que um caixão lacrado.

As fileiras de janelas do chão ao teto ao longo de duas paredes só deixam o cômodo mais abafado. Uma delas dá para o gramado, onde avisto Carter ao longe, ocupado juntando folhas caídas. A outra fileira dá para um terraço vazio. Uma pequena balaustrada de mármore, que mal alcança a cintura, percorre toda a extensão do terraço. Não consigo ver nada além dela porque, na verdade, não há mais nada para ver. Apenas uma infinita vastidão de céu azul que faz parecer que a mansão está flutuando no ar.

Passo mais alguns segundos admirando a vista antes de a sra. Baker apontar para um sofá de veludo vermelho.

— Por favor, sente-se.

Eu me acomodo bem na beirada do sofá de dois lugares, como se estivesse com medo de quebrá-lo. E estou mesmo. Tudo em Hope's

End parece tão antigo e tão caro que imagino que nada aqui possa ser substituído. A sra. Baker não demonstra esse tipo de hesitação quando se senta na poltrona à minha frente. O movimento faz com que uma nuvem de poeira se levante do tecido.

— Agora, srta. McDeere — diz ela —, conte-me um pouco sobre você.

Antes que eu tenha a chance de falar, alguém irrompe na sala com passos pesados e um barulho de algo chacoalhando. Uma jovem chega carregando um balde de metal na mão enquanto, com a outra, arrasta atrás de si um aspirador de pó. Quando nos vê, ela paralisa imediatamente, o que me dá alguns segundos para apreciar seu visual chamativo. Tem por volta de vinte anos, se tanto, e usa um uniforme formal de empregada doméstica que não ficaria deslocado em um filme antigo em preto e branco. Vestido preto na altura dos joelhos e gola branca engomada, com pontas justas e alinhadas. Seu avental branco tem uma mancha bem nítida no lugar onde ela provavelmente enxuga as mãos.

O restante dela, porém, é pura modernidade. No cabelo, tingido em um tom extravagante de vermelho, há duas mechas azul-neon que descem pelos lados do rosto, penduradas como os tentáculos de um polvo. Um tom semelhante de azul percorre suas pálpebras. Seu batom é rosa-chiclete. As maçãs do rosto estão pintadas num tom mais escuro de cor-de-rosa.

— Opa, desculpem! — diz ela, me olhando duas vezes, claramente surpresa com a presença de uma forasteira em Hope's End. Desconfio que isso não ocorra com frequência. — Achei que a sala estivesse vazia.

Ela dá meia-volta para sair, emitindo outro som de chocalho que, agora percebo, vem da meia dúzia de pulseiras de plástico nas cores do arco-íris que cobrem seus pulsos.

— A culpa é minha, Jessica — diz a sra. Baker. — Eu deveria ter informado de que precisaria da sala esta tarde. Esta é a srta. McDeere, a nova cuidadora da srta. Hope.

— Oi. — Eu a cumprimento com um breve aceno.

A garota retribui, as pulseiras retinindo.

— Oi. Bem-vinda a bordo.

— Estávamos prestes a nos conhecer melhor — comenta a sra. Baker. — Talvez você possa continuar seu trabalho limpando o hall de entrada. O lugar parece um tanto negligenciado.

— Mas eu limpei lá ontem.

— Você está sugerindo que eu estou enganada? — indaga a sra. Baker, seu sorriso forçado tão cerrado que beira o cruel.

A garota balança a cabeça, os brincos de argola balançando.

— Não, sra. Baker.

A jovem empregada faz uma reverência, um ato sarcástico que a sra. Baker parece acreditar ser sincero. Em seguida, a faxineira sai, mas não sem antes me lançar outro olhar curioso, arrastando consigo o balde, o aspirador e os adereços chacoalhantes.

— Por favor, queira perdoar a Jessica — diz a sra. Baker. — É tão difícil encontrar bons empregados hoje em dia.

— Ah. — É a única coisa que respondo.

Eu também não sou considerada uma empregada? E a própria sra. Baker também não é?

Ela coloca os óculos, ajustando-os na ponta do nariz antes de me encarar através das lentes grossas.

— Agora, srta. McDeere...

— Pode me chamar de Kit.

— *Kit* — diz a sra. Baker, despejando meu nome da sua língua com desdém, como se tivesse um gosto ruim. — Presumo que seja a abreviação de alguma coisa.

— Sim. De Kittredge.

— Um pouco sofisticado para um primeiro nome.

Eu entendo o que ela quer dizer. Sofisticado demais para alguém como eu.

— Era o nome de solteira da minha avó materna.

A sra. Baker faz um barulho. Não é exatamente um *hummm* de indiferença, mas quase.

— E sua família? De onde é?

— Daqui mesmo — digo.

— Você terá que ser mais específica do que isso.

Mais uma vez, eu entendo. Existe mais de um *aqui*. Há as mansões nos Penhascos, morada das famílias abastadas que os Hope dominavam. E há o resto — todos os outros.

— Daqui da cidade — respondo.

A sra. Baker assente.

— Foi o que pensei.

— Meu pai é faz-tudo e minha mãe era bibliotecária — explico, tentando convencê-la de que minha família é tão digna de respeito quanto os Hope e sua laia.

— Interessante — diz a sra. Baker, deixando claro que sua opinião é exatamente o contrário. — Você tem bastante experiência como cuidadora?

— Tenho. — Fico tensa, sem saber até que ponto ela já sabe. — O que o sr. Gurlain lhe contou?

— Muito pouco. Eu gostaria de poder dizer que recebi as mais altas recomendações sobre você, mas isso seria mentira. Não me disseram quase nada a seu respeito.

Respiro fundo. Isso pode ser uma coisa boa. Ou talvez não, por outro lado. Significaria que, se ela me perguntar, terei que explicar tudo sozinha.

Por favor, não pergunte, eu penso.

— Eu trabalho com a Agência Gurlain de Cuidadores Domiciliares há doze anos — explico.

— Isso é bastante tempo. — A sra. Baker sustenta meu olhar, sua expressão indecifrável. — Presumo que você tenha aprendido muito nesses doze anos.

— Aprendi, sim.

Começo a enumerar todas as coisas que sei fazer, desde as tarefas mais básicas — preparar refeições simples, dar uma ajeitada na casa, trocar lençóis com o paciente ainda deitado na cama — até procedimentos profissionais: dar banhos de esponja e inserir cateteres, tirar sangue e injetar insulina, verificar se há escaras nas escápulas e nádegas...

— Ora, ora, você é praticamente uma enfermeira. — A sra. Baker me interrompe, provavelmente achando que já me estendi demais. — Qual é a sua experiência com cuidados com vítimas de derrame?

— Tenho alguma — respondo, pensando na sra. Plankers, de quem cuidei por menos de dois meses, até que o coitado do marido dela ficou sem dinheiro para arcar com os serviços da agência.

A sra. Plankers foi transferida para uma casa de repouso pública e eu fui encaminhada para outro paciente.

— Talvez a condição da srta. Hope exija mais atenção do que o costume — diz a sra. Baker. — Ela tem sofrido com problemas de saúde durante a maior parte da vida. Um surto de poliomielite aos vinte anos enfraqueceu tanto suas pernas que desde então ela não consegue andar. Além disso, teve uma série de acidentes vasculares cerebrais nas últimas duas décadas. Em decorrência desses derrames, ela perdeu a capacidade de falar, e ficou com o lado direito do corpo paralisado. Até consegue mover a cabeça e o pescoço, mas às vezes é difícil controlá-los. Tudo o que ela tem, na verdade, é o uso limitado do braço esquerdo.

Flexiono meu próprio braço, incapaz de imaginar como seria ter controle apenas dessa pequena parte do meu corpo. Pelo menos agora sei por que Lenora nunca saiu de Hope's End. Não conseguiria nem se quisesse.

— É por isso que a enfermeira anterior foi embora?

— Mary? — pergunta a sra. Baker, aparentemente confusa. A primeira emoção genuína que a vejo demonstrar. — Não, ela era muito boa em seu trabalho. Estava conosco havia mais de um ano. A srta. Hope a adorava.

— Então por que ela foi embora tão de repente?

— Eu também gostaria de saber. Ela não contou a ninguém o motivo, para onde estava indo, nem sequer que estava partindo. Ela simplesmente foi. No meio da madrugada, sem mais nem menos. A pobre srta. Hope ficou sozinha a noite toda, algo terrível poderia ter acontecido. Como você bem sabe, considerando o que aconteceu com a última pessoa sob seus cuidados.

Prendo a respiração.

Ela sabe.

Claro que sabe.

Eu me contorço sob seu olhar fulminante, e as únicas palavras que consigo murmurar são:

— Eu posso explicar.
— Por favor.

Envergonhada, quebro o contato visual, sentindo-me exposta. Eu me sinto tão vulnerável que começo a alisar a saia sobre as pernas, tentando me cobrir o máximo que o tecido permite.

— Eu tinha uma... — Minha voz vacila, embora eu já tenha contado essa história uma porção de vezes para inúmeras pessoas. Policiais. Funcionários do governo. O sr. Gurlain. — Tinha uma paciente. Que estava doente. Câncer de estômago. Quando ela descobriu, já era tarde demais. A doença se espalhou... pelo corpo todo. Cirurgia estava fora de cogitação. A quimioterapia ia só até certo ponto. Não havia nada a fazer senão mantê-la confortável e esperar o fim chegar. Mas a dor, bem, era insuportável.

Continuo olhando para baixo, para minhas mãos, que insistem em alisar a saia. Minhas palavras, porém, não são tão cautelosas. Elas se atropelam — algo que nunca aconteceu naquele caixote cinza que era a sala de interrogatório da delegacia. Acho que isso é consequência de estar em Hope's End. Um lugar familiarizado demais com a morte.

— O médico dela prescreveu fentanil — continuo. — Para ser ministrado de vez em quando e somente quando necessário. Uma noite, foi necessário. Eu nunca tinha visto alguém sentindo tanta dor. Sabe esse tipo de dor? Não é algo passageiro. Perdura. Consome. E, quando olhei nos olhos dela, vi pura agonia. Então dei a ela uma dose única de fentanil e monitorei a dor. Como aparentemente ajudou a trazer alívio, fui dormir.

Hesito, como em todas as vezes quando chego nesse ponto da história. Sempre preciso de um momento antes de mergulhar nos detalhes do meu fracasso.

— Na manhã seguinte, acordei mais cedo que o normal — digo e me lembro do céu cinza-escuro do lado de fora da minha janela, ainda permeado pelos resquícios da noite. A escuridão parecia um mau presságio. Bastou um olhar para perceber que havia algo errado. — Fui checar a paciente e vi que ela não reagia. Segui o protocolo padrão e liguei imediatamente para a emergência.

Não menciono a parte de já saber que foi uma perda de tempo. Reconheço a morte quando a vejo.

— Enquanto esperava a chegada dos paramédicos, vi o frasco de fentanil. Era política da empresa manter todos os medicamentos em um cofre metálico trancado embaixo da nossa cama. Assim, só o cuidador tem acesso aos remédios. Talvez eu estivesse cansada. Ou muito abalada com a dor que ela sentia. Qualquer que tenha sido o motivo, esqueci de levar o frasco comigo.

Aperto os olhos com força, tentando não pensar no frasco de comprimidos tombado de lado junto ao abajur de cabeceira. Mas não adianta, eu vejo tudo. O frasco. A tampa, a alguns centímetros de distância. O único comprimido que restou. Um pequeno círculo colorido azul-claro que sempre achei bonito demais para algo tão perigoso.

— Durante a noite, ela engoliu todos os comprimidos, exceto um. Ela morreu enquanto eu dormia. Foi declarada morta no local e levada embora. Mais tarde o legista concluiu que a causa da morte foi uma parada cardíaca por overdose de fentanil.

— Você acha que foi intencional? — indaga a sra. Baker.

Volto a encará-la e percebo que sua expressão se abrandou um pouco. Não o suficiente para ser confundida com solidariedade. Esse não é o estilo da sra. Baker. O que vejo nos seus velhos olhos é algo mais complexo: compreensão.

— Sim. Acho que ela sabia exatamente o que estava fazendo.

— Mesmo assim, as pessoas culparam você.

— Sim, me culparam. Deixar o frasco ao alcance da paciente foi negligência da minha parte. Não vou discordar disso, nunca discordei. Mas todos pensaram o pior. Fui suspensa do trabalho sem direito a remuneração. Houve uma investigação oficial e a polícia se envolveu no caso. O alvoroço foi tão grande que virou notícia no jornal local.

Fico em silêncio e penso no meu pai com o jornal na mão, seus olhos grandes e marejados.

O que eles estão dizendo não é verdade, Kit-Kat.

— Nunca fui formalmente acusada de crime nenhum — continuo. — A investigação concluiu que a morte foi acidental, minha suspensão acabou e agora estou de volta ao trabalho. Mas eu sei que a maioria das pessoas pensa o pior. Quase todo mundo suspeita que eu deixei os comprimidos de propósito. Ou até que eu a ajudei a tomá-los.

— E você fez isso?

Encaro a sra. Baker, assustada e ofendida.

— Que tipo de pergunta é essa?

— Uma pergunta sincera — rebate ela. — Do tipo que merece uma resposta sincera, você não acha?

A sra. Baker se mantém calmamente sentada, o epítome da paciência. Sua postura é perfeita. A coluna reta como uma tábua não chega nem perto de tocar o encosto do sofá empoeirado. Já eu, estou largada no sofá, de braços cruzados, esmagada sob o peso de sua pergunta.

— Acreditaria em mim se eu dissesse que não?

— Sim — responde a sra. Baker.

— A maioria das pessoas não acredita.

— Nós aqui de Hope's End não somos como a maioria das pessoas. — A sra. Baker se volta para as janelas e observa a balaustrada do terraço. E depois do terraço... nada. Um abismo feito de céu acima e, provavelmente, água abaixo. — Aqui, damos às jovens mulheres acusadas de atos terríveis o benefício da dúvida.

Eu me endireito, surpresa. A julgar pela atitude séria da sra. Baker, presumi que fosse proibido mencionar o passado trágico de Hope's End.

— Não vamos fingir que você não sabe o que aconteceu aqui, querida — diz ela. — Você sabe. Assim como sabe que todo mundo pensa que a srta. Hope é a responsável.

— E ela é?

Fico surpresa comigo mesma. Normalmente não sou tão ousada. Suspeito que, de novo, a culpa seja da casa. Ela instiga perguntas ousadas.

A sra. Baker dá um meio-sorriso, talvez satisfeita, talvez não.

— Você acreditaria em mim se eu dissesse que não?

Eu olho ao redor da sala, a mobília espalhafatosa, as janelas enfileiradas, o gramado, o terraço e o céu infinito.

— Já que estou aqui, vou ter que dar a ela o benefício da dúvida.

Pelo visto essa é a resposta certa. Ou, pelo menos, aceitável, pois a sra. Baker se levanta e diz:

— Vou lhe mostrar o resto da casa agora. Depois disso, apresentarei você à srta. Hope.

Isso oficializa tudo. Sou a nova cuidadora de Lenora Hope.

Não importa que eu tenha mentido para a sra. Baker.

Não apenas sobre minha paciente anterior.

Mas sobre Lenora Hope. Minha opinião não mudou, ainda acho que ela é uma assassina. Sei também que não importa o que eu acho. Ela é minha paciente, é meu trabalho cuidar dela. Se eu não trabalhar, não serei paga. Simples assim.

Saímos do solário e voltamos pelo corredor em direção ao centro da casa. Quando passamos pelos retratos, dou outra olhada no único à mostra.

Os olhos pintados a óleo de Lenora parecem nos seguir enquanto nos movemos.

CINCO

— O nosso orçamento nos obriga a manter uma equipe de funcionários diminuta — explica a sra. Baker enquanto voltamos ao hall de entrada. — O trabalho externo é feito por Carter, que você já deve ter conhecido, acredito.

Eu me enrijeço, um pouco inquieta. Como ela sabia disso?

— Conheci, sim.

A sra. Baker me guia pela Grande Escadaria e pelo corredor que leva ao outro lado da casa.

— Dentro da casa ficam Jessica, encarregada da limpeza, e Archibald, o cozinheiro.

— E o que a senhora faz?

Outra pergunta ousada. Sem querer. Dessa vez, não há dúvidas sobre a reação da sra. Baker. Ela definitivamente não gostou.

— Eu sou a governanta — diz, com o peito estufado. — Eu mantenho a casa nas melhores condições possíveis sob circunstâncias severamente limitadas. Tomo todas as decisões. A srta. Hope se encontra incapaz de assumir o posto de guardiã desta propriedade, então assumi esse fardo. *Esse* é o meu trabalho.

— Há quanto tempo está com a srta. Hope?

— Décadas. Cheguei em 1928. Fui contratada para servir como tutora e orientar a srta. Hope e a irmã sobre como uma jovem dama deve se comportar. Eu mesma tinha apenas dezenove anos e pretendia ficar por um ano ou dois. Esse plano mudou, é claro. Quando a equipe foi reduzida após o… incidente, fui morar na Europa por um tempo. Depois que meu noivo morreu, decidi voltar para Hope's End e dedicar minha vida à srta. Hope.

Não é a escolha que eu teria feito. Por outro lado, nunca tive noivo. Pensando bem, nunca tive sequer um relacionamento duradouro. O trabalho não permite isso. "Saia dessa enquanto ainda tem uma boa aparência", disse certa vez uma colega cuidadora da Agência Gurlain. "Caso contrário, você nunca vai conseguir segurar um homem."

Agora me pergunto se já é tarde demais. Talvez eu já esteja fadada a ser igual à sra. Baker no futuro — uma mulher vestida de preto, com cabelo branco e pele pálida, insípida, sem cor e sem graça.

— Se nunca se casou, por que a chamam de "senhora" Baker?

— Porque esse é o título dado à governanta-chefe, querida, seja ela casada ou não. É uma função que exige respeito.

Enquanto percorremos o longo corredor, examino o entorno. Portas duplas firmemente fechadas bem em frente, um vão de porta aberto à minha direita. Espio o interior e vejo uma sala de jantar formal, com as luzes apagadas, mas iluminada por dois pares de portas francesas que levam ao terraço. Entre elas, há uma lareira ornamentada, tão grande que eu poderia estacionar meu carro ali dentro. Em cada extremidade de uma mesa comprida que pode acomodar mais de vinte pessoas pendem imensos lustres.

— Hope's End tem trinta e seis cômodos — anuncia a sra. Baker quando alcançamos as portas duplas fechadas no final do corredor. — Você precisa se preocupar com apenas três. Os aposentos da srta. Hope, os seus próprios e este lugar.

Sigo a sra. Baker quando ela vira à direita e entra em uma cozinha tão grande que poderia ser um restaurante. Há vários fornos e fogareiros e uma lareira de tijolos, dentro da qual crepita uma pequena chama. Prateleiras forradas de recipientes de porcelana cobrem as paredes, e dezenas de utensílios e panelas de cobre pendem de grades de ferro forjado fixadas no teto. No centro, há um balcão de madeira que se estende praticamente de uma parede à outra.

Décadas atrás, um exército de cozinheiros e seus assistentes deviam correr pelo piso de azulejos pretos e brancos a caminho do salão de jantar adjacente. Agora, há apenas um cozinheiro — um homem de peitoral largo e barriga ainda mais protuberante, vestindo calça xadrez e um dólmã branco de chef. Tem por volta de setenta anos, cabeça raspada e nariz levemente torto, mas seu sorriso é largo.

— Archibald, esta é a nova cuidadora da srta. Hope — diz a sra. Baker. — Kit, este é Archibald.

Ele levanta os olhos do balcão, onde está sovando uma massa para fazer pão caseiro.

— Bem-vinda, Kit. E me chame de Archie.

— Todas as refeições da srta. Hope são preparadas por Archibald, então você não precisará se preocupar com isso — avisa a sra. Baker. — Ele também cozinha para o restante dos funcionários. Você é livre para preparar suas próprias refeições, é claro, mas eu sugiro não fazer isso. Archibald é o melhor cozinheiro da costa do Maine.

De repente percebo como a minha vida mudou de forma drástica. Essa manhã acordei na mesma cama em que eu dormia desde os dez anos. Essa noite, vou adormecer no quarto de uma mansão que tem um chef de cozinha profissional. E uma governanta. E um terraço com vista panorâmica para o mar.

Como que para silenciosamente me trazer das nuvens de volta ao chão, a sra. Baker segue em frente e me conduz até uma escada escondida num dos cantos da cozinha. Ao contrário da Grande Escadaria, esta tem degraus íngremes, estreitos e escuros, obviamente destinada aos funcionários. Dos quais eu faço parte. Não posso me esquecer disso.

— Archibald e Jessica têm acomodações no terceiro andar — diz a sra. Baker, cuja voz ecoa pela escada enquanto subimos. — Seu quarto fica no segundo andar, ao lado dos aposentos da srta. Hope.

— Ela fica no segundo andar? — pergunto, surpresa. — Mas, se ela não tem mobilidade, não deveria dormir no térreo?

— A srta. Hope não se importa, isso eu posso lhe assegurar.

— A casa tem elevador?

— Claro que não.

— Então como faço para levá-la lá para fora?

A sra. Baker se detém no meio da subida e quase esbarro nela. Para evitar uma colisão, desço um degrau, o que permite que ela paire sobre mim enquanto diz:

— A srta. Hope não sai de casa.
— Nunca?
— Nunca. — A sra. Baker se põe em movimento de novo, subindo rapidamente. — A srta. Hope não sai desta casa há décadas.
— E se ela precisar de uma consulta médica?
— Então o médico vem até ela — diz a sra. Baker.
— Mas e se ela precisar ser levada ao hospital?
— Isso nunca acontecerá.
— Mas e se...

E se houver uma emergência? É isso que tento dizer. Não consigo terminar a frase porque a sra. Baker se detém de novo, desta vez no patamar.

— A srta. Hope nasceu nesta casa, e é aqui que morrerá. Até lá, ela deve permanecer sempre dentro de casa. Esses são seus desejos, e meu trabalho é cumpri-los. Se você discorda, pode ir embora agora mesmo. Fui suficientemente clara?

Abaixo os olhos, bem consciente de que em menos de cinco minutos de trabalho já estou *na iminência* de ser demitida. A única coisa que me impede de ser forçada a voltar para meu antigo quarto e para o silêncio do meu pai é o que digo em seguida.

— Sim. Peço desculpas por questionar os desejos da srta. Hope.
— Que bom. — A sra. Baker abre um sorriso de lábios vermelhos que é tão breve e cortante quanto um golpe de navalha. — Vamos continuar.

Percorremos de ponta a ponta um longo corredor. Assim como os do térreo, esse se estende de um lado ao outro da mansão, o topo da Grande Escadaria posicionado bem ao centro. Porém, ao contrário deles, mais largos e mais bem iluminados, esse é estreito feito um túnel e igualmente escuro. O carpete é vermelho. O papel de parede é amarelo-damasco e azul-pavão. Dos dois lados há uma dúzia de portas, todas fechadas.

Ao seguir pelo corredor, tenho uma sensação estranha. É como uma tontura, mas não exatamente isso.

É instabilidade.

É isso o que estou sentindo.

Como se eu tivesse acabado de tomar alguma bebida bem forte.

Toco a parede em busca apoio, mas a palma da minha mão desliza pelo papel de parede azul, que é tão arrebatador que chega a ser opressivo. A cor é escura demais, e a estampa, florida demais para um espaço tão estreito. As inúmeras pétalas ornamentadas que se abrem e se entrelaçam parecem um jardim que cresceu sem controle, indômito e cruel, e agora está tomando conta da residência. Esse pensamento me leva a tirar a mão da parede, me fazendo tombar levemente na outra direção.

— O que você está sentindo é a casa — diz a sra. Baker sem olhar para trás. — Ela se inclina ligeiramente na direção do oceano. Não é muito perceptível no primeiro andar. Só dá para sentir nos andares superiores.

— Por que está inclinada?

— O penhasco, querida. O piso aqui em cima se desloca com o tempo, à medida que o penhasco sofre erosão.

O que a sra. Baker não diz, mas fica claro pelo piso inclinado, é que a própria Hope's End está em erosão, desgastando-se junto com o penhasco. Algum dia — talvez em breve, talvez daqui a um século —, penhasco e mansão se desintegrarão e deslizarão oceano adentro.

— Isso não a preocupa?

— Ah, todos nós já nos acostumamos — responde a sra. Baker. — Só leva algum tempo. É como se acostumar com o balanço de um barco.

Eu não teria como saber. Minha única experiência no mar foi uma excursão para observar baleias no sexto ano. Mas não entra na minha cabeça a ideia de me acostumar com isso. Quando a sra. Baker para diante de uma das portas trancadas à esquerda, eu me recosto na parede, aliviada.

— Estes são os seus aposentos — diz ela, girando a maçaneta, mas sem precisar abrir a porta, que se abre sozinha, com um rangido, graças à inclinação da mansão. — Assim que você terminar de se trocar, vou apresentá-la à srta. Hope.

— Me trocar? — Eu me afasto da parede e me aprumo. — Devo vestir o quê?

— Seu uniforme, é claro.

A sra. Baker se afasta da porta e me permite espiar o interior do aposento. É um quarto pequeno, mas arrumado. As paredes são amarelo-manteiga, há uma cômoda, uma cadeira de leitura e uma larga estante felizmente cheia de livros. Tem até uma vista para o oceano que, em outras circunstâncias, faria meu coração cantar de alegria. Mas o que chama minha atenção é o uniforme branco de enfermeira em cima da cama, dobrado com o mesmo esmero de um guardanapo num restaurante chique.

— Se por acaso não servir, posso mandar para uma costureira fazer alguns ajustes — afirma a sra. Baker.

Eu olho para o uniforme como se fosse uma bomba-relógio.

— A senhora realmente quer que eu use isso?

— Não, querida — diz a sra. Baker. — Eu *exijo* que você use.

— Mas eu não sou enfermeira.

— Aqui você é.

Eu deveria saber que isso estava por vir. Eu já tinha visto Jessica com aquele uniforme de empregada doméstica ridículo e Archie com o traje de chef.

— Eu sei que você acha uma bobagem — comenta a sra. Baker. — As antigas enfermeiras também achavam. Até Mary. Mas aqui seguimos as tradições. E essas tradições envolvem um código de vestimenta rígido. Além do mais, é com isso que a srta. Hope está acostumada. Mudar agora provavelmente a deixaria confusa e aborrecida.

É essa última parte que me faz ceder. Embora eu não dê a mínima para a necessidade de acatar velhos hábitos — afinal, por que os seguir se não há ninguém aqui para notar? —, preciso admitir que o melhor a se fazer é não incomodar uma paciente. Não tenho escolha a não ser aceitar e vestir o uniforme.

A sra. Baker aguarda no corredor enquanto fecho a porta, tiro a roupa e coloco o uniforme, que não me cai muito bem. É folgado nos quadris, na medida certa no busto e apertado nos ombros, o que o torna muito confortável e meio desconfortável ao mesmo tempo. Quando encaixo na minha cabeça o chapéu dobrado, me sinto completamente ridícula.

Eu me olho no espelho do banheiro.

Não estou... nada mal, para dizer a verdade.

Embora seja inegavelmente formal, a roupa apertada nos ombros me faz parecer um pouco mais alta, já que me força a ajeitar minha postura encurvada. Pareço menos uma cuidadora e mais uma enfermeira de verdade. Pela primeira vez em meses, volto a me sentir uma profissional. Uma revigorante mudança na rotina.

A sra. Baker certamente aprova. Quando saio do quarto, ela coloca os óculos e diz:

— Sim, assim está muito melhor.

Em seguida, vai em direção à próxima porta no corredor.

O quarto de Lenora Hope.

Quando a sra. Baker abre a porta, respiro fundo, sentindo a necessidade de me preparar. Para o quê, não sei. Não é como se eu fosse dar de cara com Lenora Hope lá dentro empunhando uma faca e uma corda com um nó.

No entanto, essa é a única coisa que consigo imaginar quando a sra. Baker gesticula para que eu entre.

Depois de respirar fundo mais uma vez, adentro o quarto.

A primeira coisa que noto no cômodo é o papel de parede de listras cor-de-rosa. Exatamente como no retrato no andar de baixo. O divã branco também está lá, o tecido escurecido pelo tempo, embora certamente seja o mesmo em que Lenora posou. Na parede atrás dele está o espelho com bordas douradas que desponta na pintura. Olhar para o espelho inteiro — e para meu reflexo uniformizado nele — faz eu me sentir um pouco como Alice atravessando o espelho. Porém, em vez de parar no País das Maravilhas, acabei dentro do retrato de Lenora Hope, e agora encaro a mim mesma do lado de fora da moldura.

Além disso, o que mais me chama a atenção são as janelas altas voltadas para o mar. A vista é ainda mais impressionante do que a do terraço. Daqui, dá para ver o oceano — uma vasta tela de águas agitadas que parece uma Casa de Espelhos. Consigo ver dois tipos de azul: um salpicado de nuvens, o outro com ondas espumosas. O ponto mais alto do segundo andar me dá a percepção do quanto a casa está próxima da beira do penhasco. Rente ao abismo, na verdade. Não há terreno além da balaustrada do terraço. Apenas uma queda livre direto para o mar.

Por causa da ligeira inclinação da casa, a vista parece ainda mais vertiginosa. Mesmo parada no meio do quarto, tenho a sensação de estar com a testa pressionada contra uma das janelas, olhando para baixo. Sinto uma pontada de instabilidade novamente, e por um momento fico inquieta e preocupada de estar prestes a tombar.

Mas então finalmente noto a cadeira de rodas estacionada num canto da sala, de frente para as janelas. É um objeto antiquado, feito de vime e madeira, com duas rodas grandes na frente e uma pequena atrás, como um triciclo. O tipo de cadeira que não é mais usada há décadas.

Sentada nela está uma mulher, silenciosa e imóvel, com a cabeça reclinada para a frente, como se dormisse.

Lenora Hope.

Por um instante, a minha vertigem desaparece. Estou deslumbrada demais com a presença de Lenora para reparar no piso inclinado. Ou na vista que as janelas propiciam.

Ou mesmo para dar atenção à sra. Baker atrás de mim. Só consigo me concentrar em Lenora, sentada na obsoleta cadeira de rodas, a luz do sol tão forte sobre ela que a faz parecer pálida, quase translúcida.

A infame Lenora Hope, reduzida a um fantasma.

De fato, tudo nela parece desprovido de cor. Seu roupão é puído e cinza, tão surrado quanto as pantufas em seus pés. As meias cinzentas vão até logo abaixo dos joelhos, onde se amontoam e se embolam. A camisola sob o roupão já foi branca um dia, mas infinitas lavagens a deixaram com o mesmo tom acinzentado de sua pele. O cinza se estende ao cabelo, que é mantido longo e liso e cai em cascata por sobre os ombros.

Somente quando Lenora levanta a cabeça é que vejo um único vestígio de cor.

Seus olhos.

São de um verde quase tão reluzente quanto os do retrato no térreo. Mas o que é fascinante na pintura torna-se amedrontador pessoalmente, sobretudo quando envolto por todo aquele cinza. Os olhos dela me fazem pensar em lasers. Eles *queimam*.

O verde resplandecente me atrai. Eu me pego querendo fitar esses olhos surpreendentemente brilhantes e ver se consigo me reconhecer neles. Se não conseguir, talvez isso signifique que não sou tão ruim quanto as pessoas pensam.

Inclusive meu pai.

Dou um passo vacilante em direção a Lenora, e a inclinação retorna, dessa vez mais acentuada. Pensando bem, talvez o piso inclinado não tenha nada a ver com isso. Talvez seja simplesmente o fato de eu estar no mesmo cômodo que Lenora Hope — uma constatação surreal e surpreendente em igual medida. A cantiga volta aos meus pensamentos.

Aos dezessete, Lenora Hope, alucinada,
Eu me pergunto se deveria estar com medo.
Matou a própria irmã enforcada.
Porque eu estou.
Matou o pai a facadas e, em delírios febris,
Mesmo que não haja razão para eu ter medo.
Tirou a vida da mãe, que era tão feliz.

Esta não é a Lenora Hope da cantiga apavorante. Não é nem sequer a Lenora do retrato lá embaixo — jovem, na flor da idade e, possivelmente, planejando o assassinato da família. *Esta* Lenora é velha, murcha, debilitada. Acho que me lembro de ler *O retrato de Dorian Gray* na escola. Aqui é o contrário — à medida que o corpo paralisado de Lenora expia seus pecados, a pintura no corredor fica mais viva.

Dou mais alguns passos, agora já sem me incomodar com a inclinação da casa. Talvez a sra. Baker esteja certa. Talvez eu esteja me acostumando com o lugar.

— Olá, Lenora — cumprimento.

— Srta. Hope — me corrige a sra. Baker, parada na soleira da porta. — Os empregados nunca devem se referir à dona da casa pelo nome de batismo.

— Desculpe. Olá, srta. Hope.

Lenora não dá qualquer sinal de ter notado a minha presença. Eu me ajoelho bem na frente da cadeira de rodas, na esperança de ver melhor seus assombrosos olhos verdes. Meu corpo se enrijece quando imagino o que ela deve estar pensando. Sobre ela mesma. Sobre mim.

Mas Lenora não coopera. Ela me ignora e olha para a janela, para o mar agitado abaixo.

— Meu nome é Kit. Kit McDeere.

De súbito, os olhos de Lenora se fixam nos meus.

Eu a encaro de volta.

O que vejo é inesperado.

Há uma centelha de curiosidade brilhando em seu olhar. Como se ela já me conhecesse. Como se soubesse tudo a meu respeito. Que eu caí numa armadilha. E fui acusada. E julgada, condenada ao ostracismo e tratada com desprezo. Encarar os olhos de Lenora Hope é como fitar o espelho com moldura dourada e ver meu reflexo me encarando.

— É um prazer conhecê-la — digo. — Serei sua cuidadora de agora em diante. Tudo bem?

Lenora Hope assente.

E esboça um sorriso.

Antes de continuarmos, preciso deixar uma coisa bem clara. Não tente me ajudar a escrever isto. Eu sei o que quero dizer. Você está aqui apenas para substituir a mão que não consigo usar. Apenas faça o que preciso que você faça, quando eu precisar que você faça.

Entendeu?

Ótimo.

Em segundo lugar, não estou escrevendo isto para que você sinta pena de mim. Não quero nem preciso da sua piedade. Também não estou fazendo isto para provar minha inocência. Isso cabe aos outros decidir, se e quando eu terminar este texto.

Estou escrevendo isto porque, quando eu morrer, o que pode acontecer a qualquer momento, quero que haja um registro dos fatos. Esta é a verdade — com suas partes boas e ruins.

E a verdade é que tudo começou no dia do retrato. O começo do fim, embora eu não tivesse ideia de que isso iria acontecer. Foi oito meses antes dos assassinatos. Uma vida inteira quando se é tão jovem quanto eu era naquela época.

Era também o dia do meu aniversário. O último aniversário celebrado nesta casa.

Naquele ano, meu pai decidiu que todos nós ganharíamos de aniversário nosso retrato pintado a óleo. Era a ideia que ele tinha de um belo presente, o que talvez fosse agradável para ele e para minha mãe, mas não tanto para minha irmã e para mim. Nenhuma garota da nossa idade queria ganhar de presente um retrato, principalmente quando isso significava se arrumar toda e ficar sentada durante horas a fio, sem permissão para se mexer. A única coisa boa dessa situação era o pintor, um homem muito bonito.

Peter era o nome dele.

Peter Ward.

Como meu pai o havia contratado para pintar retratos de cada membro da família, era a quarta vez que ele vinha a Hope's End. Naquela época, eu estava bastante apaixonada por ele. Coloquei meu melhor vestido — um de cetim cor-de-rosa — e fiz de tudo para estar o mais bonita possível. Eu queria muito chamar a atenção de Peter.

Infelizmente, minha irmã queria o mesmo, então ficou o tempo todo o rondando, mesmo sob a estreita vigilância da srta. Baker. Como o retrato estava sendo pintado no meu quarto, a preocupação da governanta era que algo inapropriado pudesse acontecer caso Peter e eu ficássemos a sós. Esse comportamento era típico da srta. Baker, contratada um ano antes para nos ensinar etiqueta e eloquência. No entanto, eu sabia por que ela realmente estava ali. Era uma governanta para meninas que não precisavam de governanta.

Sentei-me no divã, tentando não me mover. A srta. Baker permaneceu no canto, rígida, com um olhar de desaprovação estampado no rosto. A minha irmã, porém, perambulava pelo quarto atrás de Peter, bisbilhotando a tela e dizendo coisas como: "Ah, está maravilhoso! Está parecidíssima com ela!"

Não conseguia conter o riso quando ela fazia isso, então Peter era obrigado a me repreender.

"Fique quieta, por favor!", pedia ele em um tom de voz tão sério que me fazia gargalhar ainda mais. Passei a maior parte do tempo tentando não rir, embora meu sorriso tenha aparecido no retrato finalizado. Minha irmã tinha razão. Peter me retratou perfeitamente.

"Mas estou morrendo de tédio", eu reclamava enquanto a sessão se arrastava até o fim da tarde. "Posso pelo menos ler um livro enquanto você pinta?"

"Você até poderia, mas aí eu não seria capaz de ver seus olhos", declarou Peter. "E você tem olhos muito lindos."

Ora, esse elogio era um presente de aniversário que qualquer garota da minha idade adoraria receber. Nunca na vida alguém havia chamado qualquer parte minha de "linda", e ouvir essas palavras de Peter fez meu corpo inteiro estremecer.

De repente, comecei a me perguntar se Peter já havia pintado uma mulher nua. Uma mulher mais madura e mais desenvolvida que eu, alguém que não tinha vergonha do próprio corpo. Fiquei imaginando qual seria a sensação de tirar meu vestido cor-de-rosa, recostar-me no divã e ver Peter encarando minha nudez. Ele ainda me acharia linda? Sentiria vontade de deixar de lado o cavalete e se deitar comigo no divã, tocar minha pele, acariciar meu cabelo?

Comecei a enrubescer, perplexa com a intensidade dos meus pensamentos. Olhei para a srta. Baker, que me fitava com seus olhos escuros, como se soubesse exatamente o que eu estava pensando.

Ao que parecia, minha irmã também. Ela se aproximou de Peter por trás, pressionando o corpo contra as costas dele. Pousou a mão em seu ombro e lá a manteve enquanto murmurava: "Peter, você é realmente o homem mais talentoso que já conheci na vida."

De repente, o quarto ficou abafado, e, naquele momento, tudo que eu queria era me afastar de todos eles. Eu ansiava por estar lá fora, empoleirada na beira do penhasco, com o vento fresco batendo no meu cabelo.

"Já estamos terminando?", perguntei.

"Mais uma ou duas horas", disse Peter.

"Seja paciente", acrescentou a srta. Baker.

Mas eu não tinha mais paciência. Eu a odiava. Odiava minha irmã. Odiava meu pai por trazer Peter para esta casa. Naquele momento, o único membro da minha família que eu não desprezava era minha mãe.

Dela, eu sentia pena.

Incapaz de ficar parada por mais um segundo que fosse, levantei do divã e me dirigi à porta.

"Eu ainda não terminei!", exclamou Peter atrás de mim.

"Eu com certeza já terminei", retruquei.

Eu me apressei até as escadas dos fundos e entrei na cozinha, que estava em um frenesi de atividades, os cozinheiros e as empregadas às voltas com os intensos preparativos do meu jantar de aniversário. Minha raiva me surpreendeu. Eu sabia que minha irmã não tinha nenhum interesse real por Peter e que Peter não tinha nenhum interesse por mim. Para ser sincera, eu também não tinha o menor interesse por ele. Mas queria desesperadamente que alguém me notasse, me visse, me entendesse.

Além do mais, eu estava farta de Hope's End. O nome era perfeito, pois parecia que estávamos no fim do mundo, sem qualquer esperança de estar em qualquer outro lugar que não aqui.

Meu pai construiu Hope's End como uma homenagem a si mesmo, embora, é claro, afirmasse o contrário. Uma característica peculiar entre a maioria dos homens presunçosos é a necessidade de tentar esconder a própria presunção. Meu pai fazia isso alegando que construíra Hope's End para sua amada esposa e para a menina que ela acabara de dar à luz.

Não é verdade.

Ele ergueu a mansão porque queria que todos soubessem o tamanho de sua fortuna.

Funcionou. Pois não existe uma pessoa que vislumbre Hope's End sem pensar: "Esta é a casa de um homem podre de rico."

Tínhamos dinheiro. Mas éramos felizes? Não muito. E a casa, apesar de luxuosa, refletia isso. É um lugar frio, hostil, nada acolhedor. Eu sei que você consegue sentir isso. Não é nada confortável aqui.

Tudo que eu queria era conhecer pessoas, lugares, vivenciar coisas que apenas lia nos livros. Era 1929, e o mundo estava cheio de vida, com carros velozes, jazz, festas e danças noite adentro enquanto as pessoas se embebedavam de gim caseiro. Eu não tinha experimentado nada disso. E como eu poderia me tornar uma grande escritora sem ter sentido na pele nenhuma experiência que me servisse de inspiração para escrever?

Havia dias em que Hope's End parecia tanto uma prisão que minha vontade era gritar se tivesse que passar mais um minuto cercada por essas paredes. Sempre que as coisas chegavam a esse ponto, o único remédio era ficar ao ar livre. Eu adorava os jardins, o mar e o céu. Esses espaços sempre conseguiam me acalmar, e foi exatamente o que aconteceu naquele dia.

De pé no terraço, inspirei o ar salgado e senti o vento fresco no rosto. Eu me recostei na balaustrada e olhei para as janelas altas que contornavam o canto sudeste da casa. O quarto da minha mãe, que era separado do quarto do meu pai. Havia muito tempo que os dois tinham deixado de compartilhar a mesma cama.

As cortinas estavam fechadas, o que significava que ela estava em meio a mais um de seus "episódios nervosos". Naquela época, ela raramente saía do cômodo.

Estremeci ao ver aquelas cortinas cerradas. Eu não conseguia imaginar ficar enclausurada dentro do meu quarto o dia inteiro, todos os dias, sem nunca mais sair. Para mim, parecia um destino pior que a morte.

No entanto, aqui estou eu, vivendo exatamente essa situação.

No fim, ficou claro que eu estava certa.

Porque eis um fato intrigante sobre Hope's End: as portas de todos os quartos só podem ser trancadas por fora, sendo necessário chaves individuais para abri-las. Quando minha irmã e eu éramos pequenas, uma das brincadeiras favoritas do meu pai era nos trancar em nossos respectivos quartos. Quem aguentasse ficar mais tempo sem implorar para sair ganhava um prêmio. Geralmente um pouco de dinheiro ou uma sobremesa, e, numa ocasião, uma pulseira de ouro. A vencedora também decidia quanto tempo a perdedora ficaria confinada em seu quarto.

Minha irmã sempre ganhava.

Ela nunca deu muita bola para o jogo, mas, ah, como aquilo me enlouquecia! Eu nunca era capaz de aguentar mais do que algumas horas antes de ter a nítida sensação de que as paredes estavam se fechando e me prenderiam para sempre se eu não saísse logo.

Como eu era sempre a primeira a suplicar ao meu pai para destrancar a fechadura, tinha que permanecer entre as quatro paredes do meu quarto pelo tempo determinado pela minha irmã. Certa vez, ela decidiu me manter trancafiada por mais de doze horas. Passei a noite inteira gritando e esmurrando a madeira, exigindo que me deixassem sair. Vendo que não funcionava, tentei arrombar a porta, me arremessando contra ela, que nem sequer se mexeu. Embora eu tivesse perdido, meu pai e minha irmã nunca cederam. Fiquei trancada lá dentro até o meio da manhã seguinte.

É essa a sensação de estar nesta casa, neste quarto, neste corpo. É como se eu tivesse sido encarcerada durante um dos joguinhos do meu pai, sem ninguém do outro lado com a chave capaz de me libertar.

SEIS

Depois de levar meus pertences para o andar de cima, descubro que meu quarto é interligado ao de Lenora. O primeiro item que tiro da mala é o cofre de metal de medicamentos. O mesmo cofre que me levou a ser suspensa do trabalho e investigada pela polícia. Eu o esvazio e o deslizo para baixo da cama, então jogo a chave na gaveta da mesinha de cabeceira.

Em seguida, retiro minhas roupas e abro a porta do que julgo ser um armário, mas, em vez de prateleiras e cabides, estou olhando diretamente para o quarto de Lenora. A sra. Baker ainda está lá, ajeitando nas orelhas de Lenora um headphone conectado a um walkman que parece um tijolo no colo da idosa.

— Ah, Kit — diz a sra. Baker enquanto pressiona o play do walkman. — Vamos repassar a rotina diária da srta. Hope.

Movida pela curiosidade, entro devagar no quarto adjacente. Lenora é uma estranha visão — uma mulher na casa dos setenta, afundada numa cadeira de rodas que provavelmente não é fabricada desde os anos 1940, tirando proveito da mais recente tecnologia da década de 1980.

— O que ela está ouvindo?

— Um audiolivro em fita cassete — responde a sra. Baker, como se estivesse ofendida pelo conceito daquilo. — Jessica grava a si mesma lendo em voz alta e depois entrega as fitas para a srta. Hope ouvir.

— Isso é muito gentil da parte dela.

— Se você acha.

A governanta vai até um aparador sob a janela. Dentro, há dezenas de fitas cassete em caixas de plástico. Reconheço muitos títulos rabiscados nas etiquetas com marcador vermelho: *Pássaros feridos*; *Ayla: A filha das cavernas*; uma porção de livros de Jackie Collins.

Ao lado, Lenora ouve uma das fitas com uma expressão de contentamento no rosto, como uma criança que acabou de receber seu brinquedo favorito. Ela permanece assim enquanto a sra. Baker me dá um curso intensivo sobre seus cuidados. Primeiro revisamos os medicamentos de Lenora, que são muitos. Aspirina, um remédio diurético, um anticoagulante, estatina, um medicamento para controlar espasmos musculares, outro para prevenir a osteoporose. Todos ficam em cima da mesinha de cabeceira de Lenora. Seis frascos alaranjados dispostos em fila numa bandeja de prata.

Abro cada um para me familiarizar com os formatos, os tamanhos e as cores dos comprimidos. Na bandeja também há um almofariz e um pilão, então pressuponho que devo esmagar os comprimidos.

— Eu os misturo com a comida da srta. Hope, certo?

— Três no café da manhã, três no jantar — instrui a sra. Baker. — Está anotado nas embalagens.

Enquanto examino as etiquetas nos frascos, ela continua explicando que devo passar duas horas por dia — uma pela manhã, outra à noite — movendo suavemente os braços e as pernas de Lenora a fim de melhorar sua circulação. É tarefa minha escovar seus dentes e seu cabelo e trocar seu pijama por roupas diurnas e vice-versa todas as manhãs e todas as noites. Também cabe a mim alimentá-la. E dar banho. E ajudá-la a ir ao banheiro quando for possível ou trocar a fralda geriátrica quando não for.

Nós conversamos como se Lenora, calada na cadeira de rodas, não estivesse no quarto conosco. Dou uma espiada em sua direção de vez em quando, tentando entender até que ponto ela tem consciência do que acontece ao redor. Metade do tempo ela parece alheia à nossa presença, satisfeita em contemplar a vista pela janela e ouvir seu audiolivro. No entanto, também percebo quanto ela parece concentrada, como se estivesse acompanhando atentamente cada movimento meu. A certa altura, Lenora desvia os olhos da janela para a minha direção. Um olhar de soslaio que ela não quer que eu perceba. Mas quando retribuo o olhar, ela se volta depressa para o horizonte.

— O que a srta. Hope faz para se divertir?
— Divertir? — indaga a sra. Baker, como se nunca tivesse ouvido a palavra. — A srta. Hope não se diverte. Ela descansa.
— O dia todo?

Observo o quarto, que é maior que o meu, e mais abafado também. As janelas estão firmemente fechadas, o que me leva a questionar quando foram abertas pela última vez. Embora o aposento não tenha cheiro de doença, o que é um alívio, a brisa fresca do oceano faria maravilhas por aqui. Passei tempo demais em cômodos pegajosos e fedidos, com um desagradável e nauseante odor de suor e podridão.

Quanto aos móveis, bem, não há muito que possa ser feito. Além do aparador e do divã desbotado, há um armário encostado na parede oposta, uma escrivaninha no canto, uma poltrona que combina com o divã e diversas mesinhas laterais com abajures Tiffany. O cômodo é um tanto infantil, decorado com vários babados — deve ser o quarto de infância de Lenora, que permaneceu o mesmo por décadas a fio. Eu acharia estranho uma mulher adulta dormir no mesmo quarto que ocupava na infância se não fosse pelo fato de eu ter acabado de passar pela mesma coisa.

O único objeto moderno no ambiente está ao lado da cama: um elevador Hoyer, que facilita a transferência da cama para a cadeira de rodas e vice-versa. Já os usei muitas vezes, mas esse parece ser um modelo mais antigo. A base metálica em forma de u, a trave de suporte em ângulo e a bomba hidráulica não são tão elegantes quanto outras versões. No topo, pendurado no que parece ser um enorme cabide, há um cesto de náilon.

A cama em si está abarrotada de travesseiros, que já exibem uma reentrância em forma de corpo humano. Estremeço só de pensar em ser forçada a ficar ali o dia todo, sem nada para fazer.

— Certamente deve haver algo que ela goste de fazer — digo, procurando uma televisão em algum lugar do quarto.

A maioria dos meus pacientes adorava manter a tv ligada, mesmo que não assistissem a nada de fato. Apenas o som lhes fazia companhia.

Em vez de uma tv, vejo uma máquina de escrever em cima da escrivaninha. É antiga — verde-menta, teclas brancas levemente acinzentadas, sem dúvida uma relíquia dos anos 1960 —, mas ainda parece estar em condições de uso, já que há uma folha de papel posicionada no cilindro.

— Isso é para a srta. Hope?

A sra. Baker encara rapidamente a máquina de escrever.

— Na juventude, ela queria ser escritora. Quando Mary descobriu, comprou uma máquina de escrever para ensinar a srta. Hope a datilografar.

— E ensinou?

— Não — diz a sra. Baker. — Mas, ao longo dos anos, criamos uma forma de ela comunicar suas necessidades. Ela consegue responder "sim" ou "não" a perguntas com uma leve batidinha da mão esquerda. Uma vez para "não", duas para "sim". Não é perfeito, mas funcionou bem até agora.

Volto a flexionar a mão esquerda, aflita com a ideia de essa ser a única maneira de me comunicar.

Lanço outra rápida olhada de esguelha para Lenora, que voltou a me observar. Dessa vez, ela não tenta esconder, simplesmente me encara.

— Quanto aos *cuidados* da srta. Hope — diz a sra. Baker, enfatizando a palavra para mostrar o que acha de assuntos que considera banais —, o jantar é servido às sete. Claro que você é bem-vinda para se juntar a nós na cozinha depois de alimentar a srta. Hope, mas a maioria das enfermeiras achava mais fácil comer aqui com ela. Depois disso, é hora de uma segunda rodada de terapia circulatória, seguida do banho da srta. Hope.

A sra. Baker abre uma porta ao lado do armário. Dentro, há um banheiro com azulejos brancos reluzentes, um aquecedor sibilando sob o toalheiro, outro elevador de transferência Hoyer ao lado da banheira com pés de garra e uma pia alta o suficiente para acomodar a cadeira de rodas de Lenora.

— A srta. Hope deve ser colocada na cama pontualmente às nove. Se precisar de ajuda durante a noite, ela usará este botão para chamar você.

A sra. Baker vai até a mesinha do lado esquerdo da cama de Lenora e pega um quadrado espesso de plástico que parece um controle de videogame Atari sem o manete. O botão é idêntico. Um círculo vermelho enorme que a sra. Baker pressiona com o polegar. Um estrondoso zumbido irrompe do meu quarto, acompanhado por uma luz vermelha que eu vejo através da porta contígua aberta, brilhando em um suporte de plástico na minha mesinha de cabeceira.

— Alguma pergunta? — pergunta a sra. Baker.

— Se eu pensar em alguma coisa, com certeza avisarei.

— Não tenho a menor dúvida disso — devolve a sra. Baker, a voz seca. — De agora em diante confio oficialmente a srta. Hope aos seus cuidados. Que você possa servi-la bem.

As palavras são ditas com zero entusiasmo, como se ela duvidasse de que isso fosse acontecer. A sra. Baker se vira e vai embora, sua saia preta sibilando. Permaneço junto à porta por um momento, um pouco tonta. Queria poder dizer que a culpa é da inclinação do lugar, mas sei o que realmente está me causando essa sensação.

Agora estou sozinha com Lenora Hope.

De repente, meu coração acelera. Depois de ver uma pequena parte de mim nos olhos de Lenora, não achei que ficaria tão nervosa. Mas agora que estamos a sós, o quarto parece diferente. Sinto uma vibração no ar, antes provavelmente abafada pela presença da sra. Baker. Mas agora que a governanta se foi, sinto a apreensão e o clima vagamente agourento.

E assustador. De um jeito surpreendente.

Anos atrás, quando eu era jovem e meu pai ainda falava comigo, estávamos no quintal quando uma abelha pousou em meu braço. Antes que eu pudesse gritar ou fugir, meu pai me agarrou pelos ombros e me manteve parada no lugar.

— Nunca demonstre medo, Kit-Kat — sussurrou ele. — Elas conseguem perceber que a pessoa está com medo, e é aí que elas picam.

Fiquei imóvel, fingindo ser corajosa, enquanto a abelha subia pelo meu braço, passava pelo pescoço e chegava até a bochecha. Depois ela voou para longe, deixando-me ilesa.

Tento fingir ser corajosa quando me aproximo de Lenora, inclinando-me um pouco para contrabalançar o chão desigual. Verifico o walkman no colo dela. A fita não está mais girando, tendo chegado ao fim sabe-se lá há quantos minutos. Com cuidado, retiro o headphone e o coloco em cima do aparador junto com o walkman. Isso provoca um olhar irritado de Lenora.

— Desculpe. Agora que estamos só nós duas aqui, pensei que deveríamos... que *eu* deveria... falar um pouco sobre mim. Para que você me conheça melhor — explico.

Eu me sento no divã e encaro Lenora, cujo olhar vagueia um pouco antes se concentrar em mim mais uma vez. Além de brilharem de uma maneira inquietante, seus olhos verdes têm certa expressividade sutil. Como não pode falar, cabe a eles fazer todo o trabalho. No momento, eles tremeluzem, cautelosos e um pouco indecisos. Como se ela não soubesse muito bem o que fazer comigo.

Eu também não sei, Lenora.

— Então, srta. Hope...

Eu hesito, detestando o tom das minhas palavras. É formal demais, não importa o que a sra. Baker diga. Além disso, sempre achei que chamar uma pessoa pelo primeiro nome a torna menos intimidante. Talvez seja por isso que a sra. Baker não tenha dito o próprio nome para mim. Foi uma jogada de poder. Como a srta. Hope já é bastante intimidante sem a formalidade, em uma fração de segundo tomo a decisão de me dirigir a ela pelo primeiro nome quando a sra. Baker não estiver por perto.

— Então, Lenora — começo de novo. — Como eu disse antes, meu nome é Kit. E estou aqui para ajudá-la com qualquer coisa que você precisar.

Ou seja, tudo.

Outra percepção assustadora.

Todos os meus pacientes anteriores conseguiam se alimentar sozinhos ou caminhar com ajuda, e eram capazes de me dizer do que precisavam e quando. A única coisa que Lenora é capaz de fazer é usar o braço esquerdo, e não tenho ideia se isso vai além da capacidade de apertar um botão vermelho.

— Vamos começar testando aquele sistema de comunicação que a sra. Baker citou. Você consegue, certo?

Lenora curva os dedos da mão esquerda, formando um punho frouxo. Então, deixa cair os nós dos dedos contra o braço da cadeira de rodas uma, duas vezes. Isso é um "sim".

— Incrível! — digo. — Agora vamos ver se você está em boa forma.

Busco minha maleta médica e faço uma verificação de rotina dos sinais vitais de Lenora. A pressão arterial está um pouco alta, mas nada muito preocupante, e a pulsação está normal para uma mulher na sua idade e condição. Quando testo os reflexos, todos os membros de Lenora reagem de alguma forma. Tudo normal tanto no braço direito — paralisia não significa que o corpo seja incapaz de reagir — como nas pernas, tão enfraquecidas pela poliomielite que não podem ser utilizadas. Quanto ao braço esquerdo, responde exatamente como o braço de alguém de setenta anos deveria responder.

O único ponto de atenção é um hematoma esmaecido na parte interna do antebraço de Lenora. É pequeno — uma manchinha roxa cercada de amarelo — e parece estar sarando de forma correta.

— O que aconteceu aqui? — pergunto. — Esbarrou em alguma coisa?

Lenora dá duas batidinhas. Outro "sim".

— Dói?

Uma única batida. "Não."

— Se doer, me avise. Agora, vamos ver o que mais este braço consegue fazer. — Seguro a mão esquerda de Lenora. Está fria e pálida, praticamente translúcida. Um mapa de veias se espalha logo abaixo da pele, que tem a consistência de papel. — Mexa para mim, por favor.

Os dedos de Lenora roçam minha mão.

— Ótimo. Agora feche o punho. O mais apertado que conseguir.

Suas unhas arranham minha palma quando ela fecha a mão em um punho mais cerrado do que o de antes.

— Nada mau — digo. — Vamos ver o que você consegue segurar.

Pego um frasco de comprimidos na bandeja em cima da mesinha de cabeceira e o coloco na palma da mão aberta de Lenora. Ela o aperta com os dedos com o máximo de força que consegue.

— Muito bem — comento enquanto devolvo o frasco de comprimidos à bandeja.

Vasculho o quarto em busca de outro objeto e vejo um globo de neve em cima do aparador. Tem aproximadamente o tamanho de uma bola de tênis, e está na cara que é antigo. O globo é de vidro e o interior mostra uma cena de Paris pintada à mão, incluindo uma pequena Torre Eiffel que se eleva até quase encostar no vidro. Dou uma sacudida no globo de neve, mas qualquer líquido que havia ali desapareceu faz muito tempo, por isso os flocos dourados caem secamente, feito confetes reutilizados.

Coloco o globo de neve na mão esquerda de Lenora. O objeto é pequeno mas pesado, e o esforço a faz tremer. Um barulho escapa de sua garganta. Um minúsculo e torturado coaxar. Tiro o globo imediatamente de sua mão, que cai de volta no apoio de braço. Ela franze a testa, e parece decepcionada por ter falhado.

— Tudo bem. Você fez o seu melhor. — Devolvo o globo de neve ao aparador, e o movimento levanta outra névoa brilhante. Volto para perto de Lenora e pego sua mão. Sob a pele, as veias pulsam levemente. — Já esteve em Paris?

Lenora fecha a mão em um punho e dá uma única batidinha triste na minha palma.

— Eu também não. O globo de neve foi um presente de alguém que esteve lá?

Dois toques.

— Seus pais?

Mais dois.

— Você sente saudade deles?

Lenora reflete, mas não por muito tempo. Apenas o suficiente para eu notar a pausa. Em seguida, ela bate duas vezes na palma da minha mão.

— E da sua irmã? Também sente saudade dela?

Dessa vez recebo uma única batida. Tão perfurante que faz minha mão arder.

"Não."

Ela responde sem hesitar, então me dou conta, apreensiva: Lenora usou esta mão quando matou a irmã.

Enforcada.

E o pai.

A facadas.

E a mãe.

Que era tão feliz.

Saber que a mão que estou segurando fez todas aquelas coisas horríveis me faz soltá-la com repulsa. Ela cai seca no colo de Lenora, que me lança um olhar penetrante, em parte surpreso e em parte magoado. Mas logo sua expressão muda para algo mais consciente, quase divertido.

Ela *sabe* no que eu estava pensando.

Porque não sou a primeira cuidadora a pensar isso.

Outras também pensaram. Pode ser que algumas também tenham largado a mão dela imediatamente, como uma batata quente. Até a própria Mary. Provavelmente, assim como eu, também tiveram curiosidade de saber não apenas *como* Lenora matou sua família, mas *por quê*. Afinal, esse é o grande mistério. Deve haver uma razão. Ninguém mata a família inteira sem motivo.

Ninguém em seu juízo perfeito, claro.

Eu a observo, imaginando se sob seu silêncio e quietude a loucura toma conta dela, embora não seja visível, sobretudo quando Lenora me encara de volta. Sinto que por trás daqueles olhos verdes ela está tramando alguma coisa quando os alterna entre mim e a máquina de escrever na escrivaninha. O olhar é urgente. Quase como se ela estivesse tentando me dizer alguma coisa.

— Quer usar a máquina? — pergunto.

Lenora bate duas vezes.

— A Mary ensinou a você?

Mais duas batidas, tão enfáticas que ecoam pelo quarto. Mesmo assim, tenho minhas dúvidas. Parece impossível que alguém nas condições de Lenora seja capaz de datilografar, mesmo com assistência. Fui demitida de um escritório de datilografia. Sei por experiência própria quanto essas máquinas podem ser difíceis, até mesmo para alguém que usa *as duas* mãos.

Ainda assim, levo Lenora até a escrivaninha e posiciono sua mão esquerda no teclado. Agora que estamos sozinhas diante da máquina de escrever, ela parece um pouco diferente. Mais ativa e alerta, desliza os dedos sobre as teclas, como se estivesse escolhendo cuidadosamente qual pressionar primeiro. Quando se decide, usa o dedo indicador para empurrá-la para baixo com toda a força. Uma haste de metal, a barra de tipo, salta e atinge o papel com um sonoro *tec*.

Lenora sorri. Está gostando disso.

Depois de pressionar mais seis teclas, incluindo a barra de espaço, ela solta o ar, satisfeita.

Como não consegue fazer isso sozinha, toco na alavanca de entrelinha e retorno, trazendo o carro da máquina de volta à posição inicial. O movimento faz avançar uma linha na página e me permite ver o que ela acabou de escrever.

ola kit

Apesar do meu nervosismo, eu sorrio.

— Olá.

Lenora inclina a cabeça em direção à máquina de escrever. Um sinal de que quer continuar.

— Isso não é difícil para você? — pergunto.

Mais uma vez, sua mão esquerda percorre as teclas antes de pressionar uma letra. Lenora não é uma datilógrafa ágil. Suspeito que ela escreva em média uma palavra por minuto, o que não é muito pior do que eu no escritório de datilografia. Ao contrário de mim, Lenora é persistente e focada. Ela caça e aperta as teclas, franzindo a testa enquanto coloca a língua no canto da boca. Em pouco tempo ela datilografou mais nove palavras.

meu corpo esta morto mas minha mente esta viva

Lenora me encara com expectativa, mordendo o lábio inferior com nervosismo, tentando avaliar minha reação. É uma expressão muito genuína. Tão genuína que me lembra uma adolescente. Alguém que não consegue evitar transparecer o que está sentindo de verdade.

E, pensando bem, em muitos aspectos, Lenora talvez seja como uma adolescente. Há décadas ela vive nesta casa, neste mesmo quarto, rodeada de objetos de sua juventude. Nada em sua vida mudou desde que ela tinha dezessete anos. Sem família nem amigos ou mesmo uma mudança de cenário que a empurrasse rumo à maturidade, é possível que mentalmente ela ainda esteja na adolescência.

O que significa que há a chance de que seu atual estado emocional seja exatamente idêntico ao da noite em que sua família foi assassinada. A cantiga irrompe mais uma vez em minha memória, provocadora.

Aos dezessete, Lenora Hope, alucinada,

Afasto a mão da máquina de escrever, nervosa, como se Lenora estivesse prestes a estender o braço e me agarrar. Ela percebe, é claro, e meneia a cabeça para que eu aperte a alavanca de entrelinha e retorno da máquina de escrever. Faço isso de maneira abrupta, tomando cuidado para que não haja contato entre nós.

Em resposta, Lenora datilografa três palavras pequenas, mas significativas.

nao tenha medo

Outro aceno. Outro toque meu na alavanca de entrelinha e retorno, permitindo que Lenora escreva outra linha.

eu nao consigo machucar voce

Se o objetivo era me tranquilizar, então ela fracassou de forma retumbante.

Eu não vou machucar você.

Isso, *sim*, teria acalmado meus nervos.

O que Lenora acabou escrevendo tem o efeito inverso. Esse traiçoeiro *eu não consigo* sugere falta de capacidade, mas não de vontade.

E que ela me machucaria, se conseguisse.

SETE

Jantamos em silêncio, algo a que eu me acostumei nos últimos seis meses. Eu me sento de frente para Lenora, tomando cuidado para que nossos joelhos não se toquem. Depois da experiência com a máquina de escrever, quero evitar contato físico.

Nossos pratos estão numa bandeja de madeira que acoplei na cadeira de rodas de Lenora. Frango assado e cenoura glaceada para mim, purê de abóbora temperado com comprimidos triturados para Lenora. Como não sei se devo alimentá-la primeiro, decido alternar as garfadas. Primeiro para Lenora, depois para mim, até que ambos os pratos estejam limpos.

Após o jantar, a sobremesa. Para mim, bolo de chocolate. Para ela, pudim.

E então, é hora dos exercícios de circulação noturnos de Lenora. Não é algo que eu esteja ansiosa para fazer, já que significa que não poderei evitar o contato físico. Pelo restante da noite, Lenora e eu ficaremos desconfortavelmente próximas.

Uso o elevador de transferência para movê-la da cadeira de rodas para a cama. Para fazer isso, preciso deslizar o cesto por debaixo de Lenora, levantá-la da cadeira de rodas, movimentar a engenhoca enquanto ela fica pendurada como uma criança num balanço, abaixá-la sobre a cama, depois puxar o cesto de baixo dela. É mais fácil na teoria que na prática, principalmente porque Lenora é mais pesada do que parece. Ela é surpreendentemente robusta para alguém com aspecto tão frágil quanto o de um passarinho.

Na cama, levanto a perna direita de Lenora e a dobro, empurrando o joelho em direção ao peito. Lenora fita o teto nesse meio-tempo, aparentemente entediada. Penso em quantas vezes — com quantas enfermeiras diferentes — ela teve que fazer isso. Milhares, talvez. De manhã e à noite, dia após dia após dia. Quando passo para a perna esquerda, Lenora deixa a cabeça pender para o lado, provavelmente para tentar enxergar a janela atrás de mim.

Embora esteja escuro agora e não haja muito para ver, entendo por quê. É melhor do que ficar olhando para o teto. Pelo menos a paisagem é diferente lá fora, mesmo no breu. A lua cheia está tão baixa no horizonte que parece flutuar na superfície do oceano. Nuvens finas feito dedos deslizam diante da lua. Ao longe, com luzes brilhantes como estrelas, um navio atravessa a noite.

Encaro Lenora e percebo a angústia em seu olhar. Consigo me identificar com o sentimento. Sempre tive a sensação de que o mundo passava por mim. Nasci em 1952, e o final da minha adolescência coincidiu com o final da década de 1960. Passei os últimos anos da escola trabalhando numa lanchonete, e vi meus poucos amigos se mudarem para São Francisco, viajarem do Norte até o Canadá só para fugirem do alistamento militar, irem para Woodstock e voltarem para contar suas aventuras sexuais e experiências com drogas, largarem a escola. Assisti ao pouso na Lua cumprindo meu turno da noite, entrevendo pedaços da história enquanto carregava bandejas com os pratos do dia.

Minha mãe me dizia para não me preocupar. Ela dizia que, por meio dos livros, é possível desbravar mundos inteiros sem nunca sair de casa. Já meu pai me falava que eu deveria me acostumar com isso.

— Esse é o nosso destino, Kit-Kat. Pessoas como nós trabalham duro. Os filhos da puta endinheirados que comandam tudo fazem questão disso.

Eu acreditei nele. Acho que foi por isso que acabei me tornando cuidadora, disposta a colocar as necessidades dos outros antes das minhas, incapaz de sonhar com uma vida melhor.

— Também não saio muito — digo a Lenora. — Basicamente vivi os últimos doze anos presa.

Eu me assusto quando digo isso em voz alta. Doze longos anos. Não tão encarcerada quanto Lenora, mas presa mesmo assim. Apenas os quartos e os pacientes mudaram. Tento me lembrar de todos eles e fico surpresa por não conseguir. Como é estranho ter passado tanto tempo no mesmo lugar com alguém e esquecer tudo a respeito. A respeito *deles*. Atribuo isso à monotonia. As pessoas e os lugares eram diferentes, mas o trabalho era sempre o mesmo. Dias após semanas após anos, até que tudo se tornou um borrão. Então me ocorre que, assim como Lenora, perdi por completo os anos 1970. Todas aquelas experiências revolucionárias que todo mundo teve passaram por mim como um carro em alta velocidade. Nunca fui a uma discoteca. Não assisti a *Tubarão* no cinema, só quando foi exibido na TV. Nenhuma das duas crises dos combustíveis me afetou, e nunca fui obrigada a esperar na fila para encher meu tanque. O caso Watergate e todo o alvoroço político que se seguiu foram mero ruído de fundo enquanto eu alimentava meus pacientes, ministrava seus comprimidos e dava banho de esponja em seus corpos definhados.

Uma breve dor perfura meu flanco. Como uma faca cutucando minhas costelas. Sim, é angústia. Por uma vida que nunca tive — e provavelmente nunca terei.

— Você já teve essa sensação, Lenora? De que existe uma vida inteira lá fora que você poderia ter vivido, mas não viveu?

Lenora bate duas vezes no colchão.

— Foi o que eu pensei.

Terminamos os exercícios e passamos para a tarefa seguinte — o banho. Começo a encher a banheira antes de trazer Lenora para o banheiro. Depois de enchê-la, estendo a mão para pegar a dela, mas não consigo segurá-la. De repente, volto a ficar nervosa em tocá-la.

Amaldiçoando mentalmente o sr. Gurlain, me obrigo a segurar a mão de Lenora e a mergulho na água.

— Muito quente?

Lenora bate uma vez na banheira. Não.

— Tem certeza? — insisto, protelando só para evitar o que vem em seguida: tirar suas roupas.

Depois de dois toques sinalizando a resposta afirmativa, não há mais como fugir. Lenora Hope e eu estamos prestes a nos conhecer intimamente.

No início da minha carreira, eu desviava os olhos ao despir um paciente. Por respeito a eles, sim, mas também porque não queria ver o que o futuro me reservava. Todas aquelas rugas e manchas e a flacidez nos seios. Agora já não me incomoda tanto. É essa a aparência que, um dia, eu também terei. A aparência que *todo mundo* terá. Isto é, se tiver sorte. Ou talvez se tiver azar. Ainda estou indecisa sobre isso.

Ver um paciente nu faz parte do trabalho. O mesmo vale para os fluidos corporais. Nos últimos doze anos, já deparei com a maioria deles. Sangue e urina. Vômito e catarro. E merda. Muita merda.

Eu uso o elevador para colocar Lenora na banheira. A tarefa se torna um pouco mais difícil por conta do banheiro apertado, do meu uniforme inadequado e da persistente necessidade de manter o mínimo de contato físico possível entre nós duas. Fico desajeitada e atrapalhada com tudo isso, a tal ponto que acidentalmente bato o cotovelo de Lenora na borda da banheira. Ela me lança um olhar aborrecido.

— Desculpe — digo.

Lenora solta um suspiro e, pela primeira vez, percebo sua frustração por não conseguir falar. O sentimento é mútuo. Tenho tanto para perguntar a ela. Tanta coisa que preciso saber. Porque a verdade é que não posso continuar me sentindo nervosa na presença dela. Com medo até de tocá-la, que é basicamente a razão pela qual estou aqui: para fazer todas as coisas que o braço direito e as pernas de Lenora não conseguem.

— Precisamos conversar — digo. — Quer dizer, *eu* preciso conversar.

Eu me calo, como se Lenora pudesse responder. Mas o seu silêncio preenche o banheiro como vapor, fazendo-o parecer pequeno, quase opressivo.

— Você tem razão. Estou assustada. Tentarei evitar isso, mas é difícil. Talvez fosse mais fácil se eu soubesse por que…

Eu me seguro antes de completar a frase. *Por que você matou a sua família.* Mas Lenora sabe o que quero dizer. Posso sentir quando coloco xampu nas mãos e começo a massagear seu cabelo.

— Porque talvez eu entenda.

Com as mãos juntas em concha, despejo um pouco de água sobre a cabeça de Lenora, tomando cuidado para evitar que a espuma entre em seus olhos. Minha mãe fazia a mesma coisa comigo quando eu era criança. Retribuí o favor anos depois, quando tive que dar banho nela. O ato sempre me pareceu algo sagrado, como um batismo. Ao fazer isso agora, neste banheiro abafado e silencioso, sinto como se estivesse pronta para me confessar.

Isso foi algo que meu pai sugeriu, pouco antes de parar de falar comigo. Fale com o padre. Confesse seus pecados.

Na ocasião, eu não fiz isso. Mas quero tentar agora.

— Somos muito parecidas, Lenora. — Junto mais água, despejo sobre a cabeça dela e deixo escorrer por seu cabelo, como se o ato absolvesse a nós duas. — Nós duas gostamos de livros. Não vamos a lugar nenhum há muitos anos. E eu sei o que você está passando.

Eu hesito, em dúvida se devo continuar. Ou se quero continuar. Mas então Lenora me lança um olhar de soslaio, e parece tão curiosa a meu respeito quanto eu estou sobre ela.

— De todas as coisas que temos em comum, esta é a maior de todas — digo por fim. — Todo mundo pensa que eu também matei a *minha* mãe.

OITO

Embora eu estivesse disposta a cuidar da minha mãe de graça, meus pais insistiram em me contratar por intermédio da Agência Gurlain de Cuidadores Domiciliares. Ideia dela, uma mulher muito orgulhosa. Kathleen McDeere jamais aceitaria caridade. Embora o câncer de estômago a estivesse consumindo — e mesmo que todos soubessem que era tarde demais para fazer algo a respeito —, ela insistiu em pagar.

Então deixei o paciente de quem eu estava cuidando, um senhor de oitenta anos meio chato e com artrite crônica, e me mudei de volta para o meu quarto da infância. No início, foi estranho tratar minha própria mãe como uma de minhas pacientes. Todos pareciam tão velhos. Ela não.

Não que ela fosse jovem. Minha mãe me teve com trinta e quatro anos, e meu pai tinha trinta e nove. Sempre presumi que chegaria o dia em que eu ia cuidar deles. Só não pensei que seria tão cedo.

Ou tão brutal.

Isso era algo para o qual eu não estava preparada, não importava de quantos pacientes eu já tivesse cuidado. É diferente quando é sua própria mãe. É mais importante. E dói mais. Mas a minha dor era infinitamente menor que a da minha mãe. Ela passou as primeiras semanas do diagnóstico atordoada, perplexa diante das inúmeras traições do próprio corpo. Depois veio a dor, tão lancinante que a fazia se curvar e se contorcer algumas vezes, chorando de soluçar. Pedi ao médico que prescrevesse fentanil, embora ele quisesse esperar.

— Só mais algumas semanas — disse ele.

— Mas ela está em agonia *agora* — retruquei.

Ele deu a receita.

Duas semanas depois, minha mãe morreu de overdose de fentanil.

Para um olhar destreinado, talvez parecesse um trágico acidente. Uma mulher doente, enlouquecida de dor, tomando mais remédio que deveria. Para um olhar treinado, porém, era muito pior. Devido ao estado da minha mãe, os médicos a consideravam uma paciente sem plena posse de suas faculdades mentais. O que significava que eu, como sua cuidadora, era responsável por tomar decisões por ela, para seu próprio bem. Como deixei ao alcance dela um medicamento conhecido pelo potencial de overdose fatal, seria plausível afirmar que fui negligente nos seus cuidados e, portanto, responsável por sua morte.

Foi isso que o sr. Gurlain pensou quando admiti ter esquecido de guardar o frasco do remédio no cofre debaixo da minha cama. Ele não me disse isso com todas as letras, é claro. Simplesmente entrou em contato com o governo, que logo em seguida acionou a polícia.

No dia seguinte ao funeral da minha mãe, um detetive veio até a nossa casa. Richard Vick. Como ele e meu pai eram amigos de infância, eu o conhecia. Ele tinha aquela aparência de vovô típica de séries de TV. Cabeça coberta de cabelos brancos. Um sorriso simpático. Olhos gentis.

— Olá, Kit — disse ele. — Sinto muitíssimo pela sua perda.

Eu o encarei, confusa, embora já devesse saber por que ele estava ali.

— Posso ajudá-lo com alguma coisa, sr. Vick?

— Detetive Vick, por favor. — Ele abriu um meio-sorriso, como se pedisse desculpas pela formalidade. — Seu pai está em casa?

Não estava. Estoico em seu luto, meu pai resolveu sair para trabalhar, como de costume, e consertar os canos barulhentos da casa da velha sra. Mayweather. Informei isso ao detetive Vick, acrescentando um educado "Vou dizer a ele que o senhor passou por aqui".

— Na verdade, estou aqui para falar com você.

— Ah.

Abri a porta mais um pouco e lhe pedi que entrasse.

O detetive Vick ajeitou a gravata, pigarreou e disse:

— Talvez fosse melhor se fizéssemos isso na delegacia.

— Eu preciso de um advogado?

Ele me assegurou que não, claro que não, que aquela era apenas uma conversa informal sobre o que tinha acontecido. Eu não era suspeita porque não havia nada do que suspeitar. Mas descobri que era tudo mentira quando acompanhei o detetive Vick até a delegacia e fui escoltada até uma sala de interrogatório com um gravador que ele ligou no instante em que nos sentamos.

— Por favor, diga seu nome — pediu o detetive.

— Você sabe meu nome.

— É para constar oficialmente.

Olhei para o gravador, observando as bobinas girarem. Naquele momento, eu soube que estava em apuros.

— Kit McDeere.

— E o que você faz, Kit?

— Trabalho como cuidadora na Agência Gurlain de Cuidadores Domiciliares.

— Há quanto tempo você exerce essa função?

— Doze anos.

— É bastante tempo — comentou o detetive Vick. — Presumo que a esta altura você já deve ser especialista nisso.

Dei de ombros.

— Acho que sim.

O detetive Vick abriu uma pasta diante de si; dentro dela, havia o relatório do legista sobre a morte da minha mãe.

— Aqui no laudo diz que sua mãe morreu por overdose de analgésicos adquiridos sob prescrição médica e que você, atuando como cuidadora dela, foi quem encontrou o corpo sem vida.

— Sim.

— Como você se sentiu quando percebeu que sua mãe estava morta?

Pensei naquela manhã. Em como acordei cedo e simplesmente soube, só de olhar para o céu cinza, que minha mãe havia partido. Antes de atravessar o corredor até seu quarto, eu poderia ter acordado meu pai, que passara a dormir no sofá para lhe dar mais espaço na cama. Poderíamos ter ido juntos ver como ela estava, o que me pouparia do fardo de estar sozinha ao encontrá-la morta. Em vez disso, espiei o interior do quarto e me deparei com minha mãe deitada, a cabeça apoiada no travesseiro, os olhos fechados e as mãos cruzadas sobre o peito. Estava finalmente em paz.

— Triste — respondi. — E aliviada.

O detetive Vick arqueou uma sobrancelha. Seu olhar não parecia mais gentil, e sim suspeito.

— Aliviada?

— Por ela não estar mais sofrendo.

— Creio que seja natural pensar assim.

— E é — respondi, com mais firmeza do que seria apropriado diante das circunstâncias. Não pude evitar.

— Seu empregador, o sr. Gurlain, me disse que é procedimento padrão dos cuidadores guardar todos os remédios trancados em um cofre para evitar que os pacientes tenham acesso a eles. Isso é verdade?

Assinto.

— Preciso que você fale, Kit — disse o detetive Vick, indicando o gravador com a cabeça.

— Sim — confirmei.

— Mas o sr. Gurlain me disse também que você confessou não ter feito isso. Você não guardou os comprimidos que acabaram causando a overdose de sua mãe.

— Eu não confessei — refutei, aturdida com a palavra.

— Então você *guardou* o medicamento?

— Não. Eu não guardei o frasco no cofre. Mas não foi uma confissão. Isso me faz parecer culpada de alguma coisa. Eu só *contei* ao sr. Gurlain que esqueci de guardá-los.

— Você já havia deixado medicamentos ao alcance dos pacientes alguma vez?

— Não.

— Nunca?

— Jamais.

— Então essa foi a primeira vez que você se esqueceu de guardar os comprimidos como deveria ter feito?

— Foi — respondi, suspirando a palavra enquanto minha frustração crescia.

Olhei de novo para o gravador e imaginei como seria o som do meu suspiro quando a fita fosse reproduzida. Impaciente? Culpado?

— Você não guardou o medicamento de propósito? — perguntou o detetive Vick.

— Não. Foi um acidente.

— Acho difícil acreditar nisso, Kit.

— Não significa que não seja verdade.

— Durante seus doze anos de carreira, você nunca deixou um medicamento ao alcance de um paciente. Na única vez em que isso acontece, o paciente por acaso tem uma overdose. Só que não se trata de qualquer paciente, mas de sua mãe, que estava sentindo tanta dor que você implorou ao médico que receitasse o mesmo medicamento que a matou. E, quando ela morre, você admite que se sentiu aliviada. Isso não me parece um acidente, Kit.

Continuei olhando para o gravador, as bobinas girando e girando sem parar.

— Eu quero um advogado — exigi.

Depois disso, tudo desmoronou em um efeito dominó. A polícia abriu uma investigação formal, o sr. Gurlain me suspendeu e me indicaram um defensor público, que afirmou que eu provavelmente seria acusada de homicídio culposo, na melhor das hipóteses, e de homicídio doloso, na pior, se a polícia considerasse que forcei minha mãe a tomar o remédio. Ele recomendou que eu aceitasse qualquer acordo judicial que me oferecessem. O último dominó — a gota d'água para meu pai — foi quando a investigação chegou à primeira página do jornal local.

Polícia suspeita que filha causou overdose fatal da própria mãe

No fim das contas, porém, foi impossível provar que não guardei o remédio de propósito ou que fiz minha mãe tomá-lo à força. Não tenho dúvidas de que a falta de provas é a única razão pela qual estou livre hoje. Eu sei que o detetive Vick acha que sou culpada. *Todo mundo* acha.

— Inclusive meu pai. — Finalizo minha triste história para Lenora enquanto a levanto da banheira, seco seu corpo, a ajudo a vestir uma camisola limpa e uma nova fralda geriátrica e a coloco na cama. — Talvez ele nunca mais fale comigo. É por isso que estou aqui e não lá.

Pego os frascos de medicamento da bandeja e os guardo no cofre, que volta para debaixo da minha cama. Mesmo que Lenora não consiga alcançá-los na mesinha de cabeceira, todo cuidado é pouco. Sobretudo depois do que aconteceu.

De volta ao quarto de Lenora, posiciono o botão vermelho de chamada perto de sua mão esquerda para que ela tenha fácil acesso a ele.

— Se precisar de mim, estarei aqui ao lado — repito a mesma coisa que dizia para minha mãe todas as noites enquanto cuidei dela.

Lenora olha para mim e percebo a apreensão entorpecendo seus olhos verdes. Sinto um aperto no estômago quando me dou conta do que isso significa.

Até ela acha que sou culpada.

Acho que isso nos deixa quites.

Meu jantar de aniversário foi insuportável. Que evento infeliz, apesar de todo o esforço investido. Havia assado de cordeiro, sopa de alho-poró e batata assada com alecrim.

Só compareceram ao jantar, além de mim, a srta. Baker, meu pai, minha irmã e um convidado especial a pedido dela: Peter. Embora houvesse um lugar reservado para minha mãe, ela mandou a camareira nos informar que estava se sentindo fraca demais para descer ao salão de jantar.

Para a sobremesa, o pessoal da cozinha trouxe num carrinho com rodinhas um enorme bolo de três andares com cobertura de glacê cor-de-rosa e velas de aniversário acesas. Tentei parecer entusiasmada enquanto as soprava. Tentei de verdade. Porém, como tudo parecia horrível demais, não consegui.

Não que alguém tenha notado. Minha irmã estava preocupada em flertar com Peter, e meu pai estava muito ocupado cobiçando a mais nova empregada, Sally. Eu poderia ter pegado um punhado de bolo e enfiado na boca, e somente a severa srta. Baker teria notado.

Depois do jantar, subi para ver minha mãe. Ela estava na cama, claro, com o edredom puxado até o peito, parecendo tão frágil que era difícil acreditar que já havia sido uma beldade um dia.

"A garota mais linda de Boston", meu pai gostava de se gabar quando minha irmã e eu éramos mais novas e ele e minha mãe ainda fingiam se amar.

Eu sei que ele dizia a verdade. Quando era mais nova, minha mãe era incrivelmente bela. E o fato de ela vir de uma das famílias mais ricas da Nova Inglaterra também chamava a atenção. Isso, combinado com sua estonteante beleza, tornava-a irresistível para meu pai, que era um novo-rico dos pés à cabeça. Batalhador e dono de uma ambição desenfreada, ele voltou suas atenções para Evangeline Staunton.

Pouco importavam os boatos que corriam por toda a cidade de Boston de que ela havia se envolvido com um dos empregados, o que chocou sua família e quase fez com que minha mãe fosse deserdada. Ainda assim, meu pai não desistiu dela.

Minha mãe, é claro, adorava a atenção. Mais de uma vez eu a ouvi ser descrita como "uma rosa desabrochando à luz do sol". O sol do meu pai deve ter brilhado com intensidade, porque em questão de semanas eles se casaram. Minha mãe engravidou imediatamente depois, e meu pai construiu Hope's End.

Anos mais tarde, quando a atenção do meu pai começou a minguar, minha mãe — como qualquer flor privada da luz — murchou e secou. Na noite do meu aniversário, não havia nada nela que sugerisse uma rosa desabrochando. Pálida, enrugada e extremamente magra, ela era apenas espinhos.

"Olá, meu bem", disse ela, usando o termo carinhoso reservado apenas para mim. Meus pais escolheram apelidos diferentes para nós no dia em que nascemos. Minha irmã era "minha querida". Eu era "meu bem".

Nessa noite, porém, minha mãe murmurou isso de uma forma que me deixou insegura, sem saber ao certo se ela estava se dirigindo a mim ou ao frasco de líquido marrom repousado no travesseiro ao lado dela.

Láudano.

Era sua panaceia, seu elixir para remediar todos os males, muito embora, até onde eu sabia, não curasse coisa alguma.

"Sua festa de aniversário foi boa?"

Convencida de que era realmente comigo com quem ela estava falando, menti e disse que sim.

"Eu realmente gostaria que tivéssemos celebrado em Boston", comentou minha mãe.

Eu também. Para mim, Boston era outro universo do qual eu só podia desfrutar uma vez por ano antes de ser despachada de volta à banalidade de Hope's End. Boston tinha tudo que este lugar não tinha. Restaurantes e lojas, teatros e cinemas. A última vez que visitamos a cidade foi logo depois do Natal. Experimentei champanhe pela primeira vez na vida, passeei num pedalinho em formato de cisne no parque Boston Common, fui ao cinema e vi Mickey Mouse no filme O Vapor Willie. Eu mal podia esperar para voltar.

"Talvez no meu próximo aniversário", respondi, esperançosa.

Minha mãe fez que sim com um sonolento meneio de cabeça e disse: "Tem um presente para você aí. Uma lembrancinha minha e do seu pai."

Em cima da cômoda havia uma caixinha embrulhada em papel cor-de-rosa e fita azul. Dentro dela, havia um pequeno globo de neve com uma miniatura da Torre Eiffel que se erguia acima de uma fileira de minúsculas mansardas.

"Agite", disse minha mãe, então sacudi o globo, fazendo pequeninos flocos de ouro girarem no interior.

"Eu queria muito levar você e sua irmã a Paris", disse minha mãe, como se essa viagem já não fosse mais possível. "Prometa para mim que você vai lá um dia."

Apertei com força o globo de neve e assenti.

"Vá para Paris e se apaixone, depois escreva tudo. Eu sei o quanto você adora escrever. Anote todos os seus pensamentos, suas esperanças e seus sonhos enquanto embarca em grandes aventuras. Prometa para mim que fará isso, meu bem. Prometa para mim que não ficará aqui."

"Eu prometo", dei minha palavra.

Então minha mãe começou a chorar. Aos prantos, ela estendeu o braço para o láudano e levou o frasco aos lábios.

Saí pouco antes de ela começar a engolir tudo de uma só vez.

NOVE

Não fico surpresa ao descobrir que no meu quarto também não há televisão. Já vi o suficiente de Hope's End para saber que a casa existe sobretudo no passado, desde o obsoleto aparelho de telefone de parede que encontrei na cozinha até o antiquado vaso sanitário do meu banheiro, cuja descarga é acionada ao puxar com força um cordão. Não me importo de não ter tv, nunca fui muito de assistir mesmo, mas estou feliz por ter trazido meus livros.

Coloco minha caixa no chão e, quando a abro, me pergunto se tenho energia para tentar enfiar os livros na estante já cheia. Passar o dia cuidando de Lenora enquanto tentava me acostumar com a casa inclinada me deixou exausta. Ser cuidador é um trabalho árduo. Exige o uso de músculos que você nunca soube que tinha até passar o primeiro dia com seu primeiro paciente.

Ou talvez eu tenha ficado exaurida porque falei da minha mãe. Isso geralmente acontece. Reviver o que aconteceu dá peso às lembranças ruins, faz com que pareçam recentes. Eu me sinto tão sobrecarregada por elas que, em vez de tirar os livros da caixa e desfazer a mala, fico tentada a desabar na cama e acordar apenas quando o sol espiar no horizonte. Mas então ouço uma batida firme na porta do quarto. A sra. Baker, presumo, prestes a me criticar, me punir ou me informar sobre alguma outra coisa que preciso fazer.

Mas dou de cara com Jessica parada no corredor. Ela não está mais usando o uniforme, agora veste uma calça legging e uma camiseta enorme com estampa da Madonna. As bijuterias permanecem, tilintando enquanto ela me cumprimenta com um aceno feliz.

— Oi. Seu nome é Kit, né?

— Isso. E você é a Jessica.

— Jessie. Apenas a sra. Baker me chama de Jessica. — Ela começa a mexer em uma das pulseiras. — Enfim, eu só queria dar a você oficialmente as boas-vindas a Hope's End. A propósito, o nome combina. Ó, vós que entrais, abandonai toda a esperança.

Finjo sorrir, embora sua piada seja mais alarmante que divertida. Pela enésima vez naquele dia, eu me pergunto onde foi exatamente que me meti.

— Você conseguiu se acomodar bem? — pergunta Jessie.

— Estou tentando. — Aponto para a mala em cima da cama e para a caixa de livros no chão. — Ainda não tive oportunidade de desfazer minha mala. Lenora… a srta. Hope me manteve muito ocupada hoje.

— Comigo você não precisa fazer toda essa encenação de srta. Hope. Só a sra. Baker se importa com isso. — Jessie coloca as mãos atrás das costas e fica na ponta dos pés. — Bom, como você está ocupada, acho que não está a fim de dar um passeio pra conhecer a casa agora.

— A sra. Baker já me mostrou tudo.

— Quis dizer um passeio não oficial — insiste Jessie. — O passeio dos assassinatos. A Mary me mostrou tudo quando cheguei aqui. Ela disse que era bom saber onde tudo aconteceu naquela noite. Quem morreu onde. Esse tipo de coisa.

— É muito gentil da sua parte, mas acho que não, obrigada. — A ideia me parece repugnante. Já é ruim o suficiente saber o que aconteceu aqui. Não preciso de detalhes. — Prefiro evitar esses lugares.

Jessie dá de ombros.

— Beleza. Mas como você planeja evitá-los se não sabe onde são?

Um ótimo argumento. Até onde sei, um membro da família Hope poderia ter sido assassinado neste mesmo quarto onde estou. Mas esta não é a única razão que me leva a aceitar a oferta de Jessie. Entre meu pai e Lenora, passei tanto tempo com pessoas que não podem — ou não querem — falar que até esqueci como é bom conversar com alguém. Ainda mais com alguém que tem menos de sessenta anos.

— Tudo bem — aceito. — Pode me mostrar. Pelo menos assim vou saber em qual quarto nunca mais vou entrar.

— Impossível — diz Jessie com um sorriso travesso. — Um deles não é um quarto.

Ela me guia pelo corredor em direção à Grande Escadaria. Eu a sigo, tentando ficar em silêncio, mas assim que passamos pelo quarto de Lenora, o barulho de suas bijuterias a faz parecer um sino dos ventos em forma de gente. Ouço uma música vindo do quarto ao lado. Um jazz antigo que levo um momento para reconhecer: "Let's Misbehave", de Cole Porter.

Jessie leva um dedo aos lábios e, sem emitir som, faz com a boca:

— *A sra. Baker.*

Ando mais devagar. Até Jessie fica em silêncio e passa a andar com os braços estendidos para evitar que as pulseiras façam barulho. Ela fica assim até alcançarmos o topo da Grande Escadaria. Desço por um lado, Jessie vai pelo outro.

— O que você está achando daqui? — pergunta Jessie quando nos encontramos novamente no patamar.

— É muita coisa para absorver.

— Verdade — admite Jessie. — Mas não é tão ruim. Já conheceu o Carter?

— Já. Assim que cheguei.

— Ele é maravilhoso, né?

— Acho que sim — respondo, embora concorde totalmente.

Paramos à sombra do vitral, cujas cores são esmaecidas pela escuridão do lado de fora. Bem debaixo de nossos pés há um assimétrico borrão vermelho, dois tons mais escuro que o carpete ao redor, que ocupa a maior parte do patamar. De manhã, pensei que fosse daquele jeito por causa da luz que jorrava pelo vitral. Mas, ao parar ali, vejo do que realmente se trata.

Uma mancha de sangue.

Das grandes.

Eu me afasto, assustada, e piso num dos degraus abaixo, onde encontro outra mancha, menor. E mais outra, no degrau abaixo. Pulo para o piso do hall de entrada e olho para Jessie.

— Você poderia ter me avisado.

— E perder essa reação? Acho que não.

Ela desce o restante da escada, pisando em várias outras manchas de sangue no carpete vermelho, o que me faz notar que há um padrão nelas. Parece que alguém que estava sangrando tentou subir a Grande Escadaria antes de ser impedido no patamar.

— Evangeline Hope — diz Jessie, que adivinha exatamente o que estou pensando. — A teoria é que ela foi esfaqueada no saguão, tentou escapar subindo para o segundo andar e levou mais facadas no patamar, onde sangrou até a morte.

Estremeço e me viro, olhando para a imensa porta da frente, que dá acesso ao exterior da casa.

— Por que ela não tentou fugir?

— Ninguém sabe — responde Jessie. — Ainda tem muita coisa sobre aquela noite que permanece um mistério.

Ela segue, então, para o corredor da direita, o que vai dar no solário. Não chegamos tão longe. No meio do caminho, logo depois do retrato de Lenora, Jessie se detém diante de uma das muitas portas fechadas do corredor. Ela a abre, entra na sala, procura pelo interruptor e o aperta. O recinto é inundado por uma luz que vem tanto de um lustre de vidro verde como de arandelas combinando nas paredes.

— A sala de bilhar — anuncia Jessie com um entusiasmo que costuma ser típico de guias turísticos apaixonados pelo próprio trabalho. — Onde Winston Hope encontrou seu fim.

Meu primeiro pensamento é que, sim, esse parece ser um lugar onde um figurão como o sr. Hope morreria. A decoração é extravagante e brutal. Há várias armas antigas penduradas nas paredes, ladeadas por cabeças de animais que provavelmente foram mortos por tiros disparados por elas. Um leão. Um urso. Vários cervos. De frente para a lareira há um par de poltronas de couro idênticas sobre um tapete de pele de zebra. Numa das paredes encontra-se uma prateleira com tacos de bilhar, embora não haja nenhuma mesa à vista. O único sinal de que um dia houve uma aqui é um trecho retangular no centro da sala, onde o chão foi desgastado pelas solas de sapato de gente endinheirada.

— O que aconteceu com a mesa de bilhar?

— Winston Hope morreu estatelado em cima dela — explica Jessie. — Como a garganta dele foi cortada, acho que a mesa ficou ensanguentada demais para que desse para salvar.

Eu me viro na direção dela, assustada.

— A cantiga diz que ele foi morto a facadas.

— Ah, e foi mesmo. Um golpe de faca, no flanco, antes que sua garganta fosse cortada. Mas acho que isso era complicado demais para dar uma rima.

— Como você sabe tanta coisa sobre essa história?

— A Mary me contou. Ela sabe muito sobre o que aconteceu naquela noite. Ela é, tipo, muito obcecada pelos assassinatos. Acho que foi por isso que ela aceitou o emprego, sabe?

Não é o meu caso. Além da casa do meu pai, este é o último lugar do mundo onde eu quero estar.

— Por que *você* aceitou um emprego aqui? — pergunto.

Jessie dá de ombros, fazendo suas bijuterias chacoalharem.

— Aqui me pareceu tão bom quanto qualquer outro lugar. Eu precisava fazer alguma coisa, certo? Trabalho é trabalho, e dinheiro é dinheiro.

Esse é um sentimento que sou capaz de entender. Eu, por exemplo, nunca pensei que seria cuidadora, assim como tenho certeza de que Jessie nunca pensou que acabaria fazendo faxina numa mansão onde pessoas foram assassinadas. Mas é melhor que nada, que até ontem era tudo o que eu tinha.

Quando terminamos de explorar a sala de bilhar, Jessie apaga as luzes e fecha a porta antes de me levar até a porta do outro lado do corredor.

— O que tem aqui?

— Uma surpresa — diz Jessie ao acender as luzes, revelando uma biblioteca.

Observo as prateleiras que se estendem do chão ao teto, o sofá de couro e o par de poltronas idênticas junto a uma lareira de mármore. Sobre a cornija da lareira estão três vasos em cloisonné com padrões de flores de marfim e trepadeiras azuis retorcidas. Atrás deles há um grande retângulo de papel de parede mais escuro que a área ao redor.

— Havia um quadro ali?

— Sim — diz Jessie. — Um Winslow Homer original, de acordo com Archie. A sra. Baker teve que vendê-lo uns anos atrás.

Eu me aproximo da lareira para examinar melhor os vasos. Escondidos entre as trepadeiras há pequeninos beija-flores com minúsculos pontos cor de rubi no lugar dos olhos. No centro de cada flor de marfim, um círculo dourado.

— Por que ela não vendeu essas peças também?

— Acho que são a última coisa que ela venderia. Talvez seja até ilegal fazer isso. Acho que existem leis sobre a venda de pessoas mortas.

Eu me afasto da lareira. Não são vasos, mas urnas funerárias. E dentro estão os restos mortais de Winston, Evangeline e Virginia Hope.

— Quer dar uma olhada? — indaga Jessie.

— Óbvio que não. Você já olhou?

Jessie faz uma careta.

— Sem chance. Já é ruim o bastante ter que espanar essas urnas uma vez por semana.

— Estou surpresa que eles não tenham sido enterrados.

— Acho que cremar foi mais fácil — esclarece Jessie. — Era algo mais reservado. Manteve os curiosos afastados, pelo menos. A essa altura, Lenora provavelmente já sabia que todos pensavam que ela era a responsável pelas mortes.

Nós nos afastamos inconscientemente das urnas, nos aproximando da porta. Estar perto delas me deixa nervosa. O problema não é o que está dentro delas: são só a poeira e as cinzas de três pessoas. O que me incomoda é *como* essas pessoas morreram.

Tragicamente.

Violentamente.

Uma no patamar de uma escadaria, outra esparramada em cima de uma mesa de bilhar e outra num lugar que eu ainda não vi, mas que Jessie com certeza vai me mostrar. Para acabar logo com isso, saio da biblioteca e Jessie vem atrás. De volta ao corredor, paramos diante dos retratos, três cobertos e um à mostra. Embora esteja escuro, os olhos verdes de Lenora ainda brilham na tela, como se ela tivesse sido iluminada por dentro.

— Por que você acha que ela fez isso? — pergunto.

— Talvez ela não tenha feito — responde Jessie, dando de ombros. — Meu palpite é que foi o próprio Winston Hope. Os assassinatos ocorreram na noite de 29 de outubro de 1929. O mercado de ações quebrou, um bando de ricaços perdeu milhões, e a Grande Depressão começou. É por isso que poucas pessoas fora do Maine sabem o que aconteceu aqui. O crack da bolsa tomou todas as manchetes. Todo mundo estava preocupado demais com ter ficado pobre da noite para o dia para prestar atenção em Winston Hope e na morte de sua família.

Eu não posso culpá-los. Por *ser pobre*, entendo como a falta de dinheiro pode superar todas as outras preocupações.

— Acho que Winston Hope sabia que estava prestes a perder tudo — continua Jessie. — Em vez de viver como o restante de nós, o que, vamos ser sinceras, é uma merda, ele decidiu dar um fim em tudo. Matou a esposa, depois Virginia, depois... — Ela finge passar uma faca pela garganta. — Um bom e velho homicídio seguido de suicídio.

— Mas e quanto à facada na lateral do corpo dele? — questiono, antes de fazer a pergunta óbvia. — E por que ele pouparia Lenora? E por que ela não contou a verdade à polícia?

— E o que aconteceu com *a faca*? — acrescenta Jessie. — Winston teve a garganta cortada, Evangeline foi esfaqueada várias vezes, mas nunca encontraram a arma do crime.

— O que significa que foi Lenora. Ela matou a família e se livrou da faca.

— Acho que é nisso que a maioria das pessoas acredita. — Jessie inclina a cabeça, examinando o retrato como se fosse uma estudante de arte. — E esta pintura faz com que ela pareça capaz de cometer um assassinato, não acha?

— Então por que ela não foi presa e levada a julgamento?

— Não havia evidências suficientes — explica Jessie. — Eles procuraram impressões digitais, mas havia digitais dos membros da família e dos empregados por todo lado, foi impossível determinar o responsável. Sem a arma do crime, não havia como provar que Lenora era culpada.

— Ou que era inocente — emendo, entendendo perfeitamente a hipocrisia do meu contra-argumento.

A falta de provas foi a única razão pela qual eu mesma não fui presa e levada a julgamento.

— Verdade. E ainda tem a hipótese de que talvez ela tenha mentido para encobrir outra pessoa. Ele, por exemplo.

Jessie aponta para uma assinatura no canto inferior direito do retrato. Eu me inclino e leio o nome rabiscado em tinta branca.

— Peter Ward?

— O pintor. Esse é o palpite de Mary. Ela é cheia das teorias. Outra é que Hope's End é mal-assombrada. Ela jura que viu o fantasma de Virginia Hope vagando pelo segundo andar.

O arrepio que senti na primeira vez que estive nesse corredor volta. Com certeza absoluta não é uma corrente de ar, é algo gelado demais, antinatural. Não acredito em fantasmas, mas entendo por que Mary pensava que Hope's End era mal-assombrada.

— Foi por isso que ela decidiu ir embora?

— Foi. — A voz de Jessie fica mais baixa. — Acho que ela estava com medo. Hope's End não é uma casa normal. Há algo sombrio aqui. Eu consigo sentir. E Mary também sentia. Acho que ela não aguentava mais.

Voltamos pelo corredor. De vez em quando, Jessie olha para trás, como se algo estivesse à espreita, nos seguindo. Na Grande Escadaria, não consigo deixar de olhar para as manchas de sangue no carpete. Vamos para o outro lado da casa, nos detendo diante das portas duplas antes que o corredor vire à direita em direção à cozinha.

— O salão de baile — diz Jessie em tom solene antes de abrir as portas. — Onde Virginia Hope morreu.

Ela acende as luzes, que incluem arandelas posicionadas entre grandes espelhos nas paredes e três lustres que pendem do teto. São imensos, com mais de trinta lâmpadas cada. Metade está queimada. Outras zumbem e piscam, o que traz uma atmosfera angustiante ao ambiente.

Enquanto Jessie caminha livremente, permaneço na lateral da pista de dança, sabendo que, um dia, o corpo sem vida de Virginia Hope esteve caído nesse chão.

— Não se preocupe — diz Jessie. — Virginia morreu ali.

Ela aponta para o lustre no centro do salão, pendendo numa posição mais baixa que os demais, como se o peso do corpo de Virginia o tivesse puxado parcialmente do teto.

— Então a cantiga estava certa sobre isso.

— Sim — confirma Jessie. — *"Matou a própria irmã enforcada."*

Dou alguns passos cautelosos em direção ao centro do cômodo para observar melhor o lustre. Embora seja baixo o suficiente para amarrar em volta dele uma corda enlaçada no pescoço de uma pessoa de pé numa cadeira, não consigo imaginar uma menina de dezessete anos fazendo isso e depois erguendo a irmã alto o bastante para enforcá-la. Parece improvável, para não dizer impossível.

Por outro lado, parando para pensar, nenhum dos assassinatos faz sentido, incluindo o local onde ocorreram. Três mortes em três locais diferentes no primeiro andar. Se o assassino foi Winston Hope, ele primeiro enforcou Virginia, foi pego em flagrante pela esposa e a esfaqueou na Grande Escadaria antes de ir para a sala de bilhar se matar? Ou ele foi assassinado primeiro — por Lenora ou por outra pessoa —, depois Evangeline encontrou seu corpo, correu coberta com o sangue dele até a escadaria e deu de cara com o assassino no patamar? Sem saber quem morreu primeiro, é impossível chegar a uma conclusão. E nada disso explica o destino da pobre Virginia nem o da faca desaparecida.

— Eu queria saber por que Virginia foi enforcada e os outros foram mortos a facadas — digo.

— Você e todo mundo — diz Jessie. — Acho que nós poderíamos perguntar.

— Sim. Mas Lenora não pode responder. Mesmo quando podia, não foi de muita serventia.

— Eu estava me referindo a Virginia. — Jessie gira de maneira nervosa uma de suas pulseiras no pulso. — E se Mary tiver razão e Virginia realmente estiver assombrando este lugar? Nesse caso, poderíamos entrar em contato com o espírito dela e perguntar o que aconteceu.

— Se pelo menos tivéssemos um tabuleiro Ouija...

Minha intenção foi fazer uma piada. Não acredito que Hope's End seja mal-assombrada e não acho que dê para entrar em contato com os mortos com esses tabuleiros. Mas, assim que digo isso, os olhos de Jessie se iluminam e ela diz:

— Vou buscar o meu — diz ela. — Espere aqui. Já volto.

Jessie sai correndo e me deixa sozinha no salão de baile, meu reflexo multiplicado nos muitos espelhos nas paredes. Dá uma sensação vertiginosa ver tantas versões diferentes de mim mesma. Para onde quer que olhe, lá estou eu. Isso me faz pensar em Virginia Hope balançando, estrangulada, no lustre. Uma maneira horrível de morrer. E se seus olhos estivessem abertos teria sido ainda pior, já que ela teria se deparado com uma dúzia de reflexos de sua vida sendo tirada dela.

Rezo para que ela tenha mantido os olhos fechados.

Acima de mim, uma das lâmpadas do lustre onde Virginia foi enforcada emite um zumbido e um clarão antes de se apagar com um estranho estalo elétrico. Embora eu tenha certeza de que a causa seja a fiação antiga e um bulbo que provavelmente não é trocado desde 1929, considero isso um sinal para dar o fora daqui.

Mas, quando estou prestes a sair, Jessie entra, carregando um surrado tabuleiro Ouija. Em cima dele há uma prancheta de madeira que desliza pelo tabuleiro com os movimentos dela, como se estivesse sendo deslocada por mãos invisíveis.

— Não estamos meio velhas demais pra isso? — pergunto.

— Fale por si mesma. — Jessie coloca o tabuleiro Ouija no centro do salão. — Eu sou jovem e inconsequente. Pelo menos é o que diz a sra. Baker. Agora vem aqui comigo, senão vou contar pra todo mundo que você é uma medrosa.

Eu obedeço, mais para o bem dela que o meu. Deve ser difícil ser tão nova e viver e trabalhar nesta mansão enorme e antiga. Começo a achar que ela só me chamou para conhecer a casa porque se sente sozinha e quer fazer uma nova amizade. Eu também quero. Meu círculo de amigos já era quase nulo antes de minha mãe morrer. Depois do funeral dela, passou a nem mais existir.

Colocamos os dedos sobre a prancheta e Jessie diz:

— Tem algum espírito aqui?

— Isso é tão bobo... — deixo escapar.

— Shhh! — Jessie fita a prancheta. — Estou sentindo algo.

— Não está, não.
— Eu pedi silêncio. Você não está sentindo?
No começo, não. Mas logo a prancheta começa a deslizar em direção à palavra impressa no canto superior esquerdo do quadro:
SIM
Jessie solta um gritinho de alegria. Eu reviro os olhos. Ela obviamente nos guiou até a palavra.
— Espírito, você quer dizer alguma coisa pra gente? — pergunta Jessie.
Mais uma vez a prancheta desliza, lentamente circulando a mesma palavra.
SIM
A prancheta continua o movimento, embora eu mal esteja tocando nela. O que significa que ainda é Jessie.
— Espírito — diz ela —, por favor, se identifique.
A prancheta desliza devagar para o meio do tabuleiro, até as duas fileiras arqueadas de letras impressas. Então se detém perto do final da segunda linha, o que não me surpreende.
V
Em seguida, se move para a letra diretamente acima.
I
Depois, a prancheta volta para a segunda linha e para a inevitável letra seguinte.
R
— Pare de fingir que não é você quem está mexendo — sussurro.
— Não estou — responde Jessie, também aos sussurros. Para o salão vazio, ela pergunta: — Espírito, você é Virginia Hope?
A prancheta volta para o canto superior esquerdo do tabuleiro. Bem mais rápido desta vez, num solavanco súbito e assustador.
SIM
Jessie olha para mim do outro lado do tabuleiro. Em seus olhos há surpresa — e uma pitada de medo.
— Não fui eu — diz ela.
Tinha que ser. Eu definitivamente não fiz aquilo. Eu nem sequer estou tocando na prancheta. Mas, ao abaixar a cabeça, vejo que as

pontas dos dedos de Jessie também mal a tocam. No entanto, a prancheta ainda se movimenta, deslizando para a frente e para trás abaixo da palavra *SIM*, como se tentasse sublinhá-la.

Jessie engole em seco e olha para o lustre acima de nós, como se Virginia Hope ainda estivesse pendurada lá.

— Virginia, sua irmã matou você?

A prancheta dispara para o outro lado do tabuleiro e se detém sobre as três letras no canto superior direito.

NÃO

A prancheta insiste em apontar para a palavra. Em seguida, o objeto sai voando do tabuleiro e desliza pelo chão.

Afasto a mão do Ouija enquanto Jessie dá um gritinho de espanto.

— Mas que merda foi essa que acabou de acontecer? — indaga ela, atônita.

— Isso não é engraçado.

— Mas não fui eu, eu mal estava tocando na prancheta! Só pode ter sido...

A boca de Jessie se escancara e seus olhos se arregalam, apavorada por algo atrás de mim. Eu me viro para a parede espelhada às minhas costas, esperando encontrar... bem, não sei o quê. Mas só vejo o meu reflexo alarmado e Jessie abrindo um largo sorriso, que ela tenta esconder com a mão.

— Isso não foi nada legal — digo.

— Desculpe — diz Jessie, rindo. — Mas você tinha que ver a sua cara. Nossa, eu te peguei direitinho.

Eu me levanto e espano a poeira da saia do uniforme.

— Então aquilo que você disse sobre a Mary achar que a casa é mal-assombrada é...

— Pura invenção — admite a garota enquanto recolhe o tabuleiro e cata a prancheta no chão. — Eu só estava tirando sarro com a sua cara.

— Então por que a Mary foi embora?

— Eu não sei. — Jessie apaga as luzes e sai do salão. Eu vou atrás dela, fechando as portas. — Um dia, ela só... tinha ido.

— Vocês não eram próximas?

— Eu *achava* que sim — diz Jessie. — Próximas o suficiente pra ela me contar que estava indo embora, pelo menos.
— E mais ninguém sabe por que ela fez isso?
— Não.
Entramos na cozinha, Jessie vai até a escada de serviço e eu me inclino no balcão central.
— Você não está preocupada com ela? — pergunto.
— Um pouco. Mas ela é inteligente. E normalmente é super-responsável. Eu sei que ela não iria embora assim sem um bom motivo.
— Você acha que a Lenora teve algo a ver com isso?
— Tipo a Mary ter medo dela? — Jessie balança a cabeça. — Sem chance. Ela adorava a Lenora. Acho que ela desistiu de trabalhar aqui por causa de alguma emergência familiar ou coisa do tipo. Os pais dela não moram tão longe daqui. Um deles provavelmente ficou doente, e aí ela teve que ir embora na mesma hora. Tenho certeza de que, na primeira oportunidade, ela vai entrar em contato e me contar o que aconteceu.

Espero que seja verdade, mas sei por experiência própria que não é assim que funciona. Quando deixei um paciente para cuidar de minha mãe, primeiro a agência precisou arranjar um substituto para mim. Eu não fui embora no meio da noite como Mary fez.

— É melhor eu voltar pro meu quarto — diz Jessie com um pequeno bocejo. — Vou começar a gravar um novo livro para Lenora. *Alcova*, de Shirley Conran.

— Eu li — digo. — É bom. Ousado.
— Sensacional. A Lenora adora livros ousados.

Dou boa-noite a Jessie e permaneço na cozinha espaçosa e vazia por um momento. Tento calcular seu tamanho e chego à conclusão de que talvez seja maior que a casa inteira do meu pai. Esse fato teria impressionado muito a minha mãe. Não tanto o meu pai, que odeia os ricos quase tanto quanto abomina os políticos.

Toco no telefone, que é tão antigo que poderia estar num museu, embora ainda funcione. Tiro o fone do gancho e ouço o zumbido constante da linha. Rapidamente disco o número do meu pai e digo para mim mesma que ele pelo menos deve querer saber onde estou.

De acordo com o relógio igualmente antigo da cozinha, são pouco mais de dez da noite, então presumo que ele ainda esteja acordado. Como esperado, ele atende depois de três toques.

— Alô?

Não respondo; a vontade de falar com meu pai desaparece assim que ouço sua voz. Ao fundo, escuto o som de uma mulher falando. Talvez seja a televisão. Ou pode ser a nova namorada dele, que, agora que não estou lá, tem carta branca para passar a noite na casa.

— Alô? — diz meu pai novamente. — Quem é?

Desligo e me afasto do aparelho, temendo que ele descubra que fui eu e tente ligar de volta. Mas é improvável. Meu pai não sabe onde estou, tampouco o número de telefone de Hope's End. Ele não queria falar comigo enquanto eu morava com ele, não há razão para desejar fazer isso agora que não estou mais lá.

Só tenho certeza de uma coisa enquanto subo as escadas: agora meu pai sabe o que é tentar falar com alguém e receber em troca somente o silêncio.

DEZ

Assim como da primeira vez que a sra. Baker me levou até lá, a porta do meu quarto aparentemente se move sozinha. Basta um toque na maçaneta para que ela se abra com um sonoro rangido.

Uma luz vermelha irregular e pulsante cobre as paredes e dá ao quarto uma aura perturbadora. Cada flash vermelho é seguido de um insistente zumbido.

O botão de chamada de Lenora.

Ela precisa de mim.

Entro às pressas no meu quarto, com os olhos ardendo por causa da luz vermelha pulsante na mesinha de cabeceira. Tropeço na caixa de livros que ainda está no meio do cômodo, esparramando exemplares pelo chão em volta dos meus tornozelos.

Sigo para a porta contígua.

Para o quarto de Lenora.

Para a cama, onde ela está deitada, a mão esquerda apertando com força o botão de chamada. Seus olhos estão arregalados e desvairados.

— O que aconteceu? — pergunto, preocupada demais para me dar conta de que ela não é capaz de responder.

Pode ter sido qualquer coisa. Outro derrame. Um ataque cardíaco. Uma convulsão, doença ou morte iminente.

Assim que me vê, Lenora afrouxa o aperto no botão de chamada. Ela suspira, seu semblante infantil e constrangido, e acho que entendo o que aconteceu.

— Teve um pesadelo?

Lenora, ainda segurando o botão de chamada, usa-o para dar duas batidinhas na colcha.

— Deve ter sido um pesadelo e tanto — comento, falando da mesma forma que minha mãe falava quando eu tinha pesadelos assustadores. Aqueles que não desaparecem quando a pessoa acorda. E que a faz ter medo de voltar a fechar os olhos. — Quer que eu fique aqui até você pegar no sono?

Mais duas batidas.

Quando eu era criança e tinha pesadelos assim, minha mãe se deitava comigo na cama e me abraçava. É o que eu faço agora com Lenora. Ela parece tão abalada que me sinto compelida a fazer isso.

— Pesadelo é só o nosso cérebro achando que é Dia das Bruxas — digo, tentando tranquilizá-la. Outra coisa que minha mãe dizia: — Pura travessura, sem nenhuma gostosura.

A mão esquerda de Lenora aperta meus dedos. O gesto, apesar de terno, quase desesperado, me deixa nervosa. Lenora Hope, a versão do bicho-papão da minha cidade, a mulher cujo crime é cantado pelas crianças até hoje, está segurando minha mão.

Parte de mim quer recuar ao toque. Outra parte se sente péssima com isso. Não importa o que ela tenha feito no passado — o que, sejamos francos, foi muito, *muito* errado —, Lenora ainda é um ser humano e merece ser tratada como tal.

Mesmo que ela tenha feito todas as coisas de que é acusada. O pensamento que tive no salão de baile volta a me perturbar: será que uma menina de dezessete anos seria fisicamente capaz de matar três pessoas daquela forma? De cometer crimes de uma violência tão brutal? Cortar a garganta do pai. Esfaquear a mãe. Amarrar uma corda no pescoço da irmã e içá-la até a morte. Eu não seria fisicamente capaz de fazer isso, o que para mim torna difícil acreditar que alguém com metade da minha idade teria sido.

Talvez a teoria de Jessie esteja correta, e o massacre tenha sido obra de Winston Hope ou de outra pessoa. Se for o caso, Lenora pagou um preço terrível. Ela nunca foi presa, mas mesmo assim ficou encarcerada por décadas.

Na própria casa.

No próprio quarto de infância.

Num corpo que se recusa a funcionar.

Em contrapartida, se o que todos dizem for verdade, isso significa que estou abraçando uma assassina. Por cujo cuidado e bem-estar eu sou a responsável. Não tenho certeza de qual das hipóteses é pior. Também não sei se posso continuar trabalhando aqui sem saber a verdade. Talvez tenha sido isso que fez Mary ir embora. Ela não aguentava mais não saber.

— Lenora. Você realmente fez aquilo? — sussurro.

Ela solta minha mão e eu prendo o ar, me preparando para a resposta que estou prestes a descobrir. Para minha surpresa, Lenora não bate com os dedos na colcha. Em vez disso, aponta com a cabeça para a máquina de escrever em cima da escrivaninha do outro lado do quarto.

— Você quer *escrever*?

Ela bate duas vezes na minha mão.

— Agora?

Mais duas batidas. Mais urgentes desta vez.

Como parece mais fácil levar a máquina de escrever até Lenora em vez de fazer todo o processo para tirá-la da cama, eu carrego o aparelho pelo quarto, cambaleando, e o solto na beirada do colchão. Depois eu me ajeito de novo na cama e escoro Lenora contra meu corpo, para que ela alcance o teclado. Todo esse esforço me faz transpirar. É melhor que valha a pena.

— Vá em frente — digo enquanto coloco sua mão esquerda nas teclas.

Lenora franze as sobrancelhas, refletindo. Em seguida, tecla quatro palavras antes de balançar a cabeça, sinalizando para que eu aperte a alavanca de entrelinha e retorno.

nao vou machucar voce

Meu coração acelera quando leio a frase.

— Eu agradeço por isso — digo, sem saber muito bem o que responder.

Como Lenora sabia que eu precisava disso? Minhas emoções são tão fáceis de ler quanto as dela?

Lenora volta a datilografar.

acho que ja ouviu a musica sobre mim

— A cantiga? — pergunto, surpresa que ela saiba da existência daqueles versos. Deve ser horrível ter a sua vida, e a morte da sua família, reduzida a rimas infantis. — Já ouvi, sim. É... cruel.

eu acho divertida

Outra surpresa.

— É sério?

tanto esforço por minha causa

— E é verdade?

voce mesma pode descobrir

A curiosidade me atiça. Assim como o medo e uma boa dose de incerteza.

— Como?

eu quero te contar tudo

— Tudo? O que isso significa?

coisas que nunca contei a mais ninguem

— Sobre os assassinatos? — indago, surpresa por conseguir ouvir minha própria voz em meio ao barulho das batidas do meu coração, frenético feito tambor em meus ouvidos.

sim sobre aquela noite

Olho para Lenora. De alguma forma, a penumbra do quarto torna seus olhos verdes ainda mais brilhantes. Agora eles cintilam com ferocidade. São esmeraldas iluminadas por dentro, que me mantêm refém de seu olhar.

Meu Deus, ela está falando sério.

— Por que eu? Por que agora?

porque eu conflo em voce

— Tem certeza?

A mão de Lenora desliza da máquina de escrever para o colchão. Ela me encara com um olhar obstinado. Parece ter certeza do que quer.

— Vou pensar a respeito — digo, enquanto devolvo a máquina para a escrivaninha.

Quando me viro para a cama, vejo que Lenora caiu no sono. Posso ver pela respiração dela — um ritmo profundo e constante. Desligo o abajur e coloco o botão de chamada ao lado de sua mão esquerda antes de sair na ponta dos pés.

Volto para o meu quarto e tiro o uniforme de enfermeira. É como remover uma armadura: eu me sinto mais livre, mas também estranhamente vulnerável. É como se aquela sensação de propósito que senti ao colocá-lo pela primeira vez tivesse evaporado. Agora voltei para minha versão de ombros caídos e sem rumo.

Depois de vestir uma camisola e meias felpudas, aperto a mão contra o peito. Meu coração ainda está acelerado. E sei exatamente por quê.

Depois de décadas de silêncio, Lenora Hope quer contar tudo.

E eu preciso decidir se quero ou não ouvir.

Parte de mim pensa: é claro que sim. Este lugar, com seu passado macabro, a enlouquecedora inclinação do piso e a atmosfera soturna geral, já são muitas coisas com que lidar. Acho que seria mais fácil saber o que aconteceu naquela noite — e qual foi o papel de Lenora nisso tudo. Sobretudo porque sou eu quem vai passar mais tempo com ela. A pessoa encarregada de alimentá-la, dar banho nela, vesti-la, cuidar dela, mantê-la viva. Pelo menos não haveria mais dúvidas nem suspeitas.

Mas, de novo, não saber proporciona pelo menos uma fagulha de otimismo. Se Lenora confessar que matou a família, isso se esvairá feito fumaça.

Ainda estou avaliando minhas opções quando volto à função de desfazer a mala, começando pelos livros que abandonei quando Jessie apareceu à minha porta. Pego alguns e os levo para a estante, que já está abarrotada de exemplares e, por isso, não sobra espaço para os meus. Pego um — *O buraco da agulha*, de Ken Follett —, e o abro. No verso da capa há uma mensagem escrita com caneta esferográfica.

Este livro é propriedade de Mary Milton

Essas mesmas palavras estão no livro seguinte, um surrado exemplar de *O Hotel New Hampshire*, de John Irving. Mesmo que pareça estranho que Mary tenha deixado tantos exemplares para trás, eu entendo. Carregar livros não é fácil — e talvez ela tenha pensado que sua substituta iria gostar deles.

As coisas começam a fazer menos sentido ainda quando os deixo de lado e tento guardar minhas roupas. A gaveta de cima da cômoda está cheia de imaculados uniformes de enfermeira idênticos ao meu. Embora eu entenda perfeitamente por que Mary os descartou — eu teria feito o mesmo —, encontro mais roupas dela em outras gavetas. Não só os uniformes, mas calças, blusas e peças íntimas. Presumo que pertençam a ela porque em algumas das etiquetas constam as iniciais escritas com caneta hidrográfica:

MM

Ao examinar as peças, encontro uma calça jeans de marca, uma camisa polo rosa Lacoste, uma blusa listrada ainda com a etiqueta de preço — comprada na Sears, doze dólares. Tudo parece novo e em boas condições — e são muito mais bonitas que as minhas roupas.

No armário, encontro um casaco de lã pendurado em um cabide e botas na prateleira logo abaixo. E uma caixa de papelão vazia novamente escrita com caneta hidrográfica: *Livros*.

Ao lado da caixa, rodeado por uma fina camada de pó, vejo um estreito retângulo de chão limpo onde antes parecia haver outra coisa. Não tenho ideia do quê. Outra caixa, provavelmente. Agora vazio.

Na prateleira do armário há uma maleta médica, semelhante à minha. Eu a pego e a abro. Encontro praticamente os mesmos itens que guardo na minha, organizados em ordem. Não faz o menor sentido essa maleta estar aqui. Se de fato houve uma emergência familiar, como Jessie suspeita, Mary certamente teria perdido um minuto para pegar sua maleta médica e pelo menos algumas de suas roupas.

Mas deixou quase tudo para trás.

Desisto de tentar desfazer a minha mala. Já é tarde, estou cansada e não há lugar para guardar os *meus* pertences. Apago as luzes e vou para a cama. Mas dois pensamentos não saem da minha cabeça: um fato e uma pergunta.

O fato: Mary foi embora às pressas.

A pergunta: por que ela fez isso?

Depois de deixar o globo de neve no meu quarto, desci em silêncio as escadas, na esperança de me deliciar com as sobras do bolo de aniversário. Mas não havia bolo algum. Apenas Berniece Mayhew, que não parecia nada satisfeita por estar lavando louça tão tarde da noite.

"Feliz aniversário, srta. Hope", murmurou ela ao me ver, sem uma gota de felicidade na voz.

No corredor, notei que a porta da sala de bilhar estava entreaberta. Talvez alguns dos empregados estivessem jogando, o que às vezes faziam escondidos do meu pai. Eles geralmente me deixavam participar, para grande alarme da srta. Baker.

"Damas não devem jogar bilhar", disse ela certa vez.

"Para a minha sorte, não sou uma dama", respondi.

Parei à porta e espiei o interior. De fato, havia uma empregada lá dentro. Não consegui ver quem era, porque ela estava deitada de bruços na mesa de bilhar, a saia levantada até a cintura.

Atrás dela estava meu pai, com a calça nos tornozelos e o rosto vermelho, dando estocadas.

Sufoquei um grito. Alto o suficiente para eles me ouvirem. Meu pai se virou para a porta no instante em que me afastei às pressas. Mas era tarde demais. Fui pega. Mesmo assim, fugi pelo corredor, passando pelos retratos da minha família que Peter havia pintado. Os rostos me encaravam, como se fosse eu quem tivesse feito algo errado.

Corri para o outro lado da casa e me escondi no salão de baile. Lá, desabei no chão; minha mente em um turbilhão de pensamentos, muitos deles perversos. Fiquei imaginando com quantas outras empregadas meu pai já havia se relacionado daquele jeito, em quantos lugares diferentes da casa. Eu me perguntei quem seria aquela mulher, e se ela estava sentindo prazer ou se meu pai a havia forçado. Tive curiosidade de saber se Peter, naquele exato momento, queria fazer a mesma coisa com minha irmã. Acima de tudo, eu me perguntava se alguém, algum dia, me desejaria dessa maneira.

Meu pai logo apareceu no vão da porta, lançando uma longa sombra no salão de baile. Por um momento, pensei que ele estivesse prestes a confessar seus erros, a pedir desculpas e a prometer fazer tudo o que pudesse para se redimir. Se fosse o caso, talvez minha mãe se sentisse em condições de sair do quarto. Talvez minha irmã e eu deixássemos de ser tratadas como prisioneiras. Talvez voltasse a haver alguma felicidade nesta casa esquecida por Deus.

Mas ele se sentou comigo no chão e secou as lágrimas que começavam a escorrer pelo meu rosto. Era, percebi, a primeira vez que ele me tocava em muitos meses.

"Calma, meu bem", disse ele. "Não vale a pena ficar chateada com isso."

"Quem era aquela?", perguntei.

"Não importa."

Para mim importava. Àquela altura, eu já sabia dos rumores de que meu pai gostava de seduzir as empregadas. Berniece vivia cochichando sobre isso, tanto que até eu sabia. Mas quem era a mulher e por que meu pai fez aquilo?

"O senhor não ama a mamãe?", perguntei, tentando conter as lágrimas.

"Amo", respondeu ele. "De uma forma muito complicada. Você ama sua mãe?"

"É claro."

"Então é melhor não contar a ela sobre o que aconteceu. Isso a mataria. E você não iria querer isso, não é?"

"Não, senhor", respondi, com os olhos baixos porque não suportava olhá-lo.

Ele afagou meu queixo como se eu fosse um bebezinho. Ou, pior, um cachorro. "Essa é minha boa menina."

Quando meu pai se virou e saiu do salão de baile, quase gritei que era ele quem eu queria que morresse. Afinal, ele merecia. Não fiz isso porque senti a necessidade de me comportar como a boa menina que ele esperava que eu fosse.

Só tem um problema: eu não era uma boa menina.

Nem um pouco.

Você verá por si mesma muito em breve.

ONZE

O sono não vem fácil.

Verdade seja dita, nunca durmo bem nas primeiras noites com um novo paciente. É um quarto diferente, uma cama diferente — algumas mais confortáveis que outras. É uma casa diferente, com todos os seus sons noturnos próprios. Em Hope's End, os sons do mar e do vento são predominantes — um dueto dissonante que me mantém acordada. As ondas fazem um barulho grave e constante, arrebentando no penhasco abaixo com um ritmo que seria acalentador se não fosse o vento, que atinge a casa em rajadas irregulares. Cada golpe sacode as janelas e balança as paredes, que, por sua vez, rangem e gemem, me fazendo lembrar onde estou.

Numa mansão oscilando à beira do oceano.

Onde mora uma mulher que a maioria das pessoas acredita ter assassinado a própria família.

Uma mulher que quer me contar o que realmente aconteceu naquela noite.

O padrão se repete. Enquanto penso em Lenora, sou embalada pelas ondas até cair no sono, depois acordo sobressaltada pela ventania. A cada vez que o vento fustiga as paredes, agarro as laterais do colchão, convencida de que consigo sentir a casa se inclinando em direção ao mar. Mas então o vendaval se abranda, meus pensamentos se acalmam, as ondas continuam e todo o processo se reinicia.

Isso se repete até que ouço outro barulho.

Não é o vento.

Não são as ondas.

Parece que é uma tábua do assoalho emitindo um leve rangido.

Eu me sento e examino o quarto, tentando identificar... bem, não sei o quê. Um intruso? Um ladrão? A mansão iniciando seu inevitável deslizamento em direção ao Atlântico? Mas não vejo nada. Sou a única pessoa no quarto, o que me faz concluir que foi apenas o vento que fez Hope's End ranger de uma forma que eu ainda não tinha ouvido.

Rastejo para fora da cama, abro a porta do quarto e espio o corredor. Não vejo ninguém, mas talvez um dos funcionários tenha passado por ali, então saio para o corredor e tento escutar passos se afastando ou uma porta se fechando.

— Olá? — digo em voz baixa. — Tem alguém aqui?

Ninguém responde.

Não se ouve nenhum outro som.

Até eu voltar para o meu quarto.

Quando o rangido soa mais uma vez, percebo exatamente de onde vem.

Do quarto de Lenora.

Pressiono a orelha na porta que divide nossos quartos, atenta a sinais de movimento. Novamente, nada. Apenas o silêncio da noite e um raio de luar do quarto de Lenora que passa pela fresta entre a porta e o chão.

O barulho ressoa de novo.

Dessa vez, abro a porta e espio lá dentro.

Não há mais ninguém lá. Apenas Lenora, exatamente como a deixei: na cama, deitada de costas, as mãos ao lado do corpo, a esquerda perto do botão de chamada. O som baixo e lento de sua respiração me diz que ela ainda está dormindo.

Não tenho ideia do que causou os rangidos. Certamente não foi Lenora.

Fecho a porta contígua e vou para a minha cama, onde as ondas e o vento voltam a disputar minha atenção. Quando enfim adormeço, tenho um pesadelo.

Um pesadelo e tanto.

Volto a ser uma menina, estou no escorrega de metal do parquinho da minha escola. Um brinquedo de que nunca gostei, por ser muito gelado no inverno e muito quente no verão. Ao meu redor, um grupo de crianças — que não consigo ver, mas consigo escutar — canta em uníssono.

Aos dezessete, Lenora Hope, alucinada,

Continuo sentada no escorrega, não exatamente empacada, mas sem descer rápido também. Deslizo devagar enquanto as crianças continuam entoando a cantiga.

Matou a própria irmã enforcada.

Lá embaixo, no fim do brinquedo, está a minha mãe, com a mesma aparência que ela tinha em seus últimos dias de vida. Um amontoado trôpego de pele e ossos numa camisola azul-pálido.

Matou o pai a facadas e, em delírios febris,

Minha mãe me implora algo, mas não consigo ouvir o que ela está dizendo. Sempre que ela abre a boca, ouço apenas o barulho das teclas da máquina de escrever.

Tirou a vida da mãe, que era tão feliz.

Ainda assim, eu sei o que ela está dizendo, quase como se as palavras estivessem sendo escritas numa folha em branco.

Por favor, Kit-Kat.
Por favor.
Vou tomar só um.
Eu prometo.

DOZE

Eu estava errada sobre o nascer do sol.
Ele não espia do horizonte.
Ele encara.
Eu me sento, semicerrando os olhos na direção da luz amarelo-alaranjada que entra com tudo pela janela. Enquanto me ajeito, noto algo estranho. Tudo que está em cima da cama — colchão, cobertores, eu — se amontoou na parte inferior. Por causa da inclinação da casa, descemos alguns centímetros durante a noite. Isso explica por que, no meu pesadelo, tive a sensação de que deslizava por um escorrega.

Ao sair da cama, meu corpo oscila, como se o próprio chão também tivesse se inclinado durante a noite — o que talvez tenha de fato acontecido. No chuveiro, percebo como a água se acumula um pouco mais em um dos lados do chão enquanto ela escorre em direção ao ralo. O mesmo acontece na pia quando escovo os dentes. Enquanto observo a água acumulada descer pelo ralo, eu me pergunto se foi por isso que Mary decidiu ir embora. Ela não aguentou passar nem mais um minuto nesta casa torta.

Depois de vestir um dos uniformes deixados por Mary, vou até a porta ao lado para checar como Lenora está. Hesito antes de abrir ao me lembrar dos rangidos que ouvi durante a noite. Não consigo pensar em nada que possa tê-los causado, a não ser uma pessoa andando de um lado para outro no cômodo.

Mas não havia mais ninguém lá.
Apenas Lenora.
Abro a porta de uma vez e espio lá dentro. Encontro Lenora ainda dormindo na mesma posição. É claro. Sem ajuda, ela não consegue

mexer nada além do braço esquerdo. Pensar em algo diferente disso é ridículo — uma paranoia.

Tomo cuidado para não acordá-la e fecho devagar a porta contígua antes de sair silenciosamente do meu quarto e descer. No meio da escada de serviço, noto uma rachadura na parede que, tenho quase certeza, não estava ali ontem à noite. Tem cerca de um metro e vinte de comprimento e ramificações irregulares. Parece um raio; é impossível que eu não a tenha notado. Ou passei o dia inteiro sem reparar nela, ou ela surgiu do nada durante a noite.

Penso na ventania da noite passada e em como a casa inteira pareceu tremer. Minha mente rodopia enquanto me pergunto se teria sido isso a causa da rachadura. E fico curiosa para saber se há outras semelhantes espalhadas por Hope's End. Se algumas rajadas de vento são capazes de fazer todo esse estrago, qual seria o dano de uma tempestade de verdade? Pensar nisso faz com que eu desça os degraus restantes com pressa, ansiosa para estar em terra firme. Bem, tão firme quanto pode ser o solo no topo de um penhasco que está sendo tragado pelo oceano.

Na cozinha, encontro Archie no fogão; ao que tudo indica, está cozinhando faz horas, embora ainda não passe das sete da manhã. Numa travessa em cima da bancada há uma pilha de panquecas acompanhada de um prato cheio de bacon e uma cesta de muffins de mirtilo recém-assados.

— Que bom não ser a única que acorda cedo — comento.

— Hoje é terça — diz Archie. — Dia de entrega. Todos os mantimentos para a semana chegam bem cedo. — Ele aponta para a comida na bancada. — Pode se servir. Tem café fresco também.

Pego o bule e me sirvo uma caneca. O cheiro por si só já me anima. Vou até a bancada e bebo metade da caneca em três grandes goles. Archie percebe e diz:

— Noite difícil?

— Não consegui dormir direito.

— Não me surpreende. Lugar novo e tudo mais. Provavelmente aquela ventania toda não ajudou. — No fogão, Archie tira uma medida precisa de aveia Quaker de uma embalagem cilíndrica de papelão e a despeja numa panela com água fervente. — Rajadas de vento não são novidade aqui. Afinal, estamos num penhasco sem nada para nos proteger. Mas ontem à noite foi fora do normal.

Isso não explica o outro barulho que ouvi durante a noite. Eu sei como é o barulho de vento, e não é nada semelhante a passos. Penso de novo em Mary. Será que ela ouvia também? Será que foi por *isso* que ela partiu tão de repente?

— A enfermeira anterior da srta. Hope alguma vez mencionou que ouvia coisas ou que tinha problemas pra dormir?

— A Mary? Não que eu me lembre.

Pego um muffin na bancada e começo a desgrudar a forminha de papel.

— Vocês eram próximos?

— Próximos o suficiente, eu acho. Ela era uma boa menina. Parecia ser ótima com a srta. Hope — responde Archie, provando que Jessie estava errada sobre a sra. Baker ser a única a não chamar Lenora pelo primeiro nome. — Mas não posso dizer que concordo com a forma como Mary foi embora. Entendo que este lugar não é pra todo mundo. Mas partir no meio da noite, isso não está certo.

— Parecia haver alguma coisa errada?

— Não que eu tenha notado.

— Então ela não teve problemas com a srta. Hope?

— Acho que não.

— E a Mary nunca comentou que ficava nervosa perto dela?

Enquanto mexe o mingau de aveia que borbulha no fogão, Archie se vira para mim e diz:

— *Você* fica nervosa perto da srta. Hope?

— Não — disparo, ciente de que a minha resposta é rápida e enfática demais.

Para disfarçar, dou uma mordida no muffin. É tão delicioso que já sei que vou comer um segundo, e talvez pegue um terceiro para beliscar mais tarde.

— É gostoso, não? — diz Archie. — Eu cubro os mirtilos com farinha. Isso evita que eles afundem.

— Onde foi que aprendeu a cozinhar assim?

— Aqui — diz ele, voltando-se para a panela. — Eu praticamente fui criado nesta cozinha. Comecei como lavador de pratos aos catorze anos. Aos dezoito, já era o *sous chef*.

— Há quanto tempo trabalha aqui?

— Quase sessenta anos.

Congelo, minha mão erguida com o muffin a meio caminho da boca.

— Então estava aqui em 1929?

— Estava. Eu e a sra. Baker somos os únicos que restaram dos bons e velhos tempos.

— O senhor estava aqui na noite dos...

— Não — responde Archie, também rápido e enfático demais. — Nenhum dos empregados estava aqui naquela noite, incluindo a sra. Baker. Ela havia deixado de trabalhar para o sr. Hope naquele mesmo dia.

Um detalhe interessante. Sobretudo porque ontem a sra. Baker mencionou que deixou Hope's End *depois* dos assassinatos. Dou outra mordida no muffin, meio que para disfarçar o fato de que minha cabeça está a mil com novas perguntas.

— Você deve gostar daqui — comento depois de engolir. — Ou a srta. Hope gosta de você. Ouvi dizer que a maior parte dos empregados foi demitida.

— Muita gente, sim. O restante pediu demissão logo depois dos...

Archie não completa a frase. Não que precise. Eu entendi o que ele quis dizer. A maioria dos funcionários preferiu pedir demissão a continuar trabalhando para uma assassina.

— Desculpe por ter tocado no assunto — digo. — Fiquei surpresa pelo fato de você conhecer a srta. Hope há tanto tempo.

— Desde que éramos crianças. — A voz de Archie voltou ao habitual tom caloroso. Um alívio. A última pessoa que quero irritar é a que prepara minhas refeições. — Na juventude, a srta. Hope e eu éramos muito próximos.

— Não são mais?

— Não como antes — diz Archie enquanto suas costas largas enrijecem e a mão que mexe a panela fica imóvel. — As coisas mudaram.

O que ele não diz — mas eu deduzo — é que uma coisa mudou: a morte do restante da família Hope.

— Você é bem-vindo pra ir vê-la lá em cima — digo. — Acho que ela se sente solitária.

— É por isso que você está aqui — retruca Archie, sua voz voltando a soar fria. Ele despeja mingau de aveia numa tigela sobre uma bandeja de madeira, depois a ajeita na minha frente e diz: — O café da manhã da srta. Hope. É melhor você levar para ela antes que esfrie.

Capto a indireta antes mesmo de Archie voltar para o fogão. Não haverá mais conversas sobre Lenora por hoje. Ou talvez nunca mais.

— Obrigada pelo café da manhã — digo antes de colocar minha caneca de café e outro muffin sobre a bandeja e levar tudo escada acima.

No meio do caminho, encontro a sra. Baker descendo os degraus. Está com a mesma aparência do dia anterior: vestido preto, pele pálida, lábios vermelhos, óculos que ela levanta para me inspecionar melhor.

— Bom dia, Kit. Espero que sua primeira noite aqui tenha sido agradável.

— Foi — minto. — Obrigada.

Meu olhar se volta para a rachadura na parede, e me pergunto se a sra. Baker já a viu, é muito perceptível. No entanto, ela age como se não houvesse nada de errado.

— Está gostando de suas acomodações?

— Muito. Mas tenho uma pergunta sobre as coisas da Mary.

— Coisas? — repete a sra. Baker, inclinando a cabeça como uma professora severa. — Seja mais específica, querida.

— Os pertences dela. Tudo ainda está no meu quarto.

— Tudo?

— Livros, roupas, até a maleta médica dela — explico. Quando digo isso, um pensamento brota de súbito na minha cabeça. — Será que ela está planejando voltar?

Eu já deveria ter pensado nisso. Faz mais sentido que qualquer outra teoria. Talvez Mary realmente tenha tido uma emergência familiar ou qualquer outro assunto urgente para resolver e tenha a intenção de retornar.

— Se Mary voltasse, não seria bem-vinda — diz a sra. Baker. — Não depois de abandonar a srta. Hope sozinha dessa forma.

Deixo escapar um pequeno suspiro de alívio. Pelo menos ainda tenho emprego.

— Mas talvez ela volte pra buscar as coisas dela, certo?

— Já faz uma semana — diz a sra. Baker. — Se quisesse alguma coisa, ela já teria vindo buscar.

— Então, o que *eu* devo fazer com as coisas dela?

— Apenas mantenha tudo no lugar, se você não se importar — diz a sra. Baker. Mas na verdade eu me importo, sim. Estamos literalmente numa mansão, com um monte de cômodos vazios. Com certeza há outro quarto que pode servir de depósito. — Mais tarde decido o que fazer com tudo.

A sra. Baker age como se isso resolvesse a questão, embora não tenha resolvido nada. Ela retoma sua descida, e sou obrigada a chamá-la de novo.

— Na verdade, tenho outra pergunta. — Faço uma breve pausa e a vejo parar, com relutância, depois de dar mais três passos. — A senhora esteve no quarto da srta. Hope ontem à noite?

— Agora que você está aqui, não tenho motivos para entrar nos aposentos da srta. Hope.

— Então isso é um "não" — digo.

— Sim, querida. Um "não" categórico.

— É que eu pensei... — Olho para a bandeja, ganhando tempo. — Pensei ter ouvido alguém andando pelo quarto ontem à noite.

— Andando? — Se eu tivesse mencionado uma invasão alienígena ou a visita do Papai Noel, a sra. Baker não teria ficado tão incrédula. — Isso é ridículo.

— Mas ouvi as tábuas do assoalho rangendo.

— Você foi investigar?

— Sim. Não vi ninguém.

— Então talvez tenha sido sua imaginação — diz a sra. Baker. — Ou o vento. Aqui ouvimos todo tipo de barulho dependendo da ventania.

— Alguém mais entra no quarto da srta. Hope? Talvez o Archie? Ou a Jessie?

— A única pessoa que deve frequentar os aposentos da srta. Hope é você — argumenta a sra. Baker. — Então sugiro que volte lá antes que ela acorde.

— Sim, sra. Baker — digo, sentindo um impulso de fazer a mesma reverência que Jessie fez ontem. E provavelmente o teria feito, não fosse pela bandeja em minhas mãos. — Desculpe pelo incômodo.

Entro no quarto de Lenora e a encontro acordada sob um triângulo de sol matinal que lhe confere um brilho desconcertantemente angelical. Em vez de se sentir incomodada pelo sol como eu, Lenora parece se deleitar com a luz. Sua cabeça está inclinada para trás, e da boca ligeiramente aberta escapa um suspiro de contentamento.

A réstia de luz solar se move lentamente pela cama de Lenora enquanto eu a coloco sentada e lhe dou o mingau de aveia com os comprimidos triturados. Quando acabo de limpá-la, trocá-la e fazer os exercícios de circulação com ela, o raio de luz já deslizou para fora da cama e formou um retângulo perfeito no chão. Lenora o observa em sua cadeira de rodas, enquanto verifico seus sinais vitais e me certifico de que seu hematoma no antebraço continua melhorando. Após encerrarmos, seu olhar se volta para a máquina de escrever.

Ela se lembra da noite passada.

Parte de mim achou que ela tinha se esquecido.

Outra, maior, queria que ela tivesse esquecido.

Porque, seja lá o que ela pretenda datilografar, ainda não sei se quero ler.

Lenora, porém, está decidida. Seus olhos se movem da máquina de escrever para mim, e me fitam com um misto de ansiedade e esperança. Só de me encarar ela já teria me convencido, mas seu olhar obstinado me faz perceber que o que eu quero não importa.

Trata-se do que *Lenora* quer.

E, neste exato momento, ela quer escrever.

Ainda não tenho ideia das razões por trás disso. Não consigo pensar em nenhum motivo pelo qual ela esperou tanto tempo para falar sobre aquela noite. Se fosse inocente, já teria contado sua história décadas atrás.

A menos que pensasse que ninguém acreditaria nela.

Ontem, a sra. Baker me disse que Hope's End era um lugar onde jovens mulheres recebiam o benefício da dúvida. Isso não acontece sempre. Talvez Lenora tenha tentado contar sua história anos atrás e ninguém acreditou nela. Ou, pior, ninguém sequer lhe deu ouvidos.

Talvez ela pense que vou escutá-la.

E que vou acreditar em sua inocência.

Porque ela também acredita em mim.

A ideia de que Lenora quer me contar o que aconteceu, não por conta de uma culpa compartilhada, mas possivelmente de uma inocência compartilhada, é o motivo que me faz levá-la na cadeira de rodas até a escrivaninha, onde o papel da noite anterior está ao lado da máquina de escrever. Devo tê-lo tirado da máquina, embora não me lembre disso. Então me esforço para tentar me lembrar dos acontecimentos de ontem à noite.

Lenora se oferecendo para me contar tudo.

Os pertences de Mary.

O vento, as ondas e o rangido das tábuas do assoalho.

Quanto mais penso, mais me convenço de que deixei a folha de papel na máquina de escrever.

— Lenora, alguém esteve aqui ontem à noite?

Ela responde que não com uma única batida no braço da cadeira de rodas.

— Tem certeza?

Duas batidas.

Eu a encaro e ela me fita de volta, com o semblante totalmente inocente. Se está mentindo — e não vejo razão para tal —, disfarça muito bem. E, embora eu tenha quase certeza de não ter tirado a folha, sei também que outra pessoa pode ter feito isso enquanto Lenora dormia. A sra. Baker entrando sorrateiramente para bisbilhotar, por exemplo. Ou Jessie chegando bem cedo para arrumar o quarto.

— Não tem importância — digo, e é verdade.

O que importa é que Lenora está prestes a revelar tudo. E meu trabalho é ajudá-la a fazer isso.

Em uma gaveta da escrivaninha, encontro um pacote de papel e insiro uma nova folha na máquina. Em seguida, posiciono a mão esquerda de Lenora no teclado, me perguntando se esse é o início de algo maravilhoso ou de algo que vai me trazer arrependimentos.

Ou se vai acabar sendo alguma outra coisa, qualquer coisa.

Os dedos de Lenora se contraem sobre as teclas, quase como se ela não conseguisse mantê-los imóveis por mais tempo.

Eu inspiro, expiro, meneio a cabeça.

E então começamos.

TREZE

A minha lembrança mais nítida — a coisa com a qual ainda tenho pesadelos — é o momento em que tudo acabou.

Foi a primeira frase que Lenora escreveu, horas atrás, quando o sol subia sobre o Atlântico. A frase completa me pegou de surpresa. Até então, ela havia datilografado apenas fragmentos, ignorando letras maiúsculas e regras de pontuação. Confusa, precisei de alguns segundos e de algumas batidinhas exasperadas de Lenora para entender que ela queria que eu pressionasse a tecla *shift* enquanto ela apertava ao mesmo tempo o A inicial maiúsculo. Custou um pouco para encontrarmos algo mais ou menos parecido com um ritmo. Mas, no fim, chegamos lá.

E seguimos assim, apesar de o sol já ter deixado o céu e a luz turva do crepúsculo se assentar acima do oceano lá fora. Lenora usa a mão boa para roçar a minha, sinal para que eu pressione a tecla *shift*. Quando ouço o tinido da máquina — *ding!* —, aciono a alavanca de entrelinha e retorno, trazendo o carro de volta para uma nova linha. Ela datilografa mais um pouco e acena com a cabeça, sinal para que eu empurre novamente a alavanca e comece um novo parágrafo.

Não sei por quê, mas Lenora insiste para mantermos a porta fechada para que ninguém nos incomode. Além de Archie, que trouxe o almoço com uma batida breve na porta, não ouvi qualquer movimentação no segundo andar. E mesmo que pareça que Lenora seja um mero detalhe em sua própria casa, talvez seja pelo fato de eu estar aqui com ela, como sua cuidadora. Função que tento continuar exercendo enquanto também atuo como secretária.

Ao fim de cada página, massageio a mão esquerda de Lenora e a faço tomar um gole de água com um canudo. Pergunto se ela quer prosseguir e a resposta são sempre duas batidas veementes na máquina. Lenora datilografa com vontade e raramente faz pausas para refletir sobre o que vai escrever. A história irrompe no papel, como se tudo estivesse escrito em sua cabeça há anos, mas só agora ela esteja dando vazão ao texto.

Ainda não sei exatamente o que ela está escrevendo. Entre responder aos sinais de Lenora, acionar constantemente a alavanca de entrelinha e retorno e puxar e inserir folhas de papel no carro da máquina de escrever, não tive muita oportunidade de ler o que está sendo escrito.

Lenora roça a minha mão e eu pressiono a tecla *shift*. Depois de fazer isso mais duas vezes e de Lenora mover a cabeça mais duas, ela enfim coloca a mão espalmada nas teclas — o sinal de que outro capítulo foi concluído.

Puxo a folha da máquina de escrever e a coloco voltada para baixo sobre as outras dezesseis que datilografamos hoje. Uma quantidade impressionante. No entanto, se Lenora está cansada, não dá sinais disso. Ela me lança um olhar de expectativa, como se estivesse esperando que uma nova folha fosse inserida no cilindro da máquina.

— Já fizemos o bastante por hoje — digo. Pelo menos eu fiz. Ao contrário de Lenora, estou exausta. Ficar encurvada ao seu lado o dia todo deixou meu corpo rígido e dolorido. Quando levanto, metade das minhas articulações emite um estalo de alívio. — Está quase na hora do jantar.

O restante da noite segue a programação normal. Jantar e comprimidos. Sobremesa. Exercícios de circulação, banho e cama. Lenora fica o tempo todo absorta em pensamentos. Provavelmente elaborando o que planeja datilografar amanhã.

Conheço bem esse sentimento. Quando aquela matéria a meu respeito foi publicada, liguei para o editor do jornal e exigi que ele escutasse a minha versão da história. Ele ouviu com desinteresse enquanto eu lhe contava que a morte da minha mãe havia sido suicídio, que deixei aqueles comprimidos ao alcance dela por acidente, que eu nunca a machucaria.

"Não é o que o detetive Vick acha", retrucou o editor, como se a palavra da polícia fosse um evangelho sagrado e eu não passasse de uma mentirosa tentando eliminar meus vestígios.

Isso foi seis meses atrás, e de tempos em tempos ainda sinto vontade de subir em cada telhado da cidade para berrar a plenos pulmões que não sou culpada. Consigo imaginar como Lenora se sente. Para ela já se passaram cinquenta e quatro anos. Não fico surpresa por ela não querer parar de datilografar.

Depois de ajeitá-la na cama e colocar o botão de chamada perto de sua mão, eu pergunto:

— Quer que eu fique aqui até você pegar no sono?

Lenora bate duas vezes na colcha.

— Então eu vou ficar — digo, assentindo.

Ela fecha os olhos; recolho as folhas datilografadas e as levo para o divã. À medida que Lenora vai caindo no sono, começo a ler o que ela escreveu. Apesar de ter vislumbrado trechos o dia inteiro, fico surpresa com a qualidade de sua escrita. Presumi que a prosa seria entrecortada e fraca — algumas poucas frases incompletas, não muito diferente das respostas datilografadas que recebi. Mas Lenora é uma contadora de histórias nata. Seu texto é claro e descomplicado, e ao mesmo tempo evidencia uma voz singular. Desde a primeira linha, me sinto fisgada como leitora.

Perto do fim, porém, minha surpresa se transforma em perplexidade.

Agora eu sei o que aconteceu com a faca usada para matar Winston e Evangeline Hope.

Lenora a jogou no oceano.

Esse ato — somado ao fato de sua camisola estar coberta de sangue — a faz parecer mais culpada do que nunca.

Também não ajuda ela se declarar boa e má. Claro, uma parte disso poderia ser atribuída à sua vida, que era tudo menos feliz. Uma mãe viciada. Um pai mulherengo. Uma irmã com quem ela parecia não ter nada em comum. Não admira que Lenora ansiasse por uma fuga e pela atenção de um homem. Mesmo agora, aos trinta anos, conheço muito bem esse sentimento. Afinal, foi por isso que comecei a transar com Kenny. Mas Lenora era tão jovem, tão inexperiente. Nessa idade sentimos tudo à flor da pele, e é bem possível que Lenora considerasse que esses sentimentos naturais fossem imorais — ou pior.

No entanto, isso não explica a camisola ensanguentada.

Ou se livrar da arma que matou seus pais.

Ou por que ela foi buscar uma corda enquanto os gritos da irmã ecoavam pela casa.

Não consigo parar de pensar em tudo isso enquanto leio as últimas três frases que ela datilografou hoje.

Só tem um problema: eu não era uma boa menina.
Nem um pouco.
Você verá por si mesma muito em breve.

Eu abaixo as páginas e olho para a cama, onde Lenora dorme tranquila. Enquanto a observo, uma sorrateira sensação de inquietude me preenche.

Eu tinha presumido que ela queria contar sua história para finalmente limpar o próprio nome. E que ela havia me escolhido para ajudá-la porque sentia uma forte afinidade entre nós, como se fôssemos irmãs de alma. Uma mulher injustamente acusada contando sua história para outra, ambas trabalhando juntas para provar sua inocência.

Agora receio que seja o contrário.

Lenora não me escolheu porque acha que sou inocente.

Ela me escolheu por achar que sou culpada.

E o que passamos o dia datilografando hoje não é uma tentativa de limpar seu nome.

É uma confissão.

CATORZE

Guardo as páginas no cofre escondido debaixo da minha cama, fingindo que não as estou escondendo, embora esteja fazendo exatamente isso. Oculto os papéis sob os frascos de comprimidos de Lenora porque não quero que ninguém mais os encontre. Mas não é com ela que estou preocupada ao trancar o cofre e deslizá-lo de volta para baixo da cama. Minha preocupação é que, ao esconder a confissão parcial de Lenora Hope, isso, de alguma forma, me faça parecer tão culpada quanto ela.

Culpa por associação.

No momento em que guardo a chave do cofre na gaveta da mesinha de cabeceira, ouço uma série de ruídos.

Um estalo, um arranhão, um barulho no terraço.

Corro até a janela para tentar enxergar o que aconteceu. Está escuro lá fora, e as luzes do interior do quarto apenas refletem meu rosto preocupado e cansado no vidro.

Talvez esses ruídos, seja lá o que forem, possam estar relacionados aos barulhos vindos do quarto de Lenora na noite passada, então decido investigar. Saio às pressas do meu quarto e desço a escada de serviço até a cozinha. De lá, atravesso o salão de jantar em direção ao terraço. Assim que piso no lado de fora, algo se despedaça sob meus pés.

Uma telha de ardósia que caiu recentemente do telhado.

Pelo menos um dos ruídos misteriosos está explicado.

Há mais de dez telhas espalhadas pelo terraço, muitas quebradas em centenas de cacos, algumas ainda milagrosamente intactas. Passo por cima e ao redor delas a caminho da balaustrada. Do oceano vem uma brisa gelada em sopros constantes com aroma de salmoura. Fecho os olhos e me entrego a ela, deleitando-me com o frio. É uma sensação boa depois de passar tanto tempo sentindo o calor abafado de Hope's End. Lenora não sabe o que está perdendo.

O terraço percorre toda a extensão da casa e acaba em ambos os lados em quatro degraus curtos. Os da esquerda descem até um pátio de lajotas que circunda uma piscina vazia. À direita, os degraus levam a uma área gramada. Mais para a frente fica um chalé de pedra tão pitoresco e arrumado que parece ter saído de um livro de histórias infantis. Uma luz morna brilha numa das janelas ao lado da porta em arco.

A luz de outra janela bruxuleia acima e atrás de mim, vinda da própria mansão, projetando ao longo do terraço um retângulo inclinado de claridade. Nesse raio de luz, um pedaço de metal torto cintila entre os cacos de telhas.

Eu o pego e o levanto contra a luz. Parece um clipe de papel dobrado, mas é muito mais grosso e resistente. É necessário fazer alguma força para dobrá-lo ainda mais. Ambas as extremidades são curvadas uma em direção à outra, uma delas mais envergada, então deduzo que era algum tipo de gancho que se quebrou ou se desprendeu. Talvez tenha sido isso que fez com que as telhas soltassem do telhado.

Eu me volto de novo para a janela iluminada, a fim de examinar o telhado acima dela. Estico o pescoço e tento ver onde ele fica em relação ao meu quarto. Duas portas abaixo, ao que parece. Do outro lado do quarto de Lenora.

O quarto da sra. Baker.

Dou alguns passos para trás, buscando uma visão melhor do interior do cômodo. Consigo entrever cortinas com babados, um indício de papel de parede roxo com estampa floral, uma sombra que se estende pelo teto.

Em seguida, outra coisa chama minha atenção.

À direita da janela iluminada, no quarto de Lenora.

Lá, emoldurado pela janela escura, há um borrão cinza.

Sufoco um grito, observando o borrão passar pela janela e desaparecer. Não consigo decifrar o que é. As luzes do quarto estão apagadas, e o movimento é muito breve. Mas tenho certeza de que há alguém no cômodo.

Continuo andando para trás, os olhos cravados na janela, na esperança de ver novamente quem quer que esteja ali. Estou tão concentrada no quarto de Lenora que paro de prestar atenção nas telhas de ardósia esparramadas pelo chão. Tropeço em uma delas, cambaleio, recuo e acabo batendo a lombar na balaustrada, perdendo de vez o equilíbrio.

O pedaço torto de metal voa dos meus dedos enquanto meu corpo pende desenfreadamente de um lado para outro.

Braços vacilantes.

Coração disparado.

Meus ombros e minha cabeça se inclinam para além da balaustrada, por sobre as ondas que quebram lá embaixo. Por um segundo, tenho a sensação de que o abismo às minhas costas está tentando me alcançar e me puxar com violência para dentro de suas profundezas.

Consigo dar impulso e virar o corpo; agora com a barriga pressionada contra a balaustrada, encaro diretamente o penhasco. Quinze metros abaixo está o Atlântico, ondas atacando a costa, na base do penhasco. Entre o penhasco e a água, vejo uma estreita faixa de areia repleta de pedras brilhando ao luar. Eu acharia lindo se não fosse pelo fato de que um único movimento errado me faria despencar nas rochas.

À minha direita, ouço passos no gramado coberto de orvalho. A voz de Carter corta a noite.

— Mary?

Eu me viro e o vejo se aproximando. Ele se detém quando percebe que sou eu.

— Desculpe. — Ele fica em silêncio, confuso, como se tivesse acabado de ver um fantasma. — Você está bem?

— Acho que sim — digo, ainda sem fôlego depois de ter escapado por um triz.

Carter volta a se aproximar, chega à extremidade do gramado e sobe os degraus até o terraço.

— Por um segundo, pensei que você fosse cair.

— Eu também.

Com as pernas bambas, eu me afasto da balaustrada. É a mesma sensação que tive quando percebi a inclinação do segundo andar de Hope's End. O que faz sentido, uma vez que o terraço provavelmente também está em declive em direção ao mar. Pensar isso me faz recuar ainda mais.

Carter se apressa e se põe ao meu lado para me apoiar.

— Venha sentar por alguns minutos.

— Estou bem — insisto. — De verdade.

— Você não parece nada bem.

Em vez de me levar de volta para a mansão, Carter me faz descer os degraus e atravessar o gramado até o chalé de pedra, por cuja porta aberta um jorro de luz dourada se esparrama pela grama.

— Você mora aqui? — pergunto.

— Moro. Não é grande coisa, mas é meu.

— Por que você não fica na casa principal?

— Porque eu sou o caseiro, e esta é a casa do caseiro — responde Carter. — Além disso, é melhor do que aquela mansão velha e torta. Aqui é mais aconchegante.

Assim que Carter me leva para dentro, entendo o que ele quer dizer. Embora não seja grande, o chalé tem um charme inegável. É um único cômodo dividido em duas áreas — cozinha e quarto, com um banheirinho separado no canto —, com um toque rústico. Vigas expostas percorrem o teto, e janelas com painéis em losango estão voltadas para o oceano. Há almofadas jogadas no sofá e uma cama arrumada com belos lençóis que adicionam pinceladas de cor ao ambiente, enquanto aquarelas de aves marinhas nativas feitas pelo naturalista Audubon dão vida às paredes.

Carter me senta a uma mesa de jantar de madeira que pode acomodar duas pessoas. Minha cadeira fica de frente para a bancada da cozinha, em cima da qual uma TV quadrada em preto e branco transmite a primeira partida das finais do campeonato nacional de beisebol. Baltimore Orioles contra Philadelphia Phillies. Carter abaixa o volume antes de abrir um armário.

— Deixo ligada só como ruído de fundo — explica ele. — Só vou me importar com as finais do beisebol quando os Red Sox estiverem nela. O que nunca vai acontecer.

Ele tira um par de copos de uísque do armário, nos quais derrama dois dedos da bebida. Coloca um deles diante de mim na mesa e segura o outro enquanto se encosta na bancada.

— Beba tudo — diz ele. — Isso vai acalmar você.

— Acho que a sra. Baker não aprovaria.

— A sra. Baker provavelmente já deve ter virado três taças de champanhe e agora está no meio da taça número quatro.

— Ah. — Encaro meu copo, surpresa. Eu jamais teria imaginado que a sra. Baker tem problemas com bebida. Ela parece tão... séria. Isso me faz pensar se ela já bebia antes de vir para Hope's End ou se foi o lugar que aos poucos a levou a beber. — Eu não sabia.

— Claro que não. Você acabou de chegar. Mais cedo ou mais tarde você vai descobrir todos os nossos segredos.

Beberico um pouco de uísque. Carter está certo. O calor da bebida me acalma no mesmo instante.

— Mais alguma coisa que eu deva saber sobre a sra. Baker?

Carter se afasta da bancada, se aproxima da mesa, vira a outra cadeira e se senta com as pernas abertas e os braços cruzados por cima do encosto. Ali dentro, sob a luz, reparo em detalhes dele que não tinha percebido antes. Como na pequena fenda em seu queixo, quase invisível sob a barba. Ou em seu cheiro de banho recém-tomado. Sua pele exala os aromas de sabonete e xampu.

— Que tipo de coisa? — pergunta Carter.

— O primeiro nome dela, para começar.

— Sei lá. Não faço ideia. Qual é o seu palpite?

— Mortícia — respondo. — Ou Cruella.

Surpreendido no meio de um gole, Carter solta uma risada que parece um ronco.

— Talvez o Archie saiba, já que está aqui há tanto tempo quanto ela.

— Você acha que eles são um casal? — especulo.

— Duvido. Até onde sei, eles mal se falam.

— Então por que você acha que eles continuaram aqui por tanto tempo? Archie me contou que está aqui há quase sessenta anos, e a sra. Baker foi embora, mas acabou voltando. Eles com certeza poderiam ter conseguido emprego em qualquer lugar.

— Acho que a situação é mais complicada que isso — argumenta Carter. — Eles conheciam a Lenora antes dos assassinatos. E a verdade é que ela ficaria perdida sem eles. Acho que os dois sabem disso, o que talvez explique por que estão aqui há tanto tempo.

— E há quanto tempo você está aqui?

— Ah, agora você está interessada nos *meus* segredos — diz Carter com um sorriso que poderia ser um flerte, mas está mais para um gesto educado.

Ninguém flerta comigo há muito tempo. Kenny nunca flertou. Ele pulou essa fase e foi direto ao ponto. Infelizmente, funcionou.

— Você disse que mais cedo ou mais tarde eu ia descobrir — digo, arriscando um flerte dos mais fracos. Eu culpo o uísque pela tentativa. — Você bem que poderia me contar agora.

— *Meu* segredo é que não sou caseiro. Pelo menos não era até aceitar esse emprego.

— O que você fazia antes?

— Eu era barman. — Carter levanta o copo e toma um gole. — Parece que foi há muito tempo, mas faz apenas um ano. Um dos meus clientes no bar era o antigo caseiro daqui. Quando ele se aposentou, sugeriu que eu o substituísse e me indicou para o trabalho.

— Parece que foi uma mudança e tanto, de barman a caseiro.

— Ah, foi. Meu palpite é que ele achou que eu era um cara de confiança, não aceitariam qualquer um aqui em Hope's End. A sra. Baker concordou, e aqui estou eu.

Ouço um rugido abafado vindo da TV. Na tela minúscula, um jogador dos Phillies percorre pelas bases depois de acertar um *home run*. Carter estende o braço e desliga o aparelho.

— E você realmente gosta daqui? — quero saber.

Ele abre bem os braços.

— Tenho a minha própria casa, com vista para o mar. Não é todo mundo que pode dizer isso. Claro, é trabalho demais para uma pessoa só, mas, pensando bem, Hope's End não recebe muitas visitas, então não há a necessidade de impressionar ninguém. Como não gostar daqui?

— Bom, três pessoas foram assassinadas aqui, afinal. E o carpete ainda tem manchas de sangue.

— Vejo que você fez o tour dos assassinatos.

— A Jessie me mostrou a casa ontem à noite — confirmo com um aceno.

— Por favor, não me diga que você está pensando em fugir como a Mary.

— Vocês eram próximos?

— O suficiente pra pensar que você era ela — responde Carter.

Dou uma olhada no meu uniforme, que já foi usado por Mary. Como ele serviu bem em mim, significa que temos tamanho e altura similares. Faz sentido que, no escuro, Carter tenha nos confundido.

— Deve ter sido estranho achar que ela havia voltado assim tão de repente.

— Não tão estranho quanto a forma como ela foi embora. Sem avisar ou deixar um recado. Um belo dia, a Mary simplesmente desapareceu. Foi uma surpresa. Achei que ela estava feliz aqui.

— A Jessie também disse que ficou surpresa.

— Ela e Mary eram muito próximas. Eu fico mais na minha. Não me entenda mal, Mary e eu éramos amigos. Mas a verdade é que a gente não se via com muita frequência. Eu moro aqui. Ela ficava lá na mansão e passava a maior parte do tempo com a Lenora. Então não éramos tão próximos assim. Costumávamos bater papo no terraço à noite. Toda vez que eu via o uniforme dela, saía para dar um oi.

— Você acha que a Lenora teve algo a ver com o motivo de ela ter ido embora? — pergunto. — Acha que a Mary pode ter ficado com medo dela de alguma forma?

— Desse jeito parece até que você acha que a Lenora é culpada — diz Carter.

Olho para a minha bebida e contemplo meu reflexo oscilante, o que é bem apropriado, pois sinto meu corpo oscilar. Minha opinião sobre Lenora mudou tanto nos últimos dois dias que já não sei mais o que penso.

— Desse jeito parece até que você acha que a Lenora *não* é culpada. Então, quem você acha que cometeu os crimes? Winston Hope ou o pintor?

— Nenhum dos dois — diz Carter. — Acho que foi Ricardo Mayhew.

Eu olho para cima, confusa.

— Quem?

— O caseiro da época. Ele e a esposa moravam nesta casa na época dos assassinatos. Ela não estava aqui, trabalhava como assistente de cozinha, e recebeu folga naquela noite com o restante do pessoal. Ela foi à cidade pra ver um filme no cinema. Só que o Ricardo ficou na casa.

— A polícia sabia disso?

— Sabia. Em 1929, havia fortes suspeitas de que nem todos os empregados tinham saído naquela noite.

— E como *você* sabe disso?

— Por causa do caseiro que trabalhava aqui antes. Eu servia as bebidas e ele me contava histórias sobre este lugar. Outra razão pela qual aceitei o emprego. Depois de ouvir tanta coisa sobre Hope's End, quis ter a experiência em primeira mão.

— Então esse caseiro...

— Ricardo — interrompe Carter.

Assinto.

— Certo. Ricardo. Ele ficou na casa e fez... o quê?

— Ninguém sabe.

— A polícia não o interrogou depois dos assassinatos?

— Não conseguiram. Ricardo Mayhew sumiu. Depois daquela noite, ele nunca mais foi visto.

Carter me olha, aguardando minha reação. Só consigo ficar boquiaberta.

— E a esposa dele...

— Berniece.

O nome não me é estranho. Lenora a mencionou de passagem. Berniece era a ajudante de cozinha que, naquela noite, lhe desejou um parabéns desanimado.

— Ela também nunca mais viu o marido?

— Não.

— E ela não tinha ideia de pra onde ele foi ou o que aconteceu com ele?

— Não — diz Carter. — Mas ela ainda está por aí. Muita gente diz que ela nunca foi embora da cidade porque está esperando o marido voltar. É mais provável que a coitada não tenha pra onde ir.

— Então você acha que esse Ricardo Mayhew assassinou a família Hope e depois fugiu?

— Esse é o meu palpite. Além da teoria de que Lenora é a assassina, essa é a única coisa que faz sentido.

— Mas por que o caseiro iria querer matar a família Hope?

— Sei lá. Por que a Lenora mataria?

Um argumento justo que ainda estou tentando entender. Mas Carter não passou o dia inteiro ajudando Lenora a datilografar. Ele não leu sobre a camisola ensanguentada. Ou sobre Lenora jogando uma faca no mar. Ou saindo do terraço para pegar uma corda que talvez tenha sido usada para enforcar a irmã.

E, embora eu queira contar a ele tudo isso, não o faço. Parece errado mencionar qualquer coisa enquanto eu não souber a história completa. Só depois disso é que revelarei quaisquer detalhes. Acho que, no fundo, é isto que Lenora deseja: que eu seja a voz que ela não tem. Mesmo que o que eu tenha a dizer seja sua confissão.

— Se você estiver certo, e isso é um baita *se*, ainda assim não faz sentido. Por que Lenora não disse nada? Se o Ricardo matou os pais e a irmã dela, por que ela não contou para a polícia?

Ou para mim. Até agora, ela não datilografou o nome Ricardo Mayhew nenhuma vez. Se Lenora acha que foi ele, por que essa não foi a primeira coisa que escreveu? Mas a história começa, usando as palavras de Lenora, no momento em que tudo acabou.

— Talvez ela não soubesse — sugere Carter.

Mas Lenora *sabia* que os pais estavam mortos. Ela me contou isso. Estavam mortos e sua camisola estava ensanguentada. Depois ela jogou a faca por cima da balaustrada do terraço, mesmo sabendo que era uma evidência de dois crimes brutais. Por que faria isso se não foi ela quem a usou?

Termino minha bebida, meus pensamentos chacoalhando como os cubos de gelo no meu copo agora vazio. Em meio a esse caos mental, elaboro uma nova teoria que não posso compartilhar com Carter.

Ainda não.

— Preciso ir — digo, levantando-me de repente. — Obrigada pela bebida.

Atônito, Carter me observa enquanto lanço um rápido aceno de despedida, saio do chalé e atravesso o gramado úmido. No terraço, tomo cuidado para não pisar em telhas e passo longe da balaustrada. Somente quando estou sob a janela do quarto de Lenora é que arrisco olhar rapidamente para cima. Embora as luzes ainda estejam apagadas e nada apareça na janela, não consigo parar de pensar em Lenora ali deitada, desperta e repetindo para si mesma uma única frase da cantiga que conheço desde o ensino fundamental.

Lenora sempre diz: "Não fui eu."

Talvez essa parte da cantiga seja verdade.

Mas desconfio que há mais nessa história que Lenora está contando — tanto naquela época como agora.

Entro na casa e subo rapidamente pela escada de serviço. No segundo andar, sinto a inclinação da mansão acentuada pelo uísque. Tenho a sensação de que tomei vários copos e não um, o que explica por que entro cambaleando no quarto de Lenora.

Acendo o abajur da cabeceira e Lenora acorda, sobressaltada.

Ou talvez ela esteja apenas fingindo. Desconfio que ela já estava acordada e sabia que eu viria. Antes de ver que era eu entrando no quarto, sua mão esquerda não fez nenhum movimento para pressionar o botão de chamada. Além disso, há uma centelha de curiosidade em seu olhar. Sua expressão é de surpresa, mas seus olhos se estreitam e brilham de satisfação.

— Quero que você me conte sobre Ricardo Mayhew — digo.

Passei dez minutos chorando no salão de baile antes de percorrer a casa à procura de Archie. Ele saberia o que dizer para me fazer sentir melhor. Sempre sabia. Mas Archie andava meio afastado. Só o vi de relance no dia, quando passei pela cozinha antes do jantar, e mesmo assim não tentei falar com ele. Minha irmã e eu fomos proibidas de socializar com os funcionários e eles com a gente, mas isso não impediu que eu e Archie nos tornássemos melhores amigos.

Como não consegui encontrá-lo, fui para o terraço. Embora fosse tecnicamente primavera, o inverno permanecia firme e forte, o que dava ao gélido ar noturno um caráter revigorante. Mas não me importei com o frio. Fiquei feliz por não estar dentro daquela casa tão horrível.

Sentei na balaustrada. Outra coisa que me mandavam não fazer, mas que eu fazia mesmo assim, ainda mais porque o parapeito era tão baixo. Se meu pai não quisesse que eu subisse nele, deveria tê-lo construído mais alto. Sentada ali, tentando me equilibrar, fitei a água abaixo de mim. O luar cintilava nas ondas do oceano, e as cristas brancas reluziam na noite. Era tão lindo que, por um momento, pensei em me jogar para me juntar a elas.

Parecia uma alternativa melhor do que continuar vivendo em Hope's End.

Eu era jovem e ansiava por tudo. Desejava amor. Desejava aventura. Desejava a vida. No entanto, eu não teria nada disso aqui, um lugar onde minha mãe se dopava de remédios, meu pai a traía abertamente com as empregadas e minha irmã fingia que não havia nada de errado. Era assim que eu passaria o resto da minha vida?

Se era essa a minha realidade, eu preferia acabar com tudo ali mesmo. E não seria um final apropriado? Fazer do dia do meu nascimento também o dia da minha morte?

Antes que eu pudesse pensar mais a fundo sobre isso, ouvi uma voz atrás de mim.

"Cuidado. Se você cair, este lugar não terá nada de valioso para se olhar."

Quase perdi o equilíbrio quando me virei. Por um momento, oscilei na balaustrada, subitamente com medo de despencar. Um segundo antes, pensava em acabar com tudo. Agora eu só queria viver — pelo menos para punir o desconhecido por bisbilhotar.

Depois de me endireitar, saltei da balaustrada. A origem da voz saía devagar das sombras ao longo da lateral da mansão. Eu sabia quem ele era porque ouvi Berniece mencioná-lo na cozinha e as empregadas falando sobre o quanto ele era bonito.

E ele era mesmo. Vestindo apenas a calça de trabalho e uma camiseta de algodão, ele tinha uma aparência grosseira. Era forte e um tanto bruto, animalesco. Não penteava o cabelo para trás, como a maioria dos homens fazia na época — havia deixado os fios crescerem rebeldes e desgovernados. Ele afastou uma mecha dos olhos e me olhou de uma forma que só pode ser descrita como voraz. Então sorriu, como se soubesse todos os pensamentos perversos que eu tivera naquele dia.

"Você não ia realmente pular, certo?", perguntou ele.

Eu não queria olhar em sua direção, pois sabia que isso o faria pensar que eu o considerava digno de ser observado, o que sem dúvida era. Mas seu comentário me forçou a encará-lo. Embora fosse a mais pura verdade, também soava como uma inconveniência.

"Eu não preciso me explicar. Ainda mais pra alguém como você."

"Você está certa", disse ele. "Não precisa. Mas estou curioso pra saber por que alguém como você se arriscaria se empoleirando nessa balaustrada."

Eu me voltei para o oceano, me recusando a continuar olhando para ele. "Você não sabe nada sobre a minha vida."

"Sou todo ouvidos." Ele se aproximou e se colocou ao meu lado junto à balaustrada, concentrando sua atenção apenas em mim, como se mal pudesse esperar para saber o que eu tinha a dizer. "Me conte o que está errado."

"Tudo."

Ele soltou um assobio baixo. "Isso parece muito sério."

"Meus problemas são divertidos para você?", perguntei.

"De jeito nenhum, srta. Hope. Mas com certeza nem tudo é tão terrível assim."

"Esta casa é", retruquei. "É completamente horrível."

Ele se virou para a mansão reluzente atrás de nós. "Pois pra mim parece um lugar bem agradável."

"Não é, acredite", respondi. "Sinceramente, eu mataria para ir embora deste lugar."

Ele se aproximou tanto que ficamos a poucos centímetros de distância. Estava tão perto que senti o calor emanando de sua pele, o que, por sua vez, me deu arrepios deliciosos.

"Não fomos devidamente apresentados", disse ele, estendendo a mão. "Eu sou o Ricky."

QUINZE

Ricky

Lenora datilografa o nome com tanta força que a página parece marcada com um ferrete. Então me encara com uma expressão desafiadora e irritada. Seus olhos, estreitados como os de um vilão de desenho animado, parecem perguntar se estou satisfeita.

Não estou, apesar do capítulo que ela acabou de escrever e das perguntas às quais ela respondeu com batidinhas antes de recomeçar a datilografar. A primeira, que fiz imediatamente depois que irrompi em seu quarto, foi:

— Você o conheceu, Lenora?

Ela respondeu com tapinhas afirmativos na colcha.

— Você sabe o que aconteceu com ele?

Um único toque. *Não.*

— Foi o Ricardo?

Carter estava certo. Se Lenora não era a culpada, essa era a única explicação possível. Ricardo estava na casa naquela noite. Desapareceu em seguida — provavelmente depois de matar Winston e Evangeline Hope. E acho que Lenora sabia ou suspeitava disso.

Lenora desviou os olhos e fitou a máquina de escrever do outro lado do quarto. Eu já conhecia aquele olhar bem, então fui até a escrivaninha, coloquei uma nova folha no cilindro e carreguei a máquina até a cama. Ela começou a datilografar, o som das teclas tão alto que ecoa no silêncio noturno do cômodo.

eu nao posso te contar ainda

— Por quê?

porque eu preciso fazer isso na ordem
Repeti a pergunta:
— Por quê?
Ela assentiu, sinalizando para que eu movimentasse a alavanca de entrelinha e retorno.
pra voce entender o que aconteceu
Outro meneio de cabeça.
e como
Um terceiro meneio.
e por que
— Ou você poderia simplesmente escrever agora quem é o culpado — disse, esperançosa — e me ajudar a entender mais tarde.

Um indício de sorriso apareceu nos lábios de Lenora. Ela parece estar gostando disso. De revelar sua história bem aos poucos, de um jeito tentador. De me instigar e me manter envolvida.

Ela colocou a mão espalmada sobre as teclas, geralmente um sinal de que o capítulo havia chegado ao fim. Neste caso, significava que ela queria uma folha nova. Fiz o que ela pediu: busquei algumas na escrivaninha e inseri uma no cilindro da máquina de escrever.

Ela estava prestes a escrever um novo capítulo.

Lenora e eu passamos as duas horas seguintes datilografando. Com o passar do tempo — a meia-noite chegou e se foi —, o clima no quarto mudou sutilmente. Foi ficando mais frio, mas não de uma vez. Devagar. O frio foi se insinuando da mesma forma que o inverno chega após um outono glorioso. Quando Lenora passou para a terceira página, eu estava congelando.

Mas o pior foi a sensação de que não estávamos sozinhas, embora não houvesse mais ninguém no quarto — meu olhar indo da porta fechada para os cantos escuros que a luz do abajur de cabeceira não alcançava, checando a todo momento se estávamos realmente a sós.

Não havia mais ninguém lá.

Só nós duas.

Mesmo assim, não consegui afastar a sensação de que havia alguém por perto, nos observando. Mesmo enquanto lia sobre o encontro de Lenora com um desconhecido bonitão no terraço, meus pensamentos se voltaram para o que Jessie me disse durante o tour dos assassinatos.

Que Mary afirmou ter visto o fantasma de Virginia Hope perambulando pelo segundo andar.

Que ela estava com medo deste lugar.

E que foi por isso que ela fugiu.

Hope's End não é uma casa normal. Há algo sombrio aqui. Eu consigo sentir. E Mary também sentia.

Mesmo que Jessie tenha dito isso só para me preparar para sua pegadinha no salão de baile, não consegui deixar de me perguntar se há alguma verdade por trás disso. A maioria das mentiras contém um fundo de verdade.

Porque eu também senti essa coisa sombria.

E não gostei nem um pouco.

Lenora dá um tapa na minha mão. Paro de divagar e a vejo indicando a tecla *shift*. Eu aperto a tecla e pergunto:

— Você está sentindo? Como se tivesse mais alguém aqui?

Ela respondeu que não com uma batidinha e voltou a datilografar, enquanto eu continuava sentindo olhos invisíveis nos observando; o arrepio foi ficando cada vez mais forte, até que ela finalmente escreveu a derradeira palavra:

Ricky.

O quarto esquenta assim que esse nome aparece no papel. O calafrio que eu sentia desaparece de repente, assim como a sensação de que há alguém à espreita. Agora a única pessoa que me observa é Lenora, perguntando com o olhar se o que acabou de datilografar é suficiente.

— Por enquanto, sim — digo enquanto devolvo a máquina de escrever à escrivaninha, a página encaixada no cilindro balançando a cada passo meu.

Ainda não sei metade do que aconteceu antes, durante ou depois do assassinato de sua família, mas ela não precisa revelar tudo hoje. O que Lenora escreveu foi estarrecedor o bastante para eu deduzir vários fatos importantes.

Por exemplo, acho que sei por que Lenora se livrou da arma do crime. É a mesma razão pela qual não contou quase nada à polícia sobre aquela noite.

Ela estava tentando proteger alguém.

Também acho que sei o motivo que a levou a fazer isso.

Oito meses antes dos assassinatos, Lenora se apaixonou por Ricardo Mayhew.

DEZESSEIS

Acordo com um grito entalado na garganta. Engulo em seco, sufocando-o antes de berrar no quarto escuro. Em seguida, me sento e balanço um pouco meu corpo, tentando me livrar de outro pesadelo.

Minha mãe novamente.

Em pé, diante da minha figura adormecida.

Enfiando comprimidos na minha boca até eu começar a engasgar.

O pesadelo foi tão real que enfio o dedo indicador na boca, procurando comprimidos que, claro, não estão lá.

Então eu ouço.

Um rangido.

Parecido com o que ouvi ontem à noite, vindo do mesmo local.

O quarto de Lenora.

O som de um segundo rangido me tira da cama. Esqueço imediatamente o pesadelo enquanto vou na ponta dos pés até a porta que separa nossos quartos. Agora apenas uma coisa me preocupa: descobrir de onde vem esse barulho.

Olho para baixo e observo a fina faixa de luar pela fresta sob a porta, a alguns centímetros dos dedos dos meus pés.

Uma sombra se junta a ela.

Eclipsando o luar enquanto passa pelo outro lado da porta.

Prendo a respiração, giro a maçaneta e abro a porta.

Não há mais ninguém no quarto de Lenora. Somente ela, deitada de costas na cama, dormindo profundamente.

Penso no borrão cinza que vi horas antes em sua janela, momentaneamente esquecido em meio aos acontecimentos que se seguiram.

Quase despencar da balaustrada do terraço. A longa conversa com Carter. Uma ainda mais longa sessão de datilografia com Lenora. Mas tenho certeza de que havia alguém zanzando no quarto, tanto naquela ocasião como agora.

Eu me aproximo da cama e me agacho ao lado de Lenora para verificar se ela está de fato dormindo e não apenas fingindo, como suspeito que estava quando irrompi no quarto horas atrás. Agito uma das mãos na frente do rosto dela, mas ela se mantém impassível, não esboça qualquer reação. Nada indica que tenha percebido que estou aqui. Toco seu pulso esquerdo para verificar os batimentos. Um ritmo lento, constante.

— Lenora? — sussurro. — Foi você?

Ela não responde, é claro. Não é capaz. Assim como não é capaz de andar. Mesmo se fosse, Lenora tem setenta e um anos. Ela jamais seria rápida o suficiente para pular na cama assim que eu abrisse a porta.

Sei que eu deveria culpar a minha imaginação, já que não foi Lenora e não há mais ninguém no quarto. Já é tarde e estou exausta, e é possível que a casa esteja mexendo com minha cabeça. Mas os ruídos eram reais. Assim como a sombra na porta e o borrão na janela.

Eu não imaginei essas coisas.

Eu as ouvi e as vi, e sei que deve haver uma razão lógica para elas.

Tudo vai fazer sentido amanhã de manhã.

Essa é outra frase que a minha mãe me dizia quando eu era apenas uma garota lidando com toda a dor e pressão da adolescência. *Vá para a cama. Tenha uma boa noite de sono. Tudo vai fazer sentido amanhã de manhã.* Normalmente ela estava certa. Mesmo quando as coisas não faziam muito sentido, eu quase sempre me sentia melhor na manhã seguinte.

Dessa vez, porém, o conselho está totalmente equivocado.

Nada faz sentido quando, algumas horas depois, acordo com a luz do sol cutucando minhas retinas e noto que o colchão deslizou alguns centímetros mais para baixo do que na noite passada. A exaustão me domina enquanto saio da cama e dou início à minha rotina matinal.

Tomar banho em uma banheira inclinada.

Escovar os dentes em uma pia inclinada.

Vestir um uniforme que pertencia a alguém que fugiu deste lugar.

Antes de descer, vou dar uma olhada em Lenora, mas me detenho diante da porta antes de abri-la. Como um amante ciumento. Ou um pai desconfiado. Tentando pegá-la em flagrante. De quê, não tenho ideia. Além de datilografar, na maior parte do tempo Lenora apenas observa, exatamente o que está fazendo agora. Deitada na cama, ela me lança um olhar interrogativo.

A primeira coisa que faço é verificar a escrivaninha.

A máquina de escrever está onde a deixei ontem à noite.

A folha que estava no carro, porém, agora se encontra ao lado da máquina, virada para cima, como se alguém a tivesse lido.

No entanto, tenho certeza de que deixei a folha no cilindro. Eu me lembro de ver a página tremulando enquanto a carregava de volta para a escrivaninha.

Eu me viro para Lenora:

— Alguém esteve aqui durante a noite. Estou certa, não estou?

Ela me oferece outro daqueles vagos meneios de cabeça que ainda estou aprendendo a interpretar. Sei que agora ela está pedindo para que eu leve a máquina de escrever para a cama. Coloco a mão dela nas teclas e a deixo responder.

você nao dormiu bem

Tenho dificuldade em discernir seu tom. Por não estar pontuado, soa como uma afirmação, o que significa que Lenora sabe que não dormi bem. Com um ponto de interrogação — que ela não datilografou porque eu teria que pressionar o *shift* —, parece mais inocente. Uma pergunta, provavelmente motivada por minhas olheiras.

Lenora me encara. Sua expressão — confusa e cheia de expectativa — me diz que é a segunda alternativa.

— Não — admito.

Ela volta a mover a mão pelo teclado, datilografando palavras conhecidas.

deve ter sido um pesadelo e tanto

As sobrancelhas de Lenora se arqueiam numa expressão indagadora. Faço que sim com a cabeça e sorrio.

— Sim. Mas eu já não estava conseguindo dormir mesmo antes disso.

Mais palavras.
o vento
Ela volta a escrever.
faz barulhos estranhos
Eu me afasto e olho para Lenora.

— Como você sabe que eu ouvi barulhos?

Porque ela os causou.

O pensamento atravessa minha mente feito uma broca. Repentino, inquietante e indesejado.

E ridículo.

Não, foi outra pessoa.

E Lenora está mentindo para mim.

Provavelmente não pela primeira vez.

Muito do que ela contou até agora pode ser mentira, ou ao menos uma distorção da verdade. Ela está moldando a história da maneira que quer. Eu mesma fiz isso na conversa com a sra. Baker quando cheguei aqui. Eu poderia ter dito que foi minha mãe quem teve uma overdose de remédios. Mas disse apenas que foi um de meus pacientes. Não é exatamente uma mentira, mas também não é a plena verdade. Desconfio que Lenora esteja fazendo o mesmo.

E estou ficando cansada disso.

— Eu sei que alguém esteve aqui ontem à noite — digo. — Agora me conte quem foi, ou acabou a datilografia. E aí você não vai mais poder contar sua história.

Lenora me estuda, tentando descobrir se é um blefe. Boa sorte para ela. *Nem eu* sei se estou falando sério. Mas sinto que estou tão ansiosa para ouvir a história completa quanto Lenora para escrevê-la. Também me sinto hesitante. De novo, talvez não seja toda a verdade. E se for, talvez eu não queira saber.

Pelo visto, transpareço mais firmeza do que estou sentindo, porque Lenora volta a datilografar.

alguem esteve aqui

Saboreio um momento de satisfação. Eu sabia que não era coisa da minha cabeça.

— Mas não só ontem à noite, certo? Na noite anterior também.

muitas noites

Alarmada, pergunto:

— Então quem é? Quem esteve no seu quarto?

Ainda hesitante, Lenora me avalia novamente. E volta a datilografar, relutante. Ela leva um minuto inteiro para pressionar oito teclas. Assim que termina, arranco a folha da máquina de escrever. Marcando o papel branco com tinta preta como a noite, um único nome.

Virginia

DEZESSETE

Uma música de elevador estridente guincha pelo telefone da cozinha enquanto espero o sr. Gurlain atender. Já se passaram cinco minutos desde que ele me colocou em espera. Tempo suficiente para que uma enjoativa versão instrumental de uma música da dupla Captain & Tennille fosse substituída por um cover ainda pior de "You Don't Bring Me Flowers". Eu aguardo, com o fone no ouvido, enquanto olho ao redor da cozinha vazia, torcendo para que ninguém entre enquanto eu estiver aqui. Não quero explicar por que deixei Lenora sozinha na cadeira de rodas para fazer uma ligação. E, principalmente, não quero falar sobre o motivo da ligação. Pôr para fora o que vou dizer ao sr. Gurlain já será bastante difícil.

Quando ele atende, graças a Deus interrompendo a música melosa, parece nervoso. Presumo que esteja pensando na manhã em que encontrei minha mãe morta, que foi a última vez em que ele recebeu um telefonema urgente meu.

— Algum problema? — pergunta ele.

— Não. Bem, sim. — Prendo a respiração e expiro. — Estou ligando pra pedir outra paciente.

— Mas acabei de te dar uma nova paciente! — responde Gurlain.

— Eu gostaria de uma diferente — insisto, acrescentando um educado "por favor" logo depois.

— Faz só alguns dias, Kit.

— Eu sei. É que eu...

Minha voz desaparece. Eu não sei o que dizer. Que estou com medo? Não estou. Medo envolve certeza. Sabemos do que temos medo. A minha situação é o inverso disso. Estou inquieta e cheia de incertezas. E quem pode me culpar? Vim parar numa mansão torta onde três pessoas foram assassinadas. Há manchas de sangue na Grande Escadaria e uma garota morreu enforcada no lustre do salão de baile. E agora, aparentemente, o espírito da garota morta vaga pelo quarto da minha paciente na calada da noite.

Eu não acredito em fantasmas.

Tenho certeza absoluta de que os ruídos que ouvi não foram obra do espírito de Virginia Hope.

Mas algo não está certo em Hope's End. Isso é claro. E pode ter assustado Mary o suficiente para fazê-la partir no meio da noite sem levar seus pertences. Não quero ficar aqui esperando para ver se mais cedo ou mais tarde vou ficar tão desesperada quanto ela. Prefiro ir embora agora, em plena luz do dia, levando minhas coisas.

— Não gosto daqui — digo por fim. — Eu avisei que não me sentia confortável trabalhando nesta casa.

— E eu disse que não havia escolha — rebate Gurlain.

— Mas há outros cuidadores disponíveis. Eu vi o nome deles no quadro. Você não pode mandar um deles pra cá e me colocar em outro lugar? Não precisa ser agora. Posso esperar uma ou duas semanas até surgir outro paciente.

Essa última parte é um pouco de exagero. Talvez eu não tenha dinheiro suficiente para esperar algumas semanas. Mas o sr. Gurlain não precisa saber disso. Ele só precisa me transferir para qualquer outro lugar — o que não parece muito disposto a fazer.

— Já discutimos isso, Kit — diz Gurlain com um suspiro. — Eu determino...

— Determina e distribui as tarefas, e os cuidadores obedecem às ordens. Sim, eu sei disso. Eu só esperava que pudesse abrir uma única exceção.

— Não posso — declara Gurlain, sem considerar por um segundo sequer. — Mais uma vez, você tem toda a liberdade pra desistir do trabalho. Mas, se fizer isso, significa que está largando seu emprego. Já abri uma única exceção pra você. A maioria das outras agências teria te demitido seis meses atrás. É pegar ou largar.

Não tenho escolha a não ser pegar. Sim, eu poderia me demitir ou, assim como Mary, ir embora na calada da noite, mas a única pessoa prejudicada seria eu mesma. Estou quase sem dinheiro, e sem perspectiva alguma de arranjar trabalho. Não sei ao certo nem se tenho uma casa para onde voltar. Desistir tornaria meus problemas ainda piores.

Resumindo: estou presa a Hope's End.

— Entendo — digo, falando rápido para que o sr. Gurlain não perceba que estou à beira das lágrimas. — Desculpe pelo incômodo.

Resignada com meu destino, ponho o telefone de volta no gancho e olho ao redor da cozinha enorme e vazia dentro desta casa enorme e vazia.

Que merda, como vim parar aqui?

Penso em todos os rumos que a minha vida poderia ter tomado — e em quando tudo deu errado. Foi quando minha mãe adoeceu? Ou antes disso? Quando fui demitida do escritório de datilografia e decidi me tornar cuidadora? Ou quando, entediada na escola, percebi que nunca conseguiria grande coisa na vida e decidi nem ao menos tentar? Talvez eu tenha escolhido esse caminho no momento em que ouvi pela primeira vez a cantiga sobre Lenora.

Aos dezessete, Lenora Hope, alucinada,

Numa cesta em cima da bancada há um muffin de mirtilo que sobrou do café da manhã do dia anterior. Eu o pego e dou uma mordida enquanto atravesso o salão de jantar e saio para o terraço. Do lado de fora está fresco e claro — o clima perfeito para desanuviar a mente. E é exatamente disso que preciso depois da conversa com o sr. Gurlain. O sol, o vento e a maresia combinados me acalmam e me fazem pensar melhor.

Agora que ficou claro que estou presa aqui, preciso me concentrar em como me libertar.

A resposta é óbvia: fazer o meu trabalho.

Receber meu salário e economizar o suficiente para me mudar para o mais longe possível daqui e começar de novo.

Isso significa também que preciso cumprir a ameaça que fiz a Lenora caso ela não me contasse quem esteve em seu quarto.

É o fim das sessões de datilografia.

É o fim da história.

Digo a mim mesma que, de qualquer forma, tudo o que ela escreveu devia ser mentira. Se Lenora não consegue ser sincera comigo sobre quem anda perambulando às escondidas pelo seu quarto, então certamente não vai me contar a verdade sobre a noite em que sua família foi assassinada. Tudo isso me dá a sensação de ter sido feita de boba, para não dizer trouxa, por ter confiado na sinceridade dela.

Decido que a próxima coisa a fazer é descobrir o que está causando os barulhos no quarto de Lenora. Tem que haver uma explicação lógica para eles. O mesmo vale para a sombra que deslizou pela porta e o borrão que vi na janela.

Uma vez que a sugestão de Archie, da sra. Baker e até da própria Lenora é o vento, isso o torna o culpado mais provável. Eles conhecem Hope's End melhor do que eu. Da mesma forma, o borrão na janela pode ter sido uma ilusão de ótica; o luar pregando uma peça ao incidir sobre o vidro. Quanto à sombra na fresta da porta, talvez tenham sido as nuvens bloqueando a luz da lua. Ou um avião ou um pássaro grande. Considerando o lamentável estado da casa, é ainda mais provável que a causa tenha sido uma veneziana solta ou uma calha quebrada.

Eu me viro para os fundos da mansão, cujos três andares descomunais pairam sobre mim. Tomando cuidado para não perder o equilíbrio, me apoio na balaustrada e examino tudo. Nada parece estar fora do lugar ao redor das janelas de Lenora. Não há veneziana nenhuma balançando na brisa nem calha entortada pendurada no contorno do telhado.

Mas há muitos pássaros. Gaivotas rodopiam no alto antes de mergulharem na água, atraídas por caranguejos que a maré baixa deixa à mostra. Eu me viro e olho para a faixa de areia entre a água e a base do penhasco. Ondas suaves quebram calmamente contra a costa, empurrando água espumosa ao redor das rochas que se projetam da areia.

Eu me inclino para a frente, olhando com mais atenção, e percebo meu engano.

Não são pedras salientes que se erguem da areia molhada.

São outra coisa.

Uma mão.

Um pé.
Uma cabeça.
Amontoado sob a areia, o cadáver ao qual pertencem essas partes.
E, antes mesmo de começar a gritar, sei com uma terrível certeza que estou olhando para o corpo de Mary Milton.

DEZOITO

Estou no solário, mas não há sol à vista. O céu está salpicado de nuvens escuras que surgiram pouco depois de eu encontrar o corpo de Mary, tornando tudo cinza e opressivo, como se a tempestade que está por vir pressionasse a casa, tentando abrir caminho à força. De repente, a última pessoa que quero ver se junta a mim nessa lúgubre escuridão.

O detetive Vick.

Ele está sentado no mesmo sofá empoeirado que a sra. Baker ocupou no dia em que cheguei. Suas roupas estão amarrotadas e ele não parece nem um pouco contente por estar aqui. Ou por me ver. O sentimento é recíproco. Fico tensa perto dele. Já se tornou um hábito. O resultado é um embate de emoções — descrença, tristeza e uma sensação horrível de que ele está aqui não para fazer perguntas sobre Mary, mas para finalmente me prender.

— É, Kit — diz ele —, com certeza estou surpreso em ver você.

Puxo a bainha do meu uniforme para baixo, tentando cobrir meus joelhos. Um calafrio tomou conta de mim desde o momento em que percebi que aquele era o corpo sem vida de Mary Milton. E não ajuda em nada o fato de eu estar diante do homem que quis me jogar na cadeia.

— Surpreso por eu estar em Hope's End? — pergunto. — Ou surpreso por eu ainda ter permissão para trabalhar depois de você me acusar de assassinato?

O detetive suspira.

— Não precisamos brigar, Kit. Só estou tentando descobrir o que aconteceu.

— Você não parecia muito interessado nisso na última vez que conversamos.

— Vou deixar essa passar — diz o detetive Vick. — Você está aflita, é compreensível.

Estou mesmo. Tenho medo até de piscar, com receio de que a imagem do cadáver de Mary na areia volte à minha mente. Para piorar as coisas, me dou conta de que avistei o corpo dela ontem à noite, depois de quase cair da balaustrada do terraço.

Olhei para baixo e vi na areia objetos escuros que a princípio julguei serem pedras, mas agora sei que eram Mary. E não consigo parar de pensar em há quanto tempo ela estava lá — e em como eu poderia tê-la poupado de mais algumas horas de indignidade. Saber que não fiz isso me deixa tão triste e culpada que mal consigo respirar.

Mas me recuso a deixar o detetive Vick perceber qualquer indício do meu incômodo. Eu sairia correndo desta sala para nunca mais voltar se isso acontecesse.

— Faça logo as suas perguntas — peço.

— O que você está fazendo aqui em Hope's End?

Ele já deveria saber pelo meu uniforme e histórico, mas respondo mesmo assim:

— Eu trabalho como cuidadora.

— E de quem você cuida?

Hesito. Não quero dizer, porque sei como será a reação dele. Um sorriso irônico, provavelmente. Ele talvez até faça piada sobre o quanto é apropriado uma assassina cuidar de outra.

— Lenora Hope — digo, enfim.

Para mérito do detetive, não há nenhum sorrisinho malicioso. Mas noto o leve erguer de suas sobrancelhas, indicando surpresa.

— Há quanto tempo você está cuidando dela?

— Este é meu terceiro dia.

As sobrancelhas do detetive voltam a se erguer enquanto ele diz:

— Uma primeira semana de trabalho agitada.

O eufemismo do ano, considerando todos os acontecimentos que vivi desde que cheguei a Hope's End.

— Foi você quem encontrou o corpo, certo?

Respondo com um rápido meneio de cabeça, mais uma vez tentando não pensar em Mary encoberta pela areia acumulada há mais de uma semana. Mais alguns dias — talvez menos — e o corpo teria sido soterrado. Sei que foi melhor encontrá-la antes que fosse tarde demais, mas, se eu pudesse escolher, queria não ter feito isso.

— Explique-me como foi — pede o detetive Vick.

Obedeço, e rapidamente conto que estava no terraço, notei as gaivotas, olhei por sobre a beira do penhasco e avistei Mary.

— Por que você estava lá, para começo de conversa?

Parece uma pergunta capciosa, embora eu saiba que não é. Mas contar a verdade significa falar sobre ruídos estranhos e sombras se movendo pelo quarto de Lenora. Em hipótese alguma vou entrar nesse assunto. Dou uma resposta que não é de todo mentira.

— Eu só estava tomando um pouco de ar fresco.

Olho através da fileira de janelas que dão para o oceano. Lá fora, dois policiais circulam pelo terraço. Um deles anda de um lado para outro enquanto analisa o chão. O parceiro insiste em observar por cima da balaustrada, embora o cadáver de Mary tenha sido removido há mais de duas horas. O penhasco é tão íngreme que a polícia precisou de um barco para chegar lá. Um pequeno exército de policiais inspecionou a praia estreita e desenterrou Mary antes que a maré subisse novamente.

— O que eles estão procurando?

— Qualquer coisa que possa nos ajudar a entender o que aconteceu — explica o detetive Vick.

— Mas a Mary caiu, não?

Continuo olhando para a balaustrada do terraço, pensando em como quase despenquei de lá ontem à noite. O pânico continua fresco na minha memória. Primeiro a surpresa, depois o desequilíbrio, e então o puro medo. Imagino que o mesmo tenha acontecido com Mary. Um passo em falso, uma escorregada. Uma queda longa e assustadora. Isso me faz estremecer. Coitada dela.

— É uma entre várias possibilidades — diz o detetive Vick de forma evasiva, dando a entender que ele considerou apenas uma única possibilidade.

Estudo seu rosto, tão inexpressivo que poderia ser uma máscara. Já vi esse olhar antes. Sei que significa que já se decidiu.

— O senhor acha que ela pulou — digo.

Faz mais sentido que uma queda, apesar do meu quase acidente de ontem. O terraço, com seu parapeito baixo e acesso ao penhasco, parece feito sob medida para alguém se suicidar. Não é difícil subir ali e se jogar.

Em circunstâncias normais, eu pensaria mais na pobre Mary Milton e me sentiria triste e com pena de uma mulher cujos demônios pessoais a levaram a tirar a própria vida. Mas agora só consigo pensar na minha mãe, outra mulher levada ao suicídio, e em como o detetive Vick se recusou a acreditar que ela agiu por conta própria.

— Não quero fazer nenhuma suposição neste momento — responde ele no mesmo tom enlouquecedor.

— E, ainda assim, você fez várias a meu respeito.

Essas suposições acabaram parando no jornal da cidade, resultaram na minha suspensão por seis meses e quase me levaram para a cadeia. Por causa delas, meus poucos amigos desapareceram, meu próprio pai desconfia de mim e pensa as piores coisas a meu respeito. Minha raiva cresce, tão rápida e forte que sinto uma vontade enlouquecedora de levantar e atacar o detetive Vick. Eu me controlo para permanecer sentada, com os braços cruzados junto ao peito, incapaz de fazer contato visual. Meu receio é que, só de olhar para ele, eu volte a me enfurecer — e não seja mais capaz de controlar meus impulsos.

Notando minha raiva, o detetive Vick tenta me acalmar:

— Isso não é só uma suposição, ok? Encontraram um bilhete no bolso do uniforme da srta. Milton, indicando sua intenção de se matar.

Não pergunto o que está escrito no bilhete. Não é da minha conta e, além disso, estou ocupada demais imaginando como seria minha vida agora se minha mãe tivesse deixado um bilhete de suicídio. Suspeito que teria sido bastante diferente, já que um bilhete parece ser o suficiente para o detetive Vick.

— Você sabe algum motivo que poderia ter levado Mary Milton a tirar a própria vida? — pergunta ele.

— Não sei. Eu não a conheci. Ela partiu antes de eu chegar aqui.

Estremeço ao dizer isso. *Partiu* tem vários significados. Um deles é "morreu". "Desapareceu" é outro. "Foi embora" também, apesar de Mary nunca ter conseguido de fato sair de Hope's End. Ela estava aqui o tempo todo.

O detetive Vick tenta uma tática diferente.

— Você acha que ela gostava de trabalhar em Hope's End?

— Levando em conta o que os outros me disseram, acho que sim — respondo.

— *Você* gosta de trabalhar aqui?

Pega de surpresa pelo questionamento, eu me ajeito no sofá.

— Acabei de chegar.

— Isso não responde à pergunta. Que é bem simples, por sinal. Ou você gosta daqui ou não.

— Eu gosto daqui — digo, abrindo um sorriso rápido e tenso para ele não notar que estou mentindo descaradamente. Mas, no fim das contas, não faz diferença.

— Não foi isso que você disse ao seu empregador — rebate o detetive Vick.

— Quando foi que falou com o sr. Gurlain?

— Há uns quinze minutos. Queria confirmar que você era realmente a mesma Kit McDeere que pensei que fosse. Quando falei com o sr. Gurlain, ele me disse que *você* também ligou pra ele há pouco tempo.

Minha raiva retorna. Antes mesmo de colocar os pés nesta sala, o detetive Vick já sabia que eu estava trabalhando em Hope's End. Além disso, já sabia que poucos minutos antes de encontrar o cadáver de Mary Milton eu tinha pedido um novo paciente. Todo esse interrogatório parece uma armadilha para provar que eu não sou confiável. E eu caí direto nela.

Uma cilada da qual eu poderia escapar. Mas tenho que pensar em Mary. Não a conheci, mas todos em Hope's End parecem gostar dela. Isso é suficiente para me fazer continuar encarando o detetive Vick. Além do mais, há o fato de que Mary também estava aqui para cuidar de Lenora. Ela *se importava*. Tenho essa dívida com ela, preciso tentar ajudar a entender seu fim prematuro. No entanto, nada disso significa que preciso pegar leve com o detetive Vick.

— O senhor vai me perguntar algo que ainda não sabe? — indago.

— Não sei por que você acabou de mentir sobre gostar daqui.

— Porque quero manter meu emprego.

— Mesmo que, de acordo com o sr. Gurlain, você tenha pedido um novo paciente?

— Eu *preciso* desse emprego — reitero, com os dentes tão cerrados que meu queixo dói. — Graças a você, essa é minha única opção.

O detetive Vick fica boquiaberto, como se quisesse dizer alguma coisa, mas sente que não pode. Na ausência de palavras, posso apenas imaginar o que seria. Um pedido de desculpas parece improvável.

— Você disse ao sr. Gurlain que não se sente confortável aqui — diz ele, por fim. — Por quê?

— Três pessoas foram assassinadas nesta casa, detetive. O senhor se sente confortável aqui?

— Sim. Mas estou acostumado com cenas de crime. Você acha que a Mary se sentia desconfortável aqui?

— Eu sinceramente não sei.

— Você faz o mesmo trabalho que ela fazia. Como é cuidar de Lenora Hope? Como ela é como paciente?

— Boa — digo.

— Algum tipo de problema? — insiste o detetive Vick.

— Os mesmos que todo paciente tem.

Além da sórdida reputação dela, os ruídos noturnos e o espírito da irmã supostamente perambulando por seu quarto. Mas é melhor não mencionar nada disso. O detetive Vick sempre procurou motivos para não acreditar em mim. Não é uma boa ideia dar mais alguns para ele de mão beijada, mesmo que isso o decepcione. Acho que minha resposta é exatamente o que ele esperava ouvir.

— Você não está preocupada que Lenora Hope possa ser a pessoa que cometeu os três assassinatos que você acabou de mencionar?

— Não estou preocupada com a possibilidade de ela me matar, se é isso que está perguntando.

O detetive aperta os lábios. Um gesto surpreendentemente delicado em um rosto que endureceu com a idade.

— Não foi o que eu perguntei — diz ele. — Mas já que tocou no assunto, você acha que a Mary estava preocupada com isso?

— Talvez, mas duvido. A Lenora é inofensiva — respondo, repetindo o que Carter me disse quando cheguei.

— Você acha que a Mary teve algum problema com a Lenora? Ou com a casa?

Eu mesma já me perguntei isso, sobretudo quando achava que Mary tinha ido embora do nada no meio da noite. Mas mesmo depois de descobrir mais sobre ela, isso ainda me atormenta. Será que alguma coisa em Hope's End — a história da casa, suas peculiaridades, seus ruídos não identificáveis — a fez pular do terraço? Ou teriam sido a história e as peculiaridades de quem ela cuidava? Só consigo pensar em uma pessoa que talvez possa ter uma resposta.

— Não sei ao certo — respondo. — Mas conheço alguém que sabe.

— Quem?

Finalmente consigo dar ao detetive Vick uma resposta que eu sei que ele não está esperando.

— Lenora Hope.

DEZENOVE

Eu vou na frente, guiando o detetive Vick pela Grande Escadaria.
— Cuidado com as manchas de sangue — digo secamente enquanto subimos. Desvio delas, mas o detetive Vick passa por cima, sem deter o passo. Uma decepção. Eu esperava que ele reagisse da mesma forma que eu na primeira vez que as notei.

No entanto, no topo da escadaria ele demonstra a reação que eu esperava. Ao pisar no patamar, o detetive imediatamente leva a mão à parede e diz:

— Uau.

— A mansão é inclinada — informo, como se estivesse aqui há anos, e não há poucos dias.

— Isso é seguro? — pergunta o detetive Vick.

— Provavelmente não.

— Não era assim na última vez que estive aqui.

Eu paro no meio do corredor.

— O que quer dizer com isso?

— Eu já trabalhei aqui. — O detetive Vick tira a mão da parede, pensa melhor e a coloca de volta. — Apenas por um verão, e alguns fins de semana na primavera e no outono. O sr. Hope costumava contratar meninos da cidade quando as coisas ficavam movimentadas.

— Quando foi isso?

— Em 1929 — diz o detetive. — Eu me lembro por causa dos assassinatos.

— Então você conhece a Lenora?

— Apenas de vista.

Volto a guiá-lo pelo corredor, conversando por cima do ombro com um detetive Vick ainda vacilante.
— Foi por isso que se tornou detetive?
— Por ter passado um verão trabalhando em um lugar onde ocorreu um homicídio triplo? — pergunta ele com uma risadinha, como se a ideia fosse absurda. — Foi mais que isso, posso garantir. Ser detetive é uma vocação. Está em nosso sangue encontrar pessoas que fazem coisas ruins e obrigá-las a pagar por seus crimes.

Embora eu esteja à frente dele, sei que o detetive me fuzila com os olhos. Posso sentir seu olhar de ódio queimando minha nuca. Sem dúvida ele acha que fiz algo ruim e consegui escapar ilesa.

Por enquanto.

Viro à esquerda e entro no quarto de Lenora, que está sentada em sua cadeira de rodas, com o walkman no colo e o headphone na cabeça. Ela se assusta ao me ver entrar de repente acompanhada de um desconhecido. Sua mão esquerda se contrai no cobertor sobre seu colo, e os olhos verdes se arregalam.

Enquanto eu esperava lá embaixo, no solário, Lenora passou a maior parte do dia com Archie ou a sra. Baker. Não tenho certeza de qual dos dois contou para ela o que aconteceu com Mary, mas é evidente que ela sabe. Assim que a surpresa desaparece, seus olhos tremulam de tristeza.

Lá fora, as nuvens de tempestade se tornaram mais escuras e ameaçadoras, o que faz o quarto mergulhar numa escuridão ao mesmo tempo sufocante e apropriada.

— Lenora — digo enquanto me coloco ao lado dela. — Este é o detetive Vick. Ele gostaria de fazer algumas perguntas sobre a Mary. Tudo bem?

Lenora o encara, incerta. Ela parece tão hesitante que espero que sua resposta seja "não". Fico surpresa quando, depois de mais alguns segundos de observação, ela bate duas vezes no colo.

— Dois toques significam "sim" — explico ao detetive Vick. — Uma única batida significa "não".

O detetive assente e se aproxima de Lenora com um misto de apreensão e fascínio — assim como quando cheguei aqui. A julgar pela maneira como ele falou no solário, suspeito que a considere culpada, sem sombra de dúvida. Mesmo assim, ele se ajoelha ao lado da cadeira de rodas e, com as pernas instáveis devido ao chão inclinado, diz:

— Olá, Lenora. Sinto muito pela Mary. Ouvi dizer que vocês duas eram próximas, certo?

Em vez de responder, Lenora dá um lento e triste meneio de cabeça.

— Então você gostava dela?

Lenora dá duas batidinhas rápidas.

— E a Mary gostava de você?

Mais duas.

— Como ela era como enfermeira? — O detetive Vick balança a cabeça. — Desculpe. Não tem como responder a isso.

— Tem, sim. — Eu me dirijo a Lenora: — Quer datilografar suas respostas?

Antes que ela possa responder com batidas, eu a empurro na cadeira de rodas até a escrivaninha e insiro uma nova folha de papel na máquina de escrever. Posiciono a mão esquerda dela nas teclas e me viro para o detetive Vick.

— Ela não consegue datilografar muito rápido, então tente perguntar coisas que exijam apenas respostas curtas.

— Ah, claro. — O detetive esfrega as mãos, incerto. Esta deve ser a primeira vez que ele interroga alguém por meio de uma máquina de escrever. — Lenora, quando foi a última vez que você viu a Mary?

Lenora pisca, confusa.

— Ele quer que você datilografe sua resposta — digo, incentivando-a com delicadeza.

Mas Lenora apenas encara a máquina como se nunca tivesse visto uma na vida. Ela levanta a mão, que paira indecisa sobre as teclas, e por fim a deixa cair, atingindo uma das teclas com força suficiente para colocar na página em branco uma única letra.

h

— Você precisa da minha ajuda? — pergunto a ela.

Quase fervendo de impaciência, o detetive Vick diz:

— Há algo errado?
— Não sei.

Observo Lenora. Seu rosto, sempre tão expressivo, agora revela um vazio frustrante. A situação talvez seja demais para ela. A morte de Mary. A presença do detetive. Todas as perguntas dele. Eu me ajoelho ao lado da cadeira de rodas e coloco a mão sobre a de Lenora.

— Você está muito mal com a notícia sobre a Mary para datilografar agora?

Sob a palma da minha mão, Lenora fecha a dela em punho e bate no teclado uma vez.

— Então por que não está escrevendo?
— Você ao menos sabe datilografar? — o detetive pergunta a ela.

Mais uma vez, Lenora dá outra batida única.

Lá fora, uma rajada de vento fustiga a mansão, fazendo todo o cômodo — e nós — estremecer. Gotas de chuva açoitam as janelas enquanto o vento uiva.

A tempestade chegou.

Com isso vem outro arrepio. Que apenas eu consigo sentir. Um tremor interno provocado pela compreensão de um fato.

Lenora está fingindo.

O detetive Vick se ajoelha do outro lado da cadeira de rodas. Ele me lança um olhar irritado e pergunta a Lenora:

— Só pra deixar bem claro: a srta. McDeere está mentindo sobre você ser capaz de datilografar?

Desta vez, Lenora levanta a mão e bate duas vezes na máquina de escrever.

Sinto um frio na barriga.

— Ela consegue, sim! — digo. — Eu juro!

Lanço um olhar desesperado para Lenora, como se ela pudesse confirmar o que acabei de dizer de qualquer outra maneira a não ser pressionando uma das teclas da máquina de escrever. Mas ela não pode e não o faz. Por razões que não compreendo.

A tempestade ruge com força total agora. A água escorre pelas vidraças, formando desenhos ondulantes no piso do quarto. Eu os observo, furiosa com Lenora por me fazer parecer uma mentirosa, imaginando o motivo que a levou a tomar essa atitude. Tento pensar em alguma maneira de provar que estou certa. Nesse instante eu me lembro.

— Nós usamos a máquina hoje de manhã — explico. — Antes de eu encontrar a Mary. A folha está bem aqui na escrivaninha.

Vasculho a escrivaninha à procura da página que com certeza deixei na máquina de escrever quando desci para ligar para o dr. Gurlain. Eu me lembro até das palavras que estavam escritas nela — Lenora me contando que a irmã morta esteve neste quarto.

Mas a folha não está sobre a escrivaninha.

Não está em lugar nenhum.

— Estava aqui — digo, procurando em cima da superfície da escrivaninha, que não tem nada além da máquina e uma luminária.

— Não tinha folha nenhuma na máquina de escrever — diz o detetive Vick, talvez tentando ser útil, mas só parecendo arrogante. — Tem certeza de que não imaginou isso?

— Tenho certeza. — Abro as gavetas da escrivaninha, procurando a folha com o nome de Virginia. Não está em nenhuma delas. Nem no chão. Olho para Lenora e digo: — Você sabe que o papel estava aqui.

A mão esquerda dela permanece sobre as teclas da máquina de escrever, imóvel e, pelo visto, inútil.

— Diga a ele que não estou mentindo, Lenora — peço, quase implorando. — *Por favor*.

O detetive Vick se levanta, me agarra pelo punho e, visivelmente enfurecido, me arrasta para o corredor.

— Isso é algum tipo de joguinho pra você, Kit? Como eu não acreditei numa única palavra que você disse sobre sua mãe, agora você decidiu me fazer de idiota?

— Não estou fazendo você de idiota. A Lenora sabe datilografar. Ontem nós passamos o dia inteiro fazendo isso. Ela está me contando o que aconteceu na noite em que a família foi assassinada. Acho que o plano dela é confessar ou me contar quem realmente fez aquilo.

— Isso é loucura, Kit. A mulher mal consegue se manter sentada. Você espera mesmo que eu acredite que Lenora Hope está datilografando a porra da história da vida dela?

— Mas é a verdade!

— Claro — diz o detetive Vick, cheio de sarcasmo. — Tudo bem, vamos levar adiante essa palhaçada. Por que agora? Depois de tantos anos, por que ela decidiu contar a você, de todas as pessoas no mundo, o que aconteceu naquela noite?

— Não sei. Mas ela *me contou* coisas. — As palavras saem atropeladas da minha boca, de tão desesperada que estou para que o detetive Vick acredite em mim. — Sobre os meses que antecederam os assassinatos. Sobre a família dela. E sobre a irmã. Lenora disse que o fantasma da irmã esteve no quarto dela.

— Você não acredita nisso, né?

— Não — respondo, porque não acredito mesmo. Não de verdade. Não ainda, de qualquer maneira. — Mas acho que tem alguma coisa muito errada neste lugar. Algo está... fora dos eixos.

O detetive Vick dá um passo para trás e me encara, sua raiva se dissolvendo em outra coisa. Parecida com pena.

— Nossa conversa acaba aqui, Kit — diz ele enquanto tira um cartão de visita do bolso e o coloca na minha mão. — Me ligue se e quando você quiser contar a verdade.

Ele marcha pelo corredor em direção à Grande Escadaria. Volto para o quarto de Lenora, e, quando a vejo diante da escrivaninha, na posição de quem está pronta para datilografar, quebro uma das regras fundamentais da Agência Gurlain de Cuidadores Domiciliares: não falar palavrão na frente dos pacientes.

— Mas que porra foi essa?! — vocifero.

Exalando a paciência de uma santa, Lenora acena com a cabeça para que eu me aproxime dela. Em seguida, datilografa duas palavras.

me desculpe

— Você me deve mesmo um pedido de desculpas. Por sua causa pareci uma mentirosa na frente do detetive.

eu precisei

— Por quê?

precisa ser segredo

— Você saber datilografar precisa ser um segredo? De quem você tem que esconder isso?

todos

Teria sido ótimo saber disso *antes* de levar o detetive Vick para o quarto de Lenora. Agora que sei — e que desperdicei completamente minha chance de convencê-lo a acreditar em mim —, eu me sinto obrigada a fazer as mesmas perguntas que acho que ele teria feito.

— A Mary contou que estava indo embora?

Lenora bate uma vez no teclado.

— Da última vez que você a viu, como ela estava?

Lenora começa a datilografar, faz uma pausa para refletir e recomeça. O resultado é uma palavra bizarra.

esquinervosa

Eu a leio com atenção, uma síntese bastante precisa do meu estado atual.

— Qual das duas? Esquisita ou nervosa?

ambas, Lenora escreve.

— Ela vinha agindo assim havia algum tempo?

Duas batidinhas no teclado. Sim.

— A Mary alguma vez mencionou ouvir barulhos estranhos à noite?

Ela dá mais duas batidas. Outro sim.

Sou atingida pela lembrança do que Jessie me contou na minha primeira noite aqui.

Acho que ela estava com medo. Hope's End não é uma casa normal. Há algo sombrio aqui. Eu consigo sentir. E Mary também sentia.

Embora Jessie tenha me garantido que era brincadeira, começo a achar que não. Não inteiramente.

— Você sabe se ela chegou a descobrir o que eram os barulhos? — pergunto.

Em vez de responder com batidas, Lenora datilografa.

nao

— E foi isso que a deixou esquisita e nervosa?

Lenora datilografa mais duas palavras.

e apavorada

Meu coração salta no peito. Então é verdade. Talvez Jessie soubesse porque Mary contou a ela, ou talvez apenas suspeitasse de maneira inconsciente que algo estava errado. De qualquer forma, isso não muda o fato de que alguma coisa em Hope's End assustou Mary Milton.

— Ela estava com medo do quê?

Observo a mão de Lenora deslizar sobre o teclado de uma forma semelhante à prancheta do tabuleiro Ouija de Jessie. Nove teclas e um toque na barra de espaço depois, vejo a resposta pela qual eu vinha esperando esse tempo todo.

`minha irma`

Minha irmã sabia que eu estava apaixonada. Irmãs são capazes de sentir essas coisas. Mesmo as que não se dão bem, o que certamente era o nosso caso.

"Quem é?", perguntou ela numa das raras ocasiões em que estávamos no mesmo cômodo ao mesmo tempo. Geralmente conseguíamos manter distância uma da outra. Mas naquela noite nós duas havíamos decidido passar um tempo na biblioteca.

"Não tenho a menor ideia do que você está falando", respondi, sentada perto da lareira, lendo um dos romances de minha mãe que normalmente eu não leria por achar inferior. Eu queria escrever livros complexos e, em geral, só lia literatura clássica. Mas comecei a mudar depois de me apaixonar por Ricky.

Era amor.

Amor à primeira vista, para usar o clichê. No meu caso, porém, era a mais pura verdade. Desde o primeiro momento em que coloquei os olhos em Ricky, eu soube que estava apaixonada. Era impossível não sentir isso. Além de ser o homem mais bonito que eu já tinha visto na vida, ele também me entendia de uma forma que ninguém mais conseguia. Dava para perceber pela maneira como ele me olhava. Ele não via a filha mimada de um homem rico, que se contentava em flertar e exibir vestidos bonitos. Ele via uma mulher jovem e inteligente, com esperanças, sonhos, ambições.

Ele via a pessoa que eu queria ser.

"Você é tão diferente do restante da sua família", disse ele naquela primeira noite, depois de passarmos uma hora conversando no terraço.

"No bom sentido, espero", comentei.

"Em um sentido maravilhoso."

Deixei que ele me beijasse naquele dia. O meu primeiro beijo. Foi muito mais incrível do que jamais sonhei que poderia ser. Quando seus lábios tocaram os meus, foi como se toda a minha existência parecesse explodir feito fogos de artifício. Fogos brilhantes, cintilantes, incandescentes.

Eu me afastei, sem fôlego e corada. Por um momento, pensei que fosse desmaiar. Tonta e cambaleando, eu me encostei na balaustrada do terraço. Eu provavelmente teria caído se Ricky não tivesse me segurado e sussurrado: "Quando posso ver você de novo?"

"Amanhã à noite", respondi aos sussurros, como se eu fosse Julieta e ele, meu Romeu, se encontrando na sacada. "Bem aqui."

Duas semanas se passaram, e nós nos víamos todas as noites. Depois de nos encontrarmos no terraço, nos apressávamos para algum lugar onde ninguém poderia nos encontrar. Quando estávamos juntos, o mundo desaparecia, transformando tudo em pura felicidade. Quando estávamos separados, eu só conseguia pensar nele; era a única coisa com a qual eu sonhava e me importava.

Nós nos beijamos de novo na segunda noite, dessa vez sem restrições. Estávamos perto do chalé, meio escondidos nas sombras, falando sobre nossos sonhos e nossas decepções. Confidenciei a Ricky minha vontade de fugir para Paris, viver como uma boêmia, vivenciar tudo e depois escrever sobre minhas experiências.

Ricky me contou que, após enfrentar tempos difíceis e uma maré de azar, acabou vindo trabalhar aqui. "A minha família é um bando de pés-rapados que não têm onde cair mortos", disse ele, usando termos que me deixaram ao mesmo tempo perplexa e animada. "Minha mãe morreu quando me teve. Meu pai é um bêbado que prefere me espancar a trabalhar. Aprendi rápido que a escola era inútil. O dinheiro sempre leva a melhor sobre o conhecimento. Como sou bom com trabalho braçal, vim pra cá."

Ele suspirou e olhou para o céu. "Eu quero mais do que isto aqui, posso te garantir. É horrível uma pessoa não viver a vida que deveria viver. Pesa a vida de um homem."

Tentei aliviar esse fardo da única maneira que eu sabia, deixando Ricky envolver minha cintura com seus braços fortes, me puxar para perto e me beijar tão apaixonadamente quanto ele desejava.

Ainda estávamos nos beijando quando ouvi o sussurro de passos na grama. Era Berniece, que voltava para casa depois de cumprir suas tarefas na cozinha. Eu me desvencilhei e fugi antes que fôssemos flagrados. Mas esse quase flagra não mudou nada. Eu sabia que o que Ricky e eu estávamos fazendo era errado, mas não me importava. Eu ansiava pelos fogos de artifício que o beijo dele criava. Eu precisava deles.

A cada encontro íamos ficando mais ousados. Beijos, toques, carícias para explorar nossos corpos. Na terceira noite, quando Ricky levou a mão ao meu seio, eu a deixei ali. Na quarta noite, deslizei a mão para dentro da calça dele e agarrei seu membro. Pouparei você dos detalhes sórdidos, mas as coisas avançaram assim até que, exatamente uma semana depois da noite em que nos conhecemos, permiti que Ricky tirasse minha virgindade.

Quando acabou, eu me deitei nos braços dele e sussurrei: "Eu te amo."

Ricky sorriu e disse: "Eu também te amo."

Naquele momento, eu me tornei mulher. Acho que foi essa a mudança que minha irmã viu em mim naquela noite na biblioteca.

"Você está claramente caidinha de amores por alguém", afirmou ela. "E eu sei quem é."

Levantei os olhos do livro, preocupada. Berniece nos viu? Ela sabia? E agora estava contando aos outros?

"O que você ouviu?"

"Nada", disse minha irmã. "Mas é óbvio que você está apaixonada por Archibald."

Fiz força para não rir enquanto o alívio tomava conta de mim. Archie e eu não poderíamos ficar juntos por inúmeros motivos, a começar pelo fato de que eu o via praticamente como um irmão, mais que minha própria irmã.

"Não é o Archie", rebati.

"Não venha me dizer que você ainda arrasta asa para o Peter. Pode tirar seu cavalinho da chuva, você não tem chance. Ele não tem interesse por você."

"Nem por você."

"Ele vai mudar de ideia", replicou ela. "Tenho certeza disso. Aí vamos nos casar e passar o resto dos nossos dias aqui."

"Em Hope's End?"

Minha irmã abriu bem os braços, como se tentasse abraçar a própria casa. "Claro. Eu nunca vou sair deste lugar."

"Mas lá fora existe um mundo inteiro que você ainda não viu", argumentei. "Eu, por exemplo, pretendo viajar e conhecer o máximo de lugares que puder."

"Junto com seu namorado secreto?"

Minha irmã sorriu para mim, com um olhar que eu sei que, depois de ver tantas vezes, poderia ser cruel. Seu sorriso não continha humor nem calor. Era tão frio e calculista quanto ela. "Você deveria me dizer logo quem é ele. Você sabe que em algum momento eu vou descobrir."

No fim das contas, ela estava certa.

Ela descobriu, e em seguida ocorreu o desastre.

Pelo menos ela também realizou seu desejo. Mesmo depois de todos esses anos, ela ainda está aqui, vagando pelos corredores. E nunca irá embora.

Enquanto Hope's End existir, minha irmã permanecerá.

VINTE

O terceiro andar de Hope's End me surpreende. Embora tudo pareça idêntico, exceto pelo topo da Grande Escadaria no centro, a sensação é totalmente diferente. Aqui em cima, a inclinação da mansão é mais acentuada. É algo que se vê e não apenas se sente. Fitar o corredor a partir da escada de serviço é como estar no porão de um navio adernado.

Não admira que Carter prefira ficar no chalé. Não tenho ideia de como Jessie e Archie conseguem morar aqui. Sigo pelo corredor, um pouco tonta. As tábuas do assoalho rangem sob meus pés enquanto do telhado vem o pesado som do aguaceiro. Mais à frente, percebo luz e música vindo de uma porta aberta.

O quarto de Jessie, imagino.

Duvido que Archie seja fã dos Talking Heads.

Confirmo minha suspeita quando espio dentro do quarto e vejo Jessie sentada de pernas cruzadas no chão, organizando uma pilha de fotos polaroides.

— Oi. E aí, como estão as coisas? — digo.

Que pergunta idiota. É óbvio para qualquer pessoa com um par de olhos que Jessie não está nada bem. Ela levanta o rosto, revelando a maquiagem borrada por lágrimas recentes.

— Uma merda — responde ela.

Entro no quarto, impressionada ao notar como é diferente do meu e, ao mesmo tempo, quase idêntico em formato e tamanho. Jessie realmente deu um toque pessoal a ele. As paredes estão repletas de cartazes de bandas, algumas das quais eu conheço, mas nunca ouvi falar da maioria. Um lenço de seda jogado por cima de um dos abajures confere ao ambiente um suave brilho vermelho que me faz lembrar do botão de chamada de Lenora. Junto da porta, o teto tem altura padrão. Do outro lado do quarto, ele se inclina abruptamente em direção às janelas de água-furtada, uma das quais está aberta, deixando entrar o som da chuva torrencial — uma companhia adequada para as lágrimas de Jessie.

— Não consigo acreditar que a Mary se foi — diz ela, segurando uma das polaroides.

Eu me sento no chão a seu lado e pego a foto que ela segura. A imagem mostra Mary e Jessie no terraço, com nuvens carregadas atrás delas e o vento bagunçando o cabelo das duas. É a primeira vez que vejo Mary — os restos que estavam quase totalmente enterrados na areia na base do penhasco não contam —, e fico impressionada ao perceber como ela era jovem. Devia ter uns vinte anos, mais ou menos. E me parece tão familiar que meu coração fica apertado. Sorriso radiante, cabelo curto, brincos pequenos de ouro nas orelhas porque qualquer coisa mais rebuscada atrapalharia o trabalho. Uma enfermeira dos pés à cabeça. Posso ver por que todos pareciam gostar dela. Acho que eu também teria gostado.

— Eu sabia que ela não podia ter ido embora daquele jeito — diz Jessie. — Não sem antes se despedir ou me dizer pra onde estava indo.

— E por que você achou que ela tinha ido embora?

— Porque foi o que a sra. Baker contou pra gente.

— E por que *ela* achou isso?

— Acho que foi o que pareceu — responde Jessie. — Eu não deveria ter acreditado. Ir embora desse jeito não era o estilo da Mary. Nem se suicidar. Não estou nem aí para o que aquele detetive diz. A Mary não se matou.

— Às vezes as pessoas fazem coisas que a gente não espera — digo, pensando em minha mãe e na maneira como ela acabou com tudo. Sem se despedir. Sem um bilhete. Sem qualquer tipo de encerramento. Sinto falta dela, mas ao mesmo tempo fico furiosa por ela ter deixado a mim e a meu pai sozinhos pra juntar os cacos. Algo que, no fim ficou óbvio, não fomos capazes de fazer. — Talvez ela tivesse algum problema do qual ninguém sabia.

— Tipo o quê?

Tipo ser atormentada pelo fantasma de Virginia Hope, para início de conversa. Mas não quero falar sobre isso ainda. É melhor abordar o assunto devagar e com cuidado. Se é que isso é possível.

— Como a Mary estava na última vez que você a viu?

Jessie funga e seca o rosto com as costas da mão, transformando o rímel manchado numa risca lateral.

— Você está parecendo o detetive.

— O que você contou pra ele?

— Que a Mary parecia bem. — Jessie pega outra polaroide, olha fixamente para a imagem e acrescenta baixinho: — Mesmo que isso não fosse bem a verdade.

— Alguma coisa parecia estar errada?

Ela faz que sim, deixa cair a foto, pega outra e me mostra. É Mary no corredor do segundo andar usando seu uniforme branco — provavelmente o mesmo que estou usando agora —, que contrasta fortemente com o ambiente escuro.

— Por que você não contou pro detetive?

— Não sei — responde Jessie, dando de ombros. — Acho que eu estava tentando proteger a Mary.

Um impulso que consigo entender. Mesmo depois da morte da minha mãe, senti a necessidade de protegê-la. É por isso que, a princípio, cogitei a possibilidade de que ela não sabia quantos comprimidos estava tomando. De que sua overdose tinha sido acidental, embora todos soubessem que não era o caso. Por fim, acabei percebendo que, em vez de protegê-la, eu estava me apegando à ideia de que ela não abandonaria meu pai e a mim daquele jeito. Não por escolha própria.

— Mas agora a melhor maneira de ajudar a Mary é descobrir exatamente o que aconteceu.

— Ela caiu — diz Jessie. — Essa é a única explicação.

Já ouvi meu pai falar nesse tom de voz antes, com essa confiança incerta.

O que eles estão dizendo não é verdade, Kit-Kat.

— Talvez não. Ainda mais se Mary estava agindo de uma forma esquisita ou nervosa — digo, usando de propósito as duas palavras que Lenora havia juntado em uma só.

Jessie olha para mim e depois para a parede, onde um pôster do Eurythmics a encara de volta.

— Por que você está tão interessada no que aconteceu? Você nem conhecia a Mary.

Não, eu não conhecia. Mas fui eu quem a encontrou. Fui eu quem olhou para baixo, viu seu cadáver e deu um grito tão alto que o som ecoou até os fundos da casa. E agora sou eu quem teme ver o corpo dela coberto de areia em meus pesadelos à noite.

Mas essa não é minha única preocupação. A principal delas — a que talvez me faça perder o sono — é que o que aconteceu com Mary possa acontecer comigo, ideia que é ao mesmo tempo totalmente paranoica e completamente plausível. Temos o mesmo emprego, o mesmo quarto, até o mesmo uniforme. Se alguma coisa neste lugar levou à morte de Mary, eu gostaria muito de evitar o mesmo destino.

— A Mary alguma vez mencionou que ouvia ruídos estranhos à noite? Vindos do quarto da Lenora? Ou que ela via coisas?

— Não — diz Jessie. — Isso acontece com você?

Eu não respondo, o que já é uma resposta. Às vezes, não dizer "não" significa dizer "sim".

— Na outra noite, você me contou que a Mary estava com medo deste lugar.

— Eu estava brincando — alega Jessie.

— Foi o que você disse. — Hesito novamente. — Mas acho que pode ter algum fundo de verdade nisso.

Embora comece a balançar negativamente a cabeça, Jessie logo esboça um hesitante meneio afirmativo. Ela embaralha ainda mais as coisas ao dizer:

— Talvez. Eu já não sei mais.

— A Mary alguma vez disse com todas as letras que estava com medo?

— Sim, mas era, tipo, obviamente, uma piada. A gente brincava sobre isso o tempo todo. Coisas bobas, do tipo: "Eu acabei de ver a Virginia no corredor. Ela te mandou um oi." Idiotices como essa pra aliviar o clima pesado. Deus sabe quanto este lugar precisa disso. Mas aí a Mary parou de brincar.

Eu me inclino para a frente, curiosa.

— Quando foi isso?

— Umas semanas atrás. Quando eu fazia uma piada sobre a Virginia ou o Winston Hope, a Mary balançava a cabeça e dizia: "Não diga essas coisas." Ela passou a levar tudo muito a sério. Como se estivesse assustada mesmo.

— Com medo da Virginia? — cogito, pensando nas coisas que Lenora havia datilografado: que a irmã estava em seu quarto; que Mary a temia.

— Talvez... — Jessie olha para as polaroides no chão. Estão todas voltadas para cima, uma dúzia de fotos de Mary que Jessie vai deslizando e virando como cartas de tarô. — Sei que estou fazendo parecer que Mary era uma espécie de medrosa esquisita e covarde. Mas ela não era. Não acho que ela acreditava em fantasmas. Mas...

— Mas o quê? — pressiono.

— Acho que alguma coisa a deixou apavorada — lembra Jessie. — Eu não sei o quê. Talvez ela tenha visto mesmo o fantasma de Virginia Hope. Ou talvez só não quisesse mais fazer piadas sobre isso. Provavelmente porque vinha passando muito tempo com a Lenora.

— Isso faz parte do trabalho — digo. — Cuidados constantes.

— Mas estou falando de, tipo, *muito* tempo. Talvez ela pensasse que era desrespeitoso ou algo assim.

— A Mary alguma vez mencionou um homem chamado Ricardo Mayhew?

Jessie franze o rosto.

— Quem?

— Ele trabalhava aqui — explico. — O Carter me contou sobre ele.

— Nunca ouvi falar desse cara — diz Jessie. — Se a Mary sabia quem era, ela nunca me contou. E não sei por que não me contaria. Ela me contava tudo a respeito deste lugar. E, tirando a Lenora, a Mary provavelmente era a pessoa que mais sabia detalhes sobre os assassinatos da família Hope.

Uma polaroide específica na pilha chama a minha atenção. Mary junto à escrivaninha no quarto de Lenora, que está na cadeira de rodas, curvada sobre a máquina de escrever. Mary está atrás dela, inclinando-se para mais perto. Uma cena tão familiar que até dói.

Pego a foto e a mostro a Jessie.

— Quando esta foi tirada?

— Algumas semanas atrás. — Jessie a toma de mim e a arruma em uma pilha com as outras. — As duas viviam datilografando.

— Você sabe o quê?

— A Mary nunca me contou — diz Jessie enquanto se levanta e atravessa o quarto até a cômoda, onde coloca as polaroides na gaveta de cima. — No início pensei que fosse algum tipo de fisioterapia. Você sabe, pra trabalhar as habilidades motoras da Lenora. Mas elas ficavam lá juntas o tempo todo. Às vezes até depois do horário de Lenora estar na cama.

Jessie vai até um gravador que está em cima da cômoda, ao lado de um exemplar de capa dura do livro *Alcova* com um adesivo da biblioteca na lombada. Ela tira uma fita do gravador e me entrega.

— Isto é pra Lenora. A primeira parte do novo livro. Talvez isso a distraia de tudo.

— Obrigada. — Guardo a fita no bolso e vou até a porta. Antes de sair, eu me volto para Jessie e pergunto: — Alguém mais sabia sobre a datilografia?

— Acho que não. Eu só sabia porque uma noite flagrei as duas datilografando. Achei que daria uma foto legal, então parei na porta e tirei uma foto delas antes que me notassem lá. A Mary meio que surtou com isso. Ela me fez jurar que eu não contaria a ninguém. Talvez eu não devesse ter contado nem para você.

Mas estou feliz que ela tenha feito isso.

Porque agora eu sei por que Mary sabia tanto sobre a família Hope e sobre o que aconteceu naquela noite.

Lenora contou a ela.

Eu vejo esse olhar que você está me dando. Sou mais observadora do que as pessoas pensam. E neste exato momento posso ver que você acha que não vai gostar do rumo que tudo isso tomará.

E não vai mesmo.

Mas prometi contar tudo, então é o que vou fazer. Meus segredos mais profundos e obscuros. Coisas que nunca contei a ninguém.

Só para você, Mary.

Só para você.

VINTE E UM

Os dedos da mão esquerda de Lenora estão sobre a máquina de escrever, estranhamente imóveis. Em circunstâncias normais, deslizariam de tecla em tecla, acrescentando — devagar, mas com firmeza — palavras à folha em branco que eu coloquei na máquina.

Mas as circunstâncias que estamos vivendo neste instante são tudo menos normais.

Desde que a polícia foi embora, uma melancólica nuvem paira sobre a casa. O lugar está tranquilo e o clima, sombrio. Uma moradora de Hope's End se foi e, mesmo que eu nunca tenha conhecido Mary Milton, ainda sinto sua perda. Éramos parecidas em muitos aspectos, mais do que eu poderia imaginar.

Foi por isso que, após o jantar, levei Lenora à máquina de escrever, em vez de ajudá-la com os exercícios de circulação. Algo que com certeza a sra. Baker não aprovaria. Eu me posiciono ao lado de Lenora, abraçando meu próprio corpo apesar do cardigã cinza jogado por cima do meu uniforme. Embora a tempestade tenha passado, um frio úmido ainda penetra pelas janelas, dando ao quarto o bafejo trêmulo de um navio fantasma.

O que é muito apropriado, já que, na escrivaninha, ao lado da máquina de escrever, está a página que Lenora havia datilografado antes. Duas palavras chamam a minha atenção.

minha irma

— Por que você mentiu sobre a Mary ter medo da sua irmã?

Lenora me encara, a apreensão reluzindo em seus olhos verdes. Em seguida ela escreve:

nao foi mentira

— Sua irmã está morta, Lenora — digo, apertando o cardigã ao meu redor. — E fantasmas não existem. Então você vai ter que se esforçar mais pra esconder que você e a Mary passavam muito tempo juntas datilografando.

Lenora não consegue disfarçar sua surpresa. Ela tenta, mas é traída pela expressividade do próprio rosto. Seus lábios inclinam levemente e seu olho direito se contrai, como se ela estivesse tentando evitar que se arregale.

— Você estava contando sua história pra Mary, não estava?

Lenora dá duas batidinhas na máquina de escrever. Sinto uma pontada de decepção por não ser a única pessoa em quem ela já confiou para contar sua história. Achei que era especial e que havia sido escolhida por uma razão específica. Agora já não tenho ideia de por que ela está fazendo isso.

— Por que você não me contou isso? Ou pro detetive Vick?

Lenora pressiona lentamente as teclas.

precisava ser segredo

— Quem decidiu isso? Você ou a Mary?

mary

— E de quem foi a ideia de começar a datilografar sua história?

Em vez de sinalizar para eu empurrar a alavanca de entrelinha e retorno, Lenora tecla o nome de Mary uma segunda vez, juntando-o à primeira.

marymary

Não estou surpresa. Pelo que Jessie me contou, Mary era obcecada pelo massacre da família Hope. E talvez tenha sido por isso que aceitou o trabalho como cuidadora. Se for verdade, então faz sentido que ela quisesse ouvir a versão de Lenora.

— Foi por isso que ela comprou a máquina de escrever, não foi? — indago. —Ela queria que você escrevesse tudo pra ela.

Isso a faz dar mais duas batidinhas.

— Você queria?

Lenora reflete por um momento, seu rosto assumindo aquela expressão pensativa que agora conheço tão bem. Quando datilografa, sua resposta é tão desconexa quanto imagino que sejam seus pensamentos. Mais uma prova de que tudo o que ela datilografou comigo já havia sido escrito antes. Era o segundo esboço.

nao no começo eu nao queria falar sobre o que aconteceu porque as lembranças me deixam triste mas adorei a ideia de escrever de novo entao disse a ela que sim

— Há quanto tempo vocês estavam trabalhando nisso?

semanas

Mesmo tendo plena certeza de que já sei a resposta, pergunto:

— Então, o que você datilografou comigo, você também datilografou com ela?

Lenora bate duas vezes antes de adicionar mais informações.

e mais

— Mais quanto? Sobre você e o Ricky?

Lenora continua datilografando. Devagar e resoluta, ela pressiona quatro teclas, deixando bem clara a importância dessa resposta.

tudo

— Quando você terminou de contar a ela?

Lenora não precisa pensar para responder.

na noite em que ela partiu

Sinto um súbito nó na garganta. Mary sabia tudo sobre a noite dos assassinatos — incluindo quem os cometeu, como cometeu, por que cometeu. E no dia em que descobriu tudo isso, ela...

Se jogou.

É isso que eu deveria estar pensando, já que é o que o detetive Vick afirma que aconteceu. No entanto, parece errado. Como uma mentira. Uma palavra diferente ricocheteia em meu cérebro.

Morreu.

Essa é a verdade brutal.

E não pode ser uma coincidência.

— Alguma vez a Mary contou por que isso precisava ser segredo?

Lenora datilografa em vez de responder com batidinhas.

sim

Em seguida, acrescenta mais três palavras à linha.

ela estava apavorada

Volto a olhar para a página ao lado da máquina de escrever, na qual Lenora datilografou a mesma resposta para uma pergunta diferente. De repente, um pensamento me ocorre. Algo que eu deveria ter levado em consideração antes, mas provavelmente estava com muito medo de cogitar. Porém já não posso mais evitar essa possibilidade.

— Lenora, você realmente achou que a Mary tinha ido embora?

Analiso seu rosto — é a chave para todas as suas emoções, mesmo as que está tentando esconder. Dessa vez, porém, Lenora nem sequer tenta disfarçar o que sente. Vejo a tristeza em seus olhos enquanto ela bate na máquina de escrever.

Não.

— Você achava que ela havia se jogado?

Outra batida única, que faz minha pulsação acelerar.

— Você... — Engulo em seco. Mal consigo dizer as palavras, minha boca, repentinamente seca de medo. — Você acha que o que aconteceu com a Mary foi por causa do que você contou pra ela?

Duas batidas de Lenora confirmam o que eu mais temia.

Ela acha que Mary foi assassinada.

Depois dessa terrível constatação, um outro pensamento vem à tona quando dou outra rápida olhada para a página ao lado da máquina de escrever.

— O que a Mary fez com as páginas que vocês datilografaram?

Lenora responde com um olhar confuso.

— Ela ajudou você a escrever tudo. — Penso nas páginas que nós duas datilografamos, agora guardadas com os frascos de comprimidos de Lenora no cofre embaixo da minha cama. Se Mary e Lenora passaram semanas escrevendo, onde estão essas páginas? Todas as folhas de papel na gaveta da escrivaninha estão em branco, não encontrei evidência alguma no quarto de Lenora nem no meu. — Devia ser uma pilha grande. O que a Mary fez com as páginas?

A resposta de Lenora — **ela escondeu** — não me ajuda.

— Você sabe onde?

Sua resposta fornece um pouco mais de clareza.

no quarto dela

Um sentimento angustiante desliza pelas minhas costas. O quarto que antes era de Mary agora é meu — e a verdade sobre os assassinatos esteve escondida lá esse tempo todo.

Uma verdade que talvez tenha resultado na morte de Mary.

O resto da noite passa com uma lentidão agonizante. Dou banho em Lenora, a visto e a coloco na cama, o tempo todo repetindo para mim mesma que talvez estejamos enganadas. Talvez Mary realmente tenha pulado. Talvez ela estivesse mergulhada em desespero e houvesse perdido as esperanças. Talvez a morte dela seja apenas mais um triste capítulo na trágica história de Hope's End.

Ou talvez Mary tenha sido assassinada porque sabia a verdade.

Depois de deixar Lenora com o botão de chamada, vou para o meu quarto e faço uma revista minuciosa. Como todos os pertences de Mary continuam aqui, imagino que as páginas datilografadas também devam estar. Só não sei onde, mas estou determinada a descobrir.

Começo vasculhando a cômoda e removo cada peça de roupa de Mary até esvaziar todas as gavetas. Verifico inclusive atrás e embaixo do móvel. Nada.

Em seguida, olho embaixo da cama e do colchão. A única coisa que vejo é meu cofre, que destranco com a chave da mesinha de cabeceira para verificar o conteúdo: algumas páginas datilografadas e seis frascos de comprimidos.

Depois disso, faço uma varredura na estante, pensando que talvez as páginas estejam enfiadas entre um dos livros que Mary deixou para trás; procuro também possíveis esconderijos no banheiro. No entanto, não encontro nada.

O último lugar que investigo é o armário, já que havia mexido ali na noite em que cheguei. Mesmo assim, verifico a maleta médica de Mary, dou uma olhada nos bolsos do casaco de lã e na caixa no chão que antes continha livros, mas que agora está vazia.

Eu me levanto, limpando a parte da frente do meu uniforme, e encaro o pedaço de chão limpo ao lado da caixa. Ao contrário da minha roupa, não há sinal de poeira, como se algo preenchesse o espaço até bem pouco tempo atrás. Percebi isso na minha primeira noite na casa, mas não dei muita atenção ao fato. Agora, porém, não posso deixar de imaginar o que teria estado ali — e quando teria sido removido.

Observo mais de perto. A área livre de poeira é retangular, o que sugeriria uma segunda caixa, não fosse pelas bordas arredondadas.

Isso significa que era outra coisa.

Uma mala, por exemplo.

Mary era enfermeira. Ela sabia que não precisava de nada além de uma caixa e uma mala.

Sinto um jorro de adrenalina percorrer meu corpo, pego a minha mala e a levo para o armário. Respiro fundo, nervosa, e a coloco sobre a área limpa. É como o uniforme — não é exatamente o mesmo tamanho, mas quase.

Ao tirá-la, percebo algo que faz meu nível de adrenalina aumentar de um mero zumbido a um estrondo.

Em cada extremidade da alça há um anel de metal que a prende à própria mala.

Cada anel tem mais ou menos o mesmo formato e tamanho do pedaço de metal dobrado que encontrei no terraço.

Tudo desliza para o lado, como se Hope's End estivesse enfim caindo oceano adentro. Mas sou apenas eu, em estado de choque ao perceber que Mary levou consigo uma mala quando partiu — e possivelmente as páginas datilografadas sobre a noite em que a família Hope morreu.

Agora, assim como Mary, a mala desapareceu.

Cambaleio até o corredor e desço a escada de serviço. A rachadura na escada aumentou e agora percorre toda a altura da parede, com uma segunda fissura, menor, se ramificando a partir dela. Outra fissura se formou na parede oposta. Nesse ritmo, em breve a escada estará repleta de fendas. Estremeço, pensando em aranhas, moscas e teias de aranha pegajosas grudando na minha pele.

Na cozinha, vou até o telefone e disco o número impresso no cartão que o detetive Vick me deu. O telefone toca seis vezes antes de ele atender com um grogue "Alô?".

— Aqui quem fala é a Kit McDeere.

— Kit. — Ouço um som que, sem dúvida, é o detetive verificando o relógio em sua mesinha de cabeceira. Faço o mesmo com o da cozinha. Pouco antes da meia-noite. — Você sabe que horas são?

— Sei — respondo, minha franqueza deixando bem claro que não dou a mínima. — Mas achei que gostaria de saber que Mary Milton não se jogou.

— O que você acha que aconteceu com ela? — pergunta o detetive Vick depois de uma pausa perturbadora.

Hesito, tentando organizar os pensamentos. Não acredito que estou pensando nisto, muito menos prestes a dizê-lo. Mesmo assim, eu falo, as palavras se precipitando da minha boca com urgência.

— Ela foi empurrada.

VINTE E DOIS

— Vou fazer uma pergunta da qual tenho certeza de que vou me arrepender — diz o detetive Vick. — Mas por que você acha que Mary Milton foi empurrada?
— Havia uma mala no quarto dela.
— E?
— Agora não está mais lá.
— *E*?
— A Mary levou a mala com ela.
O detetive Vick suspira.
— Você tem exatamente um minuto pra explicar.
Não perco nem um segundo na minha tentativa de fazer o detetive acreditar no inacreditável. Uma tarefa das mais difíceis para alguém tão cético. Mesmo assim, faço o possível, contando sobre o espaço sem poeira no armário, como e por que acho que ficou assim — a mala deve ter sido retirada recentemente do quarto — e por que suspeito que Mary saiu da casa com ela na noite em que morreu.
— Se a Mary pretendia se matar, por que levaria uma mala com ela?
— Não tenho ideia — diz o detetive Vick.
— Porque ela não estava planejando ir embora. É por isso que todos os pertences dela ainda estão aqui. A Mary pretendia voltar.
— Presumo que você também tenha uma teoria sobre o que havia dentro dessa suposta mala.
— A verdade sobre os assassinatos da família Hope.
O repentino rangido das molas da cama me diz que o detetive acabou de se sentar. Finalmente tenho toda a atenção dele.

— Acho que a Mary veio pra cá com a intenção de descobrir o que realmente aconteceu naquela noite — explico. — E ela descobriu. Porque a Lenora contou pra ela.

— Deixe-me adivinhar — diz o detetive Vick, cansado. — Ela datilografou.

— Sim.

— Kit, nós já...

Eu o interrompo, porque não quero lhe dar mais uma chance de me chamar de mentirosa.

— Eu sei que você acha que estou inventando tudo isso, mas a Lenora *sabe, sim,* datilografar. Tenho uma pilha de páginas que posso mostrar. Todas datilografadas por ela. E, se ainda assim não acreditar em mim, existem provas fotográficas. A Jessie tem uma foto da Mary e da Lenora sentadas diante da máquina de escrever, datilografando juntas. Elas faziam isso em segredo. A Mary ajudou a Lenora a escrever tudo o que aconteceu na noite em que a família dela foi assassinada. Acho que a Mary queria tornar isso público, então, quando terminaram, ela pegou o que a Lenora escreveu, colocou na mala e saiu da casa. Mas alguém em Hope's End sabia dos planos dela e a impediu de concretizá-los.

— Empurrando-a do penhasco?

— Sim.

— Por que alguém faria isso?

— Porque essa pessoa não quer que a verdade seja revelada.

Silêncio do outro lado da linha. Ou ele está refletindo sobre o que acabei de falar, ou está prestes a desligar na minha cara. No fim, fica claro que é a primeira opção, embora, a julgar pelo tom de sua voz, a outra possibilidade ainda seja possível.

— Isso tudo me parece bem bizarro, Kit.

— Eu não estou mentindo — asseguro.

— Não foi isso que eu disse. Acho que você acredita mesmo que foi isso que aconteceu.

— Mas você não. — Uma fisgada faz minhas têmporas latejarem. Estou começando a sentir uma dor de cabeça, sem dúvida por conta da falta de sono e da frustração. — Em qual parte não acredita?

— Em nenhuma — responde o detetive Vick. — Em primeiro lugar, você sabe como é difícil empurrar alguém por cima de uma balaustrada?

— Não *dessa* balaustrada — refuto, lembrando-me de como bati a lombar e me desequilibrei tanto que quase despenquei no abismo. — Ela é bem baixa.

— Ok, anotado. Mas você também disse que a Mary colocou nessa tal mala tudo o que ela e Lenora datilografaram. Pra onde você acha que ela estava levando essa papelada?

— Para você, muito provavelmente. — Um chute baseado em meus próprios instintos. Lenora acabara de contar a Mary todos os detalhes sobre o crime mais infame da cidade. Não parei para pensar no que vou fazer quando Lenora terminar de me contar o que aconteceu. Mas meu instinto me diz que eu levaria as informações à polícia. — A Mary sabia de toda a verdade sobre aquela noite.

— E esse é o primeiro dos muitos furos nessa sua teoria — diz o detetive Vick. — A hora da morte de Mary foi por volta das duas da manhã. Você realmente acha que ela iria à polícia no meio da madrugada?

Olho pela janela da cozinha. Do lado de fora, consigo entrever a balaustrada em toda a extensão do terraço iluminado pela luz da lua. Imagino Mary ali, banhada pelo luar, lançada por cima do parapeito e desaparecendo de vista.

— Como sabe o horário em que ela morreu?

— Porque era maré baixa — explica Vick. — Mary desapareceu na noite de segunda-feira. Naquele dia a maré subiu pouco depois das duas da manhã. Se houvesse água lá, o corpo dela teria sido arrastado para o mar. Só que Mary atingiu a areia e morreu em decorrência do impacto. Quando a maré subiu, ela foi enterrada na praia.

Não preciso usar a imaginação para visualizar a imagem de Mary, vi com os meus próprios olhos. Seu cadáver quase todo coberto por areia e espuma do mar. Eu me viro de costas para a janela da cozinha.

— Mas está faltando uma mala nos pertences dela — alego.

— Pode até ser — diz o detetive Vick. — Mas entre a morte de Mary e o dia da sua chegada se passou uma semana inteira. Durante esse período, qualquer pessoa pode ter retirado a mala do quarto. Por que você tem tanta certeza de que a Mary a levou com ela?

— Eu encontrei um pedaço da mala no terraço.

— Sério?

Num piscar de olhos, o tom de voz do detetive Vick muda de desdenhoso para interessado. Mesmo que ele não consiga ver, eu me permito esboçar um sorriso. Parece justo. Um pequeno momento de triunfo.

— Um gancho de metal que prende a alça à mala em si. Estava torto e caído no chão, o que me fez pensar que a alça quebrou quando alguém arrancou a mala das mãos da Mary.

— *Agora* estamos chegando a algum lugar — diz o detetive Vick. — Você ainda está com esse pedaço de metal?

Meu sorriso desaparece.

— Não, eu perdi.

O detetive Vick não pergunta como, e eu também não digo nada. Contar a ele que deixei o pedaço de metal cair quando quase despenquei do terraço só o deixará ainda mais convencido de que o que aconteceu com Mary não foi um assassinato. Não que de alguma forma ele duvide disso.

— Eu sabia — diz ele. — Eu queria te dar o benefício da dúvida. Eu queria mesmo. Mas, por favor, chega de mentiras.

— Não é mentira.

— Eu sei o que você está tentando fazer, Kit. É exatamente a mesma coisa que tentou essa tarde. Você está pegando o que aconteceu com a Mary, um acontecimento muito sério e muito trágico, e distorcendo para aliviar a sua culpa.

— *Minha culpa*? Você ainda acha que eu estou inventando tudo isso?

— Não estou culpando você — prossegue o detetive Vick, como se eu não tivesse dito nada. — Eu nem sequer acho que você tem consciência disso. Mas é muito óbvio o que você está fazendo. Sua mãe tirou a própria vida. O tamanho do papel que você desempenhou nesse fato ainda está em debate.

— *Não* está em debate. Foi um acidente.

— Por isso você continua tentando me convencer disso — diz o detetive Vick.

Eu quero gritar.

E chorar.

E arrancar o telefone da parede e esmagá-lo no chão da cozinha. Considerando o quanto o aparelho é velho e o tamanho da minha raiva, é bem capaz de eu conseguir. Mas o bom senso me domina com mais força que a frustração. Se eu parecer histérica, o detetive Vick ficará convencido de que estou. E claramente é só nisso que consigo convencê-lo a acreditar.

— Estou dizendo que acho que uma mulher foi assassinada — reitero. — Você não deveria levar isso a sério? Não deveria pelo menos investigar?

O detetive Vick suspira.

— Já investiguei. Depois de conversar com você e com todos os residentes da casa, minha conclusão é de que Mary Milton tirou a própria vida.

— Como pode ter tanta certeza?

— Os relatórios preliminares do legista mostram que os ferimentos de Mary são consistentes com uma queda daquela altura. Não há ferimentos defensivos, o que provavelmente teria acontecido caso ela tivesse sido atacada da maneira como você sugere. Mandei policiais vasculharem o terreno ao redor, a praia e até o terraço, e eles não encontraram nenhum indício da existência de uma mala, tampouco que tenha havido uma briga ou um assassinato. Na verdade, não encontraram absolutamente nada.

— Isso não significa que não aconteceu.

— Sinto muito — diz o detetive Vick. — Não sou a pessoa que você pensava que eu era.

Desnorteada, agarro com força o fone.

— O quê?

— O bilhete de suicídio da Mary. Era isso que estava escrito nele. "Sinto muito. Não sou a pessoa que você pensava que eu era." Estava dobrado com cuidado e foi encontrado no bolso do uniforme. O papel sofreu graves danos causados pela água, mas ainda era legível. Agora me dê um motivo pra não desligar imediatamente esta ligação.

— A Lenora não matou a própria família — declaro, mais por desespero que qualquer outra coisa. É claro que não tenho nenhum plano. Mas espero que lançar uma bomba como essa mantenha o detetive Vick ouvindo. — Pelo menos não acho que ela tenha feito isso. Nós ainda não chegamos tão longe.

— Nós?

— Eu e a Lenora. Eu te disse, estamos datilografando a história dela, do mesmo jeito que ela fez com a Mary. Mas havia um empregado aqui. Ricardo Mayhew.

— Eu sei — diz o detetive Vick. — Eu trabalhava aí, lembra?

— Você também sabia que a Lenora estava apaixonada por ele? E que é possível que tenha sido ele quem matou os pais e a irmã dela? Tenho quase certeza de que a Lenora sabia que ele era culpado e acobertou as ações dele. Agora acho que ela quer confessar tudo, talvez na esperança de que ele seja pego, embora ele tenha desaparecido na noite dos assassinatos.

Quando finalmente dou ao detetive Vick uma chance de falar, seu tom de voz oscila entre intrigado e cauteloso.

— Você tem certeza disso?

— Você tem acesso ao relatório policial daquela noite — digo. — Dê uma olhada e veja por si próprio. Vai ver também que há muitas perguntas sem resposta sobre aquela noite. A Mary tinha essas respostas e agora ela está morta. Isso não é coincidência. E com certeza não é suicídio.

Desligo antes que o detetive Vick possa encontrar outro furo na minha teoria, dizer que estou errada e depois apresentar alguma outra prova para corroborar meu engano. Eu sei que descobri algo importante.

E isso me aterroriza.

Agora que Lenora está me contando sua história, corro o risco de ser a próxima vítima.

No entanto, essa não é a pior parte. A parte verdadeiramente arrepiante, mais assustadora que um *thriller* de Stephen King, é que Mary não foi assassinada por alguém aleatório. Isso, de alguma forma, até me deixaria mais tranquila. Mas quem a empurrou do terraço sabia o que ela estava fazendo.

A pessoa que matou Mary *a conhecia*.

O que significa que provavelmente foi algum residente de Hope's End.

Além de mim e de Lenora, apenas quatro pessoas se enquadram nessa descrição: a sra. Baker, Archie, Carter e Jessie.

Mas não consigo entender por que algum deles mataria Mary. Volto a pegar o telefone, ansiosa para ligar de novo para o detetive Vick. Ele precisa ouvir isso, mesmo que eu duvide que vá acreditar em mim.

Ele ainda não acredita.

Em nada.

Estou prestes a discar quando ouço um barulho atrás de mim. Passos. Andando do salão de jantar às escuras para a cozinha. Eu me viro e vejo Carter parar na porta. Com as mãos levantadas, ele diz:

— Eu não queria assustar você.

Mas me assustou. Meu coração martela tão alto no peito que acho que Carter consegue ouvir. E logo me dou conta: Carter é uma das quatro pessoas que poderiam ter empurrado Mary terraço abaixo.

Ele se desequilibra ligeiramente ao entrar na cozinha. Andou bebendo. Uma verdade que ele admite, sem nenhum constrangimento.

— Foi um dia de merda.

Permaneço paralisada com a mão no telefone.

— Foi.

— Eu estava lá no terraço e ouvi alguém falando ao telefone. Pensei em entrar e investigar.

— Você ouviu a conversa?

— Uma parte.

— Uma parte da conversa ou a conversa inteira?

— A maior parte — diz Carter. — E eu entendo o seu nervosismo. Você deveria estar nervosa mesmo. Mas não por minha causa. Eu sabia o que a Mary estava fazendo.

— Então me diga.

— Ela estava tentando me ajudar. — Carter atravessa a cozinha e se aproxima. Ele chega perto o suficiente para eu sentir o cheiro de uísque em seu hálito. — E acho que é minha culpa ela ter morrido.

— Você tem exatamente um minuto pra me explicar o que quer dizer com isso — exijo, bem consciente de que estou falando igualzinho ao detetive Vick.

— Aqui não — diz Carter.

Eu não me mexo.

— Sim, aqui.

Eu é que não vou sair por aí sozinha na companhia de um assassino. Se é que Carter é um. Embora suas palavras passem a impressão de que ele está prestes a confessar, sua linguagem corporal diz o contrário. Encurvado e trôpego, ele parece incapaz de machucar alguém. Mas as aparências enganam.

— Há uma coisa que você precisa ver — diz ele, acrescentando: — Mas não posso te mostrar aqui, então você vai ter que confiar em mim por cinco minutos.

— Você disse que a Mary estava ajudando você?

— É, estava, sim — confirma Carter. — E agora quero ajudar a Mary, descobrindo o que realmente aconteceu. Porque ela não pulou. Disso eu sei. E, pelo visto, você também sabe.

O fato de Carter acreditar em mim é a única razão pela qual eu o sigo até o seu chalé. Mesmo assim, eu o faço caminhar vários passos à minha frente, com as mãos onde eu possa vê-las. Assim que entramos, eu me mantenho junto à porta, caso precise fugir correndo. Mas os movimentos de Carter são qualquer coisa, menos ameaçadores. Depois de tirar de cima da mesa a garrafa de uísque já quase vazia, ele se serve de uma caneca de café preto para recuperar a sobriedade.

— Quer um pouco? — oferece ele.

— De café ou de uísque?

— Você escolhe.

— Prefiro ver o que você precisava tanto me mostrar — digo.

— Em um minuto. — Carter se senta à mesa e toma um gole de café. — Primeiro, preciso admitir uma coisa. Eu menti sobre a razão que me levou a conseguir um emprego aqui.

Dou meio passo em direção à porta.

— Se quer que eu confie em você, começou da maneira errada.

— É verdade — diz Carter. — Mas é importante que você saiba isso. Agora, lembra aquele meu cliente que comentei? Aquele que trabalhava aqui e sugeriu que eu ficasse no lugar dele?

— Sim, lembro — respondo. — E imagino que ele tinha um nome.

— Anthony — responde Carter. — Mas todos o chamavam de Tony. Bem, o Tony fez mais do que apenas sugerir que eu trabalhasse aqui. Ele insistiu nisso.

— Por quê?

— Ele trabalhou aqui durante décadas. Conhecia cada canto. Um dia, ele estava fuçando os cômodos em cima da garagem. Alguns funcionários moravam lá.

— Pensei que eles morassem na casa ou neste chalé — digo.

— No seu auge, Hope's End era cheia de empregados. Havia um mecânico cuja única função era cuidar da coleção de Packards de Winston Hope. Ele tinha cinco. O Archie me contou que, ao longo dos anos, a sra. Baker teve que vender os carros pra ajudar a pagar pela manutenção da casa.

É estranho pensar que Hope's End já foi um lugar lotado de pessoas. Que todos os cômodos eram ocupados, inclusive os que ficavam sobre a garagem. Um pequeno vilarejo no topo de um penhasco assolado pelos ventos, um mundaréu de gente para servir a uma família podre de rica.

— Depois dos assassinatos, os cômodos em cima da garagem foram usados como depósito — diz Carter após outro gole de café. — Caixas de coisas dos anos 1920, ou ainda mais antigas. Era inverno, e não havia muito o que fazer nos jardins, então Tony decidiu ser útil e se livrar do que quer que estivesse naquelas caixas. A maior parte era lixo. Roupas comidas por traças, pratos quebrados, pertences de pessoas que trabalharam aqui muito tempo antes. Basicamente, todas as tralhas que deixaram para trás quando a casa foi esvaziada.

Carter vai até o canto onde fica a cama e, de um esconderijo debaixo do colchão, tira um envelope. Quando o traz para a mesa, eu me aproximo, a curiosidade superando a cautela.

— Numa das caixas, Tony encontrou isto.

De dentro do envelope ele retira algo achatado e o desliza na minha direção, virado para baixo. Pelo formato e a cor sépia, percebo que é uma fotografia. Antiga, o que fica evidente pela data rabiscada no verso.

Setembro de 1929

Pego a foto, viro-a e vejo que é um retrato de Lenora na juventude. A essa altura, não tenho nenhuma dificuldade para reconhecê-la. Mesmo que tivesse, o divã onde está sentada e o papel de parede já bastariam para eu ter certeza. É o quarto dela, sem tirar nem pôr. Uma recriação fotográfica do retrato pendurado no corredor.

As únicas diferenças entre os dois são o vestido — o que Lenora está usando na foto é de algodão esvoaçante, não cetim — e a pose dela. A pose estudada da pintura se foi. Nesta foto, Lenora está sentada no divã de uma forma nem um pouco elegante, com as mãos apoiadas sobre a barriga arredondada.

Fico paralisada de choque.

— Não — digo. — Não pode ser.

Mas a fotografia não mente.

Um mês antes de sua família ser massacrada, Lenora Hope estava grávida.

Foi um acidente, Mary.
Ou uma insensatez.
Ou talvez um pouco de ambos.

Ricky e eu estávamos muito apaixonados um pelo outro — e, sim, transbordando de desejo — para pensar nas consequências. Não que eu soubesse quais eram. Ninguém nunca pensou em me contar qualquer coisa que fosse sobre sementinhas e a dona cegonha. O pouco que eu sabia sobre sexo eu havia garimpado nos discos que a minha irmã adorava ouvir. Canções sobre aventuras e romance que faziam tudo parecer uma diversão inofensiva.

E era uma baita diversão. Ricky me proporcionava prazer de maneiras que eu nem sabia que eram possíveis. Quando alguém faz você se sentir tão bem, é difícil prestar atenção ao fato de que tudo pode dar errado.

Pensando bem, creio que era inevitável que eu engravidasse. Aliás, eu percebi imediatamente, apesar do meu conhecimento limitado. Entre os enjoos matinais, o apetite insaciável e o atraso da minha menstruação, soube sem sombra de dúvida que estava grávida. O que eu não sabia era o que fazer a respeito.

Esperei semanas antes de contar a Ricky, temendo que ele reagisse mal à notícia. Eu tinha lido muitos livros em que mulheres na minha condição eram maltratadas pelos homens responsáveis por colocá-las nessa condição. Eu temia ser igual àquelas personagens condenadas à desgraça. Meu medo era que Ricky não acreditasse em mim ou, pior, que fugisse, me largando sozinha naquela situação terrível. Para meu alívio e surpresa, ele ficou radiante.

"Então você está feliz com a notícia?", perguntei depois de contar a ele.

"Eu vou ser pai! Estou muito feliz!"

Mas sabíamos que estávamos numa situação complicada por vários motivos. Ricky me disse que precisava de tempo para se planejar, e eu também.

Assim, nossa inesperada alegria se tornou nosso maior segredo. Um segredo que, de forma surpreendente, guardei com muita facilidade. Para começo de conversa, ninguém me dava muita atenção, então passou quase despercebido o fato de eu começar a ganhar peso. Sim, ouvi resmungos da empregada da minha mãe quando pedi a ela para alargar minhas roupas. E é claro que notei que as outras sufocavam risadinhas de julgamento quando eu pedia para repetir o prato no jantar. Não me importava que todos pensassem que eu estava apenas engordando. Isso significava que ninguém suspeitava da verdade.

Aqueles cinco meses, ou pouco menos que isso, foram os mais felizes da minha vida. Era a primeira vez que eu não me sentia sozinha. Eu tinha sempre alguém comigo, uma companhia constante bem ali dentro da minha barriga.

Senti um imenso — ainda que secreto — orgulho de saber que estava prestes a trazer outra vida para este mundo. A garota que havia pensado em pular do terraço no dia do próprio aniversário deixou de existir. Agora eu era uma mulher com um propósito. A ideia de ter um filho e criá-lo com Ricky me deixou esperançosa quanto ao futuro.

Certa noite, no início de setembro, levei Ricky escondido ao meu quarto para conversar sobre esse futuro. Era terça-feira e a casa estava quase vazia. A srta. Baker tirou a noite de folga com o restante dos empregados, o que era normal às terças, duas vezes por mês, e minha irmã tinha saído com amigos. Meu pai havia viajado a negócios para Boston, a fim de tratar de algum assunto urgente. A bolsa de valores de Londres tinha acabado de quebrar, e o receio de que a mesma coisa pudesse acontecer aqui crescia cada vez mais.

Como eu sabia que a minha mãe não sairia do quarto — tampouco largaria o láudano —, tive certeza de que poderia levar Ricky para o andar de cima e compartilhar a cama com ele, como um casal de verdade.

Nessa noite, fizemos amor. A princípio com ternura e cautela, conscientes da criança que crescia em meu ventre. Mas logo a luxúria assumiu as rédeas, como sempre acontecia, e Ricky me devastou de uma maneira que eu nunca soube que queria ou de que precisava.

Depois, deitados na cama, imaginei que nossa vida seria exatamente como aquela noite. Somente eu, Ricky e o bebê, juntos em um pequeno chalé em algum lugar longe de Hope's End.

"Eu queria que as coisas fossem diferentes e a gente não precisasse se esconder pelos cantos", disse Ricky enquanto me aninhava em seus braços. "Eu queria ser um homem melhor."

Olhei para ele, preocupada. "Como assim? Você é maravilhoso."

"Não sou, eu não chego nem perto de ser", retrucou Ricky com uma fungada de desdém. "Você merece coisa melhor do que o que eu tenho a oferecer. Você e o nosso filhinho merecem um homem que possa cuidar de você do jeito certo. Estou economizando há meses, e ainda assim mal consegui guardar um tostão furado."

Ele tentou deslizar para fora da cama, mas me agarrei a ele, impedindo-o de sair. "Se é com dinheiro que você está preocupado, não precisa. Minha família tem bastante."

"Eu me recuso a aceitar um único centavo do seu pai!", protestou Ricky.

Eu não estava falando do meu pai, de quem comecei a suspeitar que não tinha tanto dinheiro quanto dizia. Não fazia muito tempo, ao passar por seu escritório, ouvi uma acalorada discussão entre ele e o contador da sua empresa.

"O que você quer dizer com 'o dinheiro não está mais lá'?", berrou ele ao telefone. "O que aconteceu com o dinheiro?"

Eu estava me referindo a mim e à minha irmã, que herdaríamos a considerável fortuna deixada por meus avós. Eles nunca haviam gostado do meu pai e tampouco confiaram nele, por isso, ao morrer, não deixaram nada para a única filha, com medo de que a herança fosse dilapidada. Em vez disso, o dinheiro foi dividido entre mim e minha irmã e colocado em um fundo ao qual só teríamos acesso após completarmos dezoito anos.

"Estou falando do meu dinheiro", afirmei. "Bem, o dinheiro que em breve será meu."

Mesmo em relação a isso eu não tinha certeza. A principal razão pela qual ainda não havia contado à minha família que estava grávida era o medo de que, assim que soubessem, me deserdassem. Esse parecia ser o rumo mais provável das coisas, considerando-se a situação e o status de Ricky. Além disso, havia o fato de que não éramos casados, e um filho ilegítimo era a receita para decepção, raiva e punição. Se não fosse pelo dinheiro, eu não me importaria de ser deserdada. Odiava Hope's End e não queria mais ter relação alguma com este lugar. Um humilde chalezinho com Ricky e nosso filho era tudo de que eu precisava.

Ricky pareceu perplexo com a ideia de receber um dinheiro que não provinha de seu trabalho. "Que tipo de homem eu seria se deixasse você me sustentar?"

"O homem que eu amo", respondi.

Ele finalmente se desvencilhou de meus braços e pegou a calça. "Você é capaz de amar um homem sem orgulho? Porque é isso que eu me tornaria. Não sou uma obra de caridade pra viver às suas custas."

Magoada, observei Ricky vestir a calça e começar a andar de um lado para outro no quarto, com as mãos enfiadas nos bolsos vazios.

"Eu não queria chatear você", disse eu.

"Pois é, mas chateou."

"Então esqueça meu dinheiro. A gente vai dar um jeito, mesmo que fique difícil às vezes."

Ricky parou de zanzar pelo quarto e me encarou. "Difícil? Você nem sabe o significado dessa palavra. Algum dia na sua vida você já trabalhou?"

"Nunca precisei", admiti.

"E esse é o seu problema", disse Ricky. "Você e sua família ficam sentados o dia inteiro, e deixam o restante de nós fazer o trabalho de verdade. Se as coisas se invertessem, aposto que nenhum de vocês duraria um dia sequer."

Eu nunca o tinha visto irritado, e a única reação que tive foi chorar. Tentei conter as lágrimas, que caíram mesmo assim, escorrendo pelo meu rosto.

O tom de Ricky se abrandou assim que ele me viu chorando. Ele me puxou para perto e disse: "Ei, shhh. Não precisa chorar. Eu vou resolver, vou pensar em alguma coisa. Só vai demorar um pouco mais. Não se preocupe com nada."

Como Ricky me pediu para eu não me preocupar, não me preocupei.

Um erro, Mary.

Pois havia muita coisa com que se preocupar.

Mas não pense nem por um segundo que esta é só a história de uma jovem que foi usada e depois descartada por um homem insensível. Há muito mais que isso. Quase todos os residentes de Hope's End desempenharam um papel relevante no que aconteceu — e a maioria pagou caro por isso.

Inclusive eu.

Sobretudo eu.

VINTE E TRÊS

A fotografia permanece em cima da mesa, Lenora me encarando em tons de sépia. Minutos se passaram desde que a vi pela primeira vez, mas continuo perplexa.

Lenora estava grávida.

E mesmo que ela ainda não tenha revelado essa parte, tenho certeza de que Ricardo Mayhew era o pai. O que não consigo entender é o que isso tem a ver com Mary. E Carter.

— Por que seu amigo Tony insistiu pra que você trabalhasse aqui? — indago. — Por causa desta foto?

Carter faz que sim a cabeça. Ele recobrou a sobriedade há alguns minutos, provavelmente por causa da combinação de café e confissão. Mas o que está confessando não é nem de longe o que eu esperava.

— Comecei a trabalhar aqui porque precisava saber.

— Saber o quê?

— Se eu sou neto da Lenora Hope.

— Ainda não entendo — digo.

— Na manhã de Natal de 1929, um bebê foi deixado na porta da igreja da cidade — diz Carter. — Ele estava congelando, praticamente morto. Como era Natal, o padre foi para a igreja mais cedo do que de costume e o encontrou. Se tivesse chegado depois, só alguns minutos, o bebê teria morrido. Por isso o pessoal da igreja falou que foi "um milagre natalino".

— Esse bebê — digo. — Era...

Carter, assim como eu, não consegue parar de encarar a foto de Lenora.

— Meu pai, sim. Ele foi adotado por um jovem casal da paróquia que não conseguia ter filhos, meus avós. Meu pai nunca tentou descobrir quem eram seus pais biológicos, não tinha ideia de onde começar a procurar. Além disso, ele foi literalmente abandonado. Por que se dar ao trabalho de tentar encontrar alguém que não queria você? Por isso, meus avós biológicos sempre foram um mistério. Até o Tony encontrar esta foto.

— Por que ele achou que sua avó é a Lenora?

— Por causa da data — diz Carter, tocando na fotografia. — Com quantos meses de gravidez você acha que ela estava aqui?

Eu volto a olhar a foto.

— Seis?

— Foi o que eu pensei também. O que significa que o nono mês teria sido...

— Perto do Natal — digo.

— Exatamente.

Carter não dá mais detalhes, e nem precisa. Como não há nenhum filho de Lenora morando em Hope's End — e ninguém nunca comentou sobre ela ter um —, presumo que o bebê tenha morrido durante o parto ou foi entregue para a adoção.

— E você acha que o Ricardo Mayhew é o pai — digo.

— Isso foi o que a Mary pensou — responde Carter, confirmando o que eu já sabia: Lenora contou tudo a ela.

E Mary compartilhou com Carter pelo menos parte da história.

Ele inclina a caneca de café e a esvazia em um gole só.

— Faz sentido também. Na verdade, essa é a única razão que me faz acreditar que Ricardo matou o resto da família de Lenora. Ele era um homem casado que teve um caso com a filha mais velha de Winston Hope. Ou eles não aprovaram e ele os matou por ódio, ou exigiram que ele se casasse com Lenora, para fazer dela uma "mulher honesta", e ele os matou pra fugir.

— E foi por isso que ele poupou a vida da Lenora — acrescento. — Ela estava grávida do filho dele.

E, eu desconfio, é por essa razão que Lenora o encobriu por todo esse tempo.

— De qualquer forma, foi por isso que comecei a trabalhar aqui — afirma Carter. — É uma idiotice, mas achei que, se visse a Lenora... se ficássemos cara a cara, eu saberia.

— Isso não é idiotice — discordo, pensando na minha necessidade enlouquecedora de olhar diretamente nos olhos de Lenora na esperança de que isso me ajudasse a entender minha própria vida. — O que você pensou depois que a viu?

— Não consegui ver semelhança alguma. Mas isso também não significa que não sejamos parentes.

Eu enfim me sento do outro lado da mesa. Ou confio em Carter o suficiente para continuar perto dele, ou a notícia da gravidez de Lenora me fez abandonar de vez toda a cautela e brincar com a sorte. Não tenho certeza.

— Já pensou em perguntar à sra. Baker?

— Por uns dois segundos, sim — admite Carter. — Mas ela não fica exatamente feliz em falar sobre o passado. Nem o Archie.

Ele tem razão. Apesar de ambos terem estado aqui em 1929, nenhum dos dois parece ser do tipo que gosta de comentar sobre qualquer coisa a respeito dessa época.

— Então você recorreu à Mary.

— Só depois de descobrir o que ela e Lenora estavam fazendo. Datilografando e tudo o mais. — Carter fica em silêncio. Por tempo suficiente para me fazer pensar que está esperando que eu admita que estou fazendo o mesmo com Lenora. Eu o deixo esperando. Posso até confiar nele, mas só até certo ponto. — Quando percebi que tínhamos o mesmo objetivo, contei a ela.

Agora entendo por que Carter se culpa pela morte de Mary. Ele acha que ela sabia demais. Lenora também. Ainda posso ouvir sua resposta quando lhe perguntei se achava que Mary havia morrido por causa do que sabia. Aquelas duas terríveis batidas.

— Existem formas de saber se você é parente de alguém — explica Carter. — Exames de sangue são usados o tempo todo pra resolver casos de paternidade. Então pensei: ora, se conseguem fazer isso, então não tem por que pensar que não sejam capazes de saber se alguém é meu avô.

— Foi aí que a Mary entrou em cena — digo.

Carter assente antes de me contar o restante. Ele entrou em contato com um laboratório e descobriu que só precisava de duas amostras de sangue — uma dele, uma de Lenora. Ele foi ao laboratório duas semanas atrás para coletar o próprio sangue para a análise.

— Convenci a Mary a me ajudar com o resto. Ela concordou em colher uma amostra do sangue de Lenora, que eu levaria ao laboratório. Depois disso, bastava esperar o resultado. Mas, bem na noite em que ia fazer a coleta...

Carter não consegue completar a frase.

Na noite em que ia fazer a coleta, Mary morreu.

— Ela me disse que pegaria uma amostra de sangue da Lenora antes de colocá-la na cama — diz ele. — Pensei em guardar aqui na geladeira e levar ao laboratório logo de manhã. Como a Mary não apareceu, pensei que ela tivesse mudado de ideia ou que não tivesse conseguido fazer a coleta. Depois, quando parecia que ela havia ido embora de Hope's End, comecei a me culpar, achando que a Mary tinha fugido por causa do meu pedido. Como se eu tivesse exigido muito dela ou a colocado numa situação complicada.

Tenho certeza de que sim. Não é um pedido fácil — nem mesmo para uma enfermeira como Mary. Mas ela seguiu em frente. O hematoma que encontrei no antebraço de Lenora é exatamente o tipo de mancha que apareceria depois de uma coleta de sangue, ainda mais em uma paciente idosa que toma anticoagulante.

Isso significa também que dentro da mala de Mary talvez houvesse mais do que páginas datilografadas. A mala poderia conter uma amostra do sangue de Lenora, teoria que faz Carter se sentir pior depois que eu a compartilho.

— Então *foi* minha culpa.

— Não foi você quem empurrou a Mary — digo, um claríssimo sinal de que confio totalmente em Carter.

— Não, mas eu a coloquei numa situação perigosa.

— Você não sabia que era perigosa.

Carter olha para a caneca de café vazia, como se desejasse reabastecê-la com uísque.

— Mas eu deveria saber. Eu pedi que Mary me ajudasse a provar que sou parente da Lenora Hope. Algumas pessoas matariam pra que isso nunca fosse revelado.

— Por quê?

— Porque, se eu for mesmo neto da Lenora, talvez eu herde tudo quando ela morrer — explica Carter. — Hope's End. A casa, a terra e todo o dinheiro que ela deixar.

— E quem vai herdar isso tudo hoje? — indago. — Você sabe se a Lenora tem um testamento?

— Não. Mas se ela tivesse um, acho que tudo seria dividido entre as duas pessoas que a conhecem há mais tempo.

A sra. Baker e Archie. A última vez que Carter e eu nos sentamos neste mesmo lugar, tentei imaginar por que os dois continuavam na casa. Agora acho que sei o motivo: assim que Lenora morrer, eles vão ficar com Hope's End.

— Então um dos dois matou a Mary — especulo. — Ou talvez os dois tenham feito isso juntos.

Um canto da boca de Carter se contrai, como se ele quisesse dizer alguma coisa, mesmo sabendo que não deve.

— O que você está deixando de me contar? — pergunto.

— Tenho outra razão para achar que a culpa é minha. — Carter hesita. — Eu deixei o portão aberto.

— Quando?

— Naquela segunda-feira. Eu o encontrei aberto de manhã. Acho que, depois que o entregador dos mantimentos foi embora, o portão emperrou e não fechou. Como eu achava que sairia bem cedo no dia seguinte pra ir ao laboratório, não me preocupei em fechá-lo.

— Então, na noite em que a Mary morreu, o portão da frente ficou aberto o tempo todo?

— Ficou — diz Carter com um suspiro. — Qualquer um poderia ter entrado.

Eu me sinto tonta. Percebo que a lista de suspeitos, que antes tinha apenas duas pessoas, agora cresceu para, bem, qualquer um. Somente quando a vertigem passa consigo dizer:

— Quem mais sabia o que você e a Mary estavam fazendo?

— O Tony. Pedi pra ele não contar a ninguém, mas não tenho certeza se ele cumpriu com a palavra.

— Você sabe se a Mary contou pra mais alguém? — pergunto, pensando especificamente em Jessie, que, apesar de ser a mais próxima dela, parece não saber de nada.

A menos que seja tudo uma encenação. O mero fato de estar cogitando isso faz com que eu me sinta culpada e paranoica.

— Não tenho certeza — admite Carter.

— E o detetive Vick? Você contou alguma coisa pra ele?

— Quase — diz Carter antes de finalmente estender o braço para pegar a garrafa de uísque, algo que vinha ensaiando fazer nos últimos cinco minutos. Ele despeja na caneca o restante do líquido e a estende para mim, oferecendo um primeiro gole do uísque com aroma de café. — Eu não queria parecer maluco.

— Esse era o *meu* trabalho, pelo visto. — Pego a caneca, tomo um gole, faço uma careta. O gosto é horrível, mas dá conta do recado. — É por isso que, por enquanto, acho melhor ficarmos de boca fechada. Mesmo se contarmos pro detetive, duvido que ele acredite na gente. Principalmente em mim.

— Então o que vamos fazer?

É uma boa pergunta, para a qual não tenho resposta. O detetive Vick só acreditaria em nós se apresentássemos uma prova de que estamos certos. Aí será impossível ele nos ignorar. No momento, a única coisa em que consigo pensar é ir direto à fonte.

— Vamos perguntar pra Lenora — proponho a Carter. — E fazer com que ela…

Sou interrompida por um barulho que vem lá de fora.

Um som ensurdecedor e dilacerante que sacode a casa e tudo dentro dela, inclusive eu e Carter. Nós nos agarramos à mesa, que chacoalha durante um, dois, três segundos. Quando o tremor cessa, a caneca de café está despedaçada no chão, e por dentro eu me sinto da mesma forma.

— Isso foi um terremoto? — pergunto.

Carter solta a mesa.

— Acho… que foi.

Nós nos levantamos com as pernas bambas e saímos para investigar. No terraço, a sra. Baker, Jessie e Archie fazem o mesmo. Nós cinco percebemos o que aconteceu ao mesmo tempo: um trecho do penhasco entre o terraço e o chalé se rompeu, deixando um semicírculo irregular cujo aspecto sugere que algo abocanhou um pedaço do gramado.

Carter e eu andamos cautelosamente em direção ao gramado, testando o chão, com medo de que desabe. As chances de isso acontecer são grandes. Paramos assim que conseguimos enxergar por cima da borda do terraço. Lá embaixo, os pedaços de terra que caíram foram cercados pela espuma das ondas.

— É... — diz Carter. — Isso não é nada bom.

VINTE E QUATRO

Pelo segundo dia consecutivo, pulo os exercícios de Lenora e a levo diretamente para a máquina de escrever. Sei que essa atitude beira a negligência, mas estou impaciente demais.

Em uma noite normal — não que qualquer noite em Hope's End possa ser descrita como "normal" —, eu teria acordado Lenora depois de sair do chalé de Carter, levado a máquina de escrever para a cama e exigido que ela me contasse a verdade sobre o bebê. Mas a noite anterior foi especialmente anormal.

Após o desabamento parcial do penhasco, Carter decidiu se mudar para a casa principal até que os danos pudessem ser avaliados. Não que dentro da mansão seja mais seguro. Enquanto o ajudava a levar alguns de seus pertences para um quarto vazio no terceiro andar, avistei uma nova rachadura na escada de serviço e um azulejo quebrado no chão da cozinha. Maus presságios.

Enquanto eu examinava as paredes da escada, Jessie se aproximou e sussurrou:

— O que você e o Carter estavam aprontando?

— A gente estava só conversando — respondi.

Ela deu uma piscadinha.

— Claro que sim. Aham. Com certeza.

— A gente estava, *sim*.

— Descobriu mais alguma coisa sobre a Mary?

Parei no patamar e estudei seu rosto. Vestida com uma camiseta de dormir cor-de-rosa e sem maquiagem nem adereços, ela parecia uma completa desconhecida. O que, tecnicamente, ela era.

— Não — respondi antes de seguir em frente.

Eu queria confiar em Jessie. Queria, de verdade. De todas as pessoas de Hope's End, ela parecia ser a menos suspeita, e a que mais poderia ser minha aliada. Porém, como eu já havia descartado Carter da minha lista, não podia me arriscar e confiar em outra pessoa. Nem mesmo em Jessie. Normalmente não costumo duvidar dos outros, mas nesse caso é necessário. Afinal, basta ver o que aconteceu com Mary.

Carter devia estar pensando a mesma coisa quando veio até minha porta, a caminho de seu quarto temporário no terceiro andar.

— Você vai ficar bem? — perguntou ele num tom de voz baixo.

— Vou — respondi, embora soubesse o que ele estava de fato perguntando. Exceto pelo cenário possível, mas improvável, de que alguém de fora tivesse entrado furtivamente pelo portão aberto e matado Mary, alguém sob aquele teto era um assassino. — Eu vou ficar bem.

Eu não estava bem.

Acabei passando a maior parte da noite acordada, pensando em Lenora e Carter e na ideia de que Mary estava morta porque sabia demais sobre os dois, o que me levou a questionar se agora quem sabia demais era *eu*. Cheguei a uma resposta — um retumbante "sim" — que gerou mais perguntas. Até que ponto eu estava correndo perigo? Será que deveria simplesmente me mandar no meio da noite, como todos pensavam que Mary havia feito?

Foi um milagre eu conseguir dormir depois de passar tanto tempo pensando nessas coisas. Quando acordei com o nascer do sol perfurando meus olhos e o colchão deslizando para baixo na cabeceira da cama, percebi que não tinha ouvido nenhum ruído misterioso vindo do quarto de Lenora. Ou meu sono foi tão pesado que não acordei por nada, ou a pessoa — ou coisa? — responsável pela barulheira decidiu tirar a noite de folga.

Agora contenho um bocejo enquanto ajeito Lenora na posição para datilografar. Depois de me certificar de que ela está confortável, eu me ajoelho ao seu lado e digo:

— Lenora, acho que deveríamos ter uma conversa sobre o bebê.

Ela finge não estar surpresa por eu saber.

Mas está.

Seu rosto, tão expressivo quanto o de uma estrela do cinema mudo, não consegue disfarçar o choque. O baque é evidente, seus olhos se arregalam ao mesmo tempo que escurecem ligeiramente. O que responde à minha maior dúvida: será que Carter poderia estar errado em relação à gravidez de Lenora? Sim, aquela foto de 1929 é muito convincente, mas não confirma nada.

— Eu sei que você estava grávida — digo. — E a Mary também sabia, não é?

A mão esquerda de Lenora sobe e desce duas vezes contra a máquina de escrever. Isso é um "sim".

— O que aconteceu com o bebê?

Lenora solta um longo e triste suspiro, e antes de deixar a mão deslizar para fora da máquina de escrever, datilografa uma única palavra:

perdi

— Perdeu?

É estranho como uma palavra tão curta contenha tantas possibilidades. Lenora pode ter sofrido um aborto espontâneo. Ou talvez o bebê tenha nascido morto. Ou deixado este mundo logo depois de chegar nele. Ou sido embrulhado e abandonado nos degraus da frente de uma igreja na manhã de Natal. Essa única palavra — *perdi* — também pode significar algo mais feliz. A criança nasceu, cresceu, saiu de Hope's End e agora tem uma família. Contudo, a julgar pela reação de Lenora, não acho que tenha sido esse o caso.

— O bebê morreu? — indago.

Lenora não dá nenhuma indicação de que deseja datilografar mais. Suas mãos estão no colo, a esquerda, útil, sobre a direita, inútil, e ela olha para ambas como se não tivesse me ouvido.

— Quem era o pai? — insisto, pressionando-a. — Era o Ricky?

Ela não reage. Parece nem ter ouvido a pergunta. É como se *eu* não estivesse ali. Sem dizer uma única palavra, deixou sua mensagem clara: não quer falar sobre o assunto.

Não posso culpá-la. Lenora estava grávida. O bebê se foi. Ela provavelmente acha que não há mais nada a ser dito.

Mas há.

E Lenora contou para pelo menos mais uma pessoa: Mary.

Levando em consideração o que aconteceu com ela, eu deveria estar grata por Lenora não querer me contar. Talvez essa seja outra razão para seu silêncio. Ela não quer me colocar numa situação mais perigosa do que a que já devo estar.

Mais uma vez, penso em ir embora. Levaria apenas alguns minutos para arrumar minha mala e minha caixa, pegar a maleta médica e partir sem olhar para trás. Mas não consigo fazer isso. Embora eu ainda não saiba de tudo, o que sei é suficiente para me manter aqui. Preciso descobrir o resto.

Os assassinatos da família Hope. A gravidez de Lenora. A morte de Mary. Todos esses fatos estão atados em um complexo nó de segredos, mentiras e crimes do passado e do presente. Tenho certeza de que, se eu conseguir desatar essa meada, a verdade se revelará. Sobre Carter e Mary, sim, mas acima de tudo sobre Lenora. Ela é a pessoa que mais preciso entender.

Por isso decido ficar, e deixo a manhã passar devagar e em silêncio. Se eu estivesse cuidando de qualquer outra pessoa, poderia me ocupar com tarefas domésticas, o preparo do almoço ou até mesmo ver TV ao lado do meu paciente. Nenhuma dessas opções está disponível em Hope's End. Então passo o tempo lendo um romance de Danielle Steel no divã enquanto Lenora fica em sua cadeira de rodas, olhando pela janela.

Isso me faz lembrar dos últimos dias de vida da minha mãe, quando ela estava frágil e devastada demais pela dor para ser transferida até o sofá da sala. Presa em um quarto sem televisão e sem o seu reconfortante ruído de fundo, o silêncio se tornou tão denso que era quase insuportável.

Hoje não está tão ruim assim, mas é o suficiente para me fazer valorizar os poucos momentos de som e atividade. Buscar o almoço. Dar de comer a Lenora. Até mesmo ajudá-la no banheiro. Pelo menos assim posso fazer algo além de ficar sentada com meus pensamentos. Mesmo enquanto executo minhas tarefas, tagarelando sem parar, Lenora não responde a nada.

Sem batidinhas.

Sem datilografia.

Lenora se tornou a pessoa que pensei que ela fosse quando cheguei aqui. Silenciosa, imóvel, quase como se estivesse em estado vegetativo. Eu me pergunto se ela era assim com todas as enfermeiras antes de Mary surgir com uma máquina de escrever. Se sim, Lenora se arrepende de ter confiado em Mary? Sente o mesmo em relação a mim e decidiu que as coisas serão assim daqui por diante?

E a decisão é dela. Uma tarde diante da máquina de escrever poderia acabar com tudo isso. No entanto, passamos esse longo dia sombrio em um silêncio insuportável. Termino meu livro. Lenora olha pela janela. O dia desbota até se transformar no entardecer, que escurece noite adentro.

Por fim, Archie traz o jantar em uma bandeja. Salmão e batata-doce assada para mim, purê para Lenora. Além do prato principal, ele trouxe pãezinhos frescos para mim e um milk-shake de chocolate para Lenora.

— Achei que a srta. Hope gostaria de um agrado — explica Archie. — Quando menina, ela adorava.

O gesto é tão carinhoso que levo um segundo para lembrar que ele pode ter matado Mary. Não importa que Archie pareça tão ameaçador quanto um ursinho de pelúcia. Ele estava aqui quando a família de Lenora foi assassinada em 1929 e estava aqui quando Mary caiu do penhasco.

No entanto, isso também significa que ele deve ter informações sobre essas duas noites. O problema é descobrir se Archie é amigo ou inimigo, um suspeito ou uma fonte confiável. Por ora, decido tratá-lo como todas as opções acima.

— Você não precisava fazer isso — digo, pegando a bandeja das mãos dele.

Como ainda não a encaixei na cadeira de rodas de Lenora, eu a coloco no aparador ao lado do globo de neve e da fita cassete que Jessie me entregou ontem.

— Não é trabalho nenhum — garante Archie. — Além disso, eu queria ver como está a srta. Hope.

Olho de relance para Lenora, que age como se nenhum de nós estivesse no quarto com ela.

— Não muito bem.
— Acho que isso vale pra todos nós — diz Archie. — Coitada da Mary. Se eu soubesse que ela estava sofrendo tanto, teria tentado ajudá-la de alguma forma. E agora o penhasco cedeu daquele jeito. Não são tempos felizes em Hope's End.

Eu me pergunto se já houve um tempo feliz neste lugar. Pelo que Lenora escreveu, concluí que estava condenado desde o início.

— Outro dia você me disse que você e Lenora eram próximos.
— Sim. Éramos.
— Muito próximos?
— Melhores amigos, eu diria. Embora isso fosse mais por uma questão de circunstância que qualquer outra coisa. Tínhamos mais ou menos a mesma idade.
— E a Virginia? Vocês dois também eram próximos?
— Não. Não posso dizer que éramos.

Sua resposta, surpreendentemente honesta, me faz ter vontade de continuar a conversa. Pode ser arriscado — e, mais cedo ou mais tarde, talvez eu me arrependa —, mas se Archie estiver a fim de falar, não vou impedi-lo.

Eu sei que Lenora está ouvindo, embora finja que não. Pego o walkman, insiro o audiolivro mais recente e coloco o headphone na cabeça dela. Encaixo o aparelho entre sua mão direita imóvel e a lateral da cadeira de rodas para que não escorregue.

— É o livro novo que a Jessie gravou — explico a Lenora. — Gostaria de ouvir enquanto converso com o Archie? Depois disso, jantamos.

Sei que ela não vai responder, então aperto o play e olho para Archie, que diz:

— Sobre o que mais precisamos conversar?

Hesito, tentando pensar na melhor maneira de formular minha pergunta. Depois de concluir que não há uma boa maneira de fazer isso, falo de uma vez:

— A Lenora teve um bebê?
— Um bebê? — Archie me encara, perplexo, como se eu tivesse acabado de perguntar se ela tinha duas cabeças ou um rinoceronte de estimação. — De onde você tirou essa ideia?

— A Lenora tocou no assunto — digo, apontando com a cabeça em direção à máquina de escrever.

Acho que não há problema em dizer a Archie que Lenora é capaz de datilografar. Ele já deve saber.

— O que vocês duas andam fazendo nessa geringonça?

— Apenas nos conhecendo melhor — digo, apresentando a verdade em sua forma mais simples. — Eu gosto de aprender sobre as pessoas de quem cuido.

Archie me olha com ceticismo.

— E ela contou para você que teve um bebê?

— Insinuou isso.

— Você deve ter entendido mal.

— Então a Lenora nunca esteve grávida? — indago.

— Nunca.

Aparentemente encerrando a conversa, Archie se vira para sair. Faço uma última pergunta, na esperança de obter uma resposta honesta ou pelo menos uma reação inconsciente.

— Ela alguma vez mencionou o nome Ricardo Mayhew?

Archie se detém na porta.

— Não — responde ele.

— Ele trabalhava aqui.

— Eu sei. Mas a srta. Hope nunca o mencionou. Aí está a sua resposta.

Ele volta a se mover, andando rigidamente pelo corredor. Só então ele me encara de novo, e seu olhar duro é um aviso silencioso.

— Se eu fosse você, não passaria muito tempo datilografando com a srta. Hope — diz ele. — O passado está no passado. Começar a desenterrá-lo não vai trazer nada de bom pra ninguém.

"O bebê acabou de chutar."

"Não, não chutou."

"Chutou, eu juro", disse Archie, com a mão ainda pressionada na minha barriga protuberante.

Eu afastei a mão dele. "Acho que eu saberia."

Era mais uma noite de terça-feira; o restante dos empregados não estava na casa e meus familiares estavam espalhados por aí. Archie muitas vezes passava as noites de folga no meu quarto, onde ríamos, conversávamos e sonhávamos com o futuro. Era o nosso ritual desde que ele começou a trabalhar em Hope's End.

Naquele mês de setembro, porém, esse ritual tinha se tornado uma raridade. Nos últimos meses, Archie e eu havíamos passado pouco tempo juntos. Ele se afastou de mim, e eu temia que fosse culpa minha. Eu o havia negligenciado terrivelmente desde que tinha conhecido Ricky, então a minha decisão de contar sobre a gravidez foi uma tentativa de trazê-lo de volta para a minha vida.

Archie estava feliz por mim, mas também preocupado. Enquanto eu lhe contava meus planos para o futuro, ele fingiu estar contente, mas rugas de preocupação marcavam sua testa.

"Você tem certeza de que quer fazer isso?", perguntou ele. "Com alguém como ele?"

"Por que eu não teria?"

Archie se encostou em mim no divã, nossos ombros se tocando. "Você sabe exatamente por quê."

"É uma situação complicada", disse a ele. "Mas temos um plano."

Na verdade não tínhamos, mas eu não podia contar isso a Archie. Eu sabia que isso só o deixaria ainda mais preocupado. Ele sempre se viu como meu protetor. Mesmo quando éramos mais novos e ele era apenas um jovem que conseguira um emprego na cozinha por pena. Acho que foi isso que nos aproximou. Éramos duas almas solitárias que precisavam do apoio de alguém.

"Eu queria que você tivesse me contado que estava gostando dele", disse Archie.

"Por quê?"

"Porque eu teria tentado impedir você."

"Pare de fingir que sou a única pessoa aqui numa situação complicada", reclamei. "Eu sei o que você anda aprontando."

"Não é a mesma coisa", disse Archie, e de fato não era. A única situação mais escandalosa que a minha era a dele.

"Eu sabia no que estava me metendo quando conheci o Ricky", afirmei categoricamente, quando na verdade não tinha ideia de que me apaixonaria com tanta intensidade e que isso aconteceria tão rápido.

"Isso é uma coisa. Ter um filho é outra." Archie pegou a câmera fotográfica que acabara de comprar. Uma extravagância pela qual eu sabia que ele não tinha condições de pagar. Comprá-la exigiu meses de economias. "Eu conheço alguém que pode ajudar, caso você decida não ter. Um médico."

"Como você sabe disso?"

"Uma das empregadas. Ela recorreu a esse médico quando descobriu que estava grávida. Ela não poderia ter o filho porque o pai..."

Archie se conteve, cauteloso demais para falar em alto e bom som a verdade que ambos sabíamos.

"Era o meu pai", completei. "Eu sei."

Eu ouvi Berniece falando sobre isso na cozinha certa manhã, quando ela achou que nenhum dos Todo-Poderosos Hope estava por perto.

Era assim que ela se referia à minha família: os Todo-Poderosos Hope, expressão sempre pronunciada com uma bufada de desdém. Ela mencionou que uma das novas empregadas havia sido arruinada por meu pai, forçada a se livrar do bebê e depois mandada embora.

Isso foi no ano anterior, e, com base na posição comprometedora em que flagrei meu pai na noite do meu aniversário, ele não aprendeu a lição. Embora ninguém tenha dito com todas as letras, eu sabia que esse era um dos motivos pelos quais a minha mãe não saía da cama. Os dois mal se falavam, muito menos se viam.

Eu me entristecia por vê-los tão infelizes um com o outro. Minha irmã, porém, simplesmente fingia que não havia nada de errado. Eu sabia que não passava de fingimento, porque era impossível ignorar a tensão que se espalhava feito uma névoa pela mansão inteira.

"Não vou acabar como meus pais", declarei. "Vou fazer tudo que estiver ao meu alcance para que isso não aconteça. Eu amo o Ricky, Arch. De verdade."

"Bem, eu gostaria que você não amasse."

Não fiquei magoada com suas palavras. Eu sabia que ele não tinha falado aquilo com a intenção de ser cruel. Era o jeito dele. Ele tinha uma alma gentil e dizia o que pensava, sem filtros, ao contrário de quase todo mundo em Hope's End.

"Se as coisas fossem diferentes, você sabe que eu teria escolhido você", afirmei.

"Eu sei", respondeu ele. "Mas elas são diferentes. Comigo e com ele. Pessoas como nós e pessoas como você e sua irmã não foram feitas para se misturar. A sociedade não permite isso. Quanto mais tempo você deixar essa situação continuar, pior vai ser quando ela inevitavelmente acabar."

Eu me endireitei e disse, inflexível: "Não vai acabar."

Archie ergueu as mãos em sinal de rendição. "Eu acredito em você. Mas, aconteça o que acontecer, seja bom ou ruim, saiba que vou estar com você o tempo todo."

"Obrigada", falei.

Ele ergueu a câmera, o que me fez soltar um suspiro. A última coisa que eu queria naquele momento era que alguém tirasse uma foto minha. Apesar de Ricky me dizer que eu era linda toda vez que me via, eu não me sentia bonita. No sexto mês de gravidez, eu me sentia inchada e inquieta. Não consegui nem sequer posar para Archie, embora ele não parecesse se importar.

"Perfeito", disse ele enquanto eu aninhava minha barriga inchada.

O obturador da câmera clicou, e Archie se juntou a mim no divã. Encostei a cabeça em seu ombro, como havia feito centenas de vezes nos anos anteriores. Ele era tão grande, tão robusto. Eu sabia que ele sempre estaria ao meu lado, independentemente do que acontecesse.

"Só pra deixar claro", acrescentou Archie do nada. "Se ele — ou qualquer pessoa — machucar você ou te fizer infeliz, não vou hesitar em matar quem quer que seja."

VINTE E CINCO

Um minuto depois de Archie sair, Carter entra no quarto de Lenora para nos ver. Ele parece, por falta de palavra melhor, abatido pela falta de sono.

— Acho que o terceiro andar não está te fazendo muito bem — comento.

Ele responde com um bocejo.

— Como é que vocês conseguem aguentar isto aqui? Passei a noite inteira com a sensação de que estava dormindo numa cama com duas pernas serradas.

— No momento, aqui é mais seguro do que o chalé. Como está o gramado?

— Com um baita buraco — diz Carter.

— Já aconteceu algo assim antes?

Ele balança a cabeça.

— Desde que cheguei aqui, não.

— Então por que está acontecendo agora? — questiono.

— É uma pergunta muito boa. E que não sou capaz de responder. Além disso, estou mais preocupado com a possibilidade de acontecer de novo.

Olho na direção da janela coberta pela noite, grata por não conseguir ver a borda do terraço nem as ondas do mar abaixo dele indo em direção à base do penhasco. Ainda assim, tenho curiosidade de saber se depois da noite de ontem a mansão se deslocou ainda mais — e quanto falta para o casarão despencar de vez.

Enquanto olho de relance para a janela, Carter encara Lenora.

— Descobriu algo novo?

Verifico Lenora para ter certeza de que ela ainda está ouvindo o walkman antes de puxar Carter para o meu quarto.

— Ela confirmou que estava grávida — digo.

— O que aconteceu com o bebê?

— Não sei. Depois disso ela parou de datilografar. Deixou bem claro que não quer falar sobre o assunto.

— Você acha que o bebê chegou a nascer? — indaga Carter, evitando o que realmente quer perguntar: se acho que o bebê era realmente o pai dele.

Estudo suas feições, tentando ver se há alguma semelhança com Lenora. Não há nenhuma. Sobretudo nos olhos. Os de Carter são castanho-claros. Muito diferentes dos assombrosos olhos verdes de Lenora. No entanto, não posso descartar a possibilidade. Não temos ideia da aparência de Ricardo Mayhew, exceto pela descrição de Lenora de que ele era um homem extraordinariamente bonito. Esse quesito Carter cumpre muito bem.

— Não sei. Tudo o que ela me disse em relação ao bebê foi "perdi", o que pode significar qualquer coisa. Eu até perguntei pro Archie...

— Você confia nele?

— Não. Porque ele mentiu. Ele me disse que a Lenora nunca ficou grávida.

— Talvez ele não soubesse.

— É mais provável que ele não queira que mais ninguém saiba. Incluindo a Mary.

Carter estremece. Imagino que ele esteja pensando o mesmo que eu. Mary no terraço, com a mala na mão, Archie a encurralando, com o dobro do seu tamanho.

— Você não deveria ter perguntado a ele sobre isso — diz Carter, com a voz baixa. — Agora estou preocupado que ele ache que você sabe demais.

Eu também. Mas por um motivo diferente. Meu medo é de que nada do que estamos fazendo mudará as coisas. *O passado está no passado. Começar a desenterrá-lo não vai trazer nada de bom pra ninguém.* Será que estou piorando tudo ao forçar Lenora a falar sobre uma criança que ela não tem mais ou sobre a noite em que sua família foi assassinada? Seria melhor se a família e os amigos de Mary soubessem que a causa de sua morte foi assassinato em vez de suicídio? Talvez o detetive Vick esteja certo quanto às minhas intenções. Que na verdade não estou preocupada com Lenora, Mary, nem mesmo Carter.

Só estou preocupada comigo mesma.

E o que vai acontecer se eu não conseguir provar nada?

— Ele não pensa isso — digo. — Porque eu não sei demais. Temos apenas teorias, não fatos.

— E agora?

— Não sei. Talvez a Lenora queira voltar a datilografar daqui a um tempo.

Passo pela porta contígua e volto ao cômodo de Lenora, sabendo que não seria bom se alguém me visse conversando a sós com Carter no meu quarto. Ainda me lembro do tom de voz de Jessie na noite passada, cheia de insinuações. Como se estivesse desconfiada ou enciumada. Vai saber de que maneira Archie — ou, Deus me livre, a sra. Baker — reagiria se nos visse juntos assim.

— Me avise se ela voltar. — Carter vai em direção ao corredor, mas antes se detém na porta para dar uma última olhada em Lenora, em busca de alguma semelhança que não existe. — E tenha cuidado. No momento, não confio em ninguém além de você.

Quando ele sai, já passaram quinze minutos da hora do jantar, então os exercícios noturnos, o banho e a hora de dormir de Lenora também estão atrasados. Volto para o meu quarto, abro o cofre debaixo da cama e retiro a quantidade exata de comprimidos necessários para misturar no jantar dela. As páginas que Lenora e eu datilografamos permanecem sob os frascos, que rolam de um lado para o outro. Penso comigo mesma se mais papéis serão adicionados à pilha — e se isso vai melhorar ou piorar as coisas.

Eu me junto a Lenora e começo a me preparar para o jantar. Ela está exatamente como eu a deixei. Cadeira de rodas. Janela. Fones de ouvido no devido lugar. A única coisa que mudou foi o walkman.

A fita cassete não está mais girando.

Quando tiro o headphone das orelhas de Lenora, não sai som algum.

— Desligou? — pergunto a Lenora.

Ela bate duas vezes no apoio de braço da cadeira de rodas, onde sua mão esquerda permanece no mesmo lugar. O walkman também está exatamente onde o deixei, entre sua mão direita e a lateral da cadeira. Mesmo que em algum momento Lenora tivesse movido a mão esquerda, não haveria como ela a ter estendido sobre o colo e desligado o walkman sem mover o aparelho.

— Como foi que o walkman parou?

Lenora me lança um olhar vazio; é como se ela estivesse dando de ombros.

Pego o aparelho e o examino. Deduzi que desligou automaticamente quando o lado A da fita acabou. Mas quando eu a retiro do walkman, vejo que ainda há bastante fita em ambos os rolos, ou seja, apenas metade foi reproduzida.

Como a única outra coisa que poderia ter feito o aparelho parar de funcionar é a pilha ter descarregado, insiro a fita de volta no walkman e pressiono o play. A voz de Jessie, abafada, mas inconfundível, sai do headphone.

Quando aperto o stop, minha mente está girando mais rápido do que os rolos dentro do walkman. Se a fita não acabou, as pilhas ainda funcionam e Lenora não usou a mão esquerda, só há uma única maneira de o walkman ter parado de tocar.

Lenora desligou o aparelho.

Com a mão que ela não é capaz de usar.

VINTE E SEIS

São dez da noite, Lenora está na cama e eu estou no quarto ao lado, encarando um walkman que ela pode ou não ter desligado com a mão que pode ou não ser capaz de usar. Depois de passar uma hora obcecada com isso, ainda não sei ao certo.

Mas de uma coisa tenho certeza: a chance de o walkman ter desligado acidentalmente, sem que Lenora tenha usado a mão direita, é quase impossível. Sei disso porque tentei. Empurrei o aparelho. Sacudi. Dei uns tapas. Até testei batendo-o várias vezes contra a lateral de uma cadeira, para ver se isso era suficiente para que o stop fosse pressionado. Não era. Nada que Lenora pudesse ter feito com a mão esquerda conseguiria de alguma forma desligar o walkman.

Observo as bobinas de fita girarem, esperando para ver se param sozinhas por algum motivo. Uma deformação da fita. Um defeito na fiação do próprio walkman. Qualquer coisa aleatória que nunca aconteceu antes e nunca voltará a acontecer. Mas tudo funciona exatamente como deveria, mesmo enquanto continuo pressionando os botões.

Parar, rebobinar, reproduzir, parar, rebobinar, reproduzir.

Meus pensamentos fazem uma dança involuntária e descoordenada na minha mente.

Parar.

Lenora desligou o walkman. Agora eu estou convencida disso. Mas como?

Rebobinar.

Porque é possível que suas limitações não sejam tão graves quanto parecem. Já cogitei isso antes, quando percebi que a folha da máquina de escrever havia sido retirada.

Reproduzir.

Se isso for verdade, significa que Lenora vem fingindo todo esse tempo.

Parar.

Mas não consigo pensar em uma única razão que a levaria a fazer isso. O dia de Lenora é repleto de inconveniências. Precisar que alguém lhe dê comida, banho, troque sua fralda suja e limpe seu corpo. Ninguém se sujeitaria voluntariamente a isso.

Rebobinar.

Mas e aquela folha fora da máquina de escrever? E os passos que continuo ouvindo no quarto dela? E o borrão na janela e a sombra na porta? Alguém está fazendo tudo isso — e não acredito que seja o fantasma de Virginia Hope.

Reproduzir.

O que significa que a única explicação lógica é que Lenora está mentindo para mim. Provavelmente em relação a tudo.

Parar.

Ou talvez Lenora não tenha controle sobre o que o corpo dela é capaz de fazer. Às vezes acontece em pacientes com paralisia. Súbitos espasmos musculares podem ocorrer no sistema deles, como um choque elétrico, o que leva ao movimento involuntário dos músculos, assim como aconteceu quando verifiquei os reflexos de Lenora na minha primeira noite aqui. Ora, *isso* é algo que poderia ter feito com que ela desligasse o walkman.

Meu dedo ainda está no botão de parar quando ouço um barulho. Um baque pesado.

Lenora, penso quando ouço pela segunda vez. *Ela está se movimentando. De novo.*

Atravesso correndo a porta contígua. Está tudo imóvel e silencioso no quarto de Lenora, como um túmulo. Lá fora, as ondas marulham suavemente junto à beira do penhasco. Ao que parece, ela está dormindo. Olhos fechados, deitada de costas, cobertor até o queixo. Vou na ponta dos pés até a cabeceira da cama e ouço o som constante de sua respiração.

Está tudo bem.

Exceto por mais barulhos. Passos abafados dessa vez pelo carpete do corredor. Vou até a porta do quarto de Lenora, abro uma fresta e vejo a sra. Baker passando. Um borrão vestido de branco segurando uma...
Isso é uma espingarda?
Recebo uma resposta imediata quando a sra. Baker se detém e dá meia-volta em minha direção. Ela *realmente* está com uma espingarda na mão, com o cano duplo apoiado no ombro direito.
— Eles estão lá fora — diz ela.
— Quem?
— Repórteres. Ficaram urubuzando no portão o dia todo. Ou são os meninos da cidade que pularam o muro e agora estão rondando o jardim.

Quando a sra. Baker se apressa em direção à escada de serviço, eu vou atrás dela, sem saber quem corre maior perigo: nós ou os invasores. Se forem adolescentes parecidos com meus antigos colegas de escola, então são basicamente inofensivos. A sra. Baker, por outro lado, está armada.

Da cozinha passamos para o corredor, onde percebo um movimento através das janelas frontais.

Um vulto escuro passa velozmente.

Depois outro.

E outro.

No hall de entrada, a sra. Baker abre a porta da frente e marcha casa afora, o cano da espingarda em riste encabeçando o ataque. A noite está enevoada, a neblina se enrolando de forma lânguida sobre o gramado. Em meio à cerração, passam mais duas figuras sombrias, elevando para cinco o número de invasores. Todos carregam lanternas, cujos feixes de luz cortam a densa névoa feito lasers.

— Se vocês têm algum amor à vida, tratem de ir embora daqui agora mesmo! — grita a sra. Baker.

Os invasores se espalham por todas as direções, seus passos ecoando no gramado úmido, lanternas oscilando, assustadas. Assim que chega a uma distância segura da casa, um deles para e se vira, iluminado pelo luar envolto de neblina, e em seguida berra:

— É a Lenora! Assassina!

Isso esclarece a questão. Com certeza não são repórteres.

Outro se junta a ele, também gritando:

— Assassina!

E logo os demais fortalecem o coro, suas vozes ressoando na noite e ecoando pela neblina:

— Assassina! *Assassina!*

O invasor que iniciou o cântico — o líder, pelo visto — continua gritando mesmo depois de os outros pararem, e acrescenta mais uma palavra ao insulto.

— Vagabunda assassina!

Estremeço na mesma hora.

Como se ele tivesse gritado *comigo*.

Sobre mim.

Passo correndo pela sra. Baker e me lanço pela noite gelada, sem pensar no que estou fazendo ou por quê. A única coisa em que consigo pensar é agarrar o babaca que disse aquilo, sacudi-lo pelos ombros e mostrar a ele que sou inocente.

Quando percebe que estou me aproximando, o vulto escuro sai em disparada, os tênis escorregando na grama molhada. Isso me garante o segundo extra de que preciso para alcançá-lo antes que ele fuja. Dou um salto à frente, conseguindo agarrá-lo e puxá-lo pelo colarinho. Seus pés deslizam e ele desaba no chão feito um saco de farinha. A lanterna voa de sua mão e rola pela grama, a luz tremulando. Na escuridão, eu me lanço sobre ele, surpreendendo-o e surpreendendo ainda mais a mim mesma.

No entanto, há outra surpresa reservada para nós.

Contorcendo-se na grama sob mim, o invasor levanta os olhos e diz:

— Kit?

Por mais perplexo que ele esteja, estou mais ainda.

É Kenny.

— O que você está fazendo aqui? — pergunta ele.

Sem fôlego, deslizo de cima dele e caio na grama.

— Eu *trabalho* aqui. O que *você* está fazendo aqui?

— Só estou me divertindo um pouco com a galera — diz Kenny enquanto se senta.

— Você não está um pouco velho demais pra essas merdas, Kenny?

— Pois é — diz ele, agora com o mesmo sorrisinho de sempre, de quando eu o encontrava na porta dos fundos de casa. — Mas a gente não tá fazendo mal a ninguém.

Ele não teria tanta certeza se a sra. Baker tivesse atirado em um deles, o que, não duvido nem um pouco, ela ia fazer. Quando está com o dedo no gatilho, uma mulher como ela certamente sente coceira para disparar.

— Você trabalha aqui mesmo? Na Casa dos Sem Esperança?

Deixo escapar um suspiro. Então é assim que chamam Hope's End agora.

— Trabalho.

— Você cuida de quem?

— De quem você acha?

Kenny pestaneja.

— Não pode ser! Nem a pau! Como ela é?

— Não é uma vagabunda assassina — retruco.

— É, foi mal por isso — diz Kenny, fitando o chão. — Não tive a intenção de ofender. Só repeti o que todo mundo fica falando sobre ela.

— Todo mundo está errado.

— Então como ela é de verdade?

— Quieta — respondo, o que ao mesmo tempo diz tudo e não revela nada.

Olho por cima da longa entrada de automóveis até onde os amigos de Kenny estão reunidos, no portão da frente, que está totalmente fechado esta noite. Não que isso faça diferença. Um deles está ajudando a "galera" do Kenny a pular por cima do muro de tijolos. Sobre o muro, outro estica os braços para que eles possam subir. Com ou sem portão, isso prova que qualquer um poderia ter entrado na propriedade e matado Mary.

Do alto do muro, um dos amigos de Kenny o convoca, aos gritos.

— Ei! Você vem ou não?

— Só um minuto! — responde Kenny também aos berros.

— Vocês fazem isso com frequência? — pergunto enquanto os amigos dele desaparecem por cima do muro.

— Não desde o finzinho da escola — O que, no caso de Kenny, foi apenas há dois anos. — A gente estava bebendo e daí decidiu ver se o que todos estavam dizendo é verdade. Você sabe, sobre a enfermeira morta.

— O que tem ela? — Eu me empertigo, genuinamente curiosa para saber o que as pessoas na cidade pensam sobre a morte de Mary. Até agora, a única opinião que ouvi foi a do detetive Vick. — O que estão dizendo?

— Que a Lenora Hope matou ela.

Claro que sim. Eu já deveria saber que não valia a pena escutar qualquer coisa que os moradores da cidade dizem.

— Isso é impossível.

— Por quê?

— Há uma razão pela qual ninguém vê a Lenora há décadas. — Eu fico de pé e limpo a saia do meu uniforme, agora úmida pela grama. Em seguida estico o braço e ajudo Kenny a se levantar. — Ela não consegue andar. Não consegue falar. Nem mesmo mover qualquer parte do corpo a não ser a mão esquerda. Ela é inofensiva.

— Como você sabe?

— Porque sou a cuidadora dela. Eu a conheço melhor do que você.

— Eu sei que você acha que eu sou burro — diz Kenny, sem nenhum pingo de raiva.

Pelo contrário, há um tom de resignação em sua voz que me faz reconsiderar todo o nosso relacionamento. Eu sinceramente não achava que ele se importasse com o que eu pensava. Agora não tenho tanta certeza.

— Não acho — digo.

Ele me dá um sorriso triste.

— Tudo bem. Eu sou burro com relação a um monte de coisas. Mas acho que isso me ajuda a ver certas coisas que pessoas mais inteligentes *como você* deixam escapar por pensar demais.

— *Como eu?* — repito, lisonjeada por ele me considerar inteligente e ofendida por acreditar que eu penso demais nas coisas.

— O que eu quis dizer é que às vezes os fatos simplesmente atrapalham. Claro, você é a cuidadora da Lenora Hope e acha que ela não tem como machucar ninguém.

— Porque ela não tem como mesmo.

— Você ainda está pensando demais — diz Kenny. — Na verdade, ninguém é o que parece ser à primeira vista. Você, eu, até Lenora Hope. É só ver o nosso caso. Na época em que a gente decidiu...

— Transar — completo, porque era só isso.

— É. Naquela época, eu sabia o que tinha acontecido com a sua mãe e o que todos diziam sobre você. Mas não perdi tempo pensando nisso. Eu simplesmente sabia que você era uma boa pessoa.

Um nó se forma na minha garganta. Ninguém fala assim a meu respeito há muito tempo. O fato de vir de Kenny, dentre todas as pessoas, me faz entender o quanto o silêncio do meu pai me machucou. *Ele* é quem deveria estar me dizendo isso. Não o cara com quem eu comecei a transar só porque estava carente.

— Obrigada.

— Imagina — responde Kenny, dando de ombros. — Por outro lado, às vezes o nosso instinto diz outra coisa. Então, por mais que a Lenora pareça inofensiva, talvez ela, assim como você, seja mais do que aparenta.

Sem dúvida, Kenny é mais profundo do que eu esperava. Nas tardes em que fazíamos sexo sem compromisso, eu não imaginava que ele poderia ser sensato dessa forma. Mas antes que eu lhe dê mais crédito do que ele merece, Kenny agarra minha cintura, me puxa para junto de si e me dá um beijo desajeitado.

Eu o empurro, com medo de que a sra. Baker esteja nos observando.

— Sem chance, Kenny.

— Não custa nada tentar — diz ele, exibindo aquele sorriso sacana que já vi tantas vezes. — Tenho que ir mesmo. Se cuida, Kit. Se você mudar de ideia, sabe onde me encontrar.

Kenny me dá uma piscadela brincalhona antes de correr até o muro e escalá-lo sem esforço. Então ele se despede, dá as costas, salta e desaparece de vista.

Ao me virar, observo Hope's End. Vista do gramado, a mansão parece enorme, ameaçadora. É fácil perder a noção disso quando se está lá dentro, percorrendo as escadas manchadas de sangue e os corredores inclinados. Com Lenora é a mesma coisa. Eu me lembro do medo que senti ao entrar em seu quarto pela primeira vez. Sua reputação a precedia. Agora que a conheço melhor, essa má fama, se não desapareceu, pelo menos se tornou mais palatável por causa da familiaridade.

Não mais, graças a Kenny.

Meu instinto me diz que eu estava errada quando presumi que havia apenas quatro pessoas em Hope's End que poderiam ter empurrado Mary do terraço. Há mais uma.

Uma quinta suspeita, bastante improvável.

Mas ainda assim uma suspeita.

Lenora.

VINTE E SETE

De volta ao interior da casa, encontro a sra. Baker ainda no hall de entrada e Jessie na Grande Escadaria, parada sem perceber sobre as manchas de sangue no carpete. Seus olhos se arregalam ao ver a espingarda nas mãos da governanta.

— O que está acontecendo? — indaga Jessie.

— Invasores — responde a sra. Baker antes de seguir pelo corredor em direção à cozinha.

— Já dei um jeito neles — digo.

Jessie solta um suspiro de alívio.

— O que eles queriam?

— Nada. Eram só uns garotos aprontando.

Só que Kenny não é mais um garoto. E o aviso dele ainda reverbera em minha mente. Sim, foi Lenora quem datilografou a história, mas talvez ela tenha se arrependido de ter contado tanto a Mary. Ou teve dúvidas. Ou talvez tivesse pensado que Mary não contaria a outra pessoa, mas quando percebeu que essa era a intenção dela, sentiu necessidade de agir. Pondero inclusive sobre o hematoma no braço de Lenora, agora quase curado. E se Mary tirou sangue dela contra a sua vontade? Foi por isso que ela tirou sangue do braço esquerdo de Lenora, em vez do direito, que não funciona? Assim Lenora não teria como lutar contra a agulha?

Essa ideia contraria a teoria de que, de todos os suspeitos possíveis, Lenora matou Mary. Se consegue usar apenas um braço, ela seria capaz de empurrar alguém? E como poderia fazer isso se não é capaz nem de andar?

A resposta, claro, é que ela está apenas fingindo que não consegue.

Já vivenciei muita coisa, então não posso descartar a ideia de que Lenora esteja fingindo. Primeiro, há o walkman e a improbabilidade de o aparelho ter desligado sozinho. Depois, os ruídos que vêm do quarto dela quase todas as noites. Rangidos, passos e algo farfalhando. E, além disso tudo, tem a sombra passando pela porta contígua e o borrão cinza que vi na janela. Até descobrir o que causou algumas dessas coisas, se não todas, vou continuar suspeitando dela.

No andar de cima, espio o quarto de Lenora. Apesar da confusão lá fora, ela ainda está dormindo. Ou pelo menos fingindo que está.

Assim como pode estar fingindo que é incapaz de fazer mais do que apenas mexer a mão esquerda.

Muito mais.

Falar, por exemplo.

E andar.

E empurrar.

A única maneira de descobrir é pegá-la no flagra. Se é que é mesmo tudo fingimento. Outra pessoa poderia estar causando os barulhos e a movimentação no quarto dela. Se for isso mesmo, eu quero saber quem é — e por quê.

Atravesso o quarto de Lenora e entro no meu pela porta contígua, mas, em vez de fechá-la, eu a escoro com uma pilha de livros da estante. Tiro o uniforme, me deito na cama e pego um livro aleatório de uma das prateleiras: *Luxúria*, de Judith Krantz. Ao meu lado, há uma garrafa térmica cheia do café que sobrou da manhã. Está frio e amargo, exatamente do jeito que eu preciso. Se alguém perambular pelo quarto de Lenora esta noite, pretendo estar acordada para pegar essa pessoa no pulo.

Eu me posiciono num ângulo específico na cama, certificando-me de que a porta aberta permaneça na minha linha de visão o tempo todo. Então me preparo para uma noite em claro. Abastecida de café ruim e um bom livro, fico sem dormir por horas a fio.

Tempo suficiente para ler cem páginas do livro de Judith Krantz.

Tempo suficiente para contar as ondas que quebram na base do penhasco.

Tempo suficiente para desistir depois de contar duzentas ondas.

E tempo suficiente para ver minha mãe entrar sorrateiramente no quarto pela porta contígua.

Em silêncio, a passos trôpegos, as pernas debilitadas pela doença, ela chega até os pés da minha cama. Seus dentes tiritam e emitem um som semelhante às teclas de uma máquina de escrever. Ela levanta um braço ossudo e aponta para mim enquanto sua boca se abre.

E então ela grita.

Eu me sento de repente, os olhos ainda fechados e os ouvidos ainda zumbindo com o som vindo da minha mãe. Não foi um grito, mas um zumbido. Um som alto e constante que continuo ouvindo, embora agora já esteja acordada.

Abro os olhos e vejo meu quarto brilhando em vermelho e o alarme de Lenora tocando na mesinha de cabeceira. Olho para a porta.

Está fechada.

Dou um pulo da cama, abro a porta e entro correndo no quarto de Lenora. Ela está acordada na cama com o botão de chamada esmagado na palma da mão esquerda. Sua boca está aberta, emitindo um gemido gorgolejante de puro terror. Seus olhos arregalados estão cravados em algo do outro lado do cômodo.

A máquina de escrever.

Há uma nova folha inserida, preenchida com uma única frase datilografada repetidas vezes.

É tudo culpa sua
É tudo culpa sua
É tudo culpa sua
É tudo culpa sua
É tudo culpa sua
É tudo culpa sua

Arranco a folha da máquina de escrever e me viro para Lenora.

— Deixa eu adivinhar. Sua irmã?

Lenora responde com duas batidas.

VINTE E OITO

— Quem de vocês fez isso? — Eu levanto a folha de papel para que todos possam ler o que foi datilografado. — Eu sei que foi alguém desta casa.

Estamos todos apinhados no quarto de Lenora. Todas as pessoas que moram e trabalham em Hope's End. Carter e Jessie dividem o divã. Archie está sentado na beira da cama de Lenora. E a sra. Baker está parada na porta, os braços cruzados, de óculos para ter uma visão melhor do que ela provavelmente julga ser um colapso mental.

Eu mereço mais crédito que isso. Se estivesse realmente tendo uma crise, não teria esperado até depois do café da manhã para exigir que todos se reunissem no quarto de Lenora. Eu teria feito isso às quatro da manhã, logo depois de ver a página.

— Quem a srta. Hope alega ter feito isso? — indaga a sra. Baker.

— A irmã dela.

Os olhos da sra. Baker se arregalam por trás da armação dos óculos estilo gatinho. Archie tosse, provavelmente tentando sufocar uma risada. Carter e Jessie parecem preocupados.

Ou assustados.

Ou ambos.

Já Lenora está apenas sentada perto da janela em sua cadeira de rodas, observando tudo com grande fascínio. A julgar pelo seu sorriso de Mona Lisa, presumo que esteja gostando. Provavelmente faz décadas que não recebe tantas visitas.

— Isso é impossível — diz a sra. Baker.

— Eu sei que é — concordo. — O que significa que um de vocês entrou aqui e fez isso.

— Por que um de nós faria isso? — pergunta Jessie, enquanto gira uma das muitas pulseiras no braço.

— Eu não sei — respondo, mas na verdade acho que sei, sim.

Quem quer que tenha feito isso provavelmente está tentando assustar Lenora e impedi-la de me contar tudo que ela revelou a Mary.

Porque a datilógrafa misteriosa também é a pessoa que matou Mary.

Essa ideia por si só me deixa sem fôlego.

Estou num quarto com um assassino.

Não importa que o portão estivesse aberto na noite em que Mary foi morta ou que seja fácil pular o muro, como Kenny e seus amigos provaram. A folha datilografada na minha mão me convence de que o responsável é alguém que trabalha aqui.

Encaro um por um, estudando suas expressões e linguagem corporal em busca de sinais que revelem algo. O giro das pulseiras de Jessie, por exemplo, pode ser um tique nervoso. O mesmo vale para os óculos da sra. Baker, que ela abaixou, mas tenho certeza de que voltará a levantar antes de dizer algo. Archie é mais difícil de decifrar. Quieto e imóvel demais. Além daquela única tossida, ele não fez mais nada suspeito. Talvez seja esse o comportamento que o entrega.

— Eu tenho uma pergunta — diz a sra. Baker enquanto recoloca os óculos, exatamente como previ. — Como a srta. Hope foi capaz de lhe dizer que achava que era a irmã dela?

— Com as batidinhas.

— Então você perguntou especificamente se era a irmã dela?

— Isso é uma coisa bem esquisita de se fazer — diz Archie.

— De fato — concorda a sra. Baker. — Só posso presumir que você fez isso porque repassou um a um todos os nossos nomes com a srta. Hope e ela foi respondendo que não.

— Essa parte não importa — protesto. — O importante é que ela disse que foi a Virginia. O que todos sabemos não ser possível.

— Por que ela pensa isso? — indaga Jessie.

Sinceramente, não sei. Desconfio que falar sobre o passado faça Lenora sonhar com ele, ter pesadelos assustadores que perduram. Ao acordar, ela pensa que são reais. Apenas por um momento. E que a irmã ainda está com ela.

Mas dizer isso revelaria tudo. Tenho vontade de contar tudo a eles só para ver suas reações. De admitir que tenho ajudado Lenora a datilografar sua história, que Mary fazia o mesmo, e que é por isso que acho que alguém a empurrou do terraço. Não o faço porque isso revelaria também os segredos de Carter. Algo que, percebo por seu olhar nervoso, ele não quer nem um pouco que aconteça.

— É o poder da influência — teoriza a sra. Baker, respondendo em meu lugar. — Alguma coisa na linguagem corporal de Kit ou na maneira como ela falou nossos nomes indicou à srta. Hope que não era a resposta esperada. Mas o modo como ela mencionou a irmã da srta. Hope fez isso. A srta. Hope estava apenas tentando agradá-la.

Sem saber o que responder, começo a alisar a saia do meu uniforme. O sinal que *me* entrega.

— O que está sugerindo?

— Que a culpada é você, querida — diz a sra. Baker.

— Por que eu escreveria isso?

— Para chamar atenção? — sugere Jessie, olhando de relance para Carter, um gesto que provavelmente não quer que eu perceba.

Eu a fuzilo com o olhar.

— Eu não preciso da atenção de ninguém.

— Então por que estamos todos aqui? — A sra. Baker inclina a cabeça e olha diretamente para mim; seus olhos azuis me perfuram como o nascer do sol. — Foi você quem exigiu que todos viéssemos para que pudesse nos mostrar as palavras escritas naquela folha e nos dizer que a srta. Hope afirma que a autora foi a irmã. Por que se dar a todo esse trabalho?

— Porque quero que a pessoa que fez isso pare — respondo sem titubear. — Por favor. E que pare de se esgueirar pelo quarto da srta. Hope no meio da noite.

O corpo da sra. Baker fica rígido.

— Alguém está fazendo isso?

— Está.

— Por que você não me contou?

— Eu contei. Na manhã seguinte à minha primeira noite aqui. Eu lhe disse que ouvi passos no quarto da srta. Hope, e você falou que era apenas o vento. Mas ouvi de novo na noite seguinte. E vi alguém naquela janela. E vi uma sombra passar pela porta entre os dois quartos. Não foi o vento. Então foi um de vocês ou a Lenora.

Encaro com insolência a sra. Baker, desafiando-a em silêncio a me repreender por não ter falado "srta. Hope". Ela não diz nada.

— Se acontecer de novo, conte para mim imediatamente.

Em seguida, vira as costas e se retira, encerrando essa melodramática — e, no fim das contas, inútil — reunião dos residentes da casa.

Archie é o primeiro a segui-la. Depois Carter, que antes de sair me lança um olhar que diz "precisamos conversar mais tarde". Mas Jessie permanece. Ainda sentada no divã, ela diz:

— Desculpa. Na verdade, não acho que você fez isso pra chamar a atenção.

— Caramba, valeu.

Jessie se levanta, se aproxima e toca meu braço.

— O que eu quero dizer é que não acho que você tenha feito isso.

Pelo canto do olho, vejo Lenora fingir que não está prestando atenção em cada palavra. Antes que Jessie possa dizer mais alguma coisa, eu a puxo para o meu quarto e fecho a porta contígua.

— Foi você quem fez isso? — pergunto. — Você escreveu e fez a Lenora me dizer que foi a irmã dela?

Jessie se afasta de mim em direção à estante de livros.

— Óbvio que não. Como você pode pensar uma coisa dessas?

Porque ela já fez isso antes. No salão de baile. Com um tabuleiro Ouija. Como se estivéssemos jogando um maldito Detetive.

— Se for algum tipo de pegadinha, eu...

— Eu já disse que não fui eu — retruca Jessie. — Como você sabe que não foi a Lenora? Ela sabe datilografar, não é?

— Não assim. — Eu olho de relance para a página em minhas mãos, preenchida com frases com iniciais maiúsculas e pontuação adequada. — E não sem ajuda.

— Talvez ela seja capaz de fazer mais coisas do que você pensa.

Kenny disse a mesma coisa na noite passada. E eu tinha pensado o mesmo antes, enquanto examinava o walkman para ver se o aparelho conseguia desligar sozinho.

— A Mary... — Não sei como expressar o que estou pensando sem parecer maluca. *Ela alguma vez disse que a Lenora é mais forte do que parece? Alguma vez chegou a pensar que a Lenora estava fingindo tudo isso?* — A Mary alguma vez disse que achava possível a Lenora se recuperar?

— De que maneira?

Ser capaz de andar, penso. *De empurrar. De matar.*

— De qualquer maneira — digo. — Mentalmente. Fisicamente.

— Tipo, voltar a andar? — pergunta Jessie. — Não. A Mary nunca falou sobre isso.

— Mas é possível, certo?

Jessie se apoia na estante, com as mãos atrás das costas.

— Eu estava falando sobre a datilografia. Não era para você pensar que a Lenora pode sair andando por aí sem ninguém saber. Claro, todos nós já ouvimos histórias de pessoas que de repente acordaram do coma ou pacientes paralisados que por um milagre conseguiram voltar a andar. Então, acho que pode acontecer. Mas provavelmente não com alguém da idade da Lenora. Cachorro velho não aprende truque novo. Essas coisas.

— Mas e se nesse caso não for um cachorro velho aprendendo um truque novo? — teorizo. — E se o cachorro em questão conhecer esse truque específico desde novo?

— Você acha que a Lenora está fingindo? — dispara Jessie. — Por que ela faria isso?

A única resposta que consigo elaborar é que Lenora parece gostar de guardar segredos. Ela vem fazendo isso há décadas, porque, até Mary aparecer, não havia contado a ninguém o que sabia sobre o assassinato de sua família. E agora, apesar de todo o bom senso e razão, a minha sensação é que, depois de revelar seu maior segredo a Mary, Lenora decidiu tomá-lo de volta.

Se é que esse tipo de coisa é possível.

— Estou meio preocupada com você, Kit — diz Jessie. — Você está agindo igual a Mary.

— Em que sentido?

— Hum, em todos os sentidos.

Eu também ficaria preocupada comigo se não soubesse o que sei. Que alguém está andando pelo quarto de Lenora. Que ela mentiu para mim sobre quem é. Que desligou um walkman usando a mão que todos pensam que ela não é capaz de mexer.

— Eu estou bem — declaro, embora não esteja.

Quando Jessie vai embora, alegando que precisa tirar o pó das urnas da biblioteca do térreo — um claro sinal de que quer ir para o mais longe possível de mim — alguém que está bem não transferiria Lenora da cadeira de rodas para a cama.

Alguém que está bem não examinaria as pernas e o braço direito de Lenora, em busca de sinais de força não utilizada, sentindo os músculos tensos pelo desuso.

Muito menos faria cócegas na palma da mão de Lenora à procura de uma contração, um espasmo, uma pontada, um movimento brusco.

Faço tudo isso enquanto Lenora me observa da cama, mais temerosa que desconfiada. Acho que ela sabe o que estou fazendo. Se ela é capaz de resistir, não dá sinais disso. Seu braço direito flácido é fácil de esticar sobre o colchão, com a palma da mão para cima e os dedos bem abertos. Quando ela suspira, como se já tivesse passado por isso antes, eu me pergunto se Mary tentou a mesma coisa.

Eu me pergunto se funcionou.

Eu me pergunto se Lenora sentiu a necessidade de dar um sumiço nela.

Com isso em mente, o próximo passo seria tentar o caminho contrário das cócegas — infligir dor, o que geralmente causa reações. Seria muito fácil. Eu poderia pegar uma seringa e uma agulha da maleta médica de Mary. Enfiá-la na mão direita de Lenora e observá-la estremecer de dor.

Afasto esse pensamento, que vai contra tudo aquilo que aprendi no meu treinamento. Posso até não confiar em Lenora agora — e talvez eu não esteja nada bem —, mas ainda sou cuidadora.

Vou até a escrivaninha, pego a folha de papel que encontrei na máquina de escrever e leio a acusação que se estende do início ao fim da página. Estou tão cansada que as palavras começam a ficar confusas, as letras se embaralham e se reorganizam diante dos meus olhos.

> É tudo culpa sua
> É tudo culpa da Kit
> O que eles estão dizendo não é verdade, Kit-Kat

Amasso o papel até formar uma bola, então a levo para a cama e a jogo na mão direita aberta de Lenora. Minha esperança é que seus reflexos assumam o controle quando a bola atingir a palma, da mesma forma que agarramos algo sem pensar. Simplesmente acontece. Em algum momento, o instinto assume o controle.

Não neste caso. A bola de papel quica na palma da mão de Lenora e cai no chão.

Eu a pego e tento mais uma vez.

E de novo.

Por fim eu a jogo do outro lado do quarto, onde ela ricocheteia na janela antes de sair rolando para um canto.

Preciso de algo mais pesado. Algo que Lenora realmente sentirá quando bater em sua mão.

Olho para a porta entre nossos quartos e para os livros que usei para mantê-la aberta, caídos depois de serem empurrados quando alguém (Virginia? Lenora?) a fechou. Pego um deles — *Gente como a gente*, de Judith Guest — e o seguro com a lombada para baixo, a alguns centímetros da mão de Lenora.

Deixo o livro cair.

Ele fica em pé por um segundo antes de tombar de lado sobre o polegar e o indicador de Lenora.

Nada ainda.

Percebo que para ela tanto faz pegar ou não. Tanto o livro como a bola de papel são dispensáveis. Não significam nada para ela. Se Lenora está fingindo, ela não vai se revelar sem um bom motivo. Para que ela mexa a mão direita — se é que ela *é capaz* de fazer isso —, é necessário algo mais significativo do que uma bola de papel e um livro gasto.

Olho ao redor do cômodo, cogito e descarto objetos. Uma escova de cabelo? Irrelevante demais. Um espelhinho de mão? Muito difícil de manejar. O walkman? Um forte candidato. Mas igualmente dispensável.

Meu olhar recai sobre o globo de neve com a Torre Eiffel no aparador. Uma representação de Paris estereotipada sob um vidro.

Agora sim.

Um presente que Lenora ganhou dos pais, ou seja, tem valor sentimental. Provavelmente também vale muito dinheiro. Para começar, é uma antiguidade, e duvido que pessoas como Winston e Evangeline Hope comprariam o globo de neve mais barato para a filha.

Eu o pego, convencida de que Lenora nunca, nem em um milhão de anos, o deixaria cair de sua mão. O trajeto do aparador até a cama faz alguns dos flocos dourados que repousam no fundo do globo sem água se agitarem. Eles cintilam e giram enquanto eu o seguro de cabeça para baixo sobre a mão de Lenora.

Deitada de costas, Lenora se esforça para enxergar o que estou fazendo. Quando vê os flocos dourados dentro do globo de neve, seu rosto adquire uma expressão de pânico. Seus olhos brilham intensamente, e do fundo da garganta sai um grunhido.

Eu ignoro e seguro o globo de neve com firmeza, à espera do momento certo para soltá-lo. Digo a mim mesma que não estou fazendo nada de errado. Que, se Lenora realmente quiser, ela é capaz de pegá-lo. Que ela só está agitada porque sabe que descobri seu segredo.

Nós duas olhamos fixamente para o globo de neve, observando os flocos dourados assentarem na curva da cúpula emborcada. Quando o último cai, eu o solto.

O globo de neve bate na palma de Lenora.

Prendo a respiração, observando e esperando.

Que os dedos dela se curvem em torno do objeto.

Que ela prove que é capaz de usar a mão direita.

O momento em que pelo menos uma das minhas suspeitas se confirmará.

Em vez disso, o globo de neve cai de sua mão e rola pela cama.

Depois atinge o chão e se estilhaça.

O som vindo de trás da porta fechada do quarto da minha mãe era inconfundível.

Vidro quebrado.

Ao ouvi-lo, minha irmã tomou um susto. Simplesmente me encolhi, como se o alvo do que quer que minha mãe tivesse arremessado fosse eu, e não o meu pai.

"Pelo amor de Deus, Evie!", eu o ouvi resmungar. "Você já não destruiu o suficiente?"

"Eu poderia perguntar a mesma coisa a você."

A voz da minha mãe soou alta e cristalina atrás da porta. Um sinal de que estava bem e de fato furiosa. Geralmente o láudano a fazia soar mansa e entorpecida. Fiquei feliz em ouvi-la falando como a mesma de antes, ainda que isso foi motivado pela pior briga que meus pais tiveram em muitos anos.

"Nada está destruído", alegou meu pai. "Está tudo bem. A empresa só está passando por uma fase difícil. É por isso que agora é muito importante termos dinheiro para continuar seguindo em frente."

Minha mãe soltou uma bufada irônica. "O dinheiro das nossas filhas, você quer dizer."

"Deveria ser o nosso dinheiro."

"Só por cima do meu cadáver", rebateu minha mãe.

Isso levou meu pai a responder: "Não queira pagar pra ver."

"Meus pais tinham bons motivos para criar o fundo", disse minha mãe. "Se você pusesse as mãos nesse dinheiro, gastaria tudo em um ano, e Lenora e Virginia ficariam sem um centavo."

"Elas vão ficar sem um centavo se a empresa falir e se a hipoteca desta casa for executada."

Minha irmã e eu trocamos olhares preocupados. Não tínhamos ideia de que as coisas estavam tão ruins, embora devêssemos ter suspeitado. Meus pais mal se falavam, muito menos brigavam, e foi por isso que, quando a discussão deles ecoou pelo corredor, nós duas corremos até a porta para ouvir. Sabíamos que algo grave devia ter causado aquilo.

"Se isso acontecer, elas vão ficar bem", disse minha mãe.

"E quanto a mim? Você não se importa se eu perder tudo?"

"Eu já perdi tudo", rebateu minha mãe. "Por que você também não deveria? Ou você está mais preocupado com a sua putinha? Na verdade, eu deveria dizer putinhas, já que foram tantas ao longo dos anos."

"Não banque a inocente comigo, meu bem", devolveu meu pai, cuspindo com indisfarçável veneno o termo carinhoso que usava comigo. "Nós dois sabemos a verdade."

Minha mãe respondeu tão baixo que minha irmã e eu tivemos que pressionar a orelha contra a porta para escutar. Mesmo assim, mal conseguimos entender quando ela disse, meio sussurrado: "Não sei do que você está falando."

"Sim, você sabe. Sei muito bem por que você se casou comigo. Assim como sei que a Lenora não é minha filha."

Soltei um arquejo tão alto que tive certeza de que meus pais ouviram através da porta. Minha irmã também teve certeza disso, pois tapou minha boca com a mão e me levou pelo corredor até o primeiro cômodo disponível. Ela me puxou para dentro no mesmo instante em que a porta da minha mãe se abriu. Nós nos amontoamos naquele cômodo escuro, meu coração martelando e minha cabeça atordoada, enquanto meu pai vasculhava o corredor.

"Meninas!", disse ele com uma voz tão severa que fez meu sangue gelar. "Vocês estavam bisbilhotando?"

Minha irmã manteve a mão pressionada sobre minha boca enquanto meu pai passava pela porta aberta, a poucos centímetros de nós. Comecei a chorar, e minhas lágrimas escorreram pelos dedos dela.

"Vocês estão aqui, minha querida e meu bem?"

Quando se deteve ao lado da porta, tive certeza de que ele estava prestes a pular para dentro do cômodo, agarrar nós duas pelo pescoço e nos arrastar para fora. Para minha total surpresa, ele seguiu adiante até a Grande Escadaria. Quando seus passos silenciaram, minha irmã e eu finalmente saímos e corremos para o meu quarto. Uma vez lá dentro, eu me joguei na cama e tive um ataque de choro.

Minha irmã ficou parada junto a parede, com os braços cruzados, sem um pingo de vontade de me reconfortar. Tenho certeza de que isso nem passou pela cabeça dela.

"Você acha que é verdade?", perguntou ela. "Que a gente corre o risco de perder Hope's End?"

"É com isso que você está preocupada? Mesmo depois do que o papai disse?"

"Ah, aquilo." Minha irmã deu de ombros. "Mamãe se apaixonou por um dos empregados dos pais dela e engravidou. Ele a abandonou, e ela teve que se casar com o papai pra evitar um escândalo. Achei que você soubesse."

Balancei a cabeça. Eu não fazia ideia.

Mas, pensando bem, eu deveria ter suspeitado. Minha irmã e eu não éramos muito parecidas. Nosso nariz era diferente, assim como o cabelo e os olhos. Parecíamos mais primas que irmãs, algo que inclusive já tinham nos dito.

"Bem, agora você sabe." Ela fez uma pausa enquanto um sorriso cruel se formava em seus lábios. "Sinceramente, você deveria estar aliviada. Agora você sabe a quem puxou. E que você não é a única vagabunda da família."

Depois disso ela saiu do quarto, me deixando sozinha e com a sensação angustiante no estômago de que ela sabia sobre Ricky e eu.

E eu sabia que era apenas uma questão de tempo até ela decidir contar a todo mundo.

A única opção que eu tinha era ser mais rápida que ela, sair na frente e contar a pelo menos uma pessoa que não fosse Archie. Na minha cabeça, minha mãe era esse alguém. Para começo de conversa, ela receberia a notícia muito melhor do que meu pai. Além disso, eu esperava que ela entendesse, já que passou pela mesma situação.

Tomei a decisão, fui até o final do corredor e entrei de fininho no quarto dela. Minha mãe mal estava acordada, embora já fosse fim de tarde. A luz do sol espiava por entre as cortinas fechadas, tentando passar da mesma forma como a água escorria por uma fresta.

"É você, meu bem?", murmurou ela da cama.

Fiquei ao pé dela, tentando encontrar as palavras certas. Mas havia tanto a ser dito — e tantas perguntas a serem feitas — que simplesmente deixei escapar: "É verdade? O que o papai disse?"

Das cobertas sob as quais minha mãe havia se enterrado emergiu um suspiro.

"Sim, meu bem."

"Então a senhora não o ama?"

"Não."

"Algum dia já o amou?"

"Nunca." A voz da minha mãe soava distante e sonhadora. Como alguém falando durante o sono. "Nunca, jamais. Ele também sabia disso. Ele sabia disso e pagou o homem que eu amava para fugir e nunca mais me ver. Quando isso aconteceu, fiquei encurralada. Não tive escolha a não ser me casar com ele."

A voz da minha mãe se transformou em um balbucio.

"Não tive escolha mesmo."

O balbucio se tornou um sussurro.

"Desculpe, meu bem."

O sussurro perdeu força e se transformou em um suspiro.

E depois... em nada.

"Mamãe?" Corri para o lado dela, agarrei seus ombros e dei uma boa chacoalhada. Com a sacudida, sua mão direita tombou e bateu no colchão, soltando o frasco de láudano.

Estava completamente vazio.

Ela tinha tomado tudo, provavelmente logo antes de eu entrar no quarto.

"Mamãe?!", gritei, sacudindo-a ainda mais, tentando trazê-la de volta à vida. Mas não adiantou. Enquanto minha mãe jazia imóvel, o frasco vazio de láudano rolou pela cama e se estilhaçou no chão.

VINTE E NOVE

Lenora está me dando sua versão de um gelo, que consiste em se recusar a responder com batidinhas até mesmo às perguntas mais básicas. Mesmo assim eu tento, e continuo perguntando o que ela gostaria de fazer no comecinho da noite.

— Quer tentar datilografar?

A mão esquerda de Lenora não se ergue da cama.

— Que tal ouvir mais um pouco do livro que a Jessie gravou pra você?

Novamente, nada.

— Ou eu mesma posso ler pra você. Não vai ser nem um pouco divertido para nenhuma de nós.

Isso pelo menos causa uma reação. Os cantos da boca de Lenora se expandem em um meio-sorriso, mas ele logo desaparece, e seu rosto volta a ficar inexpressivo.

— Sinto muito — digo pela quinta vez naquele dia. — Estou falando sério. Eu vou substituir o globo de neve. Juro.

Nós duas sabemos que isso não é possível. O globo foi um presente que os pais de Lenora lhe deram há mais de cinquenta anos. E eu sou a filha da puta desconfiada que o quebrou. Não admira que ela esteja furiosa comigo. Estou com raiva de mim mesma.

Por pensar que ela poderia estar fingindo sua condição. E por ser tão paranoica a ponto de achar que uma mulher cujo corpo é praticamente paralisado poderia ter matado Mary. E por deixar essa paranoia destruir o que talvez fosse seu último bem precioso. Agora só o que me resta fazer é continuar implorando por seu perdão. Até fico de joelhos em cima dos flocos dourados que restaram no chão. Não consigo parar de pensar no semblante desolado de Lenora enquanto eu tentava salvar o que restava dele. Foi impossível. O globo em si foi reduzido a cacos, e quase nada da cena parisiense que havia em seu interior sobreviveu. Até a Torre Eiffel ficou arruinada, quebrada em duas. Sobrou apenas a base. Um toco de ouro. Não tive escolha a não ser varrer os estilhaços e jogá-los no lixo, enquanto uma única lágrima escorria dos olhos de Lenora.

— Por favor, por favor, me perdoe — pedi naquele momento e volto a pedir agora.

Por fim, Lenora responde.

Uma única batida no colchão.

Não.

— O que posso fazer para me redimir com você? O que você quiser, eu faço.

Lenora desvia o olhar para a máquina de escrever do outro lado do quarto. Agora ela quer datilografar. Eu me levanto rápido e insiro uma nova folha no cilindro. Levo a máquina de escrever até a cama e posiciono a mão esquerda de Lenora sobre as teclas.

Ela pressiona sete delas.

la fora

Fico encarando as palavras, surpresa.

— Quer sair?

Lenora dá duas batidinhas na máquina de escrever.

— Mas isso é contra as regras.

Lenora datilografa outra palavra.

e

Mesmo sem pontuação, entendo que isso foi uma pergunta.

— Mas você nunca quer ir lá fora.

quero sim, Lenora escreve. E adiciona: **tenho saudade**.

— Então você nunca disse à sra. Baker que não queria sair?

Lenora fecha a mão em punho antes de golpear com os nós dos dedos a máquina de escrever, o que faz um punhado de teclas se entrechocarem, embora nenhuma atinja o papel. Não que seja necessário. Eu a entendo perfeitamente.

Não.

Mas deve haver uma boa razão para a sra. Baker não permitir que Lenora saia da casa. De cabeça, posso pensar em três: o clima, a frágil condição física dela, o puro incômodo de fazer uma mulher numa cadeira de rodas descer degraus.

— Tem certeza de que é uma boa ideia? — pergunto.

Lenora bate para responder que sim. Nenhuma surpresa aí.

— A sra. Baker não vai ficar feliz quando me vir tentando fazer isso.

ela nao pode saber

Sim, sem dúvida, essa é uma péssima ideia. Vou ter sérios problemas se a sra. Baker nos flagrar. E ela *vai* nos pegar no flagra. Não há como levar Lenora até o primeiro andar e sair da casa sem ninguém perceber. Não sei nem se sou capaz de fazer isso. Ainda mais sozinha. Quando eu for pega, certamente serei dispensada e demitida da agência. Ando de um lado para outro do quarto e sinto um embrulho no estômago só de pensar em ser obrigada a voltar para a casa do meu pai, em ficar presa naquele interminável ciclo de solidão e silêncio.

— Eu não posso — digo a Lenora. — Desculpe. É arriscado demais.

Enquanto continuo andando para lá e para cá, ela datilografa. Com a rapidez que uma única mão boa permite, sai uma frase completa:

eu conto o que aconteceu com o bebe

Lenora me lança um olhar de quem está satisfeita consigo mesma. Ela sabe que não vou conseguir resistir a essa oferta. O que me faz pensar se esse era seu plano o tempo todo. Não que eu quebraria o globo de neve e me remoeria de culpa a ponto de lhe prometer qualquer coisa. Isso ninguém teria planejado. Mas me dar detalhes a conta-gotas sobre a noite dos assassinatos para me fazer querer mais? Recusar-se a datilografar no momento em que mencionei o bebê? É totalmente possível que Lenora tenha feito tudo isso de propósito, esperando o momento perfeito para me manipular e me convencer a dar o que ela quer.

Duas pessoas podem jogar esse jogo.

— Você também vai ter que me contar o restante da sua história — exijo. — Se fizermos isso, você vai ter que me contar tudo o que contou pra Mary. Como você prometeu.

Lenora não volta a datilografar nem a bater uma resposta, provavelmente porque ainda não sabe o que dizer. De repente, ouço uma rápida batida na porta, seguida por uma voz.

— Kit? Você está aí?

A sra. Baker.

Por falar no diabo...

— Só um segundinho — digo antes de carregar a máquina de escrever de volta para a escrivaninha.

A caminho da porta, tento encobrir o que fiz e chuto para debaixo da cama de Lenora alguns dos flocos de ouro restantes. Mas se der uma simples olhada no lixo do quarto, a sra. Baker verá o globo de neve quebrado.

Abro a porta, preparada para ouvir um sermão sobre como já passou do horário de Lenora dormir, que deve ser cumprido à risca. Mas a sra. Baker simplesmente diz:

— Há uma visita para você.

Meu corpo estremece de surpresa.

— Quem?

— Ele não disse — responde a sra. Baker, o que interpreto da seguinte maneira: ela não perguntou porque não dá a mínima. — Ele está esperando do lado de fora do portão da entrada principal.

— Já vou — digo, acrescentando: — Assim que colocar a srta. Hope na cama. Estamos atrasadas esta noite.

A sra. Baker examina o quarto, praticamente farejando feito um cão de caça, em busca de sinais de que algo está errado. Se ela viu o brilho no chão ou os cacos de vidro no lixo, não demonstra.

— Por favor, diga a seu convidado para que, da próxima vez, venha em um horário decente — diz ela, e do corredor acrescenta: — Ou que não venha, ponto.

Rapidamente, visto o pijama de Lenora e a acomodo sob as cobertas. Ao posicionar o botão de chamada em sua mão esquerda, digo baixinho:

— Conversaremos mais quando eu voltar.

Em seguida, apago as luzes, pego um suéter no meu quarto e desço correndo.

Do lado de fora, a noite está fria, mas límpida, e as estrelas brilham intensamente em contraste com o céu escuro. Caminho pelo centro da entrada de carros, imaginando não apenas *quem* está à minha espera lá no final, mas *por que* está aqui. Minha esperança é que seja o detetive Vick me afastando dos outros residentes da casa para finalmente admitir que acredita em mim. Meu receio é que seja Kenny querendo dar uma espiada em Lenora Hope pela segunda noite consecutiva.

Meus palpites estão errados.

No fim, quem está parado do outro lado do portão, agarrado às barras como um preso em uma cela, é meu pai. Ele pisca atônito quando me aproximo, como se fosse eu quem estivesse lhe fazendo uma visita surpresa.

— Qual é a do uniforme? — pergunta ele.

Ignoro a pergunta.

— O que você está fazendo aqui?

— Vim te levar pra casa.

Ouvi-lo dizer essa palavra me faz revirar os olhos. Aquela não era minha casa fazia seis meses.

— Quem te disse que eu estava aqui?

— O Kenny. E o Rich Vick. E metade da porra da cidade. Achou que eu não descobriria que você estava cuidando da Lenora Hope?

Eu sabia que ele descobriria mais cedo ou mais tarde. Porém, a julgar pela reação dele agora, eu estava certa em não lhe contar nada quando parti. Eu lhe lanço um olhar frio de trás das grades do portão e pergunto:

— Por que você se importa?

— Porque assim que descobrirem que você trabalha pra essa mulher, todo mundo vai pensar que o que a polícia disse é verdade. Em breve todos vão achar que você é culpada.

— E o que *você* acha, pai? — questiono, a dor cortando minha voz feito um canivete.

— O que aconteceu com a sua mãe foi um acidente — responde ele às pressas.

Do jeito que as pessoas fazem quando não querem que alguém perceba que estão mentindo. Mas meu pai não é bom nisso. Ele nem sequer olha para mim quando fala.

— Eu queria que você realmente acreditasse nisso.

Sinto um aperto no peito enquanto a tristeza e a decepção crescem dentro dele, transbordam, e se derramam sobre minhas costas. Se eu não sair daqui imediatamente, meus olhos serão os próximos. Eu me afasto do portão e volto pela entrada de carros. Eu me recuso a deixar meu pai me ver chorar por causa dele.

— Adeus, pai. Até qualquer dia desses.

— Fico preocupado com você aqui. O Rich Vick me disse que foi você quem encontrou aquela garota morta.

— Fui eu, sim — confirmo, deixando de fora a parte sobre como Mary agora me assombra durante o dia.

E tenho certeza de que assombraria meus sonhos à noite se minha mãe deixasse algum espaço para ela.

— Ele também me contou que você acha que a garota foi assassinada — acrescenta meu pai.

— De acordo com o Kenny, todo mundo acha isso. Todo mundo, exceto seu amigo detetive.

— Então é verdade? É isso que você realmente acha?

Meu pai está agarrado ao portão, olhando para mim através das grades com uma expressão que é uma mistura de preocupação e incredulidade. Ele quer que eu diga que não. Provavelmente para poupá-lo de parecer um idiota quando a notícia se espalhar como uma gripe pela cidade. Ao contrário dele, não tenho energia para mentir.

— Sim. É isso que eu acho.

— É mais um motivo pra você cair fora deste lugar.

Isso me motiva ainda mais a ficar. Já que o único detetive da cidade não acredita que Mary tenha sido assassinada, caberá a mim provar que ela foi. E descobrir quem a matou. Como tudo parece depender do passado de Lenora — e de até que ponto Mary sabia a respeito dele —, não posso ir embora daqui antes de descobrir a verdade.

Viro para Hope's End.

— Pai, vai pra casa.

— Kit, espere.

Eu não espero. Continuo subindo a entrada de automóveis, plenamente consciente de que meu pai ainda me observa, esperando que eu dê meia-volta, abra o portão e o siga até uma casa que não reconheço mais. Mantenho os olhos fixos nas luzes de Hope's End. Que também não é meu lar. Mas não consigo me livrar da sensação de que meu futuro está neste lugar, duas vezes assolado pela tragédia.

Em duas noites diferentes.

Com décadas entre elas.

No entanto, ligadas a uma pessoa que, tenho certeza, sabe todas as respostas, mas não as revelará enquanto não conseguir o que deseja.

Entro de novo na casa e sigo direto para o quarto de Lenora. Ela ainda está acordada, com os olhos brilhantes voltados para o teto.

— Estamos de acordo? — pergunto.

Ela bate duas vezes no botão de chamada.

O assunto está resolvido.

Lenora vai sair.

E o preço para levá-la lá fora é a verdade.

TRINTA

Uma oportunidade de sair da casa com Lenora surge dois dias depois, quando todos os outros residentes deixam Hope's End para comparecer ao funeral de Mary Milton.

Apesar do clima solene, o dia está maravilhoso. É uma deslumbrante manhã de outono — talvez a última da estação. O céu está límpido, e os raios de sol amenizam o frio de outubro. De tão azul, o céu sem nuvens me lembra safiras. O Atlântico está calmo, e pela primeira vez o vento decide tirar o dia de folga.

Não que o clima importe. Mesmo que um furacão assolasse a costa, eu tiraria Lenora da casa assim que tivesse oportunidade. Nos últimos dois dias, ela praticamente não interagiu comigo, a não ser por batidinhas quando necessárias. O que resultou em longos dias de silêncio e tédio ininterruptos. Nós só ficamos paradas, sem fazer nada. Depois disso, até eu estou ansiosa para sair.

Não contei a mais ninguém o que pretendia fazer. Nem mesmo para Lenora. Fiquei tentada a contar para Carter, mas, por precaução, achei melhor não. A última coisa que quero é correr o risco de a sra. Baker descobrir e acabar com meu plano.

Do topo da Grande Escadaria, observo enquanto os outros se reúnem para sair. Archie e Carter vestem ternos escuros, Jessie nada contra a corrente em um vestido branco e a sra. Baker está como de costume — a não ser pelo chapéu de aba larga e pelos óculos de sol de gatinho. Assim que eles saem, corro até o quarto para buscar Lenora.

Ela se sobressalta quando começo a empurrar a cadeira de rodas em direção à porta. Sua mão esquerda voa do apoio de braço e se move feito a asa de um pássaro assustado. Ela olha para mim, e sua expressão é um gigantesco ponto de interrogação.

— Você vai realizar seu desejo — explico antes de empurrá-la para fora do quarto. — Mas depois vai precisar cumprir a sua parte no trato, tá legal?

Feliz da vida, ela bate duas vezes no apoio de braço.

— Que bom. Então vamos.

Deslizo de ré a cadeira de rodas pelo corredor, onde Lenora deixa escapar um suspiro de alívio. Tenho a impressão de que ela vinha prendendo o fôlego havia muito, muito tempo. Enquanto percorremos o longo corredor, os olhos dela se arregalam, tentando absorver tudo de uma vez: o carpete, o papel de parede, cada porta pela qual passamos. Eu me pergunto há quanto tempo ela não sai do quarto. Meses? Anos? Décadas?

Como a escada de serviço é estreita demais para a cadeira de rodas, não tenho escolha a não ser usar a Grande Escadaria. Meu primeiro pensamento é tentar levantar Lenora e carregá-la nos ombros até o jardim. Ótimo na teoria, talvez, mas difícil na prática. Conheço minhas limitações. Mesmo que eu conseguisse fazer isso de alguma forma, subir com ela de volta seria duas vezes mais difícil. Minha única opção é descer de costas, puxando a cadeira degrau por degrau, e torcer pelo melhor.

— Segure firme — aviso. — Vai ficar um pouco trepidante.

Inclino a cadeira de rodas, faço uma pequena oração e, bem devagar, desço o primeiro degrau. O impacto balança Lenora com tanta força que fico com medo de que ela caia.

— Continuo?

Lenora solta a mão esquerda do apoio de braço da cadeira de rodas e responde com uma vigorosa batida dupla.

Os degraus seguintes são tão difíceis quanto o primeiro, mas logo encontro o ritmo. Ironicamente, é melhor ir rápido do que devagar. Em vez de parar e recomeçar a cada degrau sacolejante, desço a cadeira de rodas até o patamar com um puxão contínuo. Lenora sacoleja feito uma tigela de gelatina, mas pelo menos não chega a quase tombar da cadeira. Repito o movimento até o térreo, a cadeira de rodas pousando no ladrilho com um baque surdo.

— Tudo bem? — pergunto a Lenora.

Ela me encara, visivelmente animada. Seus olhos verdes dançam, e um rubor de alegria pinta suas bochechas. Se Lenora pudesse rir, desconfio que estaria gargalhando agora.

Nós nos dirigimos ao salão de jantar, contornamos rapidamente a enorme mesa e passamos pela lareira igualmente grande antes de seguir para as portas francesas. Eu as escancaro e me certifico de que há um caminho desimpedido para a passagem da cadeira de rodas.

Nos últimos dois dias, caíram mais telhas do telhado, como uma verdadeira chuva de ardósia. Jessie e Carter varrem os estilhaços todos os dias, só para aparecer mais na manhã seguinte. Hoje o terraço está sem telhas e cacos, o que me permite ver rachaduras recentes riscando a superfície de mármore, um mau sinal. Mas também não o suficiente para me impedir de realizar o único desejo de Lenora.

Volto para a cadeira de rodas. Antes de sair para o terraço, Lenora estende a mão esquerda para mim. Eu a pego, sentindo a pulsação sob a pele.

Então a levo para fora.

O vento, a luz do sol e a maresia nos atingem ao mesmo tempo. Lenora ofega, encantada. Eu a levo até a beira do terraço e paro apenas quando seus joelhos tocam a balaustrada. Ela fecha os olhos, levanta o rosto para o céu e se delicia com o sol. O vento faz seu cabelo esvoaçar, compridas mechas grisalhas ondulando ao sabor da brisa. Vê-la tão extasiada com algo tão simples como estar ao ar livre me deixa triste por ela não poder aproveitar isso com frequência e furiosa com a sra. Baker por confiná-la dentro de casa.

Fico ao seu lado e me inclino para observar as ondas lá embaixo. Sem dúvida é lindo, mas não tão diferente da vista que ela tem do quarto. Como há riscos demais envolvidos — e como talvez isso nunca mais volte a acontecer —, quero que ela tenha uma experiência diferente. Algo especial.

— Lenora, quando foi a última vez que você se deitou na grama e ficou olhando as nuvens?

Mesmo que Lenora não consiga me dizer, eu já sei a resposta. Faz décadas.

Conduzo a cadeira de rodas até a extremidade do terraço, desço-a pelos degraus para o gramado e a estaciono na grama cuidadosamente, mantendo distância da nova e precária beira do penhasco. Em seguida, tiro Lenora da cadeira e a deito de costas, encarando o céu. Eu me deito ao seu lado, e, juntas, fitamos o azul interminável lá em cima.

Ficamos assim por muito tempo. Uma hora, talvez mais. Não tenho certeza porque acabo cochilando, embalada pelo vento, pelas ondas e pelo sol. As noites em Hope's End não ficaram mais fáceis, nem de longe. Ainda tenho pesadelos com minha mãe e ainda ouço sons vindos do quarto de Lenora que, quando saio da cama para verificar, acabam não sendo nada. Todas as manhãs acordo exausta, piscando sob a forte luz do nascer do sol com o colchão ligeiramente fora do lugar.

Agora, porém, desperto com o sol mais alto no céu e Lenora ao meu lado, respirando fundo.

— É hora de falar sobre o bebê — digo.

A tranquilidade dela cessa. Um sinal de que não quer falar a respeito. Mas deve. Mesmo que eu não queira estragar seu passeio especial, ela precisa cumprir sua parte no trato. Quando ela solta o ar, pergunto:

— O bebê chegou a nascer?

Eu me sento e observo sua mão esquerda bater duas vezes no chão.

— Você teve um menino ou uma menina? — indago, embora eu saiba que Lenora não é capaz de responder à pergunta com batidinhas. Reformulo: — Era uma menina?

Uma batidinha.

— Então era um menino.

Lenora meneia a cabeça, e o lampejo de sorriso que cruza seu rosto logo desaparece quando pergunto:

— O que aconteceu com ele? Ele morreu?

Uma batidinha.

— Você o entregou pra adoção?

Uma batidinha.

Fico com o coração na mão. Sinto uma aflição tão grande que não quero fazer a pergunta seguinte. Depois de um momento de silêncio, tomo coragem e digo:

— Ele foi tirado de você?

Lenora também hesita e permanece imóvel durante uns bons trinta segundos até bater no chão, uma, duas vezes.

— Você sabe o que aconteceu com ele depois disso?

Depois de outra longa pausa, recebo apenas uma batida de Lenora.

— Sinto muito — digo, apertando os olhos para conter as lágrimas que se formaram de repente.

Não consigo imaginar ser tão jovem, engravidar, dar à luz e depois ter o bebê tomado de mim. Isso está além da crueldade. É horrível.

Abro os olhos e vejo que a expressão de Lenora não se alterou. É uma máscara vazia voltada para o céu, escondendo a profunda dor que certamente ainda existe, mesmo depois de tantos anos. Se no fim descobrirmos que Carter é mesmo seu neto, talvez uma parte dessa dor diminua um pouco. Espero que sim.

— Antes de morrer, a Mary tirou sangue do seu braço?

Lenora dá duas batidinhas, confirmando minha suspeita sobre o hematoma em seu braço esquerdo.

— Ela contou para você por quê?

Uma batida.

— Mas ela sabia sobre o bebê, certo? Você contou pra ela?

Duas batidinhas.

— E você também contou pra ela quem matou seus pais e sua irmã.

Mais duas batidas, mais devagar dessa vez.

— Há uma razão para você ainda não ter me contado — digo, porque deve haver.

Já faz quase três dias que ela não datilografa nada. Nesse meio-tempo, já poderia ter revelado tudo. Que merda, ela poderia ter feito isso na minha primeira noite aqui. Bastaria uma única frase.

— Algum dia você vai me contar?

Lenora hesita, a mão esquerda pairando sobre o chão, como se não tivesse certeza da resposta. Eu me sinto da mesma forma. Pairando. Incerta. Por mais que eu precise saber a verdade, também sei do perigo que eu correria. Se Lenora enfim me contar e outra pessoa descobrir, corro o risco de acabar tendo o mesmo fim de Mary.

Meu olhar percorre a grama até a beira do penhasco. Lá não há balaustrada. Apenas uma queda, direta e desesperada, oceano adentro. Lenora também tem consciência dele, embora não consiga ver de onde está deitada. Não há como não notar a presença do abismo. Ele nos atrai, nos instiga a chegar mais perto, nos faz querer espiar além da borda, desafiar o destino.

Percebo que é isso que venho fazendo desde que cheguei a Hope's End: avançar rumo ao que é proibido. Olhar para coisas que eu não deveria ver, cutucar coisas que não deveriam ser cutucadas. Tudo por causa de uma esperança equivocada de que provar a inocência de Lenora vai, de alguma forma, legitimar a minha inocência também.

A mão esquerda de Lenora finalmente dá uma batidinha no chão.

Apenas uma vez.

Não.

Sinto a raiva tomar conta do meu corpo.

— Mas você prometeu.

Lenora estremece, como se estivesse arrependida. Eu não dou a mínima. Nós tínhamos um acordo. Eu a ajudo a sair da casa — o que não foi uma tarefa fácil — e ela me conta tudo de uma vez por todas. Terei que dar um jeito de fazer com que ela honre a promessa.

— Você precisa cumprir sua parte no acordo.

Lenora dá um único toque inflexível no chão.

— Sim — insisto. — Agora mesmo.

Fico de pé enquanto Lenora bate com o punho na grama, reiterando sua inflexibilidade. Não, não, não. Eu a ignoro, mesmo entendendo todos os motivos óbvios pelos quais ela não quer me contar.

Mary.

A mala desaparecida.

O cadáver dela enterrado na areia.

A grande diferença entre a situação de Mary e a minha é que ela partiu com a história de Lenora enquanto outras pessoas estavam na casa, erroneamente acreditando que a calada da noite lhe daria segurança. Mas estamos em plena luz do dia e não há ninguém em Hope's End além de nós. Apenas eu e Lenora e uma oportunidade de terminar o que começamos.

Estou pronta para desafiar o destino uma última vez.

E Lenora vai junto comigo, querendo ou não.

Volto correndo para a casa, subo a escada de serviço de dois em dois degraus e irrompo no quarto de Lenora. Na escrivaninha, pego uma nova folha de papel e a enrolo no carro da máquina de escrever. Como ela talvez use mais de uma folha, apanho uma resma inteira e a empilho sobre a máquina de escrever antes de erguê-la da escrivaninha.

Carregar a máquina para fora do quarto é mais difícil do que para a cama de Lenora. A distância aumenta a pressão em meus braços, e a cada passo ela fica mais pesada. Para evitar que as folhas de cima voem, inclino meu corpo para a frente e uso o queixo para firmá-las. Na escada de serviço, percebo que não consigo enxergar o caminho. Avanço a passos lentos e, às cegas, desço de degrau em degrau. A certa altura, dou um passo em falso e esbarro na parede rachada, derrubando um grande pedaço de gesso, que esmago com os pés ao passar.

Depois de vencer a escada, eu me arrasto desajeitada pela cozinha, a máquina de escrever pesando nos meus braços, que parecem gelatina. Assim como minhas pernas. No salão de jantar, solto um suspiro de alívio quando percebo que não fechei as portas francesas ao entrar. Uma coisa a menos com que lidar. Cansada e ofegante, levo a máquina de escrever para o terraço.

Lenora está lá. Não na grama, onde a deixei, mas no terraço, sentada na cadeira de rodas e fitando o mar.

— Como foi que você...?

Minha voz me abandona quando os vejo.

A sra. Baker e Archie, Carter e Jessie. Estão todos na lateral do terraço, estampando no rosto expressões tão variadas quanto suas personalidades. Carter está preocupado. Jessie parece um pouco surpresa. O rosto de Archie está inexpressivo. E a sra. Baker? Ela está furiosa.

Pega no flagra, as folhas em branco se soltam da máquina de escrever e são levadas pela brisa. Eu as observo rodopiarem e flutuarem pelo terraço antes de levantarem voo.

Por cima da balaustrada.

Passando pelo penhasco.

Em direção à água agitada lá embaixo.

Minha mãe teria morrido se eu não tivesse entrado em seu quarto. O dr. Walden, o médico da família, deixou isso bem claro. O que não ficou claro foi se ela bebeu todo o láudano sem querer ou de propósito. Todo mundo jurou de pés juntos que devia ter sido acidental. Eu, por outro lado, achava que minha mãe tinha tentado se matar. Ela permaneceu em silêncio sobre o assunto, o que torna tudo ainda mais incerto.

Fosse por estupidez ou por ganância, o dr. Walden continuou a receitar láudano, usando a desculpa de que cortar o sedativo de uma vez causaria mais mal do que bem para ela. A recomendação do médico foi de que ela abandonasse a substância aos poucos.

Depois desse incidente, nada mudou. A vida em Hope's End rapidamente voltou a ser como sempre foi. Minha mãe continuava definhando no quarto dela; meu pai viajava com frequência a negócios; e minha irmã fingia que não havia nada de errado e cumpria uma intensa agenda social.

A única coisa que mudou fui eu. No final de setembro, minha gravidez estava cada vez mais evidente. O fato de eu ter conseguido esconder a barriga por tanto tempo foi um pequeno milagre, realizado graças à minha criatividade e à desatenção dos outros.

Mas o tempo estava se esgotando. Eu sabia que em breve seria impossível esconder. Até esse dia chegar, porém, eu estava determinada a manter a gravidez em segredo.

No entanto, havia um limite para o que eu poderia fazer sozinha. A alimentação, por exemplo, tornou-se um problema. Eu vivia faminta dia e noite, o que provocou um ganho de peso tão evidente que até meu pai, mesmo com toda a desatenção, percebeu. Ele me submeteu a uma dieta rigorosa que não era adequada para nenhuma mulher em qualquer condição, muito menos para uma que se alimentava por dois. Eu precisava de alguém além de Archie para me fornecer sorrateiramente refeições de verdade.

O mesmo acontecia com as roupas. A empregada da minha mãe continuava alargando meus vestidos, estalando a língua em muxoxos de reprovação a cada pedido de alteração. Eu precisava de roupas novas sob medida para esconder melhor a gravidez, mas não podia simplesmente sair escondida e comprar eu mesma. Alguém tinha que fazer isso por mim.

E havia a questão da minha saúde. Depois que descobri que estava grávida, nunca mais me consultei com um médico. Eu passava noites em claro, deitada na cama, preocupada por não saber se estava tudo certo com o bebê. Mas não ousei pedir um exame para o dr. Walden. Eu precisava ver um novo médico. Um desconhecido. Alguém que não abriria a boca sobre a minha condição.

Se eu fosse próxima da minha irmã, teria pedido ajuda a ela. Sempre odiei o fato de sermos distantes uma da outra e sempre presumi que a culpa era minha e não dela. Mas a verdade é que não era culpa de ninguém. Éramos apenas diferentes. Entre a minha personalidade e a dela existia um abismo grande demais para ser superado. Eu era parecida com minha mãe, sentimental demais, esperançosa demais, carente demais. A minha irmã, assim como meu pai, também tinha desejos e necessidades, mas eram coisas superficiais. Carros, roupas e aprovação social de pessoas esnobes como eles. A única coisa que sentiam era ambição.

Sem poder contar com minha irmã, eu precisava da ajuda de algum empregado. Alguém discreto. Alguém que soubesse guardar segredo.

A única pessoa em quem consegui pensar foi aquela que você menos esperaria.

A amante do meu pai.

Foi assim que, no último dia de setembro, eu me vi no corredor dos fundos. Meu pai havia retornado de Boston no dia anterior, seu semblante mais cansado que nunca. De péssimo humor durante o jantar, ele e minha irmã desfrutaram de uma refeição completa enquanto eu beliscava uma salada preparada para, nas palavras dele, "restaurar a feminilidade da minha silhueta".

Depois do jantar, meu pai se retirou para o solário. Alguns minutos depois, eu o segui, sorrateiramente indo em direção ao fim do corredor. Ruídos surgiram de trás das portas fechadas do solário. O riso grave e abafado do meu pai e a gargalhada estridente de uma mulher. Uma risada que não era da minha mãe. Mesmo que soasse igual, o que não era o caso, eu sabia que não era ela, porque minha mãe estava lá em cima no quarto, provavelmente tomando mais um gole do frasco de láudano.

Eu me esgueirei pelo corredor, que no crepúsculo se tornara lúgubre. Ao passar, mal consegui prestar atenção aos retratos. Melhor assim. Eu não tinha a mínima vontade de olhar para eles.

Pai. Mãe. Duas filhas obedientes.

Tudo isso era uma mentira.

Prendi a respiração ao chegar ao solário, com medo de que o menor dos suspiros denunciasse minha presença. Parei junto à porta, ouvindo os gemidos e arquejos do meu pai, enojada com suas necessidades animalescas. Naquele momento, não me ocorreu que eram os mesmos sons que Ricky fazia quando estávamos juntos. Só mais tarde percebi que todos os homens eram iguais. Não importava se eram ricos ou pobres, gordos ou magros, velhos ou jovens. Suas necessidades eram tão básicas que chegavam a ser ridículas.

Assim que cessaram os ardorosos gemidos, corri para a biblioteca e fingi que lia um livro, para o caso de meu pai olhar de relance ao passar. Ele não olhou, claro. Simplesmente marchou a passos largos, saciado, a caminho de outro cômodo.

Somente quando ouvi sua amante sair do solário é que saltei da poltrona e corri para a porta, pronta para interceptá-la.

Minha expectativa era ver alguém como Sally, a nova e voluptuosa empregada, ou até mesmo a irritadiça e amarga Berniece Mayhew. Mas a mulher que saiu do solário alisando a saia era a pessoa que eu menos esperava que tivesse um caso com meu pai.

Petrificada e em estado de choque, só consegui ficar imóvel no meio do corredor, encarando a mulher fixamente, que, surpresa, me encarava de volta.

"Você?!", exclamei.

"Sim", respondeu a srta. Baker com uma bufada cansada. "Eu."

TRINTA E UM

A máquina de escrever já era.

A sra. Baker a arrancou dos meus braços assim que a última folha solta de papel voou. A princípio, fui ingênua e pensei que ela estava tentando me ajudar. Ou que pelo menos tinha decidido aliviar o peso das minhas mãos enquanto me repreendia por ter levado Lenora para fora da casa. Mas ela não disse uma palavra enquanto carregava a máquina de escrever, a solitária folha inserida no cilindro balançando ao vento.

Em seguida, com um grunhido e um arquejo de esforço, ela deslizou a máquina pela balaustrada e a deixou cair.

Eu ofeguei quando a máquina desapareceu de vista. Jessie soltou um grito horrorizado. Até mesmo Lenora reagiu, estendendo a mão esquerda o máximo que conseguia, como se o gesto em si pudesse impedir a queda.

Satisfeita consigo mesma, a sra. Baker limpou as mãos e caminhou até as portas francesas. Ao passar por mim, disse apenas:

— Leve a srta. Hope de volta para o quarto, onde é o lugar dela.

Carter me ajudou na tarefa, pegando Lenora nos braços e a carregando pela Grande Escadaria enquanto eu ia atrás, puxando a cadeira de rodas degrau por degrau. No quarto de Lenora, ele a colocou delicadamente na cadeira de rodas antes de se virar para mim e perguntar:

— O que você acha que vai acontecer?

— Acho que vou ser demitida — respondi.

Era o mais lógico. Mas não seria a sra. Baker a me demitir. Ela deixaria essa tarefa a cargo do sr. Gurlain, que, com certeza, ficaria mais do que feliz em me banir da agência.

— Que merda — disse Carter. — Sinto muito, Kit. A culpa é toda minha.

Na verdade, a culpa era minha. Mesmo sabendo as regras, eu as havia quebrado. E agora que a máquina de escrever se foi, nunca mais terei as respostas para as minhas perguntas. A única coisa positiva que tirei disso tudo foi uma pequena informação que talvez ajude Carter. O único raio de esperança em um dia de nuvens carregadas.

— A Lenora teve o bebê — disse depois de puxá-lo para o meu quarto e fechar a porta contígua para que ela não nos ouvisse. — Um menino. Ela confirmou.

— O que aconteceu com ele?

— Ela não sabe. Só conseguiu me dizer que tiraram o bebê dela.

Carter se deixou cair na minha cama, tentando processar tudo. Não apenas o sofrimento de Lenora, mas também como os fatos pareciam corroborar sua teoria sobre ser o neto dela.

— Então talvez eu esteja certo — disse ele. — Talvez Lenora e eu sejamos realmente parentes.

— De fato, é uma possibilidade.

Eu me sentei ao lado dele na cama, nossos ombros se tocando.

— Desculpe não ter conseguido descobrir mais.

Carter abre aquele sorriso torto que me fisgou nos últimos dias.

— Não seja boba. Eu não descobriria nada disso sem você.

— Mas agora que você sabe, tome cuidado. A pessoa que matou a Mary ainda está aqui.

— Ou por aí, em algum lugar lá fora — disse Carter.

Talvez, mas eu tinha minhas dúvidas. Mais do que nunca, eu tinha certeza de que o assassino de Mary era alguém de Hope's End.

Especificamente a mulher que me mandaria para o olho da rua a qualquer minuto.

Mas esses minutos se transformaram em horas, sangrando tarde adentro até a noite. Nesse meio-tempo, não ouvi uma palavra sequer sobre demissão. Archie trouxe o jantar para mim e Lenora, e nada. Retirei os comprimidos de Lenora do cofre, os esmaguei e misturei na comida dela, fiz seus exercícios de circulação, e ainda nada, tampouco quando lhe dei banho. Enquanto coloco Lenora na cama, reparo como o olhar dela se volta para a escrivaninha, que, sem a máquina de escrever, parece grande demais, vazia demais.

O mesmo pode ser dito sobre o aparador, onde ficava seu globo de neve. Agora resta apenas o walkman. Provavelmente a próxima coisa que Lenora perderá. E ela já perdeu muito.

— Sinto muito, Lenora — digo enquanto ajeito o botão de chamada em sua mão esquerda. — Eu sei o quanto você gostava de usar a máquina de escrever. Eu adoraria ter sabido o resto da sua história.

Mesmo que não seja um adeus oficial, é o que parece. Porque com certeza irei embora de manhã — talvez antes disso. Suspeito que só estou aqui ainda porque a sra. Baker está tentando convencer o sr. Gurlain a mandar outra cuidadora para Lenora. Alguém que, ao contrário de mim, pode recusar a oferta de emprego.

Imaginando que nunca mais verei Lenora depois dessa noite, dou um tapinha na mão dela e digo:

— Foi um prazer cuidar de você. Espero que quem ocupar meu lugar faça você feliz.

Eu a deixo sozinha, entro no meu quarto e fecho a porta contígua. Antes de receber a inevitável e péssima notícia da minha dispensa, minha única tarefa será arrumar minhas coisas. Não que isso vá ser muito trabalhoso. Não tive tempo de tirar os pertences de Mary do armário e colocar os meus. Os livros ainda estão na caixa. Minha mala cheia de roupas está em cima da cômoda. Só falta tirar o cofre de baixo da cama, pegar os produtos de higiene do banheiro e trocar o uniforme pelas roupas que eu estava vestindo quando cheguei aqui.

Começo pelo cofre. Pego a chave da gaveta da mesinha de cabeceira. Depois, de joelhos, puxo o cofre de baixo da cama. Eu o destranco e vejo os comprimidos de Lenora — e nada mais.

As páginas que datilografamos — todas elas — sumiram. Estava tão preocupada com a possibilidade de ser demitida que não havia reparado antes que as páginas não estavam lá.

Eu me levanto de um pulo, empurro a porta e saio com pressa pelo corredor. Os degraus da escada de serviço chacoalham enquanto desço furiosamente até a cozinha, procurando a sra. Baker.

Eu a encontro no salão de jantar, sentada sozinha à mesa enorme, com uma garrafa de vinho recém-aberta diante de si. O salão está à meia-luz — a única luminosidade vem de uma pequena chama na lareira, cuja claridade bruxuleante reflete nos óculos da sra. Baker, mascarando seus olhos enquanto ela leva uma taça de vinho aos lábios e toma um gole.

— Onde estão? — disparo.

— Você terá que ser mais específica que isso, querida.

— As páginas que Lenora e eu datilografamos juntas — respondo, forçando as palavras por entre os dentes cerrados. — Eu sei que você está com elas.

— Estava, querida — diz a sra. Baker. — *Estava*.

Ela aponta para a lareira, onde alguns pedaços de papel chamuscado circundam o único toco de lenha que queima ali. Em um deles, noto uma palavra datilografada parcialmente consumida pelo fogo. Ao ver isso, tropeço para trás e derrubo uma das cadeiras do salão de jantar, que bate no chão com um estrondo.

— Você não tinha o direito de fazer isso! — protesto. — As páginas eram minhas.

— E o que estava escrito nelas pertence à srta. Hope. O que significa que estavam sob minha responsabilidade. — A sra. Baker toma outro gole de vinho, satisfeita. — Assim como a máquina de escrever.

— Você não precisava destruir tudo! — grito, as palavras irrompendo de mim numa explosão.

Como estou prestes a ser mandada embora, não vejo necessidade de controlar minha raiva.

Muito mais calma que eu, a sra. Baker aponta com a cabeça para a cadeira tombada e diz:

— Sente-se comigo um minuto, Kit. Acho que é hora de termos uma conversinha.

Permaneço de pé, desobedecendo mais uma vez.

— Como quiser — diz ela, dando de ombros. — Presumo que você esteja esperando ser demitida.

— Sim — confirmo.

Por que mentir a essa altura?

— Você está livre para ir embora, se quiser. Ninguém está forçando você a ficar.

— Mas não vou ser demitida?

— Não, querida — diz a sra. Baker. — Mas eu gostaria de saber de quem foi a ideia de levar a srta. Hope lá para fora.

— Dela.

— Foi o que pensei. Isso sinceramente não me surpreende. A srta. Hope pode ser bastante... persuasiva. Faz sentido ela convencer você a desobedecer às minhas vontades.

— *Suas* vontades. E as da Lenora?

— São a mesma coisa. — A sra. Baker pousa a taça e passa a ponta do dedo pela borda. — Embora seja óbvio que você não aprova meus métodos.

— Não mesmo.

— Mesmo que sejam para o bem da srta. Hope?

— E são? Você a mantém prisioneira na própria casa. Ela não tem amigos. Não recebe visitas. Ela só vê pessoas que são pagas pra cuidar dela. Você nem sequer permite que ela saia da casa, pelo amor de Deus. Até presidiários têm direito de sair.

— E se eu a deixasse sair? O que você acha que ela encontraria? Ódio, só isso. Julgamento. Suspeitas constantes. O mundo não é um lugar gentil para mulheres acusadas de violência. Você, de todas as pessoas, deveria entender isso. As pessoas não julgam você pelo que aconteceu com sua mãe?

Atordoada demais para continuar de pé, eu me sento. Não na cadeira, mas no chão ao lado dela. Eu me deixo cair perto da lareira. O calor do fogo crepitante arde em minha pele. Mas nada é tão quente quanto a vergonha que me queima por dentro.

— Há quanto tempo você sabe? — indago.

— Desde antes de você chegar. O sr. Gurlain achou que deveria me avisar.

Claro que sim. Não tenho dúvida de que ele também presumiu que isso acabaria com minhas chances de trabalhar aqui — ou em qualquer lugar, aliás. O que não entendo é por que não funcionou.

— Se sabia de tudo, por que me deixou vir?

— Porque achei que você e a srta. Hope seriam uma boa combinação. E estava certa. Você a entende. Na verdade, você até gosta dela.

O comentário me desconcerta, sobretudo porque não tenho certeza se é verdade. Eu gosto de Lenora. Mas ela também me assusta. E me deixa frustrada. E me enche de pena, o que me faz querer gostar dela.

— Não há problema algum em admitir — diz a sra. Baker. — A srta. Hope pode ser muito charmosa quando lhe convém. No entanto, permita-me esclarecer uma coisa: você não é nada para ela. Eu sei que você pensa que é. Que vocês compartilham um vínculo especial, uma ligação que ela nunca teve com nenhuma outra enfermeira antes, mas não é verdade. Ela já fez esse tipo de coisa décadas atrás. É mais esperta do que parece, tenho certeza de que você sabe. Alguns até a definiriam como "astuta".

Concordo com a cabeça, pois a descrição se encaixa. Lenora usa o silêncio e a imobilidade a seu favor, escondendo muito e revelando pouco. Com isso, cada pequeno detalhe que aprendo sobre ela me deixa querendo mais.

eu quero te contar tudo

Foi isso que Lenora datilografou na minha primeira noite aqui. E desde então estou faminta por esse tudo, disposta a violar todas as regras. Não importa que uma semana tenha se passado e eu ainda não saiba quase nada.

— Como você a definiria? — pergunto.

— Manipuladora.

Embora a sra. Baker estale os lábios, saboreando a palavra como o vinho em sua taça, seu tom de voz revela uma emoção diferente.

Aversão.

— Eu não ficaria surpresa de saber que foi isso o que aconteceu com a pobre Mary — continua a sra. Baker. — A srta. Hope a fez se sentir necessária. Especial. Quando Mary entendeu que nada daquilo era verdadeiro, decidiu cometer o impensável.

A voz do detetive Vick ecoa em meus pensamentos, recitando o suposto bilhete de suicídio de Mary.

Sinto muito. Não sou a pessoa que você pensava que eu era.

Será que ele também havia contado à sra. Baker o que dizia o bilhete? E ela realmente acredita que Mary se matou? Tento estudar seu rosto, à procura de sinais de que acredita nisso. Sua expressão é indecifrável, sobretudo com as chamas da lareira ainda dançando no reflexo dos óculos.

— Por que continua aqui? — indago.

— Essa é uma pergunta bastante ousada.

— E que eu gostaria que respondesse. Se odeia tanto a Lenora, por que ainda está aqui?

— Se eu a odiasse, já teria ido embora anos atrás. E, sem mim, este lugar teria desmoronado.

Penso na chuva de telhas que despenca do telhado, nas rachaduras nas paredes da escada de serviço, na faixa de gramado que agora se encontra no fundo do oceano.

— Caso você não tenha notado, está desmoronando.

A sra. Baker inclina a taça de vinho para trás e a esvazia em um gole só.

— Esta casa já seria um monte de escombros se não fosse por mim. As coisas que tive que fazer para manter este lugar de pé. Vendendo-a pedaço por pedaço para pagar um conserto ou outro. Acredite em mim, seria muito fácil ir embora. Mas a srta. Hope precisa de mim. Continuo aqui por um sentimento de devoção.

— Mas a devoção só vai até certo ponto — digo. — Você vai ganhar algo por estar aqui, não é?

— Eu sabia que você era esperta — diz a sra. Baker, soando como se isso fosse ruim. — Sim, o nosso acordo me proporciona certos benefícios. A srta. Hope e eu chegamos a um combinado anos atrás. Se, de alguma forma eu conseguir manter este lugar de pé, ela o passará para o meu nome, e a casa será minha depois que ela se for.

— A casa inteira? — pergunto.

— A propriedade, a casa. Com tudo dentro.

O fogo na lareira ao meu lado está se apagando depressa, a luminosidade da chama e das brasas desaparecendo dos óculos da sra. Baker. Por trás das lentes, seus olhos azuis parecem refletir a pouca luz que resta e adquirir um brilho vibrante. Eu os observo fixamente, inquieta, me perguntando se ela tem consciência de que está muito perto de ver seu plano desmoronar. Bastaria aparecer alguém e contestar o acordo. O neto de Lenora, por exemplo.

Cogito mencionar que sei que Lenora teve um filho, mas não o faço. Assim como Archie, duvido que a sra. Baker falaria a verdade sobre o assunto. Além disso, não vejo razão para me tornar um alvo.

Se é que já não sou um.

Porque agora que sei que a sra. Baker herdará Hope's End, suspeito da existência de segredos que ela faria qualquer coisa para esconder.

E dos motivos que ela teria para matar Mary.

A srta. Baker fez chá para nós e me levou de volta ao solário para o que ela chamou de "uma conversinha". Como se nada tivesse acontecido. Eu ainda era a pupila e ela, uma dama decente, a responsável por me ensinar como me tornar uma dama igualmente respeitável. Somente eu parecia ver o quanto a situação era ridícula. Afinal, eu sabia o que ela e meu pai estavam fazendo naquele mesmo cômodo minutos antes.

"O que vamos fazer de agora em diante?", perguntou a stra. Baker, como se nós duas tivéssemos o direito de opinar sobre o assunto.

Ela não tinha.

"Você pode começar me explicando o motivo", disse eu. "Por que o meu pai? Você o ama?"

A srta. Baker mal conseguiu conter o riso. "Não, criança. O que eu e ele temos é estritamente profissional. Eu dou a ele o que ele quer e ele me recompensa com pequenos gestos de agradecimento."

Dinheiro, em outras palavras. Apesar de toda aquela conversa sobre boas maneiras e decoro, a srta. Baker não passava de uma prostituta de luxo. Minha repugnância deve ter transparecido, porque ela se enfureceu: "Não se atreva a me julgar, mocinha. Alguém como você, nascida em berço de ouro, não tem ideia de como é para o resto de nós. As coisas que precisamos fazer para sobreviver. Principalmente mulheres solteiras como eu. Estou apenas cuidando do meu futuro."

"A que preço?", perguntei.

"O mais alto que eu conseguir." A srta. Baker recostou-se na cadeira, desafiando-me a fazer qualquer outra crítica. "É disso que se trata? Você queria me confrontar? Tentar me envergonhar?"

"Não", respondi. "Eu queria mostrar isso."

Eu me levantei, puxei o tecido do meu vestido contra meu corpo e me virei de lado para que a srta. Baker pudesse ver de perfil minha barriga crescente.

"Santo Deus...", disse ela enquanto pousava a xícara de chá no pires. Suas mãos tremiam tanto que a xícara chacoalhou até a mesa ao seu lado. "De quanto tempo você está?"

"Seis meses."

"E quem é o pai?"

"Não vou dizer", respondi, incisiva. Não queria correr o risco de envolver Ricky. Se a srta. Baker soubesse, poderia contar ao meu pai, que certamente o mandaria embora. Isso acabaria com nossas esperanças de juntarmos dinheiro para a única coisa que eu queria desesperadamente: fugir.

"Ele forçou você?", perguntou a srta. Baker.

Meu rosto ficou vermelho quando neguei com a cabeça e desviei o olhar, envergonhada.

"Entendo." A srta. Baker fez uma pausa para pigarrear. "Ele sabe sobre a sua... situação?"

"Sabe."

"E o que ele pretende fazer?"

"Casar comigo e fazer de mim uma mulher honesta", respondi, o que provocou uma risada pesarosa da srta. Baker. Ouvi-la me fez estremecer.

"Você ainda é praticamente uma criança", disse ela. "E um homem bom teria se contido. Ou pelo menos tomado precauções."

Ainda ferida pela forma como sua risada ecoou pelo solário, eu lhe lancei um olhar duro e disparei: "Meu pai faz isso?"

A srta. Baker se enrijeceu no assento. "O que exatamente você quer de mim?"

"Sua ajuda."

Enumerei todas as coisas com as quais eu queria que ela me ajudasse, desde roupas até comida. E ela precisaria fazer isso por um tempo, até que Ricky e eu conseguíssemos planejar nossa fuga. Terminei dizendo que tudo isso teria que ser feito em segredo.

"É uma lista longa", disse a srta. Baker. "O que faz você pensar que estou disposta a ajudar?"

"Se não fizer isso, vou contar tudo para a minha mãe."

Os cantos da boca da srta. Baker se ergueram num sorriso cruel. "Sua mãe já sabe."

"Então eu vou contar pra Berniece Mayhew", ameacei, sabendo muito bem que, de todos os empregados, ela era a maior fofoqueira. "Sobre você e meu pai e o que os dois andam fazendo pelos cantos quando acham que ninguém está olhando. Assim que a notícia se espalhar, boa sorte em encontrar outro emprego ensinando etiqueta. Todo mundo vai ficar sabendo exatamente que tipo de dama a senhorita é."

Num gesto indignado, a srta. Baker se pôs de pé, e tive a impressão de que ela queria me dar um tapa na cara ou virar as costas e sair bufando, ou ambos. Suspeitei que a única coisa que a impediu foi saber que estava presa numa armadilha.

"Eu vou ajudar você", disse ela por fim.

Trocamos um aperto de mãos. Ela prometeu providenciar a compra de roupas novas para mim logo pela manhã, e em seguida marcar a visita de um médico. Eu disse a ela que Archie havia concordado em separar um prato extra de comida em cada refeição, e que ele o entregaria a ela para que levasse ao meu quarto.

"Quem mais sabe disso?", perguntou a srta. Baker.

"Só Archie. E agora você."

A srta. Baker não mencionou minha irmã nem minha mãe. Ela já estava em Hope's End havia tempo suficiente para ter notado que nenhuma das duas me ajudaria.

Quando nos separamos, fui tomada por uma sensação de otimismo. Meu plano poderia de fato funcionar. Isso exigiria cautela, é claro, e talvez uma dose de sorte. No entanto, pela primeira vez em muitas semanas, vislumbrei um caminho que me levaria para longe de Hope's End, para longe da minha família, em direção a um futuro luminoso e feliz com Ricky e nosso filho.

A única coisa com a qual não contava era que, por mais cautelosa que eu fosse, a sorte não estava ao meu lado.

E que, quando apertei a mão da srta. Baker, eu estava, na verdade, fazendo um pacto com o diabo.

TRINTA E DOIS

Deixo o salão de jantar enquanto a sra. Baker se serve de mais vinho. O som da bebida sendo despejada na taça me segue pela cozinha, substituído depois por um gole desleixado quando alcanço a escada de serviço. Enquanto subo para o segundo andar, tento montar o quebra-cabeça de como ela poderia ter matado Mary.

Primeiro, a sra. Baker percebeu que Lenora estava contando sua história para ela. É muito provável que, em algum momento, quando passava pelo corredor, tenha ouvido a máquina de escrever e entendera o que vinha acontecendo. Talvez até tenha se esgueirado na calada da noite pelo quarto e lido o que Lenora escreveu.

Talvez a sra. Baker também saiba que Carter está tentando comprovar que é neto de Lenora. É óbvio que ela fica de olho em tudo o que acontece em Hope's End. Provavelmente passa mais tempo observando que qualquer outra coisa. Por isso, faz sentido que ela possa ter descoberto o plano de Mary e Carter.

Então, na noite em que Mary saiu da casa levando a mala consigo, a sra. Baker a atacou.

Enquanto subo, consigo até imaginar a cena.

Mary atravessando às pressas o terraço com uma mala contendo dezenas de páginas datilografadas e uma amostra do sangue de Lenora.

A sra. Baker surgindo das sombras da casa.

Rapidamente.

Agarrando a mala.

Quebrando a alça.

Empurrando Mary.

É possível que a sra. Baker não tivesse intenção de matá-la. Talvez quisesse apenas tomar a mala de suas mãos. Mas isso acabou resultando numa tragédia. Mary escorregou na balaustrada, despencou para a morte e permaneceu lá embaixo por dias. E a sra. Baker não teve escolha a não ser contar a todos que Mary partira no meio da noite.

Sei que grande parte disso é pura especulação minha. E que a verdade pode ser muito diferente daquilo que minha imaginação fértil inventou. Sei até que é possível que a sra. Baker não tenha relação alguma com a morte de Mary.

A única coisa de que tenho certeza é que Mary saiu de Hope's End levando consigo uma mala.

E que a pessoa que estiver com a mala, seja ela quem for, é muito provavelmente a assassina.

E que a sra. Baker é a suspeita mais óbvia.

No topo da escada, passo pelo meu quarto e pelo de Lenora, e me detenho apenas quando chego à porta da sra. Baker. Tento girar a maçaneta, que cede na minha mão. Quando a solto, a porta se abre suavemente. Mesmo sabendo que é apenas a inclinação da casa, não consigo deixar de pensar que é um convite para que eu entre.

Verifico o corredor de ambos os lados até ter certeza de que não há ninguém por perto.

Então, com um suspiro e uma prece, entro.

Fecho a porta atrás de mim, paro e verifico o cômodo. Tem o mesmo formato e tamanho dos aposentos de Lenora; as únicas diferenças são a falta de uma porta de acesso a um cômodo contíguo e o local do banheiro, que fica do outro lado do quarto.

Duas luzes já estão acesas. Um alívio. Não vou ser obrigada a acendê-las nem precisar me lembrar de apagá-las antes de sair. Uma é um abajur em cima da mesinha de cabeceira, que ilumina a cama imaculadamente arrumada da sra. Baker. A outra é uma luminária de chão num canto, que ilumina a outra metade do quarto. Vejo uma cômoda, uma penteadeira antiga com espelho oval e um aparador parecido com o do quarto de Lenora, cuja superfície contém não um walkman, mas um gramofone com uma corneta em formato de lírio para amplificar o som.

Com movimentos rápidos e silenciosos, abro as gavetas da cômoda e do aparador, mas não encontro nada de interessante. São pequenas demais para conter uma mala, e se a sra. Baker se apossou do conteúdo dela, suspeito que deve ter sofrido o mesmo destino das páginas que Lenora e eu datilografamos. A amostra de sangue provavelmente também foi destruída.

Em todo caso, eu me sento à penteadeira e vasculho as gavetas, nas quais não há nada além de joias barulhentas e batons. Sobre a bancada, vejo a fotografia emoldurada de um jovem casal em frente à Torre Eiffel. A neve cai ao redor dos dois, bem aconchegados no sobretudo do homem. Presumo que a mulher na foto seja a sra. Baker, embora cinquenta anos mais jovem do que a pessoa que no momento está acabando com uma garrafa de vinho no salão de jantar. Elas têm os mesmos olhos, o mesmo nariz, o mesmo queixo. Mas as semelhanças acabam aí. Na fotografia, ela ostenta um penteado com ondas e um sorriso largo e genuíno, algo que nunca vi na sra. Baker.

O homem da foto é alto, bonito, talvez dez anos mais velho que ela. Deduzo que seja o noivo que a sra. Baker mencionou quando cheguei aqui. O homem cuja morte a fez retornar a Hope's End. Pela maneira como se olham na foto, não há dúvidas de que parecem muito apaixonados.

Passo para o outro lado do quarto, onde estão os esconderijos mais prováveis. Debaixo da cama. No armário. Sob a grande pia do banheiro, onde continuo procurando, mas não encontro nada. Também não vejo nada dentro do armário. Há diversos vestidos pretos pendurados em cabides, acima de alguns pares de sapatos confortáveis pretos enfileirados.

Minha última opção é a área ao redor da cama. Na mesinha de cabeceira há outra fotografia emoldurada do mesmo homem da penteadeira. Nesta, ele está sozinho, ostentando um elegante uniforme do Exército.

Fico de joelhos para verificar melhor embaixo da cama. Em vez de uma mala, encontro várias caixas de sapato. Puxo uma delas e a abro, tomando cuidado para não deixar marcas na tampa empoeirada. Há mais fotografias lá dentro. Eu as examino uma a uma e vejo uma jovem sra. Baker em diversas situações. Usando vestido de cetim e brindando com uma taça de champanhe. Andando pela rua de braços dados com outras duas mulheres, a boca delas aberta no meio de uma risada. Reclinada nua numa espreguiçadeira no que parece ser o ateliê de um pintor, seu pudor preservado apenas por dois leques de penas posicionados em lugares estratégicos.

As fotos são um poderoso lembrete de que a sra. Baker já teve uma vida fora das paredes inclinadas de Hope's End. Uma vida feliz, ao que parece. Eu me pergunto se ela sente falta disso, o quanto deseja viver isso de novo e até onde iria para fazer isso acontecer.

Guardo as fotos na caixa e a tampo. Em seguida, a deslizo de volta para debaixo da cama. Não há fotos na caixa seguinte, que está atulhada de recibos e canhotos de cheques compensados. Toda a papelada traz a assinatura de Lenora, embora seja claramente obra da sra. Baker.

Pego um punhado de papéis e os analiso um a um.

Contas de luz. Pagas mensalmente, embora algumas tenham atrasado. Há uma notificação no início do ano de que a energia estava prestes a ser cortada.

Notas fiscais do supermercado do centro da cidade. As encomendas são pagas toda terça-feira, dia da entrega de mantimentos, sem falta.

No fundo da caixa há uma pilha de canhotos de cheques em nome da Casa de Repouso Ocean View. Mil dólares por mês, e o mais antigo tem pelo menos doze anos.

Já ouvi falar da Ocean View, claro. É a única casa de repouso da cidade. Até me candidatei para trabalhar lá depois que o sr. Gurlain me suspendeu. Eles me disseram que eu era qualificada demais para o cargo, o que de alguma forma era mais ofensivo do que se tivessem me falado a verdade: que, por causa da minha reputação, me contratar seria como convidar um lobo para cuidar de um rebanho de cordeiros. O que não entendo é por que a sra. Baker paga toda essa quantia para uma casa de repouso quando Lenora está bem aqui, sendo cuidada por mim, por Mary e por uma longa sucessão de enfermeiras.

Ainda estou olhando os canhotos dos cheques quando percebo um som no corredor.

Passos.

Vindo do hall de entrada.

Quase na porta.

Com um tapa, fecho a caixa de sapatos e a enfio debaixo da cama novamente. Então me levanto de um salto e vou... para lugar nenhum.

Não tenho para onde ir. Se for mesmo a sra. Baker, não posso sair em disparada porta afora, e o único esconderijo em que consigo pensar é o banheiro, que é para onde ela provavelmente irá primeiro. Já aceitando que serei pega em flagrante — o que dessa vez certamente me fará ser demitida —, começo a erguer as mãos em sinal de rendição.

É quando vejo o armário.

Sem pensar, corro em direção ao móvel, escancaro as portas e entro. Eu me agacho atrás de vestidos de bainha preta idênticos e fecho as portas no momento em que a sra. Baker abre a do quarto.

Pela estreita fresta entre as portas do armário, eu a vejo entrar. Pela forma como seu corpo cambaleia, ela deve ter acabado rapidamente com a garrafa de vinho. Ela vai até o gramofone no aparador e o liga. A agulha desce e a música começa a ecoar em alto volume pelo quarto.

— *Let's misbehave.*

A sra. Baker canta junto, bêbada, balbuciando cada palavra.

— *Alone... chaperone.*

Ela balança a cabeça no ritmo da canção, as mãos ondulando no ar. A cantoria fica cada vez mais alta.

— *Can get... number.*

Ela se deixa cair diante da penteadeira e puxa a mesma gaveta que abri minutos antes, tirando um batom.

— *Wold's... slumber... misbehave!*

Fitando o próprio reflexo no espelho, a sra. Baker passa o batom no lábio inferior, mas, por causa da mão oscilante, acaba errando o contorno da boca. Ela tenta limpar com o polegar, o que só piora a situação. Um risco vermelho corre até a metade de sua bochecha. A sra. Baker ri baixinho, inclina-se para a frente e examina seu reflexo embriagado.

De súbito, algo no espelho chama sua atenção. Percebo pela forma como seu olhar dispara do reflexo para um ponto logo acima do ombro direito.

O armário.

A sra. Baker dá as costas para o espelho e encara o armário. De onde estou, parece que está olhando diretamente para mim. Prendo a respiração, incapaz de fazer qualquer coisa a não ser assistir.

A sra. Baker deixa o batom em cima da penteadeira.

Ela se levanta.

Dá um passo trôpego em direção ao armário.

Seu segundo passo é mais firme. E o terceiro mais firme ainda. Como se estivesse recuperando a sobriedade a cada movimento. Quando para bem em frente ao armário, todos os vestígios de embriaguez já desapareceram. É a sra. Baker de sempre, severa e completamente sóbria, quem estende a mão.

Ela toca as portas do armário.

Prepara-se para abri-las.

Eu me encolho contra a parede interior, sabendo que em um segundo serei apanhada em flagrante, demitida e mandada de volta para a casa do meu pai, que ainda acredita que matei minha mãe. Mas, antes que a sra. Baker possa abrir as portas do armário, o toca-discos de repente dá um pulo.

A música é substituída por um rugido alto e grave, que ressoa por toda a casa, subindo do primeiro andar e ganhando volume à medida que avança.

Eu sei o que é.

A sra. Baker também, pois seu rosto fica sombrio de preocupação.

O rugido é seguido por um estalo, um estrépito e vários solavancos repentinos e estridentes. Parece que a casa está sendo golpeada. Dentro do armário, sou sacudida feito um cadáver em um caixão que acabou de ser baixado à terra. Uma das portas se abre, mas a sra. Baker não está mais lá para me ver sendo jogada para cá e para lá atrás de seus longos vestidos pretos.

Ela está na porta do quarto, fitando o corredor; uma das mãos murchas se apoia na parede enquanto o restante de Hope's End balança com bruscos solavancos.

De repente, com a mesma rapidez com que começou, tudo cessa.

O barulho.

O movimento.

Tudo volta a ficar silencioso e imóvel.

A sra. Baker desaparece no corredor. Provavelmente foi investigar o que aconteceu. Outros na casa parecem estar fazendo o mesmo. Ouço passos pesados lá em cima, e o som de alguém descendo a escada de serviço.

Permaneço encolhida no canto do armário, meu coração batendo descontroladamente. Acima de mim, os vestidos da sra. Baker ainda balançam no cabide. Espero até que eles fiquem imóveis antes de sair e correr para o quarto de Lenora. Ela está acordada, é claro, com uma expressão assustada e a mão boa apertando firmemente o botão de chamada. Pela porta contígua, ouço o toque do alarme e vejo a luz vermelha preenchendo meu quarto.

— Estou aqui. Tudo bem com você?

Lenora larga o botão de chamada e dá duas batidinhas na colcha. Seu olhar se volta então para a janela, onde há uma pessoa que até agora eu não havia notado que estava ali.

Archie.

Ele abriu as cortinas e está olhando para o terraço.

— Parece que foi lá embaixo — diz ele.

— O quê?

Archie finalmente se vira para mim.

— O estrago. É melhor irmos lá ver o que aconteceu.

Já sei o que aconteceu. Hope's End acaba de ficar um pouco mais perto de despencar para o oceano.

— O que você está fazendo no quarto da Lenora? — indago.

Archie e eu trocamos olhares de desconfiança. Isso me faz lembrar de um filme a que assisti com minha mãe quando ela estava doente. Dois ladrões que se trombaram enquanto tentavam roubar a mesma mansão são forçados a escolher se devem trabalhar juntos ou por conta própria. No fim, decidem confiar um no outro. Archie resolve fazer o mesmo.

— Eu vim dar boa-noite.

— Desde quando você dá boa-noite pra Lenora?

— Desde que a srta. Hope adoeceu — alega Archie. — Todas as noites, faço questão de passar aqui e ver como ela está.

— Vamos dar uma caminhada — proponho.

O que realmente quero dizer é que prefiro conversar onde Lenora não possa nos ouvir. Archie assente e me segue até o corredor, onde a inclinação da casa está visivelmente mais acentuada. Bem quando eu já havia me acostumado.

— *Toda noite?* — pergunto. — Você me disse que vocês não eram mais tão próximos.

— Eu disse que as coisas entre nós não são mais como eram — explica Archie. — E essa é a verdade. Nossa relação mudou ao longo dos anos. Só porque não fico espalhando isso pelos quatro cantos não significa que não me importe com a srta. Hope. Eu e você estamos do mesmo lado, Kit. Estamos aqui pra cuidar dela. Mas fazemos isso de maneiras diferentes.

— Por que nunca vi você visitá-la antes?

— Porque é meio que um segredo meu e dela. Algo que eu e a srta. Hope mantínhamos só entre nós. Tenho certeza de que você entende.

Archie faz uma pausa, como se estivesse esperando que eu compartilhasse com ele um segredo meu. Eu me recuso. O filme sobre os ladrões que decidiram confiar um no outro acaba com um traindo o outro. Não vou permitir que o mesmo aconteça comigo.

— A que horas você faz essa visita?

— Geralmente um pouco depois que a srta. Hope se recolhe e um pouco antes de eu ir dormir.

Descemos lentamente a escada de serviço, nossos sapatos esmagando pedaços de gesso soltos das paredes.

— Você já a visitou no meio da noite?

— Não — diz Archie. — Quem acorda cedo como eu não pode se dar ao luxo de ficar acordado até tão tarde.

Sua resposta me parece honesta o bastante para que eu quase acredite nele. Por outro lado, Archie também parecia sincero quando mentiu sobre saber que Lenora teve um filho. Suspeito que haja setenta e cinco por cento de chance de ele estar dizendo a verdade. Usando essa matemática, concluo que Archie era o borrão que avistei na janela de Lenora na minha segunda noite aqui.

No entanto, já não tenho tanta certeza de que é ele quem vem causando os ruídos no quarto de Lenora.

Ou se é a sombra que observei passar pela porta contígua.

Ou se é o autor da mensagem datilografada que Lenora atribuiu a Virginia.

— Você sabe se mais alguém fica entrando escondido no quarto da Lenora à noite?

— Duvido — diz Archie, de forma vaga e evasiva, o que reduz o índice de veracidade para cinquenta por cento. — Tenho certeza de que não é nada.

— E eu tenho certeza de que é alguma coisa. — Eu me detenho no meio da escada. — O que você está escondendo de mim? Quando contei que Lenora tinha dito que a irmã dela, a irmã *morta* dela, estava datilografando no quarto, você não pareceu nem um pouco surpreso. Por quê?

— Porque isso é impossível — justifica Archie.

— Ou talvez porque algo desse tipo já aconteceu antes.

Archie tenta descer mais um degrau, mas eu bloqueio o caminho, estendendo os braços e apoiando as mãos nas paredes rachadas da escada.

— A Lenora estava dizendo a verdade?

Eu deveria me sentir ridícula por estar considerando isso, e ainda dizendo em voz alta. Mas a reação de Archie — um estremecimento e uma tentativa de disfarçar seu semblante — me diz que estou no caminho certo.

— Há muita coisa que você não sabe a respeito deste lugar — diz ele enquanto delicadamente remove minha mão da parede e passa por mim. — Há coisas das quais é melhor você não saber.

— Então é verdade? O fantasma da Virginia está realmente assombrando Hope's End?

Archie faz questão de não olhar para mim enquanto continua descendo.

— *Assombrar* não é bem a palavra. Mas, sim, dá para sentir a presença dela por aqui. Em Hope's End, o passado está sempre presente.

Eu o acompanho até a cozinha, que parece praticamente incólume. Apenas algumas panelas e frigideiras caídas e um jarro quebrado no chão. No salão de jantar, uma imensa fissura apareceu acima da cornija da lareira, ziguezagueando em direção ao teto. As portas francesas estão abertas, deixando entrar o ar fresco da noite e as vozes abafadas dos outros residentes, já do lado de fora.

Archie e eu saímos para o terraço, onde a sra. Baker, Carter e Jessie estão com as costas apoiadas contra a parede lateral da casa. A princípio, não entendo por quê.

E então eu vejo.

O terraço está atulhado de mais telhas caídas e uma pilha de tijolos que presumo serem os restos de uma chaminé que tombou. Em meio a tudo isso, a mais ou menos um metro e meio da casa, há uma rachadura que se estende de um lado a outro do terraço.

Um passo além dessa rachadura poderia fazer com que o penhasco, o terraço e, talvez, Hope's End inteira desabassem mar abaixo.

TRINTA E TRÊS

Só é possível avaliar a extensão total dos danos pela manhã; pouco depois de o sol raiar, nós nos reunimos no terraço. Se mais alguém visitou o quarto de Lenora durante a noite, eu não ouvi. Estava muito concentrada no som das ondas atingindo a base do penhasco, corroendo-o centímetro por centímetro. Deitada no escuro, ouvindo essas constantes pancadas da água, eu me perguntei quanto tempo tínhamos antes de tudo desmoronar. A julgar pelo estado do terraço, não muito.

Os danos parecem ainda piores à luz do dia, o sol nascente lançando um jorro de luz sobre a fissura que atravessa o terraço. Com cerca de cinco centímetros de largura e profundidade insondável, a fenda desce os degraus à esquerda até a piscina vazia. Seguindo seu rastro há uma linha de ladrilhos de mármore quebrados, muitos dos quais agora se projetam do terraço em ângulos irregulares.

A sra. Baker observa tudo através dos óculos, seus olhos tristes e cansados.

— Há alguém para quem possamos ligar? — pergunta ela.

Carter, que estava de bruços examinando a fenda, se levanta e limpa a terra da calça jeans.

— Pra fazer o quê?

— Consertar o estrago. Ou colocar uma escora. Ou qualquer coisa.

— Não tem conserto — diz Carter. — Mais cedo ou mais tarde, o penhasco vai ruir. E, quando isso acontecer, Hope's End vai junto.

— Não vou deixar isso acontecer — declara a sra. Baker, como se tivesse algum poder de decisão sobre o assunto. — Vou dar alguns telefonemas.

Ela volta correndo para dentro da casa e nos deixa fitando, aflitos, o terraço rachado.

— Ela está delirando — diz Carter.

— Pirou na batatinha — comenta Jessie.

Eu me viro para Archie, na esperança de que nosso pacto de confiança ainda esteja intacto.

— Você acha que há alguma maneira de convencê-la a deixar este lugar?

— Abandonar Hope's End? — diz ele. — Ela nunca vai fazer isso.

— Minha maior preocupação é com a Lenora. Se algo assim acontecer de novo...

— *Quando* acontecer de novo — corrige Jessie. — Gente, pelo amor de Deus, vocês sabem que vai acontecer. E provavelmente vai ser pior.

Solto um suspiro, concordando com ela.

— *Quando* acontecer, a gente consegue escapar se for preciso. Mas a Lenora não.

Archie me promete que vai conversar com a sra. Baker sobre isso, depois entra para preparar o café da manhã. Jessie vai logo atrás, sem mais nenhum comentário enquanto lança um olhar demorado e incrédulo para o que sobrou do terraço.

Carter e eu permanecemos lá, de costas para a mansão, a brisa fresca do mar soprando em nosso rosto.

— Achei que nunca mais veria você — diz Carter, com uma timidez que eu nunca tinha visto nele. — Estou feliz que ainda esteja aqui.

O vento ganha força, trazendo consigo um frio cortante — um aviso de que o inverno está próximo. Aperto meu cardigã contra o corpo e me pergunto se Hope's End ainda estará aqui quando o inverno de fato chegar.

— Não tenho certeza se eu estou feliz. Sinceramente, por quanto tempo você acha que este lugar ainda vai continuar de pé?

— Não faço ideia. Talvez anos. Ou meses.

— Ou horas? — acrescento.

— Sim, pode ser também.

— E pensar que antes eu achava que a coisa mais assustadora deste lugar eram os três assassinatos que aconteceram aqui.

— Quatro — corrige Carter.

— Verdade. — Abaixo a cabeça, envergonhada por ter esquecido Mary e o que aconteceu com ela neste mesmo terraço.

— Alguma novidade sobre isso? — indaga Carter. — Ou sobre qualquer coisa?

Eu o ponho a par da minha conversa com a sra. Baker e da minha busca secreta no quarto dela.

— Não vi nem sinal da mala. Mas encontrei algo interessante. Você conhece alguém que possa estar morando na Ocean View?

— Aquela casa de repouso na cidade?

— Isso mesmo. Achei um monte de cheques compensados, datados de anos atrás. A sra. Baker vem pagando mil dólares por mês para a casa de repouso.

Carter solta um assobio baixo.

— Doação de caridade?

— Duvido que ela doaria milhares de dólares por ano enquanto Hope's End está numa situação dessas. — Meus olhos perscrutam o terraço destruído e os escombros espalhados. Parece uma zona de guerra. Sou totalmente a favor da filantropia, mas, no caso de Hope's End, a caridade precisa começar em casa. — Ela não desperdiçaria uma quantia dessas a menos que fosse necessário. Ela deve estar pagando para que alguém permaneça na Ocean View.

Carter enrijece ao meu lado. Ele agarra meu braço.

— Acho que eu sei quem é. Quando eu trabalhava no bar, Tony mencionou uma ou duas vezes que algumas pessoas que trabalhavam aqui ainda estão pela cidade. E uma delas mora na Ocean View.

— Quem?

— Berniece Mayhew.

Trocamos um olhar de surpresa e confusão. Por algum motivo, a sra. Baker vem pagando — e há muitos, muitos anos — as despesas da esposa de Ricardo Mayhew.

— Por que ela faria isso? — pergunta Carter.

— Não sei. Mas tenho a sensação de que Lenora talvez saiba.

Carter coça a nuca, pensativo.

— Boa sorte para fazer com que ela conte, agora que a máquina de escrever já era.

Pensei a mesma coisa de manhã, depois de acordar em um colchão que tinha deslizado até a metade da cama. Eu o empurrei de volta para o lugar certo, tomei banho em uma banheira torta e vesti outro uniforme de Mary antes de ir ver Lenora. Assim que entrei no quarto, instintivamente procurei a máquina de escrever. Ao olhar para a escrivaninha vazia, percebi que a nossa comunicação tinha ficado muito mais difícil. Algumas respostas exigem mais que simples batidinhas de "sim" ou "não".

— Talvez ela consiga escrever com a mão esquerda — digo, pensando alto.

Mesmo que Lenora fosse canhota antes de sofrer uma série de derrames, não creio que ela tenha forças para segurar uma caneta e rabiscar algo no papel por muito tempo. A única coisa em que consigo pensar é escrever o alfabeto e fazê-la apontar as letras.

O que não é uma má ideia.

Na verdade, nem preciso ir tão longe.

Alguém já fez isso por mim.

— Acabei de pensar em uma maneira — digo, indo em direção às portas francesas. — Não é como datilografar, mas vai servir.

Deixo Carter no terraço e atravesso correndo o salão de jantar até a cozinha. Subo rapidamente a escada de serviço, passo direto pelo patamar do segundo andar e vou para o terceiro, o que me dá a sensação de andar por uma Casa dos Espelhos num parque de diversões. Cambaleando feito uma bêbada, sigo até o quarto de Jessie. A porta está aberta, então projeto o corpo para dentro e tento dizer de modo descontraído:

— Oi. Eu queria saber se posso pegar emprestado seu tabuleiro Ouija.

Jessie, parada ao pé da cama, aponta para a cômoda, onde estão o tabuleiro Ouija e a prancheta.

— Pode ficar com isso aí. Vai ser uma coisa a menos que vou precisar levar.

Percebo que todas as gavetas da cômoda estão abertas, e há uma mala diante de Jessie na cama.

— Você está indo embora? — pergunto.

— Estou.

— Pra onde?

— Não sei, e não estou nem aí — responde Jessie enquanto enrola um suéter e o enfia na mala. — Pra qualquer lugar, menos aqui. Você ouviu o Carter. Este lugar está desmoronando. Literalmente. Não vou estar aqui quando isso acontecer. Você também não deveria. Sinceramente, a gente deveria ter ido embora logo depois que você encontrou o corpo da Mary.

Sou obrigada a concordar. Ao ver Jessie jogar mais roupas na mala, não consigo deixar de imaginar como estaria minha vida se eu tivesse ido embora naquele dia sem olhar para trás.

Mas eu fiquei, e deixei a morte de Mary e os assassinatos da família Hope preencherem todas as horas do meu dia. E aqui continuarei, embora Jessie esteja certa.

— Não posso abandonar a Lenora — digo, o que é ao mesmo tempo uma verdade e uma desculpa.

Vou ficar também porque não consigo me livrar da sensação de que estou a um passo de descobrir a história completa. Esse mesmo sentimento é o que me leva até a cômoda, onde pego o tabuleiro Ouija e a prancheta de Jessie.

— Só vou pegar emprestado — digo, mesmo sabendo que provavelmente não nos veremos mais. — Minha ideia é devolver para você.

Jessie de repente me dá um abraço, que ela finaliza com um apertozinho.

— Se cuida, Kit. E cuide da Lenora também. E, por favor, me prometa que vai tirá-la deste lugar o mais rápido possível.

— Pode deixar.

— Estou falando sério — diz Jessie. — Estou preocupada com ela. E com você.

— Prometo. Eu juro.

Estou prestes a sair do quarto quando Jessie diz:

— Espera! Esqueci uma coisa. — Ela corre até a cômoda e me entrega uma fita cassete. — O final do livro que eu estava lendo pra Lenora. Espero que ela goste.

— Obrigada — digo. — Com certeza vai.

Guardo a fita no bolso e deixo Jessie voltar a arrumar a mala, sabendo que eu deveria fazer o mesmo. Mas estou carregando um tabuleiro Ouija por um corredor que ninguém deveria ter permissão para atravessar, com a intenção de fazer uma mulher muda falar não com os mortos, mas como eles.

Cinco minutos depois, a bandeja de refeição está acoplada à cadeira de rodas de Lenora. Em cima dela está o tabuleiro, com a prancheta posicionada no centro, sob a mão esquerda de Lenora.

— Você alguma vez já usou um desses? — pergunto.

Lenora levanta a prancheta para dar uma única batida no tabuleiro.

— É fácil. — Coloco minha mão sobre a dela e movo a prancheta pela superfície. — Basta soletrar as letras deslizando isto aqui até conseguir dar sua resposta. Entendeu?

Concentrada, Lenora morde o lábio inferior e empurra a prancheta para o SIM localizado no canto superior esquerdo do quadro.

— Perfeito! — digo. — Está pronta pra responder a uma pergunta?

A prancheta fica onde está, o que, presumo, é outro sim.

— Você conhecia bem a Berniece Mayhew?

Lenora desliza a prancheta até a fileira dupla de letras em arco no centro. Lentamente, ela a traz para o U.

Depois o M.

Depois o P.

Depois um O.

Depois o U.

Depois o C.

Depois mais um O.

— "Um pouco"? — Eu me certifico de que é isso o que ela quis dizer.

Em vez de devolver a prancheta ao SIM, Lenora a bate duas vezes contra o tabuleiro.

— Como ela era?

Lenora volta a mover a prancheta, soletrando uma palavra cujo significado não precisa de confirmação.

NOJENTA

— Então por que a sra. Baker está mandando dinheiro para ela todos os meses? — Olho para o tabuleiro, onde a prancheta permanece imóvel sob a mão de Lenora. — Você sabia que ela estava fazendo isso?

Lenora me dá sua resposta.

SIM

— Há quanto tempo isso vem acontecendo?

Abaixo das letras, há números enfileirados de zero a nove. Lenora empurra a prancheta para quatro deles, formando um ano revelador.

1929

Como nunca fui boa em matemática, levo um minuto para somar tudo de cabeça. A cifra a que chego é surpreendente: desde 1929, Berniece Mayhew recebeu mais de seiscentos mil dólares.

— Por quê? — pergunto, atordoada demais para elaborar qualquer outra pergunta.

Lenora devolve a prancheta às letras, entrando no mesmo ritmo de quando usava a máquina de escrever. Mais ou menos no mesmo tempo que levaria para datilografar, ela soletrou sua resposta.

PORQUE ELA SABE

Ainda não consigo entender.

— Sabe o quê?

Lenora continua deslizando a prancheta.

SOBRE AQUELA NOITE

Faço que sim com a cabeça. Há apenas uma noite específica a que ela poderia estar se referindo.

— E o que é que tem aquela noite?

Lenora faz a prancheta pular de uma letra para outra.

ELA

A prancheta se movimenta. Vai de uma letra na primeira fileira para outra logo abaixo, e então para a vizinha. Sobe até a extremidade da primeira linha e desliza na diagonal para cima e para baixo até enfim formar a palavra.

ESTAVA

Mantenho o olhar fixo no tabuleiro Ouija, tão receosa de perder uma letra que nem sequer pisco.

AQUI

Meu coração dá uma martelada nas minhas costelas.
Berniece Mayhew estava em Hope's End naquela noite.
Não apenas antes e depois dos assassinatos, mas durante.

No início de outubro, eu não conseguia mais esconder minha condição, mesmo com a ajuda de Archie e da srta. Baker. Meu corpo estava muito diferente para que eu pudesse simplesmente botar a culpa no ganho de peso. Em pouco tempo, qualquer um que olhasse para mim concluiria que eu estava grávida.

Como não havia outra maneira de manter isso em segredo, a srta. Baker sugeriu que eu seguisse o exemplo da minha mãe e ficasse na cama. Relutante, foi o que fiz. Qualquer pessoa que entrasse no meu quarto e me visse cercada de travesseiros e coberta por largos cobertores não saberia da minha gravidez.

Minha desculpa para ficar de cama — exaustão provocada por extremo nervosismo — também foi inspirada em minha mãe. Todos acreditaram. Tal mãe, tal filha. Até mesmo o dr. Walden, aquele incompetente, achou que fosse verdade. Em vez de me examinar, ele simplesmente me prescreveu um frasco de láudano e me instruiu a bebericá-lo de tempos em tempos a fim de aliviar minha delicada condição. Assim que fiquei sozinha, derramei o líquido na pia. Eu podia até estar agindo como ela, mas certamente não tinha planos de me tornar minha mãe.

Para uma garota inquieta como eu, que perdia todas as vezes em que meu pai nos obrigava a participar de seu joguinho de nos trancar em nossos quartos, surpreendentemente não tive problemas em passar a maior parte do tempo na cama. Aprendi muito rápido a ficar imóvel, às vezes por horas a fio, enquanto minha mente vagava pelo mundo, indo para onde eu bem quisesse, quando eu bem quisesse.

Muitas vezes eu colocava as mãos sobre a barriga e, aos sussurros, contava para a criança que crescia dentro de mim sobre todas as coisas que eu havia planejado para nós e para todos os lugares aonde iríamos. Paris, claro, mas também outros destinos mais aventureiros. Selvas, montanhas e ilhas tropicais, com águas que cintilavam feito safiras.

Eu achava que isso não passava de um devaneio, mas Archie, que era curioso por natureza e adorava ler a respeito dessas coisas, disse que eu estava praticando meditação.

"O que é isso?", perguntei numa das raras ocasiões em que ele conseguiu entrar escondido no meu quarto.

"Desassociar a mente do corpo", respondeu ele, o que não foi muito esclarecedor.

Ainda assim, eu tinha tempo suficiente para deixar minha mente divagar. Poucas pessoas vinham me ver. Minha mãe também estava de cama, e meu pai, atolado em problemas de negócios dos quais eu sabia muito pouco, passou a ficar cada vez mais tempo em Boston. Com o decorrer das semanas, até mesmo as visitas de Archie diminuíram.

As únicas duas pessoas que eu via com frequência eram a srta. Baker, que me trazia refeições e fazia questão de que eu comesse tudo, e minha irmã, que parecia se deleitar ao falar sobre sua vida social, todas as coisas que ela estava fazendo, as pessoas com quem saía e os lugares que vinha frequentando.

"Peter e eu vamos fazer um piquenique", disse ela um dia antes de tudo mudar, embora nenhuma de nós soubesse disso ainda. "Queria que você pudesse vir com a gente."

Ela não estava falando sério, é claro. Era apenas seu jeito de jogar na minha cara que estava aproveitando a vida que tanto sonhei em ter. Mal sabia ela que eu estava muito bem. Tinha um homem que me amava, o filho dele crescendo dentro de mim e uma família feliz no meu futuro.

Ou pelo menos era o que eu dizia a mim mesma.

Mas a dúvida se insinuou de mansinho, e nenhuma dose de devaneio — ou meditação — seria capaz de mantê-la sob controle.

A verdade é que Ricky não me visitou nenhuma vez durante as três semanas que fui forçada a me fingir de inválida. Ele sabia que era uma estratégia para esconder a gravidez, pois fiz questão de lhe contar.

Dia após dia, semana após semana, eu perguntava à srta. Baker, que a essa altura já sabia quem ele era, se Ricky tinha tentado me ver. E dia após dia, semana após semana, a resposta era "não".

"Tenho certeza de que para ele é muito difícil escapar para vir aqui às escondidas", alegava a srta. Baker toda vez que eu perguntava.

Disso eu não tinha dúvidas. O que me incomodava era o fato de que ele nem sequer parecia estar tentando, nem querendo saber se eu estava bem. Minha paciência acabou se esgotando, assim como minha convicção de que Ricky realmente me amava e queria nosso filho tanto quanto eu.

Depois de passar tanto tempo ouvindo minha irmã falar de sua animada vida social, escolhi aquela noite para sair furtivamente do quarto e procurar Ricky. A dúvida havia se tornado insuportável.

Quando a srta. Baker chegou com o jantar naquela noite, eu lhe implorei que encontrasse Ricky e lhe dissesse que eu estaria no terraço à meia-noite para vê-lo. Era o único horário em que eu poderia sair do meu quarto sem ser vista. Ainda que com relutância, ela concordou.

Assim que bateu a meia-noite, depois de ter certeza de que todos já haviam ido dormir, desci para a cozinha para seguir até o terraço. No meio do caminho, percebi que não estava sozinha.

Berniece também estava lá. Embora fingisse estar ocupada trabalhando depois do horário, ficou claro que ela esperava por mim.

"Eu sabia", disse ela quando viu minha barriga arredondada. "Ora, a fruta nunca cai longe do pé."

"O que isso quer dizer?", rebati, tentando demonstrar raiva quando, na verdade, tudo que sentia era puro medo.

Berniece riu com escárnio. "Que você é uma puta. Assim como todos os outros membros da sua família."

De tão atordoada, nem sequer consegui falar. É claro que eu sabia o que os empregados diziam a nosso respeito pelas costas. Mas eu achava que eles valorizavam demais o emprego para terem coragem de dizer isso na nossa cara. Não era o caso de Berniece, pelo visto.

"Você realmente acha que não sei o que está acontecendo?", disse ela. "Meu marido vive escapando em horários estranhos, quase não presta atenção em mim, parece que prefere morrer a me tocar. Eu já sei há meses. Não é a primeira vez que isso acontece."

Ela me encarou com um olhar penetrante, como se sentisse nojo de mim.

"O que você vai fazer a respeito?", perguntei, o que, tenho certeza, aos ouvidos de Berniece soou como uma afronta, embora não fosse. Eu estava curiosa — para não dizer assustada — com o próximo movimento dela.

"Eu vou ficar rica", disse ela. "Vou ficar quieta e fingir que não vi nada, desde que você e sua família me paguem."

Fiquei completamente paralisada, atordoada. "Quanto?"

"Cinquenta mil dólares devem ser suficientes", respondeu ela, antes de acrescentar uma ameaça que eu tinha plena certeza de que ela cumpriria. "Por enquanto. Você tem até amanhã à noite para pensar no assunto."

Imediatamente, comecei a entrar em pânico.

Amanhã.

Não era muito tempo. Não o suficiente para planejar a nossa fuga. Mas escapar era a única opção. Disso eu não tinha dúvidas.

Saí correndo da cozinha e disparei em direção ao terraço, onde Ricky me esperava nas sombras. Antes que ele dissesse qualquer coisa, pedi que ficasse em silêncio, com medo de que Berniece tivesse me seguido.

"Aqui não", sussurrei antes de levá-lo para o primeiro andar da garagem, onde ficavam guardados os reluzentes Packards que meu pai colecionava mas nunca dirigia. Entramos no banco de trás de um dos carros, onde nos escondemos do resto do mundo.

"Você vai me contar o que está acontecendo?", indagou Ricky.

"Ela sabe", falei de uma vez. "A Berniece sabe. E ela quer dinheiro, senão vai contar pro meu pai. Mas contar pro meu pai é a única maneira de conseguir o dinheiro."

"Quanto ela quer?", perguntou Ricky, seu tom mais curioso que irritado.

"Cinquenta mil dólares." Eu queria cair em prantos. A situação era tão terrível que eu não tinha ideia do que fazer. Qualquer que fosse a nossa escolha, a decisão mudaria minha vida para sempre. "O que nós vamos fazer?"

Ricky tinha a única resposta.

"Fugir", disse ele. "Amanhã à noite."

TRINTA E QUATRO

Darei o devido crédito a quem decidiu chamar a casa de repouso de a "vista do oceano". A Ocean View realmente faz jus ao nome. De longe. E só se você olhar entre os prédios do outro lado da rua, cujos fundos realmente têm vista para o mar.

No interior há um saguão amplo e de bom gosto que faz o lar de idosos parecer um hotel. Há palmeiras em vasos, cadeiras macias e pinturas de conchas marinhas em tons pastel nas paredes. Na recepção, nos fundos do saguão, está sentada uma mulher que parece ter idade suficiente para ser uma das residentes. Cabelo grisalho. Um terninho verde-menta. Cigarro aceso preso entre os lábios. Ela aperta os olhos em meio à fumaça e me observa enquanto me aproximo do balcão.

— Bem-vinda à Ocean View — diz ela. — Como posso ajudar?

Olho para as portas dos dois lados do balcão. Uma está fechada e tem uma plaquinha em que se lê ACESSO RESTRITO — SOMENTE FUNCIONÁRIOS. A outra está entreaberta, e consigo ver um homem empurrando um andador por um corredor com carpete cor de vinho. A entrada da Ocean View.

— Estou aqui para ver Berniece Mayhew — anuncio.

A recepcionista me olha de cima a baixo, avaliando meu uniforme.

— Você não é uma de nossas enfermeiras.

— Não. Estou a serviço da seguradora. — Levanto a maleta médica que trouxe comigo. — Eles me deram ordens para verificar os sinais vitais dela.

— Por quê?

— Não me disseram. Você sabe como as seguradoras são.

A recepcionista assente, reconhecendo de forma tácita que, sim, companhias de seguros são terríveis e, sim, somos apenas engrenagens de um vasto complexo industrial de saúde que sempre coloca o lucro acima das pessoas. Ainda assim, ela hesita.

— Temos a nossa própria equipe médica que avalia os pacientes.

— Só estou cumprindo ordens — alego.

— Eu entendo. Mas mandar você aqui a essa hora é muito incomum.

— Concordo cem por cento — digo. — Pode ligar para o escritório principal, se quiser. Mas vão deixá-la esperando na linha por uma hora, e o que preciso fazer vai levar no máximo cinco minutos. Verificar a pressão arterial, a frequência cardíaca e a temperatura. Depois disso vou embora.

Respiro fundo, orgulhosa de mim mesma — para não dizer um pouco alarmada — por ser capaz de mentir com tanta facilidade. A recepcionista dá uma baforada e olha para o telefone, com certeza pensando em quanto tempo quer perder com isso. Pelo visto, não muito, porque ela diz:

— Cinco minutos? Só isso?

É todo o tempo de que disponho. Só consegui sair depois de Archie levar o jantar para o quarto de Lenora. Pedi que ele ficasse com ela enquanto eu corria até a cidade para resolver umas coisas. Disse que ficaria fora por meia hora. Como a viagem de carro até aqui levou quinze minutos e a viagem de volta levará o mesmo, percebi que só posso passar uns cinco minutos com Berniece Mayhew antes que ele comece a desconfiar.

Eu sorrio para a recepcionista.

— Se a sra. Mayhew cooperar, talvez eu precise de apenas quatro.

— Ela está na Ala Dunas — diz a recepcionista após dar uma longa tragada no cigarro. — Quarto 113.

Sigo o carpete cor de vinho para dentro da Ocean View. Um mapa indicativo logo na porta me ajuda a me orientar. Ala Ondas à esquerda, Ala Dunas à direita, área comum logo em frente. Vou para a direita, seguindo por um corredor que cheira a água sanitária, purificador de ar de limão e um leve toque de urina.

No quarto 111, diminuo o ritmo. No quarto 112, ajusto meu chapéu dobrado de enfermeira e aliso a saia do uniforme. Estampo um sorriso no rosto e entro no quarto 113.

O cômodo é pequeno, mas arrumado. É bem decente para uma visita, mas não para passar muito tempo. Berniece Mayhew, porém, já está aqui há anos. E isso fica evidente. Apoiada em travesseiros e vestindo um roupão felpudo, ela parece alguém que não sai muito. Sua cabeleira branca contrasta com um rosto escurecido por manchas da idade. Ela tem nariz achatado e bochechas rechonchudas; no lugar do queixo inexistente há uma ponta de pele solta e mole que pende feito um pano molhado num gancho. Essa pele balança quando ela se vira para me encarar.

— Quem é você?

— Meu nome é Kit. — Não tenho mais tempo para mentir. Minha única opção agora é contar a verdade a ela. — Trabalho para Lenora Hope.

— Você é a enfermeira dela?

— Sim, mais ou menos isso.

Berniece se volta para a pequena TV diante da cama. Está passando o *game show Wheel of Fortune*. Minha mãe adorava esse programa.

— Como está a Lenora? — pergunta a mulher.

— Bem, apesar de tudo.

Ela bufa de decepção.

— Que pena.

— Você ficaria feliz em saber que o corpo inteiro dela está paralisado, exceto pela mão esquerda?

Berniece Mayhew olha em minha direção novamente, a alegria dançando em seus olhos.

— Ela está sofrendo?

— Acho que não — digo.

— Eu ficaria mais feliz se ela estivesse.

Há uma cadeira de madeira junto à porta. Eu me sento e coloco minha maleta médica no chão.

— Que coisa interessante de dizer sobre a mulher cuja generosidade mantém você aqui.

— É isso o que você pensa? Que se trata de generosidade? — pergunta Berniece, com amargura na voz.

— A única outra coisa em que consigo pensar é suborno. Meu palpite é que você aceitou dinheiro pra não contar a ninguém que Lenora Hope estava tendo um caso com o seu marido. Ou é porque você viu algo que não deveria ter visto na noite em que a família Hope foi assassinada. Qual das duas opções?

Berniece Mayhew me lança um olhar de soslaio, como se me visse pela primeira vez.

— Você é espertinha, isso é. Atrevida também. Só por entrar aqui e me dizer uma coisa dessas.

— É verdade, não é?

— Eu não disse que não era — retruca Berniece.

— Sobre qual das duas hipóteses quer me contar primeiro?

— Eu fiquei de boca calada de 1929 até hoje. O que faz você pensar que vou começar a abrir o bico agora?

— Porque outra pessoa morreu.

Os olhos de Berniece se estreitam.

— Quem?

— A enfermeira anterior de Lenora. Uma trabalhadora. Igual a mim. Igual a você. Acho que ela foi assassinada. E acho que a morte dela está relacionada ao que aconteceu naquela noite de 1929.

Eu me calo por um segundo e espero a resposta dela. Minha esperança é que a morte de Mary a comova. Isso se ela for capaz de se comover com alguma coisa. Estou prestes a descobrir se Berniece Mayhew é tão nojenta quanto Lenora diz que é.

Ela se volta de novo para a televisão, onde a animada Vanna White, em um ousado vestido brilhante, vira letras. Mas Berniece não parece estar olhando para o aparelho. Seu olhar está fixo em outro lugar, um lugar distante. Um momento no passado que somente ela é capaz de ver.

— O Ricardo não era perfeito. — Berniece solta um suspiro, e contido nesse único som está uma vida inteira de decepção. — Eu sabia disso quando me casei com ele. Ele tinha, digamos assim, um olhar errante. Mas não era mau, nem mesmo quando bebia, o que é mais do que posso dizer sobre meu pai. Então não fiquei surpresa quando aquela vadia rica colocou as garras nele. Ela poderia ter escolhido qualquer funcionário daquele lugar. Alguns trabalhavam em tempo integral. Outros moravam na casa. Tinha uns bonitos também. Mas nenhum tão bonito quanto o meu Ricardo. Acho que foi por isso que ela prestou atenção nele. Bastou ela piscar aqueles enormes olhos azuis para ele e já era, ficou caidinho.

— Você o confrontou em relação a isso?
— Claro. Eu pareço uma coitadinha bunda-mole pra você?
Tenho de admitir que não.
— O que foi que ele disse?
— Ele negou, é claro. Era um homem cheio de lábia, o meu Ricardo. Capaz de se safar de qualquer situação. Tentou me convencer de que não havia nada entre eles, e eu fingi acreditar. Mas eu tinha um plano, sabe?

A cadeira range quando me inclino para a frente, com os cotovelos apoiados nos joelhos.

— O suborno.
— Parecia muito justo — diz Berniece. — Meu marido se enrabichou com uma das filhas dos Todo-Poderosos Hope. Eu merecia receber algo para compensar a minha dor e meu sofrimento. Então dei um ultimato: ou me pagavam, ou eu contaria pra todo mundo que tipo de pessoas eles eram.

— E eles tiveram que decidir...
— Naquela noite infernal.

Berniece me diz que naquela noite todos os funcionários de Hope's End ganharam folga. Pelo visto, isso era corriqueiro a cada duas terças-feiras na baixa temporada. Não havia muito o que fazer quando outubro chegava. Berniece avisou ao marido que iria à cidade para assistir a um filme.

— Perguntei se ele queria ir comigo ao cinema, já sabendo que a resposta seria não — diz ela. — Então peguei o casaco, o chapéu e a bolsa e saí do chalé.

— Mas não saiu de Hope's End — observo.

Berniece toca a ponta do nariz, sinalizando que estou certa.

— Fiquei no aguardo do lado de fora, na esperança de ver Ricardo saindo de fininho pra se encontrar com ela. Dito e feito: uns quinze minutos depois, ele saiu do chalé, atravessou o terraço e passou pela piscina até a garagem. A princípio, fiquei surpresa. Imagine viver em um lugar tão grande, com todos aqueles quartos, e escolher trepar na garagem.

Eu estremeço. Não, sem dúvida Berniece Mayhew *não* é uma coitadinha bunda-mole. Ela sorri, satisfeita por ter me surpreendido.

— Mas aí percebi o que ele estava fazendo — continua ela. — O Ricardo não era um homem burro, apesar de ter feito um monte de burrices. Ele sabia que eu estava de olho nele. Entendi que ele sabia que eu não tinha ido ao cinema. Ir à garagem foi apenas uma forma de me despistar.

Entendo o raciocínio. Em vez de entrar pelos fundos, ele foi até a garagem antes de dar a volta pela frente da casa e usar a porta principal.

— Marchei em direção àquela casa disposta a flagrar os dois e em seguida contar a Winston Hope exatamente o que a filha dele estava aprontando com meu marido. Eu tinha certeza de que ele me pagaria. Depois de demitir o Ricardo, claro. E me demitir também, provavelmente. O que era mais um motivo pra tentar conseguir o máximo de dinheiro possível.

— Mas não foi isso que aconteceu.

— Não — diz Berniece baixinho. — Não foi.

Dou uma olhada no meu relógio de pulso. Meus cinco minutos acabaram. Mas não posso ir embora. Não antes de ouvir a história completa. Tentando fazê-la falar, pergunto:

— O que aconteceu quando você entrou?

— Fui até a cozinha antes que aquela vadia entrasse correndo.

Só posso presumir que a vadia em questão seja Lenora.

— Ela parecia assustada — diz Berniece. — No começo, pensei que era por minha causa. Que ela sabia que os dois tinham sido descobertos no pulo. Mas aí reparei nas mãos dela.

Minha cadeira começa a tremer. Olho para baixo e percebo que estou batendo o pé direito, de tão nervosa e impaciente.

— O que havia nas mãos dela?

— Estavam ensanguentadas.

Meu pé para de se mexer no mesmo instante, assim como o restante do meu corpo, enquanto imagino a jovem Lenora parada na cozinha com sangue escorrendo das mãos. Uma imagem horrível por vários motivos.

— Ela disse alguma coisa?

— A princípio, não. Apenas olhou para mim, chocada por me encontrar ali. E então nós ouvimos um grito. Veio do andar de cima, ecoando pela escada de serviço.

— Você sabe quem estava gritando?

— Era a sra. Hope ou a filha mais nova. Com certeza era uma mulher. Enquanto ela continuava gritando, a Lenora pegou uma faca no balcão da cozinha, depois me encarou com frieza e falou: "Suma daqui agora."

— E o que você disse?

— Nada. Apenas concordei e saí. Eu estava assustada demais para fazer alguma coisa. Mas eu sabia que algo terrível estava acontecendo naquela casa. Só quando a polícia chegou é que entendi a dimensão do horror. — Berniece olha para o colo, envergonhada. — Penso muito naquele momento. Se eu tivesse me recusado a ir embora, Lenora teria me matado ali. Ou talvez os outros assassinatos não tivessem ocorrido. Talvez tivesse sido possível salvar alguém. Sobretudo a filha mais nova. Virginia. Pobrezinha. E na condição em que estava.

— Por que não contou nada disso à polícia?

— Porque eu queria proteger o Ricardo — responde Berniece, com um nó na garganta. — Eu sabia que a Lenora não era a única responsável pelos assassinatos. O Ricardo era cúmplice. Só podia ser. Porque ele nunca mais voltou para o chalé. Não naquela noite, nem nunca. Depois que ele desapareceu, no fundo entendi o que havia acontecido: ele a ajudou a matar a família.

— Mas por que ele faria isso? — pergunto. — Você mesma disse que ele não era um homem mau.

— Mas era influenciável. Acho que ela o enganou. Eu já tinha visto o quanto ela podia ser manipuladora.

De novo essa palavra. A mesma que a sra. Baker usou para descrever Lenora.

Manipuladora.

— Aposto que ela contou uma história triste sobre como os pais eram cruéis e sua vida era horrível, e como ela vivia feito uma prisioneira naquela velha mansão enorme. E aposto que o Ricardo acreditou. Depois de alguns meses ouvindo esse tipo de asneira, ele provavelmente sofreu lavagem cerebral e pensou que a única maneira de ficarem juntos seria se a família dela morresse. Então ele a ajudou a matá-los.

— E depois fugiu — concluo.

— Não, meu anjo — diz Berniece, em um tom de voz tão cruel que é praticamente um rosnado. — A Lenora o matou também.

Permaneço completamente imóvel na cadeira, incapaz de mexer um único músculo. Tento imaginar Lenora fazendo alguma dessas coisas. Matando não apenas o pai, a mãe e a irmã, mas também o amante. Só um monstro faria isso. E a Lenora Hope que conheço não é um monstro.

Não que eu a achasse de todo inocente. Ela mesma me disse isso com todas as letras.

Só tem um problema: eu não era uma boa menina.
Nem um pouco.
Você verá por si mesma muito em breve.

Eu sabia também que ela se livrara da faca. Lenora não tentou esconder isso de mim. Mesmo assim, passei a acreditar que ela não era a responsável pelos assassinatos. Na minha opinião, seu único erro foi amar e acobertar um homem que de fato cometeu os crimes.

Mas o que Berniece está me contando é o oposto de tudo o que eu imaginava. Se o que está dizendo for verdade, Lenora é tão culpada quanto Ricardo Mayhew. E provavelmente é, já que permanece viva e ele... não.

A menos que Berniece esteja mentindo.

É possível, já que ela acabou de admitir que, durante décadas, tirou dinheiro da mulher que ela diz ter matado seu marido.

— Se a Lenora assassinou o Ricardo, então por que o corpo dele não foi encontrado com os outros?

Berniece tem uma resposta simples para essa pergunta.

— Ela o empurrou daquele terraço. Você já viu por si mesma. É uma longa queda até o oceano.

Só que ainda assim não faz sentido. Por que Lenora mataria seu cúmplice? Sobretudo quando isso significava que ela viraria a principal suspeita? De duas, uma: ou Berniece está inventando, ou não entendeu o que viu. E a julgar por seu silêncio durante todos esses anos, ela não se importa com nada disso, desde que continue sendo paga.

— Não acho que você queira proteger o seu marido — digo. — Depois dos assassinatos, você percebeu que tinha uma nova forma de obter seu dinheiro do suborno.

— E foi ótimo eu ter feito isso — diz Berniece. — Porque, como era de esperar, todos nós fomos demitidos naquela semana. Os que tinham sobrado, pelo menos. Metade dos empregados pediu demissão assim que descobriu o que aconteceu. Lenora estava ocupada demais sendo interrogada pela polícia pra fazer isso por conta própria. Ela mandou o ajudante da cozinha fazer o serviço sujo.

— O Archie?

— Esse é o nome dele, sim — confirma Berniece com um meneio de cabeça. — Nunca consegui me lembrar. Pobre rapaz. Apenas dezoito anos, e tendo que demitir todos os colegas com quem trabalhava. Quando ele veio até o chalé, mal conseguia me olhar nos olhos. Ele só me entregou um cheque de mil dólares, assinado pela própria Lenora Hope.

Volto a consultar meu relógio de pulso. Cinco minutos viraram dez. E o homem que está me esperando é a mesma pessoa que pagou a Berniece seu primeiro suborno.

— Ele disse que o dinheiro era pra comprar o seu silêncio?

— Ele não precisava, meu bem — diz Berniece. — Subornar as pessoas era o padrão na família Hope. Era o que sempre faziam para conseguir o que queriam, fosse aquela poção que a sra. Hope vivia bebendo ou as empregadas jovens e bonitas que o sr. Hope estava sempre comendo. Era assim que mantinham as pessoas caladas, como quando uma daquelas empregadas bonitinhas se metia em apuros.

— Então você pegou o cheque e foi embora.

Um brilho repentino aparece nos olhos de Berniece.

— Não exatamente. Mandei o tal do Archie informar a srta. Hope que seria necessário me entregar um cheque igual àquele todos os meses, caso contrário eu contaria à polícia que a vi com uma faca na mão na mesma noite em que os pais dela foram mortos a facadas. Então, claro, no mês seguinte recebi um cheque com o mesmo valor. E no outro mês. A torneira do dinheiro está aberta e jorrando desde então.

Eu me ponho de pé, sentindo-me suja na presença de Berniece. Mas também estou relutante em voltar a Hope's End, porque sei que pelo menos parte do que ela disse é verdade. Sobre o vício da sra. Hope, sobre a vida sexual do sr. Hope e sobre como a família usava seu dinheiro para resolver qualquer obstáculo no caminho. Sei porque ajudei Lenora a datilografar isso.

O que significa que todos naquela casa, exceto Carter, são corruptos. Inclusive Lenora.

— A torneira está prestes a ser fechada — digo. — Porque ou você vai à polícia, ou eu vou.

Ela olha de relance por cima do meu ombro, em direção à porta atrás de mim. Suas feições se iluminam.

— Parece que já estão aqui.

Alguém aperta meu ombro no mesmo instante em que ouço a voz familiar do detetive Vick.

— Venha comigo, Kit. Você sabe que não deveria estar aqui.

— Estamos só conversando! — protesto.

— Você está invadindo uma propriedade. — O detetive Vick agarra meu braço e dá um puxão. — E ainda por cima mentindo.

Eu involuntariamente me viro para a porta. Atrás do detetive está a mulher com quem conversei na recepção. Ela me lança um olhar feio e diz:

— Adivinha quem acabou ligando para a seguradora? Eles não faziam a menor ideia de quem é você.

— Mas eu, sim — diz o detetive Vick. — Eu assumo a partir daqui. A menos que você queira prestar queixa.

A mulher reflete a respeito, e demora um tempo desconfortavelmente longo para se decidir. Olha para Berniece e pergunta:

— Ela a machucou de alguma forma, sra. Mayhew?
— Está tudo bem. Só me fez algumas perguntas.
— E agora você precisa contar a eles o que acabou de me contar — acrescento.

O detetive Vick não quer ouvir.

— Você já a incomodou o bastante, Kit. Vamos.

Pego minha maleta médica antes de ele me tirar do quarto. Enquanto saímos, Berniece me fita com um sorriso desdentado e diz:

— Mande um oi pra Lenora. E avise que a gente se encontra no inferno.

TRINTA E CINCO

O detetive Vick agarra meu pulso com firmeza e me leva até o carro. Eu deveria estar lisonjeada por ele me considerar uma ameaça tão grande.

— Já pode me soltar agora — digo, torcendo o braço. — Não vou voltar correndo lá pra dentro e incomodar a Berniece de novo. Mas recomendo fortemente que *você* faça isso. Vai querer ouvir o que ela tem a dizer.

— A polícia conversou com Berniece Mayhew cinquenta e quatro anos atrás.

— Então examinou o arquivo do caso daquela época?

— Sim. A única coisa que Berniece tinha a dizer é que o marido não voltou pra casa.

— Ela estava mentindo — retruco. — E você saberia disso se voltasse lá e fizesse a porra do seu trabalho!

Ele enfim solta meu pulso quando chegamos ao meu carro. A julgar pela expressão irritadíssima em seu rosto, imagino que vá jogar tudo para o alto e me algemar. Em vez disso, ele diz:

— Vá você fazer a porra do *seu* trabalho. Deixe a investigação comigo. Melhor ainda, peça demissão daquele lugar e volte pra casa. Seu pai está sentindo sua falta.

Isso me surpreende.

— Ele disse isso?

— Não — diz o detetive Vick. — Mas acho que ele está se sentindo solitário agora.

— Acredite em mim — digo. — Não está.

— Então você decidiu incomodar uma senhora inocente?

Eu sufoco uma risada. *Inocente* é a última palavra que eu usaria para descrever uma mulher que vem chantageando alguém há décadas para não contar o que julga ter sido um homicídio quádruplo. Por outro lado, isso não é nada comparado aos crimes que Berniece diz que o marido e Lenora cometeram.

— Vim perguntar sobre o Ricardo Mayhew — digo. — A esposa, aliás, acha que ele cometeu os crimes. Com a ajuda da Lenora. E que depois ela o matou.

— E o que *você* acha?

Eu me encosto no meu carro, refletindo sobre a questão.

— Acho que aconteceu alguma coisa naquela noite além do assassinato de três pessoas e do desaparecimento de uma quarta. Algo que ou instigou a violência, ou foi resultado dela.

Já é um fato que Lenora fez parte disso. Só não sei o tamanho do papel que ela desempenhou. Será que a culpa é toda dela, como afirmam Berniece e a pessoa misteriosa que entrou no quarto de Lenora e usou a máquina de escrever? Ou ela foi envolvida em eventos que estavam além de seu controle? Será que ela se livrou da arma do crime para tentar conter os danos, mas acabou levando a culpa por tudo?

Espero que seja a última opção. Mas receio que seja a primeira.

— O que mais dizem os relatórios policiais?

— A polícia recebeu uma ligação pouco depois das onze da noite na terça-feira, dia 29 de outubro — diz o detetive Vick. — Quem ligou disse que havia duas pessoas mortas em Hope's End.

Eu inclino a cabeça.

— Duas?

— É o que consta no relatório.

Mas três pessoas foram assassinadas naquela noite. Isso só faria sentido se a pessoa tivesse ligado para a polícia depois de encontrar apenas dois corpos.

— Quem ligou?

— Lenora Hope.

Faz sentido que tenha sido ela. Obviamente é o que Lenora faria se fosse inocente — ou se estivesse tentando *parecer* inocente. Mas, em ambos os casos, ela com certeza saberia o número de vítimas. Lenora mentiu para a polícia ou outra pessoa ainda estava viva quando ela fez a ligação.

Tento relembrar as primeiras páginas que Lenora datilografou e logo me vem à memória a forma como ela enfatizou sua lembrança mais nítida. Com a qual ainda tinha pesadelos.

Ela no terraço.

A faca ensanguentada que a chuva lavou antes que a jogasse no oceano.

A irmã gritando dentro da casa.

Virginia.

Era ela quem ainda estava viva. Então Lenora foi até a garagem buscar a corda.

Sinto dor de cabeça quando paro para pensar sobre o que isso significa. E a situação não parece nada boa para Lenora. Na verdade, tenho a impressão de que Virginia foi um dano colateral, ela só estava no lugar errado na hora errada. E alguém decidiu que ela também tinha que morrer.

Esse alguém provavelmente foi Lenora, que não tinha mais a faca com a qual matou os pais e precisava de uma nova arma. Ricardo provavelmente é o responsável pelo enforcamento. Ele deve ter fugido logo depois ou, se Berniece estiver certa, foi empurrado do terraço por Lenora.

O mesmo terraço de onde Mary foi empurrada.

— Os policiais que atenderam à chamada encontraram o portão da frente aberto — diz o detetive Vick. — Assim que entraram na mansão, deram de cara com Evangeline Hope no patamar da escada. Então se espalharam pela casa e encontraram Winston Hope na sala de bilhar e Virginia Hope pendurada em um lustre no salão de baile.

— Onde Lenora estava?

— No terraço.

Então ela voltou para o terraço depois da morte de Virginia. Minha dor de cabeça piora. Quanto mais fico sabendo, mais penso que Berniece está certa.

E que Lenora é a culpada.

— O sr. e a sra. Hope foram declarados mortos no local. Virginia foi levada para o andar de cima.

— Também sem vida — digo.

O detetive Vick balança a cabeça.

— Ela só morreu seis meses depois.

Um choque.

Eu achava que Virginia havia morrido na mesma noite em que os pais. Contudo, ela se agarrou à vida por mais seis meses. Não sei bem o que é pior: ir de uma vez, como seus pais, ou ficar à beira da morte por tanto tempo antes de enfim partir.

— Por que ninguém suspeitou de Ricardo Mayhew?

— Suspeitaram — diz o detetive Vick. — Quando todos deduziram que Ricardo não voltaria, ele se tornou o principal suspeito. Principalmente quando descobriram que um dos Packards de Winston Hope havia desaparecido da garagem, então começamos a desconfiar de que Ricardo havia matado os Hope, roubado o carro e fugido para o mais longe que pôde. Mas não foi encontrada nenhuma evidência que comprovasse essa teoria... nem que indicasse que ele havia estado na casa.

— Alguém pelo menos perguntou a Lenora sobre ele?

De repente, um carro entra no estacionamento e os faróis iluminam a fachada da casa de repouso antes de se fixarem no rosto envelhecido do detetive Vick. Normalmente, suas feições são rígidas, mas hoje seu semblante parece apenas cansado.

— Fizeram isso — explica ele. — Lenora alegou que não sabia quem ele era. Um dos policiais disse que Ricardo era o caseiro-chefe da casa e registrou que ela realmente parecia não saber o nome do homem.

— Quantas vezes falaram com ela?

— Diversas vezes, durante várias semanas. Ela sempre dizia a mesma coisa. Não viu nada, não ouviu nada, não viu ninguém na casa além da família.

Lenora mentiu. Ela viu Berniece, que a flagrou na cozinha com sangue nas mãos e segurando uma faca.

Só que isso não faz sentido. Se Lenora realmente matou a família, como havia sangue em suas mãos *antes* de ela ter ido buscar a faca? Isso só seria possível se mais de uma faca tivesse sido usada.

— E a arma? — pergunto. — Eles nunca a encontraram, certo?

— Correto.

— A polícia tinha certeza de que apenas uma faca foi usada?

— Certeza absoluta — diz o detetive Vick. — Aparentemente não faltava nenhuma outra faca na cozinha, e as lesões infligidas a Winston e Evangeline Hope era aproximadamente da mesma largura, sugerindo que apenas uma arma tinha sido utilizada.

— Eles notaram algo fora do comum no lugar? Qualquer coisa?

— Apenas que o quarto de Virginia Hope tinha sido limpo havia pouco tempo. Quando a levaram pro andar de cima, um dos policiais sentiu cheiro de cera para piso.

Toco minhas têmporas. A dor de cabeça está aumentando. Dói tanto que fico surpresa por meu crânio ainda não ter rachado, formando uma fissura tão grande quanto a que atravessa o terraço em Hope's End.

— Então, como a polícia não conseguiu provar que Ricardo ou Lenora eram os culpados, o caso simplesmente foi arquivado?

— Isso mesmo — diz o detetive Vick. — Isso te lembra alguma coisa?

A raiva percorre meu corpo feito um raio. Elétrico. Abrasador.

— Vai se foder! — digo a ele, o que talvez seja ilegal.

Meu conhecimento sobre desacato à autoridade não é muito vasto. Se é um crime, o detetive Vick não faz nada a respeito enquanto puxo a porta do Escort com força e deslizo para trás do volante.

— Eu não culpo você, sabe? — diz ele antes que eu possa bater a porta. — Sua mãe estava agonizando. Eu entendo isso. Meus pais também sofreram quando chegou a hora. Mas não transgredi a lei pra tentar acabar com a dor deles.

— Nem eu.

Estou à beira das lágrimas, e não sei se é pela raiva, pelo luto ou por tudo que aconteceu nos últimos seis meses. Quando cheguei a Hope's End, eu realmente tentei entender a história de Lenora porque estava desesperada para esquecer da minha vida patética ao me concentrar na de outra pessoa. Mas encontrei o cadáver de Mary, e desde então as coisas só pioraram.

— Não forcei minha mãe a tomar aqueles comprimidos — digo, secando uma lágrima antes que ela caia, porque nem fodendo que vou chorar na frente do detetive Vick. — Ela se matou. A Mary, não. E qualquer pessoa mais inteligente do que você entenderia isso.

As narinas do detetive se dilatam, o único indício de que o irritei. Ao contrário de mim, ele sabe controlar as próprias emoções.

— Kit, pela última vez: Mary Milton não foi assassinada.

— Como pode ter tanta certeza disso?

O detetive Vick tira um papel de dentro do paletó. É a cópia de uma folha rasgada e desbotada devido aos danos causados pela água. Ele a joga na minha direção e diz:

— Por causa disto aqui.

Sinto minhas mãos ficarem dormentes ao ler a única frase datilografada na página.

— O que é isto?

— A cópia do bilhete de suicídio de Mary Milton. Eu disse que o encontramos com o corpo dela.

Analiso o papel uma segunda, terceira, quarta vez, na esperança de enxergar um significado diferente. Mas a frase continua a mesma todas as vezes.

sinto muito nao sou a pessoa que voce pensava que eu era

— Mary... — pauso, inquieta com o som da minha voz. Como se eu estivesse debaixo d'água. Como se eu estivesse a milhares de quilômetros de distância. — A Mary não escreveu isto.

— Claro que escreveu — afirma o detetive Vick. — Quem mais poderia ter escrito?

Em vez de responder, eu me esforço para enfiar a chave na ignição e faço um esforço ainda maior para sair da vaga de estacionamento. Então vou embora, deixando o detetive Vick parado em meio à fumaça do escapamento, ainda ignorando o fato de que o papel que encontrou com o corpo de Mary não era um bilhete de suicídio.

É outra coisa.

Datilografada por outra pessoa.

E acho que sei exatamente o que significa.

TRINTA E SEIS

Como eu não queria que alguém abrisse o portão para mim quando eu retornasse a Hope's End, não o fechei quando saí. Ainda está aberto, graças a Deus, o que me permite entrar diretamente com o carro. Paro apenas para fechá-lo apertando o botão embutido na parede interna do muro. Depois volto para o carro, acelero até as portas de entrada, desligo o motor e corro para dentro. A mansão está estranhamente silenciosa enquanto sigo pelo corredor e me detenho diante dos retratos de família na parede.

Em frente à pintura de Lenora, observo seu nariz empinado, os lábios carnudos, os olhos verdes. Apesar dos muitos anos de distância entre eles, a garota do retrato é sem dúvida a mulher sob os meus cuidados.

Vou até o primeiro retrato da fileira e uso a chave do carro para furar o crepe de seda que o cobre. Depois de fazer um buraco grande o suficiente para enfiar um dedo, rasgo o tecido com as mãos. O crepe de seda faz barulho ao se despedaçar — um ruído escorregadio, quase molhado. Fico imaginando se o som da lâmina da faca deslizando pela garganta de Winston Hope foi parecido.

É ele quem está por debaixo do tecido. O próprio Winston Hope, cuja imagem se assemelha à de qualquer outro figurão da indústria daquela época. Corado, presunçoso e rechonchudo, de tanta comida, tanta bebida, tanto que tomou para si. Homens como ele devoravam tudo que viam pela frente, sem deixar nada para os outros.

Ao fitar o rosto ganancioso de Winston Hope, posso dizer que ele não tinha ideia do que o destino lhe reservava. Provavelmente achava que viveria para sempre. Mas acabou morto no cômodo do outro lado do corredor, caído sobre uma mesa de bilhar, seu sangue escorrendo pelo feltro verde.

Passo para o retrato seguinte e repito meus movimentos. Enfiar a chave, fazer um buraco, rasgar com a mão. O tecido preto se rompe e revela Evangeline Hope. Ela era realmente linda. Lenora não mentiu quanto a isso. Pele branca. Cabelo dourado. Uma postura fina e elegante envolta em um vestido igualmente fino e elegante. Contudo, apesar de toda a beleza etérea, há algo de errado com a aparência da sra. Hope. Ela é pálida de um jeito desconcertante, o que lhe dá um aspecto delicado e frágil. Ao olhar para ela, eu me lembro de um lírio-de-um-dia prestes a murchar.

Ao contrário do marido, Evangeline Hope parecia saber o que estava por vir.

Resta apenas um retrato.

Virginia.

Enfio a chave e abro um buraco. Rasgo com o dedo, abro e rompo o tecido. Continuo rasgando até encontrar uma jovem com alguns traços da mãe e absolutamente nenhum do pai. Ela também é linda, de um jeito um pouco arrogante. Na pintura, seu sorriso parece forçado, quase cruel. E os olhos dela são de um gélido tom de azul. Encará-los me faz lembrar do que Berniece Mayhew disse sobre Ricardo ter ficado caidinho no momento em que Lenora olhou para ele.

Com seus grandes olhos *azuis*.

Com o coração e a mente disparados, corro para a biblioteca, concentrada na lareira, onde estão aquelas três perturbadoras urnas cinerárias.

Pai, mãe, filha.

Estendo as mãos trêmulas e levanto a tampa da urna à esquerda.

Dentro há uma pilha de pó cinza opaco que me faz recordar do que o padre disse durante o funeral de minha mãe.

Cinzas às cinzas, pó ao pó.

Ambos estão presentes dentro da urna, movendo-se feito areia quando a ponho de volta sobre a lareira e a tampo de novo.

Pego a segunda urna, levanto a tampa e observo mais cinzas.

Sigo para a última, mas meus movimentos parecem desacelerar como em uma lembrança ruim. Os segundos se esticam e se transformam em minutos enquanto toco e levanto a tampa com os dedos, pousando-a sobre a lareira. Meus sentidos ficam mais aguçados quando agarro a urna.

Sinto a porcelana fria na palma da minha mão.

Vejo partículas de poeira flutuando no ar parado.

Sinto o cheiro das páginas amareladas de livros que ninguém abre há décadas.

Sinto um gosto metálico na língua. É o medo do que acontecerá depois que eu olhar dentro da urna.

Então eu olho, e ofego tão alto que o som ecoa nas estantes da biblioteca.

Porque o que vejo é... nada.

Não há cinzas. Não há pó.

A urna está completamente vazia.

Eu deveria saber que a noite terminaria em desastre. Deveria ter sentido no ar tempestuoso. Enquanto fingia estar acamada, passei o dia inteiro ouvindo os trovões ressoarem sobre o oceano feito disparos de canhão de uma horda que se aproximava.

Uma batalha se avizinhava.

E haveria baixas.

Mas ignorei os sinais, estava preocupada demais em fugir para notá-los. Nosso plano, se é que podíamos chamar assim, consistia em reunir o máximo possível das minhas coisas depois que todos os residentes da casa tivessem ido dormir. Enquanto isso, Ricky entraria na garagem e roubaria as chaves de um dos Packards do meu pai. Às dez da noite, se tudo corresse bem, ele estaria na porta da frente no momento em que eu saísse escondida com a minha mala. Então iríamos embora e nunca mais olharíamos para trás.

Na época, pensei que daria certo.

Todos os funcionários tiraram sua folga quinzenal, então Ricky achou que o plano era viável. Como minha mãe permanecia envolta em uma névoa de láudano, ninguém além da minha irmã e do meu pai poderia nos flagrar.

Eu não esperava que isso fosse acontecer.

Quando deu quinze para as nove, deslizei para fora da cama e troquei de roupa rapidamente. Eu não fazia ideia do que o resto da noite me reservava, mas tinha a esperança de que envolvesse uma visita a um juiz de paz. Adorava a ideia de Ricky e eu nos casarmos antes do nascimento do bebê. A última coisa que eu queria era que nosso filho fosse considerado um bastardo. Se o que aquela noite reservava para mim era um casamento, queria estar vestindo a minha roupa mais bonita — o mesmo vestido de cetim cor-de-rosa com o qual posei para meu retrato de aniversário. Mal cabia em mim, apesar de ter sido alargado várias vezes desde então, e não contribuiu em nada para disfarçar minha gravidez avançada.

Depois de me espremer na roupa, joguei minha mala em cima da cama e a abri. Fui até o armário e peguei o maior número de vestidos que meus braços eram capazes de segurar. Quando me voltei para a mala, avistei minha irmã na porta. Ela estava com as mãos atrás das costas, segurando algo que não queria que eu visse.

"O que você está fazendo?", ela quis saber, parecendo maravilhada em ter me flagrado totalmente recuperada e de pé.

"Vou embora."

"Pra onde?"

"Não sei. Qualquer lugar menos aqui."

Os olhos da minha irmã cintilaram. "Vai fugir com ele, não é?"

"Vou", respondi enquanto deixava cair os vestidos na mala. Sem eles para me cobrir, minha irmã enfim viu o que eu vinha escondendo havia meses. O brilho nos olhos dela foi rapidamente substituído por uma expressão de perplexidade.

"Deus do céu...", disse ela, boquiaberta. "O que é que você fez?"

Voltei para o armário e agarrei outra braçada de vestidos. "Agora você entende por que estou indo embora?"

Naquele momento, eu precisava que minha irmã me ajudasse, me confortasse, me apoiasse. É o que se espera que irmãs façam umas pelas outras. Mas a minha apenas disse: "O papai nunca vai permitir isso."

Aquela menção a ele quase me fez cair dura.

"Por favor, não conte pra ele", pedi. "Por favor, só me deixe ir embora. Você me odeia, não é? Ser filha única não vai facilitar a sua vida?"

"Não se o nome da família estiver arruinado." A postura da minha irmã estava perfeitamente ereta, o queixo erguido, orgulhosa da própria superioridade. Ela se considerava melhor do que eu em todos os sentidos, e não precisava mais esconder sua presunção.

"Não é só você quem vai ser afetada. Todos nós vamos pagar um preço. Pense na sua reputação. Pense na minha!"

"Você quer que eu fique aqui, sem amor, infeliz pelo resto da minha vida, só pra preservar sua preciosa reputação?"

"Não", rebateu minha irmã. "Você deveria se preocupar com a sua própria reputação. Se você for embora, estará jogando sua vida fora."

"Ou ganhando uma vida nova", respondi rapidamente.

"De qualquer forma, não posso deixar você fazer isso."

"Vá em frente, então", disse. "Conte pra ele. Isso não vai me impedir de dar o fora daqui."

"Então acho que é hora de um dos nossos antigos joguinhos", disse a minha irmã. "Você se lembra das regras, não é?"

Minha irmã tirou a mão de trás das costas, revelando o que estava segurando o tempo todo.

Uma chave.

Da porta do meu quarto.

Que só poderia ser trancada por fora.

"Não! Por favor!", implorei, mas não antes que ela saísse do cômodo. Corri na sua direção, sentindo uma lufada de ar no rosto no momento em que a porta foi fechada. Quando alcancei a maçaneta, já era tarde demais. A chave clicou na fechadura antes que eu pudesse agarrá-la. Mesmo assim a girei, e ela nem sequer se mexeu.

A porta estava trancada.

Então me voltei para a porta do outro lado do cômodo, a que dava para o quarto da srta. Baker. Infelizmente, minha irmã também havia pensado nisso. Assim que irrompi no quarto, ouvi a chave girar na fechadura.

Eu estava presa.

Ainda assim, me lancei contra a porta e comecei a esmurrá-la. Do outro lado, a risada maligna da minha irmã ecoou pelo corredor enquanto ela corria para contar ao meu pai o que eu estava prestes a fazer.

"Me deixa sair daqui!", berrei. "Por favor, me deixa sair!"

Esmurrei a porta e senti algo dentro de mim ceder.

Líquido.

Escorrendo entre minhas pernas para o chão.

O pânico inundou meu corpo, pois eu sabia que isso significava que o bebê estava chegando.

Antes da hora.

E logo.

Aterrorizada, soquei a porta, chamando minha irmã.

"Por favor!", gritei. "Por favor, Lenora!"

TRINTA E SETE

Encontro a sra. Baker na cozinha com um saca-rolhas na mão, abrindo uma garrafa de Cabernet na bancada. Ela olha para cima e fica surpresa ao me ver entrar pelo corredor e não pela escada de serviço.

— Está tudo bem com a srta. Hope? — pergunta ela.
— Sim, Lenora — respondo. — A Virginia está bem.

O saca-rolhas fica imóvel por um instante. Então ela dá um puxão, abrindo a garrafa com um estalo semelhante a um sussurro.

— Não tenho ideia do que você está falando.

Ironicamente, sua negação confirma minhas suspeitas. A postura rígida, o sorriso forçado e os olhos azuis de aço são exatamente como o retrato descoberto no corredor.

— Talvez isto aqui ajude — digo, tirando do bolso o suposto bilhete de suicídio de Mary e jogando-o em cima da mesa.

Impassível, a mulher que finge ser a sra. Baker examina o papel, antes de encher a taça com o vinho. Enquanto ela o faz, pego o saca-rolhas da bancada. Não quero um objeto pontiagudo a seu alcance enquanto conversamos.

Mas quero ao meu.

O saca-rolhas vai para o meu bolso enquanto Lenora Hope — a verdadeira — toma um gole de vinho.

— Você espera que eu saiba o que é isso? — pergunta ela.
— Essa é a cópia de um papel que estava no bolso de Mary Milton na noite em que ela morreu. O detetive Vick achou que era um bilhete de suicídio. Mas ninguém datilografa dessa forma. Ninguém a não ser sua irmã. Que datilografou isso depois de revelar a Mary

quem ela realmente era, pedindo desculpas por fingir ser outra pessoa por tanto tempo.

Ainda não sei se Virginia — a verdadeira, a *viva* — realmente planejava revelar isso para mim. Acredito que sim. Depois do que aconteceu com Mary, acho que ela teve medo. Mas nunca mentiu para mim. Nada do que datilografou era mentira. Quando lhe perguntei quem esteve em seu quarto à noite, ela disse a verdade.

Virginia.

Seu nome verdadeiro.

Ela também foi sincera quando perguntei quem havia usado a máquina de escrever durante a noite e do quê Mary tinha medo.

Sua irmã.

A mulher parada do outro lado da bancada, na minha frente.

— Mas você já sabe disso — digo a ela. — Você sabia disso quando empurrou a Mary do terraço.

Lenora segura sua taça de vinho com tanta força que receio que se quebre.

— Eu não fiz nada disso! Ela se matou.

Apalpo meu bolso, sentindo o saca-rolhas e sua ponta afiada.

— Nós duas sabemos que isso não é verdade.

— O que quer que tenha acontecido com aquela pobre garota não tem nada a ver comigo.

— Tem, sim — digo. — Porque ela sabia que sua irmã está viva e que, na verdade, você é a Lenora. Há quanto tempo você vem escondendo tudo isso?

— Há muito tempo — diz ela, admitindo pelo menos uma coisa: a sra. Baker é na verdade a infame Lenora Hope. — Praticamente desde o dia dos assassinatos.

Cinquenta e quatro anos, então. Um período extraordinariamente longo.

— Por que você fez isso? Como?

— Qual parte? — indaga Lenora entre gigantescos goles de sua taça. O vinho já está fazendo o seu trabalho, deixando-a mais solta e muito mais comunicativa. — Fingir a morte da minha irmã ou forçá-la a assumir minha identidade?

— As duas coisas — respondo, minha cabeça girando com todos os fatos. — O que aconteceu de verdade naquela noite?

— Eu só posso contar o que *eu* vivenciei. — Lenora se senta em um banquinho à minha frente, os cotovelos apoiados na bancada. Como se fôssemos melhores amigas tomando um drinque juntas. Como se tudo isso fosse normal. — Eu estava lá em cima, no meu quarto, sentada à penteadeira, ouvindo meu toca-discos enquanto fingia que não estava me escondendo de todas as coisas erradas nesta casa.

Isso é fácil de imaginar, porque quando eu estava escondida em seu quarto, a vi fazendo exatamente a mesma coisa.

— Já tinha sido uma noite longa e terrível — continua ela. — Coisas aconteceram. Coisas horríveis. E aí tudo escalou. E então ficou quieto. Por fim, eu decidi descer e ver se estava tudo bem.

— Não estava — digo.

Quando Lenora balança a cabeça, noto um brilho úmido em seus olhos azuis reveladores. Lágrimas que ela se recusa a deixar cair.

— Encontrei a minha mãe na Grande Escadaria. Morta, é claro. Eu soube na hora. Havia sangue... por toda parte. — Lenora fica em silêncio, estremecendo com a lembrança. — Comecei a gritar e a correr pela casa feito uma galinha cuja cabeça tinha sido decepada. Meu Deus, que comparação horrível. Ainda assim, combina com a minha reação naquela noite. Fiquei correndo e gritando. Gritando e correndo. E acabei direto na sala de bilhar, onde encontrei meu pai.

Ao vê-la tomar outro gole de vinho para se fortalecer, penso no que ela deve ter sentido quando entrou naquela sala e viu o pai caído sobre a mesa de bilhar, o sangue escorrendo para as caçapas.

— Corri para a cozinha, liguei pra polícia e contei que meus pais haviam sido assassinados.

Assinto porque condiz com o que o detetive Vick disse sobre a polícia ter recebido a ligação pouco depois das onze.

— Depois fui procurar a Virginia. Eu a encontrei pendurada bem ali. — Lenora aponta na direção da porta da cozinha, para o salão de baile. — Ela estava pendurada num dos lustres. Eu deveria ter tentado tirá-la da corda. Hoje eu sei disso. Mas, na época, pensei que ela estivesse morta, assim como meus pais. Diante de uma situação tão desesperadora, tive uma reação desesperada também: saí no terraço e gritei. Por medo, tristeza e confusão. Gritei até minha garganta travar e minha voz não sair mais. Foi quando a polícia chegou.

Lenora passa o dedo indicador pela borda da taça de vinho enquanto me conta que os policiais encontraram sua família morta e mais ninguém na casa além dela.

— Eles me olhavam como se eu fosse maluca — diz ela. — Mesmo que eu não tivesse feito nada de errado. A primeira coisa que eu disse foi: "Não fui eu." O que só os fez suspeitar ainda mais de mim. Exatamente o contrário do que eu pretendia. Eles me levaram para o salão de jantar e me fizeram perguntas horríveis. Quem mais estava aqui? Eu tinha algum motivo pra querer a minha família morta? Eu só respondi: "Não fui eu. Não fui eu."

Ao ouvi-la, sinto um déjà-vu, pensando em mim mesma trancafiada numa sala de interrogatório sem vida, nas encaradas acusatórias do detetive Vick, nos rolos do gravador girando e girando.

— Então um milagre aconteceu — prossegue Lenora. — Do salão de baile, um dos policiais gritou que Virginia ainda estava viva. No fim, o nó em volta do pescoço era mais um laço. O emaranhado malfeito de corda foi o que provavelmente salvou a vida dela, porque permitiu a entrada de oxigênio suficiente para mantê-la viva. Por um triz. Ninguém esperava que ela passasse daquela noite, por isso ela foi levada para o quarto, e não para o hospital.

Ela inclina a taça para trás e a esvazia antes de voltar a enchê-la e tomar outro generoso gole. Preparando-se para o restante da história. Porque, apesar de já ser um relato bastante horrível, sei que o pior está por vir.

— O dr. Walden, o médico da família, foi chamado. Ele disse que a Virginia tinha sofrido morte cerebral, e que logo aconteceria o mesmo com o corpo dela. Só que isso não aconteceu. Ela resistiu por dias, semanas, meses. Então o dr. Walden estava errado. A mente de Virginia estava viva. Ela parecia compreender tudo o que lhe diziam. Foi seu corpo que morreu. Estava paralisada, imóvel, incapaz de falar, incapaz de fazer qualquer coisa.

— Então o que você me disse sobre os derrames e a poliomielite era...

— Tudo mentira — admite Lenora. — Pra encobrir o fato de que o enforcamento danificou a laringe dela, tornando-a incapaz de falar, e rompeu sua medula espinhal, o que a deixou praticamente paralisada.

— Por que mentir sobre isso? — indago. — Por que fazer todo esse esforço para encobrir tudo?

— Você não entende como foi pra mim. Eu tinha apenas dezessete anos, estava assustada e sozinha. Não havia outros parentes, ninguém pra me orientar. Meus pais haviam morrido. Minha irmã estava basicamente em coma. E de repente eu me vi encarregada de Hope's End, dos negócios do meu pai, de tudo. O advogado do meu pai veio me dizer que a quebra da bolsa havia levado a empresa da família à ruína. Depois o advogado da minha mãe me informou que eu herdaria milhões dos meus avós quando completasse dezoito anos, e que a Virginia também herdaria, se conseguisse sobreviver até lá.

Lenora encara a taça como se fosse uma bola de cristal. Mas, em vez do futuro, tudo que ela consegue ver é o passado.

— Enquanto isso, a polícia continuava aparecendo com suas suspeitas e insinuações — diz ela. — Muitos empregados foram embora. Mandei dispensarem os outros, preocupada que pensassem o mesmo que a polícia e talvez quisessem buscar justiça com as próprias mãos. Meus amigos me abandonaram imediatamente. Peter também.

— Peter Ward? — pergunto, pensando nos retratos no corredor, o crepe de seda preto que agora pendia deles feito serpentinas. — O pintor?

— Estávamos apaixonados — diz Lenora. — Eu estava, pelo menos. Depois dos assassinatos, ele não quis mais nada comigo. Nunca mais o vi. Além disso, eu precisava cuidar da minha irmã e da casa, sem a ajuda de ninguém, exceto Archie, que fazia isso apenas por devoção a Virginia. Eu sabia que ele não dava a mínima pra mim. E tudo o que eu queria era estar em outro lugar e ser outra pessoa.

Lenora levanta os olhos da taça, em busca de empatia.

— Você certamente consegue entender isso. Sabe como é ser acusada de algo que não fez. Ver todo mundo ir embora, lutar sozinha contra o medo e a tristeza. Nos últimos seis meses, você não quis mudar completamente sua vida?

Eu quis. E eu fiz isso. Eu vim para Hope's End.

— Sim — respondo. — Mas minhas opções eram limitadas.

Lenora se encolhe, como se essa fosse a primeira vez na vida que alguém estivesse apontando que pessoas como ela têm privilégios com os quais gente como eu pode apenas sonhar.

— As minhas não eram — diz ela. — Depois de seis meses ficou claro que a polícia não tinha provas pra me acusar de qualquer coisa, e eu descobri uma forma de escapar.

— Você fez com que a Virginia fosse declarada morta — concluo.

— Foi fácil — diz Lenora com um meneio de cabeça. — Sobretudo com uma pessoa tão corruptível quanto o dr. Walden. Mostrei-lhe os Packards do meu pai na garagem e disse que ele poderia escolher qualquer um se declarasse Virginia legalmente morta. Ofereci outro carro de presente para a esposa dele, contanto que ele alegasse que a minha saúde física e mental dependia de descanso e relaxamento longe de Hope's End. Isso resolveu a questão. Virginia estava morta, completei dezoito anos e herdei não só a minha parte da herança dos meus avós, mas também a dela. Depois, por ordens médicas, viajei para a Europa. Pouco antes de partir, porém, dei um jeito de me tornar a sra. Baker. E a Virginia...

Solto o ar, surpresa não apenas com a astúcia de seu plano, mas também com sua crueldade.

— Tornou-se Lenora Hope — completo a frase.

Vejo você concordando com a cabeça, Mary.
Você sabia, não é?
Menina esperta.
Eu tinha o pressentimento de que você pelo menos suspeitava.
Sim, meu nome verdadeiro é Virginia Hope, embora ela já esteja oficialmente morta há décadas. Naquela época, por pura determinação da minha irmã, eu me tornei Lenora.
Para contar como isso aconteceu, vou precisar dar um salto adiante, infelizmente. Não se preocupe. Em breve você saberá a história completa dos assassinatos. Mas, por enquanto, devo pular para seis meses depois daquela noite.
Nesse período, fiquei confinada na cama o tempo todo, incapaz de falar, incapaz de me mover, a não ser pela mão esquerda. Aquele inútil do dr. Walden declarou minha morte cerebral, quando na verdade meu cérebro era uma das poucas coisas em mim que funcionava de verdade. Eu soube por meio de Archie, que quase não saía do meu lado, que meus pais estavam mortos e que minha irmã os cremou assim que recebeu autorização judicial. Eu soube também que era ela a quem todos culpavam pelas mortes, embora não houvesse provas disso.
E eu sabia que meu nome havia sido mudado.
Não legalmente, é claro. Isso teria fabricado muitas provas documentais, e a última coisa que a minha irmã queria eram comprovações por escrito. Foi uma mudança mais informal, que entrou na minha vida com a mesma rapidez de uma faca penetrando as costelas.
Um dia, de repente, ela irrompeu no meu quarto e disse: "Seu nome é Lenora Hope. O meu é sra. Baker. Nunca se esqueça disso."

A princípio, fiquei confusa. Embora estivesse muito fraca e aturdida, sabia que eu era Virginia. Mesmo assim, minha irmã continuou me chamando de Lenora, como se eu estivesse enganada. Como se durante toda a minha vida eu estivesse errada com relação a algo tão determinante quanto meu próprio nome.

"Como você está, Lenora?", dizia ela toda vez que vinha me ver, aparecendo no meu quarto de repente.

À noite, ela me dizia: "Hora de dormir, Lenora."

Nas refeições, ela anunciava: "Hora de comer, Lenora."

Certa manhã, acordei e dei de cara com ela sentada ao lado da cama, minha mão entre as dela. Ela acariciava o dorso suavemente, como a nossa mãe fazia. Sem olhar para mim, ela disse: "Vou me ausentar por um período. Não sei quanto tempo vou ficar fora. Archie vai cuidar de você até eu voltar. Adeus, Lenora."

Então ela se foi.

Por anos.

Não sei ao certo quantos. O tempo passa de uma maneira diferente quando você não fala, quase não se move, passa a maior parte dos dias observando as estações mudarem gradualmente do lado de fora da janela.

Ela voltou da mesma forma abrupta que partiu. Um dia entrou de repente no meu quarto falando: "Estou de volta, Lenora. Sentiu falta da sua amada sra. Baker?"

Voltei a ficar confusa. Durante todo o tempo em que ela esteve fora, Archie me chamou de Virginia. No entanto, ali estava minha irmã, voltando a me chamar de Lenora. Foi assim durante meses.

"Como você está, Lenora?"

"Hora de dormir, Lenora."

"Hora de comer, Lenora."

Até que por fim me rendi. Não tive escolha.

Eu era Lenora.

Era assim como o médico substituto do dr. Walden me chamava, e também cada enfermeira que tive. Eu me acostumei tanto que às vezes até me esquecia de quem realmente era.

E quanto à verdadeira Lenora?

Ela era a sra. Baker em tempo integral, é claro, depois de tomar o lugar da verdadeira srta. Baker, que havia ido embora de Hope's End pouco antes dos assassinatos. A única ocasião em que Lenora admitiu o que tinha feito foi numa noite, alguns meses depois de seu retorno. Ela entrou no meu quarto e me pegou em seus braços. Um claro sinal de sua embriaguez. Minha irmã jamais me tocou quando estava sóbria.

"Eu sinto muito", sussurrou ela. "Eu tive de fazer isto. Precisava ter uma vida própria. Só por um tempinho."

Desde então, tem sido um jogo de faz de conta. Eu finjo que sou Lenora. Ela finge que é a sra. Baker. Fingimos que não somos irmãs, só uma patroa incapacitada e sua devotada empregada. E é assim que as coisas continuarão até que uma de nós duas — as meninas Hope — morra.

Eu sei que ela pensa que eu serei a primeira a ir.

Agora, meu único objetivo em uma vida que já foi repleta de sonhos e desejos é fazer de tudo para que isso não aconteça.

TRINTA E OITO

— Você deve achar que sou uma pessoa horrível — diz Lenora depois de detalhar sua vida longe de Hope's End.

Ela passou dois anos na França. Bebeu em casas de show. Conviveu com artistas. Beijou homens desconhecidos nas ruas de Paris. Então conheceu um militar norte-americano, se apaixonou, noivou e ficou arrasada quando ele morreu. Todas aquelas fotografias que encontrei em seu quarto eram instantâneos dessa outra vida.

A vida com a qual Virginia sonhava.

E a vida que Lenora roubou dela.

— Sim. — Eu poderia mentir, mas ela saberia pela expressão de repugnância que, tenho certeza, está estampada no meu rosto. — Você é.

Horrível. E egoísta. E sem coração.

Porque Lenora tirou não só a vida que a irmã desejava. Ela tirou a chance de Virginia ter *qualquer tipo* de vida.

— Como você foi capaz? — pergunto. — Era a sua irmã. Vocês poderiam não se gostar, mas ela foi tudo que restou da sua família.

— O que mais eu poderia ter feito?

— Contado a verdade.

Lenora bate a taça na mesa, derramando vinho. O líquido respinga feito sangue na bancada.

— Eu tentei! Ninguém acreditou em mim! Para todo mundo, Lenora Hope massacrou a própria família. Eu não poderia continuar sendo ela. Teria me tornado uma prisioneira nesta casa, vivendo num cativeiro exatamente como a minha irmã. E o que isso traria de bom? A Virginia não conseguia falar, não conseguia andar, não conseguia fazer nada. Quando transferi minha identidade pra ela...

— Contra a vontade dela — interrompo.

— Sim, contra a vontade dela. Mas, ao fazer isso, pelo menos uma de nós pôde desfrutar de um pouco de liberdade. Pelo menos uma de nós conseguiu ter uma vida fora de Hope's End.

— Por que você voltou?

— A Europa estava mudando — diz Lenora enquanto usa o punho da manga para limpar o vinho derramado, o tecido preto sugando o líquido vermelho. — As coisas estavam começando a ficar feias, e todos sabiam que era apenas uma questão de tempo até que a situação se alastrasse pelo continente. Parti e voltei pra cá, fingindo ser a srta. Baker, a governanta pródiga que retornava para uma casa que precisava urgentemente de sua ajuda. Minha irmã era Lenora Hope, uma infeliz vítima de poliomielite e sucessivos derrames. Como mantivemos a discrição, ninguém sabia que era tudo mentira. Ninguém além de Archie, que entendeu as vantagens de ficar de boca fechada.

— Por que você não foi embora de novo depois da guerra?

— Perdi a vontade — responde Lenora, com um gesto de desdém. — Ou, pra ser franca, acabou o dinheiro. A fortuna que herdei não era infinita. É caro manter este lugar. E manter nossos segredos exigia custos adicionais, mas necessários.

— Como o dinheiro do suborno pra Berniece Mayhew — digo.

Lenora assente, relutantemente surpresa por eu saber desse fato.

— Na noite dos assassinatos, ela me viu na cozinha pegando uma faca. E não, eu *não* a usei pra matar meus pais.

— Então por que você gastou tanto dinheiro pra garantir que Berniece não falasse nada?

— Porque, mesmo eu sendo inocente, o depoimento dela teria sido a prova de que a polícia precisava pra me acusar de homicídio múltiplo. Eu sabia disso, e a Berniece também, por isso comprei o silêncio dela. Mas agora o dinheiro está acabando. Não há terceiro ato pra mim. Eu escapei. Não por muito tempo. Mas foi o suficiente.

— Pra você, talvez — digo em tom amargo. — Mas a Virginia nem isso teve.

Lenora cruza os braços e me encara com seu olhar gélido.

— Se a minha irmã quisesse, se *realmente* quisesse, uma vida como a minha, então ela não teria tentado tirar a própria vida.

— Como assim?

— Querida, de que outra forma você acha que a Virginia acabou pendurada naquele lustre?

Uma onda de choque passa por mim como um trovão.

— *Ela* mesma se enforcou? Como você sabe?

— Havia uma cadeira debaixo do lustre — explica Lenora. — Ela provavelmente subiu na cadeira pra enrolar a corda numa das pontas do lustre. Depois a amarrou em volta do pescoço e pulou da cadeira. O lustre mal conseguiu segurar o peso dela.

Penso no tour dos assassinatos de Jessie e de como notei o lustre inclinado, que parecia ter sido quase arrancado do teto.

— Ela não estava grávida?

— Não — diz Lenora, com a voz entrecortada. — Àquela altura, não.

Espero uma explicação, mas Lenora não continua.

— Se havia uma cadeira lá, então por que a polícia não suspeitou que ela havia tentado se matar?

Lenora me encara sem pestanejar.

— A cadeira não estava lá quando a polícia chegou.

Dessa vez, não preciso esperar uma explicação. Entendo exatamente o que ela quer dizer: em vez de tentar ajudar a irmã, Lenora havia tirado a cadeira do local para que a polícia não soubesse que Virginia tentara se matar.

Essa constatação me faz recuar de tanto horror. Dou vários passos para trás, querendo colocar a maior distância possível entre nós. Eu quase havia sentido uma pontada de compaixão, mesmo que a contragosto, por Lenora. Mas isso? Isso era monstruoso.

— Fiz isso pra protegê-la — diz ela, certamente ciente do que estou pensando, porque não faço nenhuma tentativa de esconder minha aversão.

— Como isso foi protegê-la? — indago. — Ela tentou se matar e você não fez nada além de acobertar o fato.

— Se eu não tivesse feito isso, a polícia teria descoberto a verdade — explica Lenora, com a voz gelada. — Eles, assim como eu, teriam entendido o motivo pelo qual Virginia tentou cometer suicídio.

Dou outro passo para trás, movida puramente pelo choque.

— Você acha que a Virginia assassinou seus pais.

— Eu *sei* que ela os assassinou. — Seu tom se altera de frio para trêmulo, como se estivesse sendo burilado com um cinzel. — Sinceramente, isso não me surpreende, considerando o que nós fizemos com ela.

— "Nós" quem?

— Eu — diz Lenora, pontuando a palavra com um gole de vinho. — Meu pai. A verdadeira srta. Baker. Depois do que fizemos, a única surpresa é que ela não tenha matado todos nós.

Dei à luz no chão do meu quarto.

É uma das poucas coisas de que me lembro.

O bebê veio tão rápido que não deu nem tempo de ir para a cama. Fui obrigada a me deitar na poça que havia se formado no chão, minha cabeça batendo na parede enquanto me contorcia de dor.

Outra coisa da qual nunca vou me esquecer — aquela agonia suada. Como se eu estivesse rachando ao meio, trocando de pele, renascendo através do fogo da pura dor.

Eu tinha apenas minha irmã e a srta. Baker, que correram para me acudir quando ouviram meus gritos. Nenhuma das duas sabia o que estava fazendo. Então eu fiz força. Gritei a plenos pulmões. Sofri.

Em algum momento, exausta e delirando de dor, perdi a consciência. Meu corpo ainda fazia força, empurrava, se debatia, esperneava, gritava e doía, mas a minha mente estava em outro lugar. Visualizei Ricky e eu numa encosta salpicada de flores silvestres e montanhas com picos nevados ao longe. Estávamos sob a luz do sol, com nosso filhinho em meus braços, enquanto os pássaros nos pinheiros ao redor cantavam uma melodia apenas nossa.

Quando o canto dos pássaros se transformou em choro, voltei à realidade. Instinto materno. Eu sabia que minha criança havia nascido.

E que precisava de mim.

Que ele precisava de mim.

Vi que era um menino quando minha irmã voltou da cozinha com uma faca de açougueiro, que ela usou para cortar o cordão umbilical. Ele era tão pequeno. Tão frágil. Assim que pus os olhos nele, senti um amor tão intenso que fiquei assustada. Nada mais no mundo importava. Eu era a mãe dele, e sabia que faria qualquer coisa para protegê-lo.

Enfim a minha vida tinha um propósito, que era amar meu filho mais que qualquer outra coisa. Essa certeza foi o momento mais feliz da minha vida.

Mas essa felicidade me abandonou quando percebi que meu pai também estava no quarto. Durante todo o trabalho de parto, ele ficou andando de um lado para outro no quarto da srta. Baker, e só saiu de lá quando ouviu meu bebê chorar. Quando minha irmã estava prestes a aninhá-lo em meus braços, ele disse: "Lenora, leve o bebê para o outro quarto."

Minha irmã congelou. Já meu filhinho em seus braços, não. Ele se contorceu, chutou e chorou. Estendeu uma das mãozinhas para mim, como se já soubesse que eu era sua mãe e que ele pertencia aos meus braços vazios. Também tentei alcançá-lo, esticando a mão até nossos dedos se tocarem de leve.

Um único segundo de contato.

Foi tudo o que me permitiram.

"Lenora", disse meu pai, com mais severidade. "Leve a criança."

"Ela não pode pelo menos segurar o bebê?"

Meu pai balançou a cabeça. "Isso só vai piorar as coisas."

"Mas ela é a mãe dele", insistiu minha irmã.

"Não é, não", rebateu meu pai. "Ela nunca teve filho. E esse bebê não é um Hope. Nada disso aqui aconteceu. Agora, ou você leva esse bastardo para o outro quarto, ou eu o arranco de você e o jogo pelo terraço. E então deserdo você e sua irmã."

Lenora não encontrou forças para olhar nos meus olhos enquanto se levantava e levava meu filhinho para fora do quarto, embora eu lhe implorasse para ficar.

"Não, Lenora! Por favor, por favor, não vá! Por favor, me dê meu filho!

Eu queria correr atrás dela, mas não consegui. Meu corpo estava fraco demais. O esforço de trazer uma nova vida ao mundo exauriu toda a minha energia. Mesmo assim eu tentei, e continuei gritando.

"Por favor, Lenora! Eu quero o meu bebê!"

Mas ela já tinha ido embora, fechado a porta e bloqueado o som do choro do meu filho. A srta. Baker agarrou meu pai pelos ombros e o sacudiu.

"Winston, você não pode fazer isso!", sibilou ela. "Isso é uma barbaridade!"

"É melhor assim", disse meu pai. "Esta família não pode ter outro escândalo."

"Mas Virginia é sua filha. Sua única filha legítima. E se você tirar essa criança dela, você a perderá para sempre."

"Eu me recuso a ter outro bastardo nesta família", respondeu ele.

"Diz um homem que provavelmente é pai de vários", retrucou a srta. Baker.

Meu pai ignorou o comentário e se ajoelhou diante de mim, indiferente ao meu desespero. Enquanto eu soluçava aos prantos, ele disse: "Eu sinto muito, meu bem, mas você causou isso a si mesma."

"Por favor", supliquei, minha voz enfraquecendo na mesma velocidade que o meu corpo. "Por favor, me deixe ficar com meu filho. Vou me comportar, se você deixar. Nunca mais vou fazer nada de errado."

Meu pai afagou meu queixo. "Meu bem, você já fez coisas erradas para uma vida inteira."

A exaustão tomou conta de mim, em ondas tão fortes que suspeitei que poderia estar morrendo. Esperava que sim. A morte parecia uma opção melhor do que aquele luto inimaginável. Ainda assim, continuei viva, então a srta. Baker me vestiu com uma camisola limpa e me pôs na cama. Enquanto ela limpava com um esfregão a bagunça que eu tinha feito no piso, tentei ouvir meu filho no quarto ao lado.

Tudo estava quieto.

O único choro que se ouvia era o meu.

Depois de terminar a limpeza, a srta. Baker segurou minha mão. "Não se preocupe, Virginia. Vou pensar em algo para fazer seu pai mudar de ideia."

Eu estava fraca demais para responder. A dor e a exaustão me dominaram, e tive a sensação de que estava sendo arrastada para as profundezas de um poço escuro do qual nunca mais sairia. A última coisa que ouvi foi a srta. Baker dizendo: "Eu juro que ele não vai impedir que você veja essa criança de novo."

Ela estava mentindo.

Nunca mais voltei a vê-la — e nunca mais vi meu bebê.

TRINTA E NOVE

Não imaginei que a situação pudesse piorar. Achava que Virginia já havia suportado dor suficiente.

Mas eu estava errada.

Porque Lenora continua falando e revelando todas as dores que a irmã sofreu. Ser forçada a dar à luz no chão. Ver seu bebê sendo levado antes mesmo de poder segurá-lo nos braços. Receber o desdém e a indiferença do pai diante de sua aflição. É tudo tão trágico que perco o ar.

— Você deveria ter impedido seu pai — consigo dizer, apesar do repentino aperto no peito. — Você deveria ter confrontado ele.

— Eu queria! — diz Lenora, com a voz embargada. — Eu juro. Mas você não conheceu meu pai. Ele era capaz de grandes crueldades. Fiquei preocupada, imaginando que ele realmente mataria aquela criança se tivesse a chance. E eu tinha certeza de que ele cumpriria a ameaça de me deserdar. Eu não era filha dele. Não de verdade.

— Mas ela *era* sua irmã!

— Só no nome. Nunca fomos próximas. A Virginia e eu éramos tão opostas quanto o verão e o inverno.

A comparação é adequada. Ao olhar para Lenora Hope, vejo apenas uma frieza invernal. No andar de cima está Virginia, calorosa e inquieta como uma tarde de verão. Duas irmãs que, tais quais as estações que representam, nunca se conectaram. Alguma coisa sempre esteve entre elas para atrapalhar.

Lenora levou o bebê para o quarto da srta. Baker, que agora ocupo. Ela o acalentou e silenciou seu choro, deixando-o sugar o dedinho dela. Depois esperou o pai lhe dizer o que fazer.

Segundo Lenora, ele nunca apareceu.

— Por fim, a srta. Baker entrou no quarto e começou a arrumar seus pertences — diz Lenora. — Quando perguntei o que ela estava fazendo, a resposta foi: "Indo embora, é claro. Com a criança."

Lenora percebe minha surpresa e balança a cabeça.

— Não é o que você está pensando. Apesar de todos os defeitos, a srta. Baker era uma boa mulher. Ela convenceu meu pai a fazer o que ele sempre fazia: usar o dinheiro pra se livrar de um problema. Em troca de uma quantia e de um dos Packards dele, ela levaria o bebê. O plano era ela cuidar da criança até que Virginia pudesse ficar com o filho. Concordei em ajudar, contanto que meu pai nunca soubesse do meu envolvimento. Então ela partiu durante a noite com o bebê.

— Você sabe pra onde ela foi?

Lenora assente.

— Canadá.

Penso rapidamente em Carter. Não há como o bebê de Virginia ser o mesmo que foi deixado na porta da igreja na manhã de Natal. Ele é tão parente da família Hope quanto eu.

Ao mesmo tempo, isso parece inocentar Lenora, que eu achava ser a responsável. Como Carter não é parente de Virginia, não herdará nada. Não havia razão para Lenora impedir que ele e Mary descobrissem tudo.

— A srta. Baker me escreveu algumas semanas depois dos assassinatos — diz Lenora. — Ela soube o que tinha acontecido e disse que, diante das circunstâncias, seria melhor se continuasse a criar a criança como se fosse dela. Eu não protestei.

Eu a encaro, perplexa.

— Mas ele era seu sobrinho.

— O que você acha que eu deveria ter feito?

— Você deveria ter ficado com a criança! — exclamo. — Deveria ter criado esse bebê. Amado esse bebê. E deveria ter deixado Virginia amá-lo, pelo amor de Deus.

— E que tipo de vida teria sido essa? Para Virginia e a criança? Ela não ia poder segurá-lo nos braços, muito menos alimentá-lo. Ela não ia poder falar com ele, brincar com ele nem fazer qualquer coisa por ele.

— Você teria dado um jeito.
— Como? Eu tinha dezessete anos. Eu não sabia nada sobre cuidar de um bebê.
— Isso não é motivo pra manter sua irmã e o filho dela separados!
— A raiva agita violentamente meu peito, batendo dentro de mim como as ondas que quebram contra o penhasco logo abaixo de nós.
— Como você pôde ser tão cruel?
— Cruel? — rebate Lenora. — É exatamente o contrário, pode ter certeza. Manter aquela criança longe desta família foi o maior ato de bondade que fiz. Por minha causa e da srta. Baker, a criança cresceu sem saber que a mãe era uma assassina.
— E você está punindo a Virginia por causa disso.
— Ela merece ser punida! Depois do que fez, precisava pagar. E eu a protejo também. Sempre protegi. Pense no que aconteceria a uma mulher no estado dela se a polícia descobrisse o que ela fez.

Eu balanço a cabeça. Não é uma razão boa o suficiente. Sobretudo quando não há nada além da sua tentativa de suicídio que sugira que Virginia tenha matado os pais.

— Por que você tem tanta certeza de que ela os matou? E quanto ao Ricardo Mayhew?
— O que é que tem ele?
— Ele e Virginia estavam tendo um caso — digo. — Ele era o pai da criança. E, naquela noite, a Berniece Mayhew o seguiu até aqui.

Lenora ri, o que é a última reação que eu esperava. Não é nem um pouco engraçado o fato de ela culpar a irmã por um crime que talvez não tenha cometido. Mesmo assim, Lenora continua rindo, uma gargalhada baixa que é mais incrédula que divertida.

— Isso é impossível — diz ela.
— Por quê?

Ouço passos na escada de serviço. Um segundo depois, Archie surge na cozinha. Não tenho ideia de há quanto tempo ele está lá ou quanto da conversa ouviu, mas ele responde à minha pergunta.

— Porque o Ricardo estava comigo naquela noite.

Levo um segundo para entender o que isso significa. Quando enfim a ficha cai, a única coisa que consigo dizer é:

— Ah. Vocês dois eram...

— Amantes — diz Archie, poupando-me de ter que dizer.

Em poucos segundos, uma dúzia de perguntas passa pela minha mente. Archie não me dá tempo para fazer nenhuma.

— Fiquei tão surpreso quanto você está agora — diz ele. — Por um lado, ele era casado, mas, naquela época, e pela minha limitada experiência, as coisas eram assim. Não é como hoje, em que há um pouco mais de liberdade. Lá atrás, tínhamos que manter segredo. Sobretudo alguém como eu. Eu mal tinha completado dezoito anos. Um movimento errado, e eu poderia acabar arruinando minha vida inteira.

Archie me conta que ele e Ricardo se encontravam em sigilo e davam escapadas sempre que podiam. Não era fácil. Ricardo dividia o chalé com a esposa. Archie morava em um dos quartos sobre a garagem, onde costumavam se encontrar.

— Nós chamávamos de nosso "ninho de amor". — Archie esboça um breve sorriso afetuoso antes de franzir a testa. — Era lá que estávamos na noite dos assassinatos.

Berniece estava errada sobre seu marido ter tentado despistá-la ao ir primeiro até a garagem antes de entrar escondido na mansão pela porta da frente. Mas ela estava errada sobre muitas coisas, inclusive sobre a pessoa com quem o marido tinha um caso.

— Como todos estavam de folga e Berniece tinha ido ao cinema, sabíamos que teríamos algumas horas só pra nós dois — diz Archie. — Mas Ricardo estava chateado. Ele disse que a esposa o colocara contra a parede sobre ter um caso com Lenora.

Lenora intervém.

— O que era um absurdo total. Eu nem sequer sabia quem ele era.

— Ela deu um ultimato para que ele acabasse com tudo — acrescenta Archie. — *Depois* que eles chantageassem Winston Hope. Só que Ricardo não queria ter nada a ver com aquilo. Era errado, e ele temia que mais cedo ou mais tarde nosso caso viesse à tona, o que seria um desastre pra nós dois. Mas ele tinha seu próprio plano. Ele me pediu pra fugir com ele.

— Naquela noite?

— Imediatamente. Ele queria ir pro oeste. Califórnia, talvez. Tinha ouvido que lá as pessoas eram mais tolerantes, que havia uma chance de sermos felizes. Mas eu não caí nessa. — Archie se arrasta até um banquinho e se senta, encurvado, como se as tristes lembranças pesassem sobre ele. — Fugir nunca é tão fácil quanto parece. Eu sei porque já tinha feito isso: fugi de uma família que me odiava por eu ser diferente, por não ser como a maioria dos meninos. Mas eu me encontrei, e meu caminho me trouxe até aqui. Até a Virginia.

— Ela sabia? — indago.

Archie responde com um meneio de cabeça.

— É uma das razões pelas quais eu a amava tanto. Ela nunca me julgou. Nunca me fez sentir vergonha. Ou, graças a Deus, nunca tentou mudar quem eu sou. Ela simplesmente me aceitou. E eu não poderia abandoná-la. Não quando ela estava grávida, quando mais precisava de mim. Isso foi outra coisa que o Ricardo me contou: Berniece viu Virginia na noite anterior e descobriu a gravidez. O que significava que em breve todos saberiam. Quando isso acontecesse, ela precisaria de mim mais do que nunca.

— Então você ficou — digo, referindo-me não apenas àquela noite, mas a todas as que vieram depois. Décadas de noites em que ele entrava escondido no quarto de Virginia para ver como ela estava e lhe desejar bons sonhos.

— Eu fiquei — confirma Archie. — E o Ricardo foi embora. Nunca mais ouvi falar dele.

Sua triste história me deixa convencida de que Hope's End está amaldiçoada de alguma forma. Talvez fosse apenas azar. Ou talvez fosse por causa da arrogância de Winston Hope em construir uma mansão à beira de um penhasco, apesar de saber que era apenas questão de tempo até tudo desabar. Qualquer que fosse a causa, ninguém aqui conseguiu a vida que queria. Ninguém teve um final feliz.

Archie não foi feliz. Nem Lenora. Virginia muito menos. No entanto, mesmo conhecendo a história trágica de cada um deles, uma pergunta permanece sem resposta.

— Então quem era Ricky?

— Um dos rapazes da cidade que eram contratados para a temporada — explica Archie. — Eles iam e vinham o tempo todo. Virginia nunca me disse o sobrenome dele. Nem o primeiro nome. Eu só sabia o apelido, o que impossibilitou localizá-lo após os assassinatos. Suspeito que a essa altura ele não queria ser encontrado.

Uma estranha mistura de sentimentos percorre meu corpo. Há decepção pelo fato de Ricky não ser quem eu imaginava. Na verdade, ele não era ninguém importante. Apenas um homem que se aproveitou de uma garota solitária, que acabou abrindo mão da própria inocência e da própria liberdade.

Mas Virginia não é inocente. Sinto raiva dela. Não por sua ingenuidade. Já que era apenas uma criança quando Ricky apareceu, ela não teria como saber. Mas o que Virginia fez aos próprios pais foi algo tão terrível e inimaginável que sinto ódio e pena dela ao mesmo tempo. Apesar de tudo que descobri esta noite, ainda nutro a esperança de que Archie e Lenora estejam errados.

Talvez a ingênua seja eu.

— Ainda assim é possível que os assassinatos tenham sido cometidos por outra pessoa que não a Virginia, certo?

— Não pode ter sido mais ninguém, Kit — diz Archie com um suspiro. — E eu sei que isso muda o modo como você a vê. Passei muito tempo quebrando a cabeça pra tentar entender por que ela os matou. Mas fiz as pazes com o fato de que nunca vou saber. Posso não aprovar o que a Virginia fez, mas não a odeio por isso. É possível amar uma pessoa e ao mesmo tempo odiar algo que ela tenha feito.

— Ainda estou tentando aceitar isso — diz Lenora enquanto trocamos um olhar.

Ela sabe que *eu* sei que foi ela quem usou a máquina de escrever no meio da noite, preenchendo uma página com a mesma acusação.

É tudo culpa sua.

Estou presa em algum ponto intermediário, conformada com o fato de Virginia ter assassinado os pais, mas ainda me agarrando a um último resquício de esperança.

— Mas por que você tem certeza absoluta de que foi ela? — pergunto.

— Porque eu a vi — diz Lenora. — Mais tarde naquela noite, depois que a srta. Baker partiu com o bebê, ouvi a Virginia sair do quarto. Eu a segui e a vi descendo a Grande Escadaria.

— Isso não significa que ela seja a culpada.

Lenora pega sua taça de vinho e, antes de esvaziá-la, diz:

— Significa, sim, porque a Virginia estava levando a faca.

Até hoje, ainda não sei de onde tirei energia para me levantar da cama e sair do quarto. Pura força de vontade, suponho. A feroz determinação de uma mãe. No entanto, a dor ainda dilacerava meu corpo quando deslizei para fora da cama. Minhas pernas bambearam, e, por um momento, pensei que fosse desabar no chão. Mas permaneci firme, superando a agonia, porque precisava encontrar meu filho.

Antes de sair do quarto, avistei algo na mesinha de cabeceira. Uma faca.

A mesma usada para cortar o cordão umbilical que me ligava ao meu bebê, esquecida durante o caos que se seguiu ao nascimento. Eu a peguei, dizendo a mim mesma que precisava de algo para me proteger. Contra o quê, eu não sabia. Talvez contra o meu pai. Ou contra a minha irmã e a srta. Baker. No fundo, porém, eu sabia que na verdade era o contrário.

Eu estava procurando uma arma.

E, se eu precisava me proteger de alguém, era do meu pai.

Com a faca em mão, saí do meu quarto e, lutando contra a dor, avancei devagar pelo corredor e desci a Grande Escadaria mancando. No patamar, parei para escutar as vozes que vinham da sala de bilhar. Uma delas era do meu pai. A outra era de Ricky. E, embora eu não conseguisse entender o que estavam dizendo, ambos pareciam furiosos.

Desci lentamente os degraus restantes, tomando cuidado para não fazer barulho. Antes de decidir deixar que me vissem, eu precisava saber o que estavam dizendo. Se as vozes se acalmassem, isso talvez significasse que Ricky havia conseguido convencer meu pai a nos deixar casar, ficar com nosso bebê, viver felizes para sempre.

Eu deveria ter percebido que essas coisas só existem nos contos de fadas. "Viveram felizes para sempre" não existia. Não para mim.

Ao chegar ao primeiro andar, avistei Lenora perto do topo da Grande Escadaria. "Virginia", sussurrou ela enquanto se agarrava nervosamente ao corrimão. "O que você está fazendo?"

Eu me recusei a responder.

Ela descobriria em breve.

Enquanto eu continuava indo em direção à sala de bilhar, ouvi os passos dela pelo corredor no andar de cima. Fugindo, é claro. Covarde demais para enfrentar o estrago que ajudou a criar. Se tivesse me deixado fugir, nada disso teria acontecido.

Ouvi também um barulho à frente, o que deixou bem claro que a situação não havia se acalmado. O tom de voz do meu pai ficou mais alto, atravessando as paredes da sala de bilhar e ecoando pelo corredor.

Antes de chegar à sala, parei por um momento diante dos quatro retratos no corredor. Meu pai queria que as pinturas nos fizessem parecer uma família grande e feliz, protegida e confiante em nosso status, satisfeita com nossa vida.

Mas para isso ele deveria ter pedido para Peter Ward nos pintar reunidos. Uma grande tela retratando os quatro em roupas majestosas, posando em uma das muitas salas lindamente decoradas de Hope's End.

Em vez disso, Peter pintou cada um de nós separado. E, acidentalmente, acabou retratando como a família de fato era — quatro desconhecidos, completamente sozinhos, cada qual encurralado por uma moldura dourada, incapaz ou sem vontade de escapar.

Não eu, decidi.

Eu estava determinada a deixar este lugar para sempre.

E levaria meu bebê comigo.

Mesmo que para isso eu precisasse matar alguém.

Apertando ainda mais a faca na mão, me virei e entrei na sala de bilhar.

QUARENTA

No andar de cima, a mulher que eu pensava ser Lenora Hope está na cama, mas totalmente desperta, como se soubesse que eu viria.

Até aí, nenhuma surpresa.

Sempre tive a sensação de que ela era mais consciente do que deixava transparecer. Virginia provavelmente sabia que esse momento chegaria desde a minha primeira noite aqui, quando datilografou aquelas palavras tentadoras.

eu quero te contar tudo

Ela não contou, mas de um jeito ou de outro eu descobri tudo. Até o momento em que ela foi atrás do pai com uma faca na mão.

— Corri pra avisar minha mãe, que estava dopada como sempre —, disse Lenora. — Ninguém considerou contar a ela sobre Virginia, o parto, as ordens do meu pai pra levar o bebê embora. Ela não fazia ideia. Mas parecia ficar cada vez mais desperta conforme eu contava o que havia acontecido. E o que eu temia que estava prestes a acontecer. Ela deu um tapinha na minha bochecha e disse: "Não se preocupe, querida. Eu cuido disso." Foram as últimas palavras que ela me disse.

O silêncio caiu sobre a cozinha. Embora não tenhamos falado sobre isso, eu sabia que nós duas estávamos nos lembrando das últimas palavras de nossas respectivas mães.

Por favor, Kit-Kat. Por favor. Vou tomar só um. Eu prometo.

— Não acho que Virginia queria matar minha mãe — disse Lenora por fim. — Acho que meu pai era o único alvo dela, e que, de alguma forma, minha mãe se envolveu nisso. Um dano colateral. E acho que ela se sentiu tão culpada que tentou se enforcar.

— Foi por isso que concordei com essa história toda — comentou Archie. — Aqui a Virginia está em segurança. Aqui ninguém sabe o que ela fez. É pro bem dela. Eu realmente acredito nisso.

— E é por isso que não a deixo sair — acrescentou Lenora. — É por isso também que sempre nos referimos a ela como srta. Hope. Se descobrissem quem ela é e o que fez, o que nós continuamos fazendo, isso poderia destruí-la. Imagine só se ela fosse parar em alguma instituição de saúde pública... Definharia. Pelo menos aqui ela está em casa.

Mas Hope's End não é um lar. É uma prisão feita de segredos. E Virginia não é a única pessoa encarcerada nela. Lenora e Archie também estão presos.

Eu me recuso a me juntar a eles. É por esse motivo que estou aos pés da cama de Virginia. É hora de dizer adeus.

— Eu sei quem você é — digo.

Não há surpresa quando seus olhos se voltam para mim. Na verdade, percebo uma pitada de satisfação neles, como se estivesse orgulhosa de mim por eu ter descoberto tudo.

— Eu sei também que você assassinou seus pais.

Virginia levanta a mão esquerda para responder com batidinhas.

— Não precisa — interrompo, sem paciência para vê-la negando o que fez.

E confirmando também. De certa forma, nada mudou desde a minha primeira noite aqui. Quando cheguei, tinha certeza de que ela era culpada, mas fiquei hesitante. Depois que começamos a datilografar, passei a acreditar em sua inocência e fiquei obcecada em provar que tinha razão. No fim, percebi que eu estava apenas me enganando para acreditar no que eu *queria* que fosse verdade, embora, no fundo, soubesse que não era.

Provavelmente foi o que meu pai sentiu antes de parar de falar comigo. O jornal em suas mãos, a descrença nos olhos, a necessidade de convencer a si mesmo do contrário daquilo que, bem lá no fundo, sua intuição lhe dizia.

O que eles estão dizendo não é verdade, Kit-Kat.

— Eu entendo por que você sentiu necessidade de fazer isso — digo a Virginia. — Você teve seus motivos. E espero que esteja arrependida. Você teve muito tempo pra pensar sobre suas ações. E só queria que...

Eu me calo, incapaz de articular exatamente o que sinto. Se existe uma única palavra capaz de descrever a sensação de ter sido traída, ser uma idiota e estar decepcionada, ainda não a conheço. A verdade é que eu *gostava* de Virginia. *Ainda* gosto dela, apesar de tudo. É isso que torna tudo tão difícil.

É provável que Mary tenha reagido da mesma maneira quando descobriu, daí a necessidade daquele pedido de desculpas datilografado de Virginia.

sinto muito nao sou a pessoa que voce pensava que eu era

— Eu só queria que você mesma tivesse me contado tudo — digo.

Em vez disso, recebi apenas indícios e meias verdades. Embora ela nunca tenha mentido abertamente para mim, também nunca me contou a história toda. Teria sido tão fácil. Uma frase simples, datilografada com a mão esquerda, me dizendo que ela era Virginia Hope, que tudo que eu achava que sabia era mentira, que ela era culpada.

Se tivesse me contado, talvez eu pudesse ficar. O trabalho seria cuidar de uma assassina. Eu sabia disso desde o início. E acho que conseguiria cumprir essa tarefa pelo tempo que fosse necessário. Mas agora? Agora acho que nunca mais vou confiar ou acreditar em Virginia.

O que significa que minha única opção é ir embora.

— Adeus, Virginia — digo. — Espero que sua próxima cuidadora nunca tente descobrir a verdade.

Dou um triste aceno breve e vou para o meu quarto, forçando-me a não olhar para trás. Sinto seu olhar fixo em mim mesmo assim, o calor de seus olhos verdes seguindo meus passos. Depois, saio sem levar nada.

Não levo a mala de roupas.

Nem a caixa de livros.

Nem a maleta médica.

Decido que vou pedir para Carter me mandar depois. Ou talvez até deixe tudo aqui, junto com as coisas da Mary. Uma coleção crescente dos pertences abandonados pelas cuidadoras anteriores para a próxima infeliz descobrir.

A única coisa que levo comigo são as chaves do carro, que aperto na mão ao descer correndo a escada de serviço. Não há ninguém na cozinha, graças a Deus. Não sei para onde Lenora e Archie foram, e não me importo. Não sinto nenhuma vontade de vê-los de novo. Antes de sair, vou até o telefone na parede e disco rapidamente, sabendo que um deles pode entrar a qualquer momento enquanto o telefone toca e toca várias vezes.

Quando meu pai enfim atende, sua voz soa grogue e confusa. Verifico o relógio da cozinha. É quase meia-noite. Eu o acordei.

— Papai — digo.

— Kit-Kat?

Meu coração, que durante todo esse tempo bateu tão pesado, agora dispara de alegria. Eu não tinha ideia do quanto precisava ouvir isso.

— Posso voltar pra casa? Agora mesmo?

— Claro. O que está acontecendo? Você parece assustada.

— Não posso mais ficar aqui. Preciso dar o fora deste lugar. E ir pra longe delas.

— Delas quem?

— Lenora e Virginia. Elas vêm mentindo esse tempo todo. Não posso fazer parte disso.

Mas não é só isso. Há outra coisa também.

Eu preciso confessar.

— Preciso te contar algumas coisas quando eu chegar em casa. Sobre o que aconteceu com a mamãe.

Desligo para não acabar falando demais. Não é o tipo de coisa para ser dita ao telefone. Precisa ser pessoalmente, cara a cara, que é o que eu deveria ter feito seis meses atrás.

O que eles estão dizendo não é verdade, Kit-Kat.

Mas é.

Tudo.

Lembranças daquela noite tomam conta de mim enquanto saio da cozinha e me apresso pelo corredor em direção à porta da frente.

Minha mãe, sentindo uma dor tão severa que quase não há palavras para descrevê-la. Ela não estava arrasada pela dor. Estava em chamas pela dor. *Possuída* pela dor.

Eu estalava de exaustão e preocupação e sofria enquanto esperava o analgésico fazer efeito, querendo desesperadamente que ela sentisse um pouco de alívio. Eu acariciava seu cabelo. Sussurrava coisas reconfortantes em seu ouvido. Orava para um deus em quem eu não tinha certeza se acreditava, para que fizesse *qualquer coisa* que acabasse com o sofrimento dela.

Por fim, a dor cedeu. Ainda estava lá, é claro, mas em fogo brando em vez de em ebulição total. O fentanil conseguiu controlar a dor o suficiente para permitir que minha mãe descansasse, e isso era tudo que eu poderia esperar naquele momento.

Quando ela adormeceu, peguei o frasco para guardá-lo de volta no cofre embaixo da minha cama. Mal tinha envolvido os dedos em torno da embalagem quando senti a mão da minha mãe na minha, interrompendo meu movimento.

— Deixe aqui — sussurrou ela.

— Não posso, você sabe disso.

— Só essa noite. — Sua voz era um fiapo rouco, esforçado. A dor com certeza estava voltando aos poucos. — Só para o caso de eu precisar de um.

— Mãe, eu não posso.

Ela apertou ainda mais minha mão, com uma força surpreendente para alguém tão debilitada. No entanto, provavelmente não era ela quem estava fazendo isso.

Era a dor, tomando conta dela e a movendo como uma marionete.

— Por favor, Kit-Kat — murmurou minha mãe. — *Por favor.*

O que se seguiu foi um cabo de guerra interno que pareceu durar horas, mas que se prolongou por apenas alguns segundos. Parte de mim era obrigada a seguir o protocolo, fazer a coisa certa, cuidar dela da maneira responsável como fui treinada para fazer. Mas a outra parte sabia que minha mãe estava sofrendo — e que eu poderia ajudar a aliviar sua dor.

— Vou tomar só mais um — disse ela. — Eu prometo.

Mais um comprimido.

Não seria tão ruim assim.

Era uma dosagem maior do que a recomendada, mas há momentos em que as regras precisam ser quebradas.

Concluí que aquele era um desses momentos.

— Só mais um — repeti.

Então deixei o frasco na mesinha de cabeceira. Embora eu tenha certeza de que o movimento foi silencioso, na minha memória foi tão barulhento quanto a porta da frente de Hope's End batendo atrás de mim.

Quando me deitei naquela noite, tive a nauseante sensação de que a intenção da minha mãe era tomar todos os comprimidos do frasco. Pode ter sido um sexto sentido. Ou uma premonição. Mesmo assim, ignorando como o sofrimento extremo pode atrapalhar o discernimento de uma pessoa, me convenci de que ela não faria uma coisa dessas. Eu quis pensar que ela não se causaria uma overdose proposital, então foi nisso que acreditei.

Por causa disso, minha mãe está morta.

Uma consequência das minhas ações.

Entro no carro e saio com ele, o volante instável sob minhas mãos trêmulas. Eu me recuso a tratar meu pai como Virginia me tratou. Fingindo ser inocente. Forçando-o a viver com dúvidas incômodas pelo resto da vida. Criando uma barreira entre nós até nos tornarmos exatamente como as irmãs Hope — duas pessoas presas uma à outra em um ciclo de desconfiança e culpa.

A verdade me libertará — mesmo que também possa me mandar para a cadeia.

Paro o carro junto ao portão, que bloqueia a entrada como as grades de uma cela de prisão. Saio e aperto o botão embutido no muro. Enquanto volto para o carro, o portão começa a se abrir de forma tremulante.

Depois chacoalha com força.

Depois para.

Frustrada, esmurro o teto do Escort. Isso não. *Agora* não.

Enquanto marcho de volta para o portão, determinada a abri-lo na marra, ouço passos rápidos e furiosos na grama, seguidos pela voz ofegante de Carter.

— Kit? Aonde você está indo? — Giro o corpo, semicerrando os olhos sob o brilho dos faróis do Escort enquanto Carter emerge da escuridão. — Eu ouvi o seu carro e corri até aqui. Você está indo embora?

— Estou.

— Por quê?

— Porque eu estava errada — respondo. — *Nós* estávamos errados.

Começo a puxar o portão, esquecendo o aviso de Carter no meu primeiro dia aqui.

De vez em quando este lugar morde.

Pelo menos quanto a isso ele tinha razão. Porque quando dou outra violenta puxada no portão, toco no lugar errado na hora errada. É a história da minha vida. Antes que eu perceba, minha mão já agarrou uma das barras — num ponto enferrujado do ferro forjado que o efeito oxidante da maresia transformou numa ponta afiada feito navalha.

O metal perfura a pele da minha mão esquerda. Solto um palavrão e puxo bruscamente a mão ferida para trás. Examino o estrago; embora pequeno, o corte me deixa sangrando. Pelo menos não foi à toa, o portão abriu o bastante para meu carro passar.

— Errados sobre o quê? — pergunta Carter.

— A Lenora não é sua avó. Ela nem sequer é a Lenora. Ela é a Virginia, irmã da Lenora.

O rosto de Carter empalidece enquanto ele cambaleia para trás como se tivesse levado um tiro.

— C-como assim?

Vou em direção ao meu carro.

— Entra no carro que eu conto.

Carter continua imóvel enquanto deslizo para trás do volante e acelero o motor. Entendo seu choque com a mesma clareza com que entendo a necessidade de ir embora deste lugar antes que cause mais danos.

Não apenas a mim, mas a ele também.

— Venha comigo — digo a ele. — Só por esta noite. Venha comigo e nós…

Não faço ideia do que vamos fazer a seguir. Dar um jeito. Imagino Ricardo Mayhew dizendo a mesma coisa a Archie cinquenta e quatro anos atrás, tentando convencer o homem que ele amava a fugir de Hope's End.

Archie ficou.

Carter não.

Sem dizer uma palavra, ele abre a porta do passageiro e entra. Piso no acelerador e juntos passamos pelo portão, deixando Hope's End para trás.

QUARENTA E UM

— Eu entendi isso direito? — pergunta Carter. — A sra. Baker é, na verdade, Lenora Hope. E a Lenora é, na verdade, Virginia Hope. E foi ela quem matou os pais?

— Isso.

Já estamos na estrada há dez minutos, tempo que levei para contar a Carter tudo que descobri durante essa longa noite surreal. Ainda assim, entendo a confusão dele. É muita coisa para absorver, sobretudo porque ele veio até Hope's End para nada.

— E eu não sou parente de nenhum deles — diz Carter com um suspiro, aceitando o fato de que sua família biológica permanece um mistério.

— Sinto muito. Eu sei o quanto você queria saber.

— Eu pensei que *sabia*. — Carter olha pela janela, observando os pinheiros raquíticos passarem zunindo enquanto saímos dos Penhascos, descendo a estrada rumo à cidade. — A cronologia parecia se encaixar perfeitamente.

Nenhum de nós contava com a possibilidade de um parto prematuro. Quando estudava para ser cuidadora, aprendi que isso é mais comum em mães adolescentes. Isso significa que Virginia provavelmente tem um filho em algum lugar do Canadá que não faz ideia de quem é sua mãe biológica ou o que ela fez, e Carter, que sabe de ambas as coisas, ainda não faz ideia de quem poderia ser sua verdadeira avó.

E Mary está morta por causa disso — apenas mais uma verdade horrível temporariamente sublimada em meio a tantas.

— Não consigo parar de pensar na Mary — digo. — Em como ela foi assassinada por nada.

Carter desvia o olhar da janela por tempo suficiente para dizer:

— Você ainda acha que ela foi empurrada?

— Você não?

— Já não sei mais. — Ele suspira de novo. — Eu não sou neto da Lenora, quer dizer, da Virginia. Então não haveria razão pra alguém matar a Mary.

— Mas ela sabia todos os outros segredos sobre aquele lugar — pondero. — A verdadeira identidade da Lenora. A culpa da Virginia. O fato de as duas mentirem sobre isso há décadas. Alguém quis impedi-la de revelar tudo.

— Bom, então restam só dois suspeitos: Archie e Lenora.

— Talvez — digo. — Mas não sei, não.

Esta noite, tanto Lenora como Archie revelaram todos os seus segredos para mim. Sim, basicamente forcei Lenora a abrir o jogo quando a confrontei e lhe disse que sabia que ela não era a sra. Baker. Mas, depois disso, eles cooperaram bastante. Fizeram o que Virginia havia me prometido quando cheguei em Hope's End: me contaram tudo.

Mas não me fizeram jurar que guardaria segredo nem me ameaçaram de qualquer forma. Se algum deles estivesse tão preocupado com o fato de Mary saber a verdade a ponto de matá-la, então por que eu ainda estou viva?

Porque não sou uma ameaça para eles.

Duvido que Mary também fosse.

Mas alguém se sentiu ameaçado por ela.

Minha mão esquerda escorrega do volante, deixando uma mancha de sangue, pegajosa e quente. Uso a mão direita para dirigir e olho o ferimento. Ainda está sangrando e provavelmente está infectado, mas vou ficar bem.

Mas aquele portão deveria ser derretido e transformado em sucata. Limpo a mão na saia do uniforme, sem me importar com a mancha que vai deixar. Nunca mais vou usar essa roupa. Na verdade, nunca mais voltarei a trabalhar como cuidadora quando o sr. Gurlain descobrir que eu me demiti e fugi de Hope's End sem nem sequer fechar o maldito portão ao sair.

Mais um pensamento me ocorre, sobre outra ocasião em que o portão foi deixado aberto.

— Ei, Carter — digo. — Quando foi mesmo que você disse que encontrou o portão aberto?

— No dia em que a Mary morreu.

— Eu quis dizer o dia. Que dia da semana?

— Segunda-feira.

— E a que horas?

— No meio da manhã. Por quê?

Carter presumiu que o portão fora deixado aberto depois de os mantimentos terem sido entregues. Mas Archie me contou que a entrega ocorre toda terça-feira, o que confirmei quando encontrei os recibos debaixo da cama de Lenora.

Isso significa que o portão foi aberto por outro motivo.

Não para que alguém entrasse e saísse, mas para que uma pessoa saísse e voltasse sem ninguém perceber. Eu mesma fiz isso esta noite. Deixei o portão aberto para ir à Casa de Repouso Ocean View, assim não precisaria interfonar para entrar novamente.

Como o portão estava aberto na manhã de segunda-feira, é possível que estivesse assim desde a noite anterior.

— O laboratório já estava com sua amostra de sangue, certo? — pergunto.

— Sim. Eu tinha coletado na semana anterior. Eles só precisavam do sangue da Virginia.

— Que a Mary deveria colher na segunda à noite pra você levar ao laboratório no dia seguinte.

— O que nunca aconteceu — me lembra Carter.

Entramos na cidade e percorremos as ruas pelas quais andei minha vida inteira, sob o brilho opaco dos postes de luz. Passamos pela Ocean View, onde Berniece Mayhew provavelmente está vendo TV neste exato minuto, e depois pela Agência Gurlain de Cuidadores Domiciliares. Viro à direita, rumo à casa do meu pai, a dois quarteirões. Eu deveria estar pensando no que vou dizer a ele quando chegar, mas minha mente está preocupada com outra coisa.

— Quanto tempo leva pra analisar uma amostra de sangue?

— Mais ou menos um dia — diz Carter.

— Então, se você levar uma amostra ao laboratório, digamos, num domingo à noite, os resultados ficam prontos na segunda à noite?

— Acho que sim. — Carter me olha do banco do passageiro. — Por que você está tão preocupada com isso?

Porque parece que foi exatamente o que aconteceu. Alguém saiu de Hope's End no domingo à noite, deixando o portão aberto para poder voltar sem que ninguém notasse. Carter reparou no portão aberto na manhã de segunda-feira e o deixou aberto durante a noite porque pretendia sair para o laboratório na terça-feira. Durante esse meio-tempo, alguém poderia ter saído e voltado novamente.

Mary, por exemplo.

Voltando do laboratório na segunda à noite.

Com os resultados da análise de sangue realizada em uma amostra que ela levara na noite anterior.

Piso com tudo no freio e o carro canta pneu até parar bruscamente no meio da rua. Carter olha para mim, uma das mãos apoiada no painel e o corpo ainda projetado para a frente após a súbita freada.

— O que você está fazendo?

— Foi você — declaro.

Quando foi empurrada do terraço, Mary não estava saindo da casa carregando a mala com algumas páginas datilografadas por Virginia e uma amostra de sangue prestes a ser analisada.

Ela estava voltando com os resultados.

— Você sabia que a Virginia não era sua avó — digo. — A Mary tirou a amostra de sangue e a levou ao laboratório um dia antes. Como o seu exame já estava pronto, você já sabia o resultado. Não havia compatibilidade. E quando a Mary te falou o resultado, você...

— Matei a Mary? — diz Carter. — Por que eu faria isso?

Porque ele queria Hope's End para si. Ele mudou de emprego, mudou de casa, mudou sua vida completamente. Tudo por causa da possibilidade de ser parente da infame Lenora Hope e, um dia, herdar tudo que pertencia a ela. Quando Mary lhe disse que o resultado deu negativo, ele fez o possível para esconder esse fato.

— Foi você — repito. — Você matou a Mary.

— Pareço um assassino pra você?

Não parece. Por outro lado, a Virginia também não. No entanto, ele é tão culpado quanto ela. A única diferença entre os dois é que Virginia agora é inofensiva.

E Carter não.

Olho de relance para a rua e avalio minhas opções. A casa do meu pai fica no quarteirão seguinte. Vejo o brilho morno da luz da varanda me chamando de volta ao lar. Posso sair do carro e correr até lá, torcendo para Carter não vir atrás de mim, ou posso obrigá-lo a sair do Escort e acelerar. Escolho o plano B. Estar dentro do carro parece ser a aposta mais segura.

Enfio a mão direita no bolso, procurando o saca-rolhas. Eu o pego e o seguro no ar, a parte pontiaguda espiralada de metal apontada para Carter. Ele vê o objeto e levanta as mãos.

— Meu Deus, Kit. Não há necessidade disso.

— Sai do carro! — ordeno.

Mantendo as mãos onde eu possa vê-las, Carter desafivela o cinto de segurança e puxa a maçaneta da porta do passageiro.

— Você está enganada — diz ele. — Juro que não fui eu.

— Eu não acredito em você!

A raiva percorre meu corpo dos pés à cabeça, fazendo meu sangue bombear com tanta força que o sinto pulsar no corte da minha mão. Ele mentiu para mim. Assim como Virginia. A dor dessas duas traições me fere como uma queimadura de terceiro grau. Eu golpeio o ar com o saca-rolhas, forçando Carter a recuar para a porta aberta.

— Kit, por favor!

Volto a golpear com o objeto, cuja ponta chega a um suspiro de distância do pescoço de Carter. Ele tomba do carro de qualquer jeito e fica parado na rua, me chamando aos gritos enquanto saio em alta velocidade, a porta do passageiro batendo feito uma asa quebrada.

Sabendo que Carter ainda pode me alcançar com facilidade, em vez de estacionar na entrada para carros, vou pelo quintal, subindo na calçada e derrapando até parar a poucos metros da porta da frente. Saio às pressas do Escort, os passos barulhentos e rápidos de Carter ecoando pela rua atrás de mim.

— Kit, espera! — grita ele.
Corro até a porta da frente e a abro, fechando-a com um estrondo após entrar. Carter me alcança no momento em que giro a fechadura. Ele esmurra a madeira, implorando.
— Kit, por favor! Você entendeu tudo errado.
Eu me afasto, sem saber direito o que fazer. Preciso achar um telefone e ligar para o detetive Vick, preciso de água oxigenada e um band-aid para a mão, e preciso encontrar meu pai para poder finalmente contar a verdade sobre a morte de minha mãe.
Vou até a sala de estar, na esperança de vê-lo em sua poltrona reclinável, esperando por mim como fazia quando eu era adolescente. Só que a poltrona está vazia. Assim como a sala. E, ao que parece, a casa inteira.
— Pai?
Sigo pelo corredor até o quarto que ele dividia com minha mãe, onde agora dorme sozinho. Espreito pela porta e vejo uma mala em cima da cama.
Uma mala que não é dele.
É menor que sua mala surrada, da qual me lembro das muitas férias em família. É melhor também. Couro de qualidade, escuro, da cor do conhaque. O único defeito é a alça quebrada, que fica pendurada, presa apenas numa das pontas.
Minha visão se estreita, a escuridão vem de todos os lados até eu ter a sensação de estar olhando para o túnel de um trem. Porém não há luz no final. Só confusão, enquanto concentro as atenções na parte de cima da mala. Minha mão treme tanto que mal consigo abri-la.
Quando por fim consigo, dentro há um tubo de ensaio cheio de sangue e uma pilha de folhas datilografadas. Passo os olhos pela primeira linha da primeira folha.

A minha lembrança mais nítida — a coisa com a qual ainda tenho pesadelos — é o momento em que tudo acabou.

Um soluço escapa da minha garganta. Não o escuto, porém, porque meu coração está martelando nos meus ouvidos. O choque. Estou tão perplexa que me surpreende o fato de meu coração ainda conseguir bater.

Porque eu sei o que meu pai fez para conseguir essa mala.

E eu sei por quê.

A minha vida inteira eu só o ouvi sendo chamado de Pat.

Mas seu nome verdadeiro é Patrick.

Patrick McDeere.

Nunca me ocorreu que seu nome pudesse ser abreviado em um apelido diferente.

Ricky.

Ricky estava sentado em uma das poltronas de couro perto da lareira. Meu pai estava de pé ao lado da outra, de costas para a porta. Nenhum deles notou quando entrei na sala, o reluzir da faca abrindo caminho. Eles só perceberam minha presença quando eu disse: "Cadê meu bebê?"

"Ele se foi, Virginia", respondeu meu pai, ainda de costas para mim, como se eu nem sequer merecesse que ele olhasse na minha cara.

"Traga meu filho de volta."

"É tarde demais para isso, meu bem."

"Não me chame assim!", vociferei, minha mão apertando a faca. "Não se atreva a me chamar assim nunca mais! O que aconteceu com meu filho?"

"A srta. Baker o levou. Ela não vai voltar."

"Como assim?"

"Ela se foi para sempre." Meu pai disse isso como se fosse a coisa mais sensata do mundo. "Ela concordou em ir embora de Hope's End com a criança, encontrar um bom lar para ela e nunca mais falar sobre o assunto."

Uma onda de dor quente e aguda me atravessou. Era, percebi, a dor da traição. Eu me senti muito burra. Uma completa idiota, por ter confiado na srta. Baker. Aquela mulher só se importava consigo mesma.

"Por quanto?", perguntei, pois sabia que havia um preço.

"Não tanto quanto o Patrick aqui." Meu pai olhou para Ricky. "Acertei o nome, não é mesmo? Patrick McDeere?"

Ricky engoliu em seco e assentiu.

"Por cinquenta mil dólares, o sr. McDeere irá embora daqui, nunca mais retornará e nunca falará desse bebê bastardo. Não é verdade, meu filho?"

"Sim, senhor", murmurou Ricky, recusando-se a olhar para mim.

"Você o obrigou a concordar com isso", acusei meu pai. Então olhei para Ricky e disse: "Diga não a ele."

Por fim, meu pai se virou, seu olhar fixo em mim, no meu rosto desolado, depois na minha mão, que ainda segurava a faca.

"Ora, veja bem, Virginia", disse meu pai enquanto continuava a fitar o objeto. "Não há necessidade disso."

Mantive o olhar cravado em Ricky. "Diga a ele! Diga a ele que você me ama e que nós vamos fugir e encontrar nosso bebê e ser uma família feliz."

"Mas ele não quer isso", disse meu pai. "Você quer, meu filho?"

"Você está mentindo." Eu me virei para Ricky. "Me diga que ele está mentindo!"

O olhar de Ricky também estava perdido pela sala. Pulava da lareira apagada para suas mãos e para o tapete de zebra sob seus pés. Fixava-se em qualquer lugar, menos em mim.

"É verdade, Ginny", murmurou ele. "Me desculpe."

"Viu?", disse meu pai, num tom arrogante. Percebi que ele estava se deleitando com o pior momento da minha vida. "Eu sei que você está magoada agora, mas é o melhor. Você não quer que um lixo como esse arraste você para o buraco."

"Mas..."

Foi a única coisa que tive forças para dizer. A decepção e o desgosto me silenciaram. Mas eu sabia que ainda poderia falar muito com a faca na mão.

Tentei ir até eles, sem me importar com quem eu machucaria, contanto que causasse dor a um deles. Mas antes que pudesse dar um passo, fui detida por um suave aperto no braço que empunhava a faca.

Minha mãe.

Sem dúvida, havia sido minha irmã quem a chamou.

Embora eu tenha ficado surpresa ao vê-la fora da cama e andando pela casa, minha mãe não pareceu nem um pouco perturbada ao me ver segurando uma faca. De pé pela primeira vez em semanas, ela sabia exatamente o que estava acontecendo naquela sala de bilhar.

"Não faça isso, meu bem", disse ela, tirando a faca da minha mão com uma força surpreendente. "Não vale a pena destruir sua vida por causa deles."

Soltei a faca na mão da minha mãe e desabei em seus braços, aos prantos. Com a faca numa das mãos e acariciando meu cabelo com a outra, minha mãe se dirigiu ao meu pai.

"Cinquenta mil dólares, Winston? Seu preço subiu. Se bem me lembro, você ofereceu apenas vinte e cinco mil para fazer o homem que eu amava sumir."

"Isso não o impediu de aceitar", disse meu pai sem um pingo de delicadeza. "Você pode me julgar por isso o quanto quiser — e certamente já julgou —, mas foi a melhor coisa que aconteceu com você. Você pôde se casar, fingir que Lenora era minha filha e manter intacta sua preciosa reputação."

Essas palavras fizeram com que algo em minha mãe despertasse. Aconteceu bem na minha frente. Os olhos dela ficaram sombrios e seu corpo paralisou. Silenciosa e imóvel, ela me lembrou um relógio que parava de forma irritante à meia-noite.

Mas uma pequena parte sua continuou funcionando. Eu vi isso também. Algo se enrolou feito uma mola nas engrenagens de sua mente, pronta para saltar.

E saltou.

Em direção ao meu pai.

Com a faca na mão.

E não parou até a lâmina estar profundamente cravada na lateral do corpo dele.

Quando a lâmina o atingiu, ele não gritou. Eu fiz isso por ele, soltando um berro agudo que ecoou pela sala em um eco infernal. Eu ainda conseguia ouvi-lo quando minha mãe tirou a faca da barriga de meu pai.

Meu pai levou uma das mãos ao ferimento, o sangue escorrendo por entre seus dedos enquanto ele cambaleava até a mesa de bilhar.

"Por favor, tire a minha filha daqui", disse minha mãe a Ricky com uma voz tão calma quanto uma manhã de primavera. "Agora."

Ricky saltou da cadeira e me pegou pela mão. A última coisa que eu queria era sentir o toque dele; no entanto, eu estava atordoada e horrorizada demais para fazer qualquer coisa, exceto deixá-lo me puxar sala afora, para o corredor e em direção ao hall de entrada.

"É um sonho, não é?", eu disse, mais para mim mesma que para ele. "Só um sonho terrível."

No entanto, aquele pesadelo continuou quando um grunhido e um gorgolejo ressoaram na sala de bilhar. Alguns segundos depois, minha mãe apareceu, ainda segurando a faca agora tingida num vermelho profundo. O sangue cobria a camisola e pingava de suas mãos em gotas grandes que caíam pelo chão do hall de entrada.

Eu me desvencilhei das mãos de Ricky e me apressei para a Grande Escadaria. O que eu mais queria no mundo era estar no meu quarto, na minha cama, dormindo profundamente, e acordar para um novo dia em que nada daquilo estivesse acontecendo. Minha mãe deu alguns passos arrastados, como se estivesse embriagada ou entorpecida. Talvez ela também tivesse achado que aquilo era um sonho. Um sonho horrível, terrível e encharcado de sangue.

Mas quando minha mãe subiu os degraus para se juntar a Ricky, vi que era tudo muito real — e que o sangue que a cobria não era apenas do meu pai.

Era dela também.

Um rasgo no tecido de sua camisola revelou uma ferida na barriga dela, de onde jorrava sangue. No momento em que a vi, soube que minha mãe havia usado a faca em si mesma.

"Mãe!", gritei e desci correndo as escadas.

Ricky, ainda no patamar, gritou: "Não chegue mais perto, Ginny!"

Parei a meio caminho do patamar, paralisada pelo choque e pelo medo. Observei Ricky se aproximar de minha mãe e tirar das mãos dela a faca banhada de sangue.

"Por favor", sussurrou minha mãe. "Por favor, acabe com meu sofrimento."

Ricky balançou a cabeça. "A senhora não quer isso de verdade."

"Não me diga o que eu quero ou deixo de querer", retrucou minha mãe. "Você não me conhece. Você não sabe quanto eu já sofri. Claro que você não teria como saber. Você é apenas um cafajeste, um inútil que não vale nada."

Eu vi um brilho nos olhos da minha mãe, o que me preocupou. Eu sabia o que ela estava tentando fazer — e Ricky estava caindo no truque.

"Não fale assim comigo", disse ele.

"Por quê? É verdade, não é? Você vem do nada, vai viver sem nada e vai morrer sem nada. Você não vale nada."

Ricky enrijeceu, seu corpo se contraindo de tensão. "Não é verdade."

"Então prove", disse minha mãe. "Seja homem pelo menos uma vez e prove que você não é um..."

Da escada, gritei ao ver um movimento na mão de Ricky.

A faca.

O restante aconteceu tão rápido que mal consigo me lembrar. Foi uma pequena misericórdia. O que eu lembro — o som da faca entrando no torso da minha mãe, ela desabando no patamar — é horrível o suficiente.

Quando acabou, desci correndo as escadas até minha mãe. Vi que seus ferimentos eram graves. Seu rosto estava lívido, e havia sangue por toda parte. Com a camisola encharcada de vermelho, gritei para Ricky pedir ajuda.

"Ajuda! Por favor!"

A faca continuava nas mãos dele. Ele a encarou por um momento, atônito, antes de olhar diretamente para mim e para minha mãe moribunda.

"Eu... sinto muito", murmurou ele. "Eu não queria..."

"Saia daqui", falei, minha voz um sussurro áspero.

"É verdade, Ginny. Você tem que acreditar em mim."

"Some daqui!", repeti, num rugido nascido da dor, da raiva e do medo.

Ricky largou a faca e fugiu pela porta da frente para a noite escura.

Um minuto depois, minha mãe também se foi. Eu estava segurando a mão dela quando senti sua última pulsação. E, sem saber o que fazer, continuei a segurá-la enquanto sua pele esfriava. Meu pai e minha mãe estavam mortos. Meu filho já não se encontra mais ali. O homem que um dia amei havia fugido. O que se espera de uma pessoa que já não tem mais nada?

A única coisa que me afastou do corpo da minha mãe foi a faca que a matou. Ainda caída no chão do hall de entrada, a lâmina refletindo a luz de uma forma que parecia uma provocação.

"Me use", parecia dizer. "É o que você precisa fazer agora. É a sua saída."

Fui até a faca e a peguei, cogitando enfiá-la no meu coração. Mas me detive antes de fazer isso, receosa de que, quando a lâmina entrasse em meu peito, não houvesse coração para ser perfurado.

Então fui até o terraço, fustigado pelo vento e pela chuva torrencial, e joguei a faca lá embaixo. Um objeto capaz de tamanha violência merecia estar num lugar onde ninguém pudesse encontrá-lo.

Mesmo assim, eu ainda queria acabar com a minha vida. Não, não é bem isso. Eu senti que precisava acabar com a minha vida. Para mim, já parecia ter acabado. Os meus sonhos e esperanças se dissiparam com todo o resto. No lugar havia apenas um vazio escuro do qual nunca pensei que escaparia. Meu corpo podia até estar vivo, mas minha alma estava morta.

Seria mais rápido e fácil me jogar do terraço. Mas aí eu estaria tão perdida quanto a faca que acabara de arremessar nas ondas. Eu queria ser encontrada, para que as pessoas entendessem a profundidade do meu desespero.

Resolvi ir até a garagem, onde sabia que as cordas eram guardadas. Peguei um pedaço comprido e o levei de volta para a casa principal até o salão de baile. Escolhi esse lugar porque era o que mais se parecia comigo. Adorável, sim, mas também vazio e negligenciado.

Na cozinha, ouvi Lenora ao telefone, ligando freneticamente para a polícia. Eu deveria ter pensado em como os acontecimentos daquela noite a afetariam. Eram os pais dela também. Pelo menos a mãe era. E eu era sua irmã. Mesmo assim, de maneira egoísta, nunca parei para pensar se ela ficaria de luto por eles ou por mim. O mesmo vale para Archie, que eu sabia que sentiria intensamente a minha falta.

Todos os pensamentos se esvaíram da minha mente enquanto eu subia numa cadeira e jogava a corda até enrolá-la várias vezes numa ponta do lustre. Em seguida, eu a amarrei com um nó em torno do pescoço do melhor jeito que consegui.

Depois de um forte puxão para me certificar de que não se soltaria do lustre, fechei os olhos, dei o que pensei ser meu último suspiro e derrubei a cadeira.

E esta é a história completa, Mary.

Não é o que você esperava, certo? Para mim também não. Agora que você a tem em mãos, faça o que quiser com ela. Conte ao mundo. Ou não conte a ninguém.

A decisão é sua agora.

Minha esperança, porém, é que você compartilhe a história com alguém, que ela se espalhe por toda parte, que chegue de alguma forma ao meu filho, onde quer que ele esteja, e que em breve eu e ele possamos nos reunir.

QUARENTA E DOIS

Lágrimas enchem meus olhos, o que dificulta minha visão enquanto dirijo de volta para Hope's End. Aperto o volante com mais força, como se isso pudesse compensar minha visão embaçada. Por um breve instante, cogito a ideia de tentar não ver nada. Talvez assim eu saísse da estrada, voasse por cima do penhasco e despencasse no oceano, e quem sabe até evitasse um confronto com meu pai. Uma perspectiva tentadora, considerando tudo o que sei agora.

Mas isso me tornaria igual a Virginia.

Tentando me matar por algo que meu pai fez.

Ela sobreviveu.

Pretendo fazer o mesmo.

Não sei o que vou fazer quando chegar a Hope's End. Nem sei ao certo se meu pai realmente foi para lá, embora seja o mais provável. Ao telefone, contei para ele que Virginia estava viva, então acidentalmente o levei até ela.

Seco os olhos, agarro o volante com mais força e piso com mais vontade no acelerador, levando meu sacolejante Escort cada vez mais para cima nos Penhascos. Enquanto dirijo, continuo procurando Carter na beira da estrada, caso ele tenha decidido voltar a pé para Hope's End. Assim que passou o choque inicial de constatar que meu pai havia matado Mary, corri para a porta da frente da casa, na esperança de que ele ainda estivesse lá. Mas nem sinal de Carter. O fato de eu estar errada sobre ele e ter chegado a obrigá-lo a sair do meu carro me deixa constrangida.

Também me arrependo de ler tão rápido as páginas encontradas na mala de Mary. O que Virginia e eu escrevemos não chega nem perto desse material. A história completa realmente estava ali, e eu não consegui parar de ler, mesmo que me deixasse tonta de tristeza.

Agora entendo por que Virginia relutava tanto em me revelar tudo. Ela não queria ser obrigada a dizer quem era meu pai.

E o que ele fez.

Engravidou Virginia. Aceitou o suborno de Winston Hope para ir embora para sempre. Esfaqueou Evangeline Hope, movido pela raiva e por pena. Matou Mary porque ela sabia da coisa toda.

Essa é a parte mais difícil — encarar o fato de que, além de tudo, ele seja capaz de matar. Não consigo parar de imaginá-lo nas sombras da mansão, à espreita, atacando no momento que viu Mary atravessar o terraço. Por causa do frasco com o sangue de Virginia que eu também encontrei na mala, sei que ela estava indo falar com Carter.

Meu pai agarrou a mala, empurrou Mary e a observou cair por sobre a balaustrada, despencando no abismo.

Meu medo é que Virginia seja sua próxima vítima.

Principalmente depois que chego na mansão e vejo a picape do meu pai estacionada junto ao portão ainda aberto. Não me passou despercebido o fato de que ele escolheu ir a pé o restante do caminho até a casa. Era melhor entrar escondido, sem ser visto, o que provavelmente foi o que ele fez na noite em que matou Mary.

Já eu, sigo de carro.

Passo pelo portão.

Alcanço a entrada de carros.

Chego à porta de Hope's End, onde os faróis do carro iluminam Archie feito um ator sob os holofotes de um palco. Ele me olha com uma expressão de alívio quando me vê descendo do Escort.

— Tem alguém aqui — diz ele em um sussurro urgente. — Eu vi um homem subir a pé a entrada de carros.

— Você sabe onde ele está agora?

Archie balança a cabeça.

— Bem, eu sei pra onde ele está indo — digo.

— Quem é?

— Ricky. — Faço uma pausa, com medo de deixá-lo tão apavorado quanto eu estou. — Que também é meu pai.

Antes que Archie possa reagir, pressiono as chaves do carro em sua mão.

— Volte com o carro para a cidade. Vá à delegacia e fale com o detetive Vick. Ele vai saber o que fazer.

— Mas e você?

Começo a subir os degraus até a porta da frente.

— Eu vou ficar bem.

Não tenho medo que meu pai me faça mal. Acho que ele não chegaria a esse extremo. Além do mais, ele não consegue me machucar mais do que já machucou, a não ser que me mate. É com Virginia que estou preocupada. Ela é totalmente indefesa — e é a única ponta solta que ele precisa amarrar.

Meu plano, improvisado na hora, é me certificar de que Virginia esteja a salvo e depois dar um jeito de distrair meu pai e impedi-lo de machucá-la até que o detetive Vick dê as caras. Enquanto Archie sai com meu carro, entro em Hope's End, a casa onde o passado de Virginia e o meu presente estão prestes a colidir.

Eu me detenho no saguão, à procura do meu pai. Ele pode estar em qualquer lugar, inclusive do lado de fora. No entanto, consigo sentir sua presença. A sombra de uma versão de si mesmo, repetindo as ações de cinquenta e quatro anos atrás.

Exatamente no mesmo lugar onde estou.

Fervendo de humilhação, vergonha e raiva.

Cravando a faca em Evangeline Hope.

É tão vívido que quase posso ouvir, como se o horrível som ainda ecoasse pelo saguão desde 1929.

O que não ouço são ruídos do presente. Não há passos nem rangidos nas tábuas do assoalho. O que talvez seja uma coisa boa.

Mas pode significar também que cheguei tarde demais.

Esse pensamento me impulsiona pelo corredor até a cozinha e a escada de serviço. Não suporto a ideia de subir a Grande Escadaria, manchada de sangue por causa do meu pai. Não que a escada de serviço seja melhor. Os degraus gemem sob meus pés, e tenho a impressão de que podem desabar a qualquer momento. E, de fato, há grandes chances de que isso aconteça. No topo da escada, sinto a inclinação da casa na mesma hora. No pouco tempo em que estive fora, só piorou.

Caminho silenciosamente pelo corredor, dobrando o corpo para me ajustar à inclinação. Então enfio a mão no bolso e tiro o saca-rolhas, um ato que me deixa muito confusa. É o meu pai. O homem que me criou. Não consigo conceber a ideia de ter que me proteger dele. No entanto, dadas as circunstâncias, parece necessário.

Em vez de ir para o quarto de Virginia, entro de fininho no meu, espantada com o quanto parece diferente. O piso está visivelmente mais inclinado, o que me obriga a pensar duas vezes antes de cada passo. Enquanto vou até a porta contígua, noto o colchão amontoado aos pés da cama. Alguns livros caíram da estante, e o espelho pendurado na parede parece enviesado, quando na realidade é o restante do cômodo que está torto.

A porta do quarto de Virginia está fechada. Resta saber se foi fechada pelo meu pai ou pela casa em constante movimento. Agarro com mais força o saca-rolhas, abro a porta e espio lá dentro.

O quarto está às escuras, iluminado apenas pelo luar que atravessa as janelas precariamente inclinadas para o mar. Em meio a essa luz fraca, vejo Virginia na cama, acordada e alerta.

Corro até ela e sussurro:

— Meu pai está a caminho.

Ela sabe que estou falando de Ricky.

Ela sabia desde o nosso primeiro encontro, quando mal notou minha presença até eu dizer meu nome completo. Foi quando ela finalmente prestou atenção em mim.

— Vou tirar você daqui.

Deixo o saca-rolhas em cima da mesinha de cabeceira de Virginia e pego sua cadeira de rodas no canto. Embora fosse mais rápido tirá-la da cama e carregá-la no colo escada abaixo, conheço minhas limitações. Descer a Grande Escadaria levando-a na cadeira de rodas como no dia do nosso fatídico passeio até o lado de fora da casa é a única opção.

Consigo levantá-la pelas axilas, e, entre a cama e a cadeira de rodas, ouço um barulho no corredor. Virginia também ouve. Ela me lança um olhar assustado. Nós duas reconhecemos o som.

Passos.

Alguém está subindo a escada de serviço.

Devagar.

Hesitante.

No mesmo instante, sei que é meu pai.

Por um segundo, fico paralisada. Não sei o que fazer. Mesmo que eu consiga colocar Virginia na cadeira de rodas antes que meu pai entre no quarto, ele certamente vai nos flagrar enquanto tento tirá-la daqui. Mas permanecer no quarto também é uma má ideia. Não há nada que eu possa fazer para nos proteger. A vida dela está literalmente nas minhas mãos.

Virginia aponta com a cabeça para o canto mais afastado do quarto, um vão escuro como o breu entre a parede e o divã. É estreito demais, mas talvez seja o suficiente para esconder Virginia caso meu pai só dê uma olhada rápida no quarto e siga em frente. Além disso, o som dos degraus rangendo na escada de serviço denunciam quanto ele está próximo, então é nossa única opção.

Levo Virginia até o espaço rente à parede e a deixo ali. Em seguida, corro para meu quarto. Eu me encolho num canto escuro, na esperança de que meu pai não me encontre. Pela porta aberta, vejo Virginia no chão ao lado do divã. Mas não é o suficiente para escondê-la totalmente. Nem um pouco.

Ouço um barulho vindo do corredor, logo além da porta do meu quarto.

Meu pai, a caminho do quarto de Virginia.

Claro que ele sabe onde fica.

Já esteve aqui antes.

Quando ele enfim entra no quarto dela, tenho que tapar a boca com a mão para não gritar. Todo esse tempo desejei secretamente estar errada, alimentei a esperança de que não fosse ele, de que, apesar da mala de Mary e daquelas páginas datilografadas, aquilo não podia ser verdade.

Mas vê-lo ali acaba com todas as minhas dúvidas.

Meu pai a encontra imediatamente. Não é difícil. As pernas dela, incapazes de se moverem sozinhas, projetam-se do canto escuro onde eu a coloquei.

— Oi, Ginny — diz ele. — Quanto tempo.

Ele fala com a voz calma, carinhosa, num flerte divertido. É a voz de um homem que revê seu amor há muito perdido. Em circunstâncias diferentes, quase poderia ser considerado romântico. Mas agora é assustador.

— Vamos tirar você do chão — diz ele.

Meu pai se abaixa, segura Virginia nos braços e a carrega para a cama. Ele fez a mesma coisa nos últimos dias de vida da minha mãe, transferindo-a delicadamente do sofá da sala de estar para o quarto. Vê-lo fazer isso agora dilacera meu coração. Pior ainda é saber que essa ternura vem de um homem capaz de cometer atos horríveis.

— Você ainda sabe como surpreender um cara, Ginny — diz ele enquanto a coloca no colchão. — Preciso admitir isso.

Meu pai se senta tranquilamente na beirada da cama e, para minha surpresa, pega a mão de Virginia.

A mão direita.

Prendo a respiração, esperando que ele diga que sabe que estou aqui e me mande sair do meu esconderijo. Mas ele fala apenas com Virginia.

— Passei todos esses anos pensando que você estava morta. Que tinha sido enforcada pela própria irmã. Não é o que diz a cantiga? Só que, ao contrário de todo mundo, eu sabia que a Lenora não tinha feito isso. Eu sabia que você mesma havia se enforcado. Fosse como fosse, você estava morta do mesmo jeito. É por isso que nunca saí da cidade. Nunca senti necessidade de me esconder. Claro que não achei que precisava me preocupar com a possibilidade de você contar a alguém o que realmente tinha acontecido. Então eu fiquei. Abri meu próprio negócio. Conheci uma mulher maravilhosa. Tive uma filha.

Meu sangue gela quando ele diz isso.

Ele sabe que estou aqui.

Quer me fazer lembrar de que lado eu deveria estar.

— Eu me senti mal pelo que aconteceu — diz ele. — Se ainda vale de alguma coisa, eu realmente amei você. Pelo menos achava que sim. E eu tinha a intenção de fazer a coisa certa. Mas éramos jovens demais, e eu estava muito assustado. Quando seu pai me contou que tinha se livrado do bebê e me ofereceu dinheiro, eu só senti alívio. Era uma saída para a situação, mesmo sabendo que isso iria machucar você. E eu penso nele às vezes. No nosso filho. Eu penso nele e espero que ele esteja feliz. Não acho que isso teria acontecido se tivéssemos ficado juntos. A gente não teria durado, Ginny. Éramos muito diferentes.

Meu pai dá um aperto suave na mão de Virginia, como se quisesse assegurá-la de suas palavras.

— Quanto à sua mãe, eu não queria machucá-la, Ginny. Juro. Mas alguma coisa dentro de mim simplesmente quebrou e eu perdi o controle. Penso muito naquela noite. Não tem um único dia que eu não me arrependa do que fiz. Mas aprendi a conviver com isso. E eu sabia que, por maior que tenha sido meu erro, eu não seria punido. Então aquela sua enfermeira foi até a minha casa e me perguntou se eu concordaria em fazer um exame de sangue.

De alguma forma consigo sufocar um ofego, que fica entalado feito uma bolha no fundo da minha garganta. Eu a engulo em seco quando compreendo o que aquilo significa.

Mary esteve na minha casa.

Foi para lá que ela se dirigiu naquele domingo à noite. Ela não saiu de Hope's End para ir ao laboratório, mas para falar com meu pai.

Enquanto eu estava lá.

Era ela a mulher que ouvi conversando com ele. Não era uma namorada que ele mantinha em segredo. Era Mary, guardando um segredo ainda maior. Quando ouvi meu pai sair de casa na noite seguinte, ele estava na verdade vindo para Hope's End.

— Ela me disse que sabia que eu havia trabalhado em Hope's End aos dezesseis anos — prossegue meu pai. — Ela sabia que eu tinha me relacionado com Virginia Hope e que eu era o pai do bebê dela, que tinha sido levado embora, mas que podia ter tido um filho que agora queria saber quem eram seus verdadeiros avós. Foi quando percebi que você ainda estava viva. A única pessoa que poderia ter revelado tudo isso a ela é você. Nossa, você deveria ter visto a cara dela. Tão presunçosa. Agindo como se fosse muito inteligente. No entanto, ela não sabia nem metade da história.

— Mas eu sei da história completa.

Ao contrário do arquejo sufocado, não consigo evitar dizer isso. Sei coisas demais para ficar escondida, e ouvi coisas demais para permanecer calada. Ao sair do meu quarto para entrar no de Virginia, vejo as mãos do meu pai se moverem para o pescoço dela e apertarem de leve.

— Pare aí, Kit-Kat — diz ele. — Eu não vou machucar você. E acho que você sabe disso. Mas vou machucar ela se você der mais um passo.

A visão de suas mãos — tão grandes e fortes — em volta do pescoço de Virginia me paralisa. Mas não demonstro medo. As pessoas percebem quando você sente medo. Meu pai me ensinou isso.

— Ninguém mais precisa se machucar, pai — digo. — Você pode acabar de uma vez por todas com tudo isso.

Meu pai se vira para mim, revelando o mesmo olhar da manhã em que a matéria a meu respeito foi publicada no jornal. Mágoa, traição e vergonha.

— Não sei se posso, Kit-Kat. Agora já é tarde, estou envolvido demais nisso.

— Por que você matou a Mary? Se ela não sabia de tudo, por que fazer isso?

— Porque ela sabia o suficiente. Não a parte sobre os assassinatos. Se ela sabia a respeito disso, não mencionou. — Meu pai se volta para Virginia. — Você terminou de contar o resto da história depois de ela ter ido me pedir pra fazer o exame de sangue. Eu sei porque li sobre isso depois. Sabe aquelas páginas que você datilografou? Eu li todas, uma por uma. Você é realmente uma boa escritora, Ginny. Muito promissora. Mas você não deveria ter contado tudo. Você não deveria ter dito a porra do meu nome! Mas, mesmo antes disso, eu sabia que ela era um risco. Então eu disse que aceitava fazer o tal teste idiota dela. Mas não na minha casa. Não com a minha filha por perto. Combinamos de eu vir a Hope's End no dia seguinte, bem tarde da noite, e ela deveria deixar o portão aberto. Então esperei no mesmo lugar onde conheci você, Ginny. Quando vi a Mary correndo pelo terraço com aquela mala, fiz o que foi preciso.

— E agora? — pergunto. — O que você planeja fazer agora?

— Não sei — diz meu pai, enquanto suas mãos apertam o pescoço de Virginia. — Sinceramente, não sei.

— Então para, pai. Por favor.

— Não posso. — Meu pai aperta a garganta dela com mais força. — Não posso correr o risco de ela contar a mais alguém.

— Ela não vai contar — alego. — Ela não consegue.

Meu pai me ignora.

— Sinto muito, Ginny — sussurra ele enquanto os olhos de Virginia se arregalam e sons úmidos e sufocados saem de sua garganta.

— Sinto muito.

— Pai, para!

Eu me lanço para cima dele, tentando impedi-lo. Mesmo aos setenta anos, ele é forte o suficiente para me empurrar usando apenas um braço. Cambaleio para trás, esbarro na cadeira de rodas de Virginia, e caio junto com ela. Esparramada no piso, vejo meu pai voltar a apertar o pescoço de Virginia com as duas mãos.

Apertando.

Espremendo.

Então noto as mãos de Virginia.

A direita está pousada sobre a cama, imóvel.

A esquerda segura o saca-rolhas, que ela pegou da mesinha de cabeceira.

Com toda a força que consegue reunir, Virginia ergue o saca-rolhas em direção ao meu pai, e o objeto corta o ar antes de atingir em cheio a lateral da barriga dele.

Urrando de dor, meu pai tira as mãos da garganta dela. Ele olha para baixo, onde o saca-rolhas cravado na pele se projeta de seu torso. Uma mancha escura circunda o objeto enquanto o sangue mancha sua camisa.

Antes que meu pai consiga alcançar o saca-rolhas, eu me levanto, estendo a mão e agarro a alça. Dou um puxão, e a espiral de metal desliza para fora com um jato de sangue. Brandindo o utensílio como um canivete, eu digo:

— Não toque nela de novo.

Meu pai pressiona a mão sobre o ferimento, que não parece grave. Ele até solta uma risada triste.

— Acho que eu mereço isso.

— Sim — digo, chocada ao ver como uma única sílaba pode conter seis meses de amargura e decepção.

— Se eu tivesse sido um pai melhor, você não teria vindo para cá. Não teria conhecido a Ginny. Não saberia de nada disso.

— Você se afastou de mim. — Tento esconder meu ressentimento, mas ele vem à tona mesmo assim, e minha voz fica embargada de emoção. — Eu precisava de você, pai. Quando a mamãe morreu, porra, eu *precisava* de você! O que aconteceu com ela foi horrível. Mas...

Eu me calo, sem saber se sou capaz de dizer o que precisa ser dito.

Mesmo agora.

Mesmo aqui.

— Mas você estava certo em duvidar de mim. Eu deixei o remédio ao alcance dela. Mesmo que a mamãe tenha jurado que tomaria só um comprimido, eu sabia que havia a possibilidade de ela tomar todos.

— Não faça isso — diz meu pai. — Não diga uma coisa dessas, Kit-Kat.

— Mas é a verdade.

— Não. Você não deveria se culpar. Você se culpa por minha causa. Eu não deveria ter colocado esse fardo sobre os seus ombros. Eu não deveria ter deixado as coisas chegarem tão longe. Eu deveria ter assumido a culpa e dado um basta na história toda assim que aquela matéria saiu no jornal.

De repente, não estou mais em Hope's End. O lugar amaldiçoado desaparece totalmente da minha visão, e então volto no tempo. Estou na minha casa, meu pai à mesa da cozinha, jornal na mão. Ele me encara, os olhos marejados, e diz: "O que eles estão dizendo não é verdade, Kit-Kat."

Ele não disse isso porque queria que fosse a verdade.

Meu pai disse isso porque *era* a verdade.

Ele sabia que eu não tinha dado aqueles comprimidos para a minha mãe.

Porque quem fez isso foi ele.

QUARENTA E TRÊS

Choque e desespero.
É tudo que eu sinto.
Não é raiva. Não é tristeza. Apenas choque e desespero, alimentando-se um do outro, transformando-se em uma emoção que não consigo descrever porque nunca senti isso antes e rezo para que ninguém mais sinta. Parece que cada parte de mim — cérebro, coração, pulmões — foi arrancada do meu corpo, deixando-me oca.
É um milagre que eu ainda esteja de pé.
Não consigo pensar.
Não consigo falar.
Não consigo me mexer.
Meu pai vem em minha direção com os braços estendidos, como se quisesse me abraçar, mas sabendo que vou desmoronar se ele fizer isso.
— Sinto muito, Kit-Kat. Eu sei que você queria mais tempo com ela. Eu também queria. Mas ela estava sofrendo demais. Toda aquela dor. Eu entendi o motivo de você ter deixado aqueles comprimidos. Você não aguentava mais o sofrimento dela. Nenhum de nós aguentava. Então decidi eu mesmo acabar com aquilo.
Não quero ouvir. No entanto, mesmo paralisada, minha audição continua perfeita. Não tenho escolha a não ser absorver cada palavra que sai da boca dele.
— Eu não forcei sua mãe a tomar os comprimidos. Ela os tomou por vontade própria. Nós dois sabíamos que seria melhor assim. Mas nem eu nem ela queríamos que você levasse a culpa. Quando isso aconteceu, eu não soube o que fazer. Mas acredite em mim quando digo que não deixaria Richard Vick prender você, Kit-Kat.

Eu jurei que me entregaria se chegasse a esse ponto. Mas isso nunca aconteceu. Então fiquei calado, porque sabia que você me odiaria se descobrisse.

Eu realmente o odeio.

Enfim uma terceira emoção, o ódio, que faz o choque e o desespero se transformarem em ruído de fundo à medida que assume o controle. Mas é uma espécie de ódio ferido. Em carne viva e ardente. Como se eu tivesse acabado de ser esfaqueada.

Não sei dizer o que dói mais — meus pais decidirem acabar com a vida da minha mãe sem me avisar, me negando assim a chance de me despedir, ou o fato de ele ter ficado em silêncio mesmo quando a polícia veio atrás de mim, quando fui investigada, quando fui suspensa do meu emprego.

— Foi por isso que eu não conseguia mais falar com você — explica meu pai. — Era muito difícil olhar nos seus olhos, sabendo o que fiz, sabendo que eu era a causa do seu sofrimento.

De alguma forma, encontro minha voz.

— E, ainda assim, você não fez nada para acabar com meu sofrimento. Simplesmente deixou todo mundo pensar que eu tinha matado a minha mãe. Pior: *me* deixou achar isso.

— Eu não deveria ter feito isso — diz meu pai. — Eu errei.

Ele tenta se aproximar, estremecendo de dor ao tocar a lateral do corpo. Em qualquer outra situação, meus instintos de cuidadora assumiriam. Eu verificaria o ferimento, tentaria limpá-lo, encontraria algo para estancar o sangramento. Mas não me mexo. A ferida dele não é nada comparada à minha.

Eu poderia ter ficado assim para sempre se não fosse por um som vindo do corredor.

Um estalo agudo da espingarda de Lenora Hope sendo carregada antes de ela entrar no quarto. Ao ouvi-lo, meu pai levanta as mãos e se vira para encará-la.

— Olá, Lenora — diz ele.

Lenora aponta o cano da espingarda para o peito dele.

— Quem é você? Por que está aqui?

— Eu sou o Patrick.

Ao contrário de mim, Lenora associa facilmente o nome do meu pai ao do rapaz que sua irmã amou anos antes. Ocorre-lhe inclusive, com décadas de atraso, que ele, e não Virginia, foi o responsável por pelo menos parte da violência que ceifou a vida de seus pais.

— Foi você — diz ela.

Meu pai responde com um breve meneio de cabeça.

— Sim.

— Me dê um motivo pra não atirar em você neste minuto.

— Porque a minha filha não deveria estar aqui pra ver isso — responde meu pai, apontando com a cabeça na minha direção.

Lenora olha para mim, estarrecida.

— Você sabia?

Eu balanço a cabeça. Lenora me observa e abaixa o cano da espingarda para o chão. Ao perceber a oportunidade, meu pai dá um salto à frente e a empurra para o corredor.

— Não! — grito, sem saber com qual deles estou de fato gritando.

Berro de novo, mas eles me ignoram, empenhados em destruir um ao outro. Ainda aos gritos, consigo me apressar para o corredor enquanto tudo se desenrola bem na minha frente, como um acidente de carro em câmera lenta.

Meu pai investindo contra Lenora.

Golpeando-a com violência.

O cano da espingarda balançando, se movendo, atirando.

Há uma rajada explosiva e barulhenta quando a arma dispara. Um pedaço da parede atrás do meu pai estoura, espalhando gesso, madeira e papel de parede. Ele e Lenora continuam a se engalfinhar enquanto se aproximam do topo da Grande Escadaria.

Meu pai se detém.

Lenora, não.

Ela cai de costas, e a espingarda voa de suas mãos enquanto ela desaba nos degraus, antes de dar um último rodopio no patamar. Passo correndo por meu pai para descer a Grande Escadaria, mas paro depois de apenas alguns passos porque percebo algo estranho.

A escada inteira está tremendo.

Assim como toda a casa.

Olho em volta, apavorada. A luminária no hall de entrada balança para a frente e para trás. De cima vêm vários baques à medida que os móveis do terceiro andar tombam. Ouço um rosnado baixo vindo do chão, feito uma fera selvagem prestes a acordar. Ao ouvir esse barulho, minha intuição me diz que será apenas uma questão de tempo — minutos, talvez segundos — até que isso aconteça.

Quando acontecer, tudo em Hope's End desmoronará.

— Saia da casa! — digo para Lenora. — Vou buscar a Virginia.

Volto a subir as escadas. Os degraus chacoalham tanto que não consigo me manter em pé, e preciso subir rastejando um por um. Quando chego ao segundo andar, passo às pressas por meu pai.

— O que você está fazendo? — pergunta ele, gritando para ser ouvido em meio à lamúria cada vez mais estrondosa da terra e do barulho forte e trêmulo que ela cria.

— Vou salvar a Virginia!

— Não temos tempo!

Meu pai me agarra pelos ombros. Eu me contorço.

— Se você me ajudar, temos sim!

Nós nos encaramos, uma vida inteira de culpa e arrependimento passando entre nós, uma sensação tácita, mas profundamente sentida.

— Por favor — peço. — Você me deve isso. Deve *a ela*.

Meu pai pestaneja, como se estivesse saindo de um transe.

Então ele me solta e, sem dizer mais nada, corre para o quarto de Virginia.

Sigo atrás dele para o interior da casa, onde o quarto balança como o brinquedo de um parque de diversões quebrado. A inclinação, que antes era tênue, agora é muito perceptível, e faz o quarto parecer uma pista de obstáculos. Ao redor, os móveis começaram a deslizar em direção às janelas, incluindo a cama em que Virginia ainda está deitada.

Meu pai agarra os ombros dela. Eu pego as pernas. Juntos, nós a levantamos e a carregamos para fora do quarto enquanto a casa inteira desaba.

Atrás de mim, ouço a cama vazia escorregar pelo piso e colidir contra a parede com um baque.

No corredor, vasos em pedestais caem no chão e as pinturas nas paredes oscilam.

Lá fora, ouve-se a cacofonia de uma chuva de tijolos despencando enquanto, uma a uma, as chaminés de Hope's End se desmantelam.

Meu pai e eu nos precipitamos pela Grande Escadaria, tentando não deixar Virginia cair enquanto os próprios degraus envergam e balançam. No patamar, meu pai a ergue por sobre o ombro, liberando minhas mãos para ajudar Lenora.

Ela se recusa a se mover.

— Nós precisamos ir! — grito. — Agora!

Lenora balança a cabeça.

— Não vou sair daqui.

Essa resposta é tão absurda que, por um segundo, penso que é uma piada, embora não haja nada nem remotamente engraçado no fato de Hope's End estar desmoronando ao nosso redor. Mas, como Lenora não faz nenhum esforço para ir comigo até o vão da porta, percebo que ela está falando sério.

— Não posso deixar este lugar — diz ela. — Não vou sair daqui.

— Lenora, me escute — digo, agarrando seus ombros e tentando botar algum juízo na cabeça dela. — Se você ficar aqui, vai morrer.

Uma perda de tempo, palavras e fôlego. Ela já sabe disso.

— Já passei meu tempo longe deste lugar. Agora é a vez da Virginia. — Lenora toca minha mão e me dá um sorriso triste. — Ela já esperou o suficiente. Cuide bem dela, Kit.

Com um leve empurrão, Lenora Hope me manda embora antes que eu consiga responder. Não há tempo para isso. Só consigo descer correndo a Grande Escadaria, pular as fissuras que ziguezagueiam pelo piso do saguão e alcançar meu pai e Virginia do lado de fora.

Ele a carrega até chegarmos a um lugar onde o chão não está tremendo. Lá, meu pai deixa Virginia na grama. Eu me junto a ela e verifico se há algum machucado. Surpreendentemente, exceto pelo ferimento na lateral do corpo do meu pai, nós três escapamos ilesos.

Estico a mão até a camisa dele e pergunto:

— Está doendo muito?

Meu pai afasta minha mão, devagar, delicadamente, como se saboreasse o toque.

— Você é uma boa menina, Kit-Kat — diz ele antes de me dar um beijo na bochecha. — Sempre foi. Eu deveria ter falado isso mais vezes. Eu me arrependo muito disso. Eu me arrependo de muitas coisas. Mas você? Você sempre foi meu orgulho e minha alegria.

Em seguida, meu pai vai em direção à casa e, sem hesitar, entra.

Eu me lanço à frente, pronta para correr atrás dele, mas Virginia agarra meu pulso, apertando-o, num lembrete de que ela ainda está sob meus cuidados. Tudo que posso fazer é gritar para que meu pai volte enquanto, através das portas ainda abertas, eu o vejo se juntar a Lenora na Grande Escadaria. Eles não olham um para o outro nem buscam se reconfortar.

Simplesmente ficam sentados.

Enquanto pedaços do teto caem ao redor deles.

Enquanto o vitral sobre o patamar se estilhaça.

Enquanto a casa inteira estremece em seu derradeiro estertor de morte.

O último vislumbre que tenho são os dois enfim dando as mãos enquanto as portas da frente se fecham.

Em seguida, em meio a um coro de urros, rangidos e estalos ensurdecedores, Hope's End segue o penhasco em colapso e desliza para o oceano.

QUARENTA E QUATRO

Ouço uma música vinda do quarto de Virginia.
Da banda The Go-Go's, da qual ela gosta mais do que eu imaginava. Ou talvez ela goste da novidade. Como a maior parte da tecnologia moderna lhe foi negada por tanto tempo, ela se empolga com todas as coisas que eu tenho há anos e, portanto, acho normais e corriqueiras. Meu aparelho de som é o principal. Na maioria dos dias, fica tocando sem parar. Mas a televisão também a deixou maravilhada quando a liguei pela primeira vez. Ela passou a noite inteira encantada com o que quer que estivesse passando. E ficou igualmente entusiasmada quando a levei para ver *O Retorno de Jedi*, embora nenhuma de nós tenha entendido bulhufas do filme. Nós simplesmente gostamos do espetáculo.

Paro no vão da porta do novo quarto de Virginia, que antes era o meu. Não há mais nenhuma semelhança com o lugar onde cresci. Archie e Kenny me ajudaram a remover o papel de parede floral horroroso e a pintar as paredes com um tom suave de lavanda. Todos os móveis antigos desapareceram e foram substituídos por objetos mais adequados às necessidades de Virginia. Um novo elevador de transferência Hoyer. Uma cadeira de rodas moderna. Uma cama doada pelo hospital local, que Virginia pode levantar e abaixar pressionando um botão com a mão esquerda.

Passei para o antigo quarto dos meus pais. Uma mudança para a qual eu não estava preparada. Nas primeiras noites, foi estranho dormir do outro lado do corredor, em uma cama e um quarto maiores do que os de hábito. Mas, dia após dia, vou me adaptando. Até agora, só tive pesadelos com minha mãe duas vezes.

Nenhum com meu pai.

Espero que continue assim.

Depois do que aconteceu em Hope's End, não havia dúvidas de que Virginia ficaria comigo. Afinal, eu ainda era sua cuidadora. Além disso, ela não tinha para onde ir. Era aqui ou em um lugar como a Casa de Repouso Ocean View.

Aqueles primeiros dias foram difíceis e inquietantes. Nós duas estávamos de luto. Virginia havia perdido a irmã e o único lar que conhecera a vida toda. Eu perdi meu pai, o único parente que me restava, e a ideia da pessoa que eu achava que ele era. Agora que dois meses se passaram, as coisas se tornaram um pouco mais suportáveis.

Ajuda o fato de podermos contar com o apoio de Archie, solidário como sempre. Ele conseguiu um emprego de cozinheiro em um hotel chique a duas cidadezinhas de distância e, toda noite depois de seu turno, dá uma passada para ver como estamos. O que é mais do que se pode dizer das outras pessoas que residiam em Hope's End. Jessie praticamente desapareceu, e sem nem se preocupar em entrar em contato conosco, mesmo depois que os acontecimentos chegaram às manchetes de todos os jornais.

Quanto a Carter, bem, ele ainda não me perdoou. E não posso culpá-lo. Afinal, eu o acusei de assassinato e o deixei para trás, sem ter como voltar para casa. Quando ele finalmente conseguiu chegar a Hope's End, já estava tudo arruinado. O que antes era seu chalé passou a fazer parte de uma enorme pilha de escombros atulhando as ondas do Atlântico.

Tentei me desculpar naquela noite, e novamente algumas semanas depois, quando fui até o bar onde ele estava trabalhando. Carter disse que entendia os motivos para eu ter pensado o que pensei. Ele chegou até a dizer que me perdoava. Mas percebi que ele não estava sendo totalmente sincero. Só disse isso para que eu o deixasse em paz.

E foi o que fiz. Pouco depois, ele também deixou a cidade para procurar sua família biológica. Desejo-lhe boa-sorte. Espero que consiga encontrar o desfecho de que precisa.

Espero o mesmo para mim.

Como Carter, estou tendo dificuldades com essa história de perdão. Apesar de meu pai ter me ajudado a salvar Virginia, continuo a odiá-lo por causa de tudo que fez, assim como me odeio por ainda amá-lo. Agora sei que Archie estava certo sobre uma pessoa ser capaz de fazer as duas coisas. Talvez eu converse com ele sobre como lidar com essa questão quando passar aqui hoje.

Mas, por ora, eu me concentro em Virginia. Entre seus novos pertences está uma máquina de escrever elétrica que ela usa de vez em quando, sobretudo como outra forma de nos comunicarmos. Até agora, ela não deu sinais de querer voltar a escrever sua história. Acho que não vê necessidade, já que todo mundo descobriu tudo.

Embora os primeiros assassinatos ocorridos em Hope's End tenham sido ofuscados pela histórica quebra da bolsa e pelo início da Crise de 1929, a imprensa fez questão de não deixar que isso acontecesse de novo. A cobertura jornalística sobre o desabamento da mansão, a culpa do meu pai e o fato de Virginia Hope ter vivido durante décadas sob o nome da irmã estava por toda parte. De tempos em tempos, ainda recebo telefonemas de algum repórter pedindo para entrevistar Virginia.

Minha resposta padrão é: "Desculpe, ela não pode falar agora."

No entanto, há dias em que eu queria que ela pudesse. Acho que ajudaria muito se Virginia fosse capaz de dizer como se sente sobre tudo o que aconteceu. Não consigo imaginar tudo que ela teve que suportar: ter seu bebê levado embora, ver a mãe ser assassinada pelo namorado, ser escondida pela própria irmã. Uma história de vida que faz com que meu próprio trauma pareça uma brincadeira de criança.

Por enquanto, porém, Virginia irradia apenas felicidade, sentada em sua cadeira de rodas, ouvindo a batida constante da música.

"Our Lips Are Sealed."

Uma de suas favoritas.

— Vou tomar um banho rápido — digo quando ela me pega a observando. — Precisa de alguma coisa?

Virginia responde com uma única batidinha e volta a ouvir a música. Vou para o banheiro, ligo o chuveiro, regulo a água e espero esquentar. É quando sou atingida pelo pensamento que sempre me ocorre quando estou sozinha, sem nada para fazer.

Em algum lugar por aí, tenho um meio-irmão.

Talvez.

Não há como saber se ele ainda está vivo. Ou, caso esteja, qual é seu paradeiro. Ou se ele tem a própria família. Archie e eu começamos a sondar por aí, na tentativa de descobrir o que aconteceu com a verdadeira srta. Baker, esperando que a informação possa nos levar ao filho de Virginia e ao meu meio-irmão. No entanto, mantemos essa busca em segredo para não alimentar as esperanças de Virginia. Até agora, nosso sigilo foi justificado. A única coisa que conseguimos descobrir é que a srta. Baker se casou em 1930 e se mudou. Para onde, não sabemos. O nome do marido dela também é desconhecido. Por enquanto, tudo que podemos fazer é esperar e torcer para que mais informações venham à tona.

Acho que Virginia gostaria disso.

Eu também.

Apesar de tecnicamente não sermos parentes, ela é a única família que me resta.

Ainda toca The Go-Go's quando saio do banho. Ouço a música ecoando pelo corredor enquanto me seco e visto meu uniforme do dia: jeans, camiseta confortável, cardigã. Nada de roupa branca de enfermeira para mim.

Atravesso o corredor enquanto ajeito o cabelo ainda molhado com os dedos.

— Ei, Virginia, que sabor de aveia você gostaria…

Eu paro na soleira da porta. Embora a música ainda esteja tocando e a cadeira de rodas continue exatamente onde eu a deixei, Virginia não está ali. Verifico o cômodo feito uma idiota, como se ela tivesse sido apenas colocada em algum outro canto, em vez de ter desaparecido por completo.

Junto à porta da frente da casa há uma mesinha que normalmente utilizo para colocar a correspondência e as chaves do carro. Em cima dela há uma única folha de papel com seis linhas datilografadas.

Prendendo a respiração, pego o papel e começo a ler.

Aos sessenta e nove anos, Virginia Hope (não Lenora)
Escreveu um bilhetinho para sua cuidadora:
Muito obrigada, querida, por me salvar.
Agora é hora de ir embora e te deixar.
Me despeço e parto porta afora, orgulhosa, no fundo
Por saber que consegui enganar todo mundo.

Minha querida Kit,

Espero que você não esteja surpresa em receber esta carta. Eu esperava que, lá no fundo, você soubesse que eu voltaria a entrar em contato. Ter deixado você do jeito que fiz foi o melhor, sabe, embora eu tenha odiado a minha decisão. Mas eu tinha medo de como você reagiria quando descobrisse a verdade.

Por outro lado, você sempre suspeitou que eu fosse mais capaz do que deixava transparecer. Para a maioria das pessoas, meu silêncio e minha imobilidade me tornaram quase invisível.

Mas você me viu, Kit.

E agora você sabe a verdade. Eu sou capaz de andar, de falar e de usar meu corpo inteiro. Aposto que você deve estar se perguntando por que passei tanto tempo fingindo que não. As razões são muitas, a começar pelo simples fato de que, no início, eu não tinha vontade nenhuma de me mover.

Fiquei tão surpresa quanto qualquer um por sobreviver à minha tentativa de suicídio. E decepcionada também. Apesar de um milagre ter ocorrido, eu ainda desejava estar morta. Ansiava por isso. De tanto querer o doce alívio da morte, fingi que de fato havia partido. E simplesmente fiquei lá, sem me mexer, tentando não respirar.

Por mais imbecil que fosse, o dr. Walden talvez não estivesse totalmente enganado em seu diagnóstico. Pois havia de fato algo de errado comigo, embora eu ainda não soubesse se era físico, mental ou emocional. Talvez tenha sido uma combinação dos três, o que me deixou paralisada, embora tecnicamente não estivesse. Só sei que me sentia sem vida, sem voz e sem corpo. E assim fiquei.

Talvez eu tivesse permanecido assim para sempre se não fosse por Archie, que se recusou a sair do meu lado. "Você vai melhorar um dia, Ginny", ele sussurrava com frequência. "Tenho certeza disso. E, quando acontecer, vamos encontrar seu filho."

Isso me fazia refletir sobre até que ponto ele tinha razão e se um dia seria possível encontrar meu filho. Quanto mais eu pensava a respeito, mais sentia uma faísca do meu velho eu ainda queimando dentro de mim.

Sem que Archie soubesse, iniciei a lenta e prolongada tarefa de forçar meu corpo a voltar a funcionar. Tudo começou com um leve movimento dos dedos da mão esquerda e terminou muitos, muitos anos depois, comigo andando secretamente pelo quarto.

Desconfio que a primeira pergunta que você vai fazer é: então por que não fui embora de Hope's End antes?

Eu queria. Eu queria tantas coisas. Viajar. Correr, dançar e cantar. Criar a criança que foi tão cruelmente roubada de mim...

Mas eu estava com medo do que existia além de Hope's End. Eu sabia que o mundo havia mudado muito desde a minha juventude. Eu temia que, se fosse embora, não o reconheceria. Mas Hope's End era familiar para mim, e nessa familiaridade encontrei refúgio. Até mesmo uma prisão se torna reconfortante se for a única coisa que você conhece.

Aposto que sua próxima pergunta seria: por que não contei pelo menos para o Archie que era capaz de me mover, andar e falar?

A resposta para isso é um pouco mais egoísta. Não contei porque temia que, se outra pessoa soubesse, minha irmã acabaria descobrindo. E depois que ela voltou da Europa, onde viveu a vida com a qual sempre sonhei, eu quis puni-la. Essa é a verdade brutal, nua e crua.

A princípio, cogitei a ideia de matá-la. Um assassinato pelo qual eu teria alegremente assumido a culpa.

Mas a morte é rápida.

E eu queria que o castigo dela durasse muito, muito tempo.

Então me tornei o fardo que ela pensava que eu era. Lenora presumiu que estava me punindo ao manter nós duas lá. Na verdade, estava punindo apenas a si mesma, e eu gostei de assistir. Pense nisso como uma variação do jogo que meu pai nos obrigava a jogar. Eu finalmente ganhei. E eu escolhi manter Lenora em seu quarto por mais de cinquenta anos.

Mas não decidi ficar apenas por querer punir minha irmã. A principal razão que me fez permanecer foi porque eu queria estar lá caso meu filho decidisse vir me procurar. Meu receio era que, se eu fosse embora, ele nunca saberia meu paradeiro e, portanto, jamais seria capaz de me encontrar.

Para mim, a ideia de que um dia voltaríamos a nos ver valia a espera.

Então optei por continuar parecendo desamparada e impotente, mesmo sendo capaz de tanto. Surpreendentemente, nenhuma pessoa percebeu, incluindo as muitas enfermeiras que tive antes de você. Foram tantas que esqueci a maioria de seus nomes e rostos. Acho que eu fui igualmente esquecível para elas, pois pouquíssimas prestavam atenção em mim. Sim, elas realizavam o trabalho básico de me manter viva. Mas apenas algumas me tratavam como um ser humano de verdade. Alguém com pensamentos, sentimentos e curiosidades. Suponho que meu silêncio tenha desempenhado um pequeno papel nisso. É bem fácil ignorar alguém que não fala. Então eu fui ignorada.

Claro, quase todas elas tinham medo de mim. E, verdade seja dita, não posso culpá-las. Eu também teria, com todos os boatos a meu respeito. Nenhuma das enfermeiras anteriores estava interessada na verdade. Nem mesmo as mais bondosas, que me consideravam digna de um pouco de gentileza ou de um bate-papo.

Tudo mudou quando Mary apareceu. A pobre e doce Mary. Ela é outra pessoa que me viu. Assim como você, ela era curiosa. Tanto que comprou aquela máquina de escrever, na esperança de que eu aprendesse a usá-la e, mais cedo ou mais tarde, datilografasse minha história.

E foi o que fiz, como você bem sabe.

Eu só queria ter tido a chance de ter feito o mesmo com você, Kit. Você merecia saber a verdade. No entanto, não tive coragem de decepcioná-la com a revelação sobre seu pai. Então tentei ganhar tempo, fui evasiva, despistei você, sabendo que era inevitável, que um dia descobriria.

Realmente lamento a maneira como você enfim soube da verdade — e de todos os acontecimentos que vieram depois. Você não merecia isso. Ter lidado com isso tão bem diz muitas coisas admiráveis sobre sua índole.

Mais ou menos na mesma época em que Mary estava me ensinando a datilografar, algo extraordinário aconteceu.

Ganhei um dispositivo incrível chamado walkman. Junto havia uma fita cassete com um livro lido por Jessie, a nova empregada de Hope's End. Embora eu lesse escondida à noite, era bom demais poder desfrutar de um livro a plena vista, por assim dizer. Eu não me importava sobre o que era a história. Só gostava de ouvir uma realmente boa.

Imagine minha surpresa quando, no meio da primeira fita, o livro parou. Num minuto, eu estava ouvindo Norte e Sul, de John Jakes. No minuto seguinte, a narração de Jessie terminou e uma conversa normal teve início.

"Escute, sei que você não é a Lenora Hope, mas a irmã dela, Virginia. Eu sei muitas coisas sobre você. Mais do que qualquer outra pessoa, acho."

E assim continuou, uma conversa unilateral entre Jessie e mim, trazida por meio das mensagens que ela inseria entre os capítulos.

"Eu não acho que você matou seus pais. E mesmo que você tenha feito isso, pelo que me disseram, eles meio que mereceram. Pelo menos seu pai mereceu."

"Não contei nada pra Mary, mas tenho certeza de que você consegue se mexer e até conversar. Estou curiosa pra saber como é sua voz."

Por fim, chegou a mensagem mais importante de todas.

"Aliás, sou sua neta."

Jessie me contou tudo sobre o pai dela, que se chamava Marcel. Ele foi criado em um lar amoroso com a srta. Baker e o marido dela. Jogava hóquei, adorava ler e era um excelente pintor. Após se formar na universidade, conseguiu um emprego como artista comercial em Toronto. Só se casou aos trinta anos, quando conheceu e se apaixonou por uma colega artista. Eles tiveram uma filha, Jessie, e viveram uma vida feliz juntos, saboreando cada momento até que Marcel faleceu devido a uma doença em 1982.

Após a morte dele, Jessie soube da verdade sobre os pais de Marcel pelo relato da srta. Baker, a quem ela sempre se referiu como vovó. Fazendo um pouco de trabalho de detetive, Jessie descobriu que Hope's End precisava de uma empregada doméstica e se candidatou à vaga. Sua intenção era tentar descobrir informações sobre quem eu era e se eu realmente havia matado meus pais, como todos diziam.

O que ela acabou encontrando fui eu.

Embora eu me sinta triste por nunca ter tido a oportunidade de conhecer meu filho, sei que a vida nem sempre nos concede nossos maiores desejos. Mas a felicidade ainda pode surgir de mansinho, e estou muito feliz por poder conhecer minha neta. Os barulhos que certamente você ouvia durante a noite eram a Jessie, que ia ao meu quarto de madrugada para que, aos sussurros, pudéssemos planejar nossa fuga. Mas nossos planos foram prejudicados pelo assassinato de Mary, sua chegada e o derradeiro colapso de Hope's End. (Aliás, já vai tarde!)

Jessie precisou retornar ao Canadá quando a srta. Baker faleceu. Outra decepção. Eu gostaria de poder ter agradecido a ela por cuidar da minha criança, embora ele tenha sido muito mais filho dela do que meu, no fim das contas.

O dia em que desapareci da sua casa foi quando Jessie apareceu na janela. Eu a deixei entrar e ela logo me contou o novo plano — fugirmos imediatamente.

Então saímos às pressas até o carro de Jessie, parado no meio-fio. Assim que entramos, ela me entregou um passaporte falso com meu nome verdadeiro.

"Pra onde a senhora quer ir, vovó?", perguntou ela.

Olhei pelo para-brisa, contemplando aquele vasto mundo que até então eu nunca havia tido a oportunidade de vivenciar.

"Para todos os lugares", respondi.

Quando chegamos ao aeroporto, eu já havia reduzido minhas opções a Paris. É de onde datilografo esta carta, de um apartamento no último andar, com vista para a Torre Eiffel.

Por favor, não se zangue comigo por ter deixado você do jeito que fiz. Eu imploro. Levando em conta a forma como a vida nos tratou, você e eu já temos motivos suficientes para sentir raiva. Não sejamos assim uma com a outra.

Eu queria contar a você, minha querida. Não contei porque temia que você não me deixasse ir embora ou ficasse com raiva por eu ter escondido tanta coisa de você durante todo o tempo em que cuidou de mim. E, sim, fui egoísta, queria ficar a sós com minha neta.

Que, não se esqueça, também é sua sobrinha.

Você também merece passar um tempo com ela.

Assim como merece enfim viver uma vida que pertence a você e a mais ninguém.

Por isso, incluí aqui duas passagens aéreas só de ida para Paris. Uma para você e outra para Archie, com quem, tenho certeza, você compartilhará esta carta. O voo parte no dia 1º de fevereiro. Minha mais sincera esperança é que vocês dois embarquem nesse avião para nos encontrarmos novamente!

Até logo!

Virginia

VIRGINIA HOPE MORRE AOS 101 ANOS

ROMA (Associated Press) — Virginia Hope, a peça central de um dos crimes mais bombásticos do século XX, morreu na segunda-feira em sua *villa* em Porto Vergogna, na Costa Amalfitana, Itália. Tinha 101 anos de idade.

O suposto assassinato de Hope ao lado de seus abastados pais, Winston e Evangeline Hope, causou comoção em 1929 e rendeu manchetes chocantes 54 anos depois, quando se revelou que a filha ainda estava viva e foi forçada a assumir a identidade da irmã mais velha, Lenora. Considerada muda e tetraplégica, Hope chamou mais a atenção ao admitir que fingiu sua condição durante décadas.

"Eu protagonizei a maior farsa do século?", escreveu ela em seu livro de memórias, o best-seller *Uma vida em suspenso*. "Acho que não. Mas gosto de acreditar que está pelo menos entre as dez primeiras."

Essa mescla de inteligência espirituosa e fanfarronice fez dela uma figura adorada no circuito de *talk shows*, nos quais os espectadores devoravam os detalhes de sua história de vida, perfeita para os tabloides. Quando questionada por David Letterman sobre a razão de estar tão ávida para falar depois de ter passado décadas fingindo ser incapaz, Hope respondeu: "Só estou recuperando o tempo perdido, querido."

Quando não estava aproveitando a fama tardia, Hope passava seu tempo viajando pelo mundo, tendo visitado todos os sete continentes, inclusive a Antártida — onde deteve por certo período o recorde de mulher mais velha a pisar no continente gelado.

Hope deixa a neta, Jessica Oxford, casada com Robert; a bisneta, Mary Hope Oxford; e sua devotada amiga, cuidadora e companheira de viagem, Kittredge McDeere.

AGRADECIMENTOS

Embora meu pseudônimo esteja na capa, este livro não existiria sem o trabalho árduo e a dedicação de muitas outras pessoas que atuam nos bastidores. Obrigado a Maya Ziv, minha editora maravilhosa, e ao incrível pessoal da Dutton e da Penguin Random House, incluindo, entre outros, Emily Canders, Stephanie Cooper, Caroline Payne, Lexy Cassola, Amanda Walker, Ben Lee, John Parsley, Christine Ball e Ivan Held. Fazer parte da família Dutton é a realização de um sonho editorial.

Posso dizer o mesmo da minha agente, Michelle Brower, e de todos da Trellis Literary Management e Aevitas Creative Management.

Obrigado aos muitos familiares, amigos e outros autores que me ajudam, apoiam e inspiram diariamente. Escrever um livro pode ser um processo longo e solitário, e a presença de vocês fora da minha caverna de escrita me ajuda mais do que podem imaginar. Um agradecimento especial a Michael Livio, que mais uma vez me ajudou a lidar com o estresse, a pressão e, sim, a alegria de criar outro livro. Eu realmente não conseguiria sem você.

Eu gostaria também de aproveitar para saudar os muitos cuidadores e cuidadoras que trabalham em hospitais, lares de idosos e casas de pacientes. Todo dia esses heróis muitas vezes anônimos cuidam dos doentes e confortam os que sofrem, realizando seu trabalho com diligência, dignidade e orgulho. Vocês *importam*. Obrigado.

1ª edição	SETEMBRO DE 2024
reimpressão	AGOSTO DE 2025
impressão	LIS GRÁFICA
papel de miolo	HYLTE 60 G/M²
papel de capa	CARTÃO SUPREMO ALTA ALVURA 250 G/M²
tipografia	ADOBE GARAMOND PRO